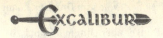

Herausgegeben von
Melissa Andersson
und
Gerd Rottenecker

Die Herren der Runen im Droemer Knaur Verlag:

1. Dunkel über Longmot (Band 70106)
2. Der Kreis aus Stein (Band 70107)
3. Schattenherz (Band 70147)
4. Die Bruderschaft der Wölfe (Band 70148)

David Farland

DIE HERREN
DER RUNEN
4

Die Bruderschaft
der Wölfe

Ins Deutsche übertragen von
Caspar Holz und Andreas Helweg

Knaur

Die amerikanische Originalausgabe erschien 1999
unter dem Titel »Runelords: Brotherhood of the Wolf,
Part 2« bei Tor Books, New York

Besuchen Sie uns im Internet:
www.droemer-knaur.de

Deutsche Erstveröffentlichung 4/99
Copyright © der Originalausgabe 1999 by David Farland
Published in agreement with Baror International,
Armonk, New York, USA
Copyright © der deutschsprachigen Ausgabe 1999
by Droemer Knaur Verlag, München
Umschlagkonzept: Melissa Andersson
Umschlaggestaltung: Agentur Zero, München
Umschlagillustration: Keith Parkinson,
»Charlemagne's Champion«
Karten: Detlev Henke, Bielefeld
Redaktion: Andreas Helweg/Ralf Reiter
Satz: Ventura Publisher im Verlag
Druck: Clausen & Bosse, Leck
Printed in Germany
ISBN 3-426-70148-0

4 5 3

KARTEN

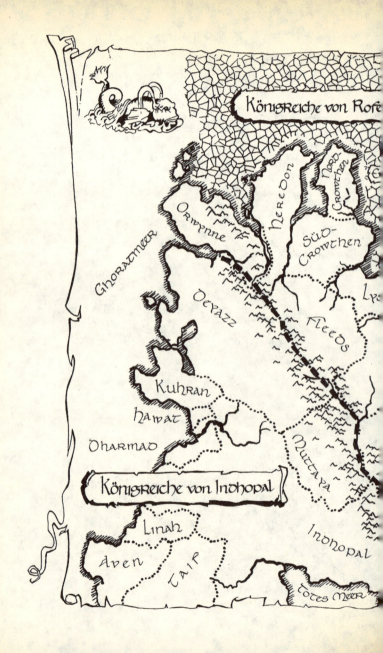

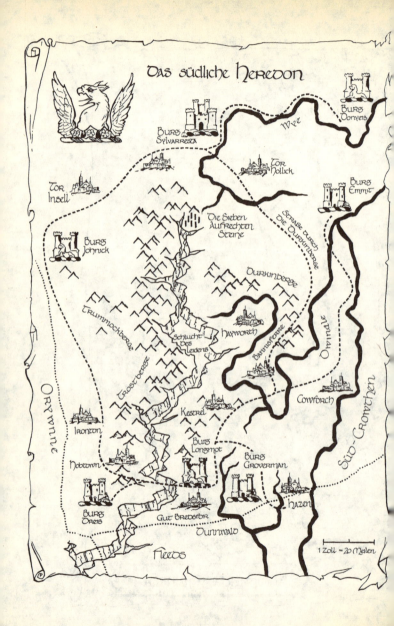

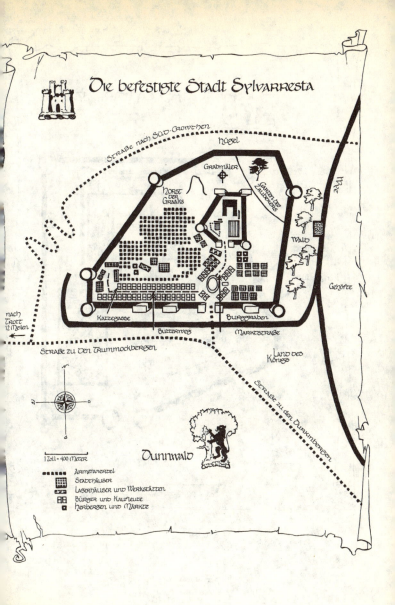

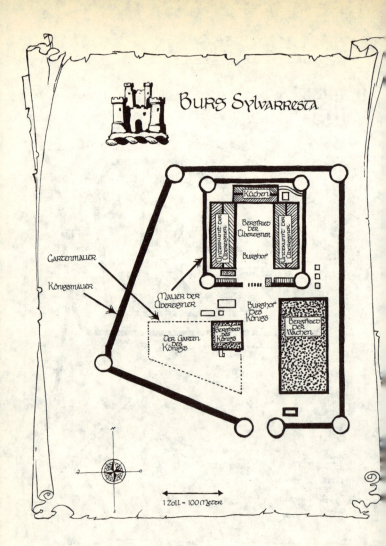

ERSTES BUCH

Der 31. Tag im Monat der Ernte: die Boten der Finsternis

KAPITEL 1
Eine Intrige wird aufgedeckt

Als Erin Connal Burg Groverman an den Ufern des Flusses Wind erreichte, war ihr nach Feiern nicht zumute. Zwar war Gaborn eine Stunde zuvor aus seiner Ohnmacht erwacht und hatte eine frohe Botschaft verkündet: Der Glorreiche der Finsternis existierte nicht mehr.

Aber dennoch hatte Erin ihr Pferd verloren, und Prinz Celinor war durch einen herabstürzenden Ast verwundet worden. Die Haut in seinem Nacken war verbrannt und hatte Blasen geworfen. Dank seiner Gaben des Durchhaltevermögens würde er überleben, ohne weiteres dagegen würde er sich nicht erholen. Nachdem es Erin endlich gelungen war, ihn unter den brennenden Baumstämmen hervorzuholen, hatte er vor Schmerz hilflos geweint und sinnlos vor sich hin gestammelt. Kurz darauf hatte er das Bewußtsein verloren, und in diesem Zustand hatte ihn einer der Männer des Herzogs hinter sich aufs Pferd genommen. Während des Ritts hatte Erin den Prinzen aus den Augen verloren.

So kam es, daß Erin hinter einem Ritter aus Jonnick in den Hof von Herzog Grovermans Burg einritt. Und sie war bei weitem nicht die erste, die dort einzog.

Hunderte von Rittern waren bereits eingetroffen und feierten ausgelassen. Grovermans Diener hatten Körbe mit Brot herangeschleppt und aus vollen Händen Speisen verteilt, während eine Dienstmagd Bier ausschenkte. Entlang der Ostmauer brannten eine Reihe Feuer, auf denen Küchenburschen ganze Kälber an Spießen drehten. Fahrende Musikanten spielten auf einem Balkon des herzoglichen Bergfrieds, und am Tor hieß ein Ausrufer die Eintreffenden mit dem Ruf willkommen: »Eßt, bis Ihr platzt, edle Herren. Eßt, bis Ihr nicht mehr könnt!«

Für die Armee des Königs ließ es der Herzog an nichts mangeln. Aber Erin verlangte nicht nach Essen.

Umgehend machte sie sich auf die Suche nach Celinor. Grovermans Soldaten hatten ihn in der Nähe einer dunklen Mauer auf eine Satteldecke gelegt. Überall auf der Mauer wuchsen Mondwinden, deren bläßlichweiße Blüten sich jetzt in der Nachtluft für die Motten, die sich am Nektar labten, weit öffneten. Ein Soldat kauerte bei Celinor und versuchte, ihm Schnaps einzuflößen.

»Trinkt, guter Mann«, forderte der Ritter den Verwundeten auf, »das lindert Eure Schmerzen.«

Celinor biß jedoch die Zähne fest zusammen und wandte sich mit Tränen des Schmerzes in den Augen ab. Der Ritter wollte, offenbar in dem Glauben, der Prinz befinde sich im Delirium, Celinors Kopf mit Gewalt herumdrehen und ihn zum Trinken zwingen.

»Ich werde mich um ihn kümmern«, sagte Erin und schob den Ritter zur Seite. »Den Mohn wird er besser vertragen.«

»Mag sein«, erwiderte der Ritter, »allerdings wüßte ich nicht, aus welchem Grunde er den bitteren Mohn süßem Schnaps vorziehen sollte.«

»Sucht einen Arzt und bittet ihn um Mohn«, trug sie

dem Mann auf, dann kniete sie sich neben Celinor und strich ihm über die Stirn. Der Prinz schwitzte und blickte sie aus schmerzerfüllten Augen an.

»Danke«, brachte er leise hervor.

Der Erdkönig hatte ihn gebeten, von den geisthaltigen Getränken abzulassen. Jetzt begriff Erin, daß er um jeden Preis gewillt war, diesem Wunsch Folge zu leisten. »Schon gut«, sagte sie und hielt ihn einen Augenblick lang in den Armen. Offensichtlich schlief er ein.

Gelegentlich redete er wirr, wie im Alptraum. Einmal schrie er auf und wollte sie von sich stoßen.

Nach mehreren Minuten kam er wieder zu sich. Seine Augen waren glasig, seine Stirn schweißnaß. »Der Erdkönig hat seine Gaben verloren«, stieß er hervor. »Habe ich von jemandem gehört. Stimmt das?«

»Ja«, antwortete Erin. »Nun ist er ein Gewöhnlicher – wenn man einen Erdkönig als *gewöhnlich* bezeichnen darf.«

»Dann könnt Ihr ihn ohne seine Gaben der Anmut sehen. Habt Ihr ihn Euch schon angeschaut?«

Ja, am Abend während des Ritts zur Burg hatte sie ihn betrachtet, wie er in tiefem Schlaf lag. Selbst mit seinen Gaben der Anmut war der junge Mann nicht gerade eine Schönheit gewesen. Jetzt wirkte er geradezu schlicht.

»Ich habe ihn gesehen«, sagte sie in der Überzeugung, Celinors Themenwahl sei seinem Fieberwahn zuzuschreiben.

Sie tätschelte ihm die Wange und bemerkte ein silbernes Kettchen mit einem ovalen Silbermedaillon um seinen Hals.

Er zuckte vor Schmerz, als er sich zurücksinken ließ, und dabei rutschte das Schmuckstück aus seinem Kragen. Sofort wußte sie, worum es sich handelte – um ein Verlobungsmedaillon. Viele Lords ließen, sobald ihre Söhne und Töchter im heiratsfähigen Alter waren, von Malern Miniaturporträts der Betreffenden anfertigen, die daraufhin in solche Medaillons eingelegt wurden. Diese wurden dann in ferne Länder verschickt, um dort den Eltern eines künftigen Gemahls oder einer künftigen Gemahlin präsentiert zu werden, damit diese Herren und Damen einen Ehepartner für ihren Sohn oder ihre Tochter auswählen konnten, ohne die besagte Person jemals zu Gesicht bekommen zu haben.

Auf solche Medaillons war nie recht Verlaß. Die Künstler, die sie anfertigten, neigten dazu, die Makel des Porträtierten zu überdecken und seine Schönheit in einem Maße zu betonen, daß das Konterfei oftmals nur mehr oberflächliche Ähnlichkeit mit dem dargestellten jungen Lord oder der jungen Lady hatte.

Trotzdem weckten derartige Bildnisse gelegentlich romantische Gefühle. Ihre Mutter hatte ihr, so erinnerte sich Erin, das Bild eines jungen Lords aus Internook gezeigt, als sie zwölf Jahre alt war. Monatelang hatte sie das Medaillon mit sich herumgetragen und von dem leidenschaftlich dreinblickenden blonden jungen Herrn geträumt, bis sich herausstellte, daß dieser Erins Porträt ebenfalls gesehen hatte und sich nicht sonderlich hatte beeindrucken lassen.

Celinor schien zu alt, um für ein junges Ding in einem Verlobungsmedaillon zu schwärmen. Die Fünfundzwanzig hatte er sicherlich schon erreicht, und bereits vor Jahren hätte er eine Ehe eingehen müssen. Nur hätte ihn wohl keine Dame genommen, die recht bei Sinnen war.

»Wie bitte, Vater?« malte sie sich aus, wie ein zwölfjähriges Mädchen auf den Vorschlag des Vaters reagierte. »Ich soll den ›Trunkenbold‹ von Süd-Crowthen heiraten?«

»Nicht den jungen Mann«, antwortete der Vater daraufhin in Erins Phantasie, »nur das Königreich. Und während er sich in sein frühes Grab säuft, dreht er jedem hergelaufenen Mädchen in den Wirtshäusern einen Balg an. Nachdem du die Bastarde alle umgebracht hast, gehört Crowthen dir.«

Allerdings konnte sie sich die Frau nicht vorstellen, die sich darauf eingelassen hätte.

Und dennoch trug Celinor wie ein liebeskranker Jüngling ein Verlobungsmedaillon um den Hals.

Nun fragte sich Erin, wer sein Interesse auf sich gezogen haben mochte. Celinor hatte schwer atmend den Kopf zurückgelegt und war offenbar eingeschlafen.

Verstohlen drückte sie auf den winzigen Verschluß des Medaillons und hielt den Atem an. Das Mädchen auf dem Bild hatte blaue Augen und langes dunkles Haar. Sie erkannte es sofort wieder, selbst im schwachen Schein des Feuers, der von der Mauer zurückgeworfen wurde, da es sich um ihr eigenes Porträt handelte, das vor zehn Jahren gemalt worden war, als sie solchen Bildnissen noch eine Bedeutung zugemessen hatte.

Sie ließ das Medaillon zuschnappen. Kein Freier hatte

je um die Hand eines Mädchens aus dem Pferdeclan von Fleeds angehalten. Was sie getan hätte, wäre unversehens einer aufgetaucht, vermochte sie nicht zu sagen. Schließlich hatte man sie zur Kriegerin erzogen, nicht zu einer feinen Dame, deren einzige Pflicht darin bestand, einem Mann Nachwuchs zu schenken. Allenfalls in Königreichen wie Internook geschah es manchmal, daß ein Mann eine Frau an seiner Seite wünschte, die auch stark genug zum Kämpfen war.

Nichtsdestotrotz trug Celinor ihr Medaillon. Hatte er es während der gesamten vergangenen zehn Jahre bei sich gehabt?

Möglicherweise hatte ihre Mutter es nach Süd-Crowthen geschickt, eine angestrebte Verbindung mit Celinor hatte sie jedoch nie erwähnt. Nein, Erin kannte ihre Mutter gut genug; selbst König Anders hätte sie mit einem derartigen Ansinnen zurückgewiesen.

Und doch befand sich ihr Medaillon in Celinors Besitz, und zwar schon seit zehn Jahren.

Hatte der Prinz von einer Heirat mit ihr geträumt? Auf verworrene Weise ergab das Sinn. Süd-Crowthen hatte eine Grenze mit Fleeds gemeinsam. Celinor und Erin hätten der Unterschiedlichkeit ihrer Kulturen zum Trotz heiraten und ihre Reiche vereinen können.

Darin hätte König Anders gewiß einen unvorteilhaften Handel gesehen. War nicht Fleeds ein armes Land, das wenig zu bieten hatte? Wenn ihre Eltern Medaillons getauscht hatten, so lediglich aus Höflichkeit. Kein Lord hätte sich ernsthaft für sie interessiert.

Celinor, der Trunkenbold.

Sie blickte ihm ins Gesicht. Er war aufgewacht und starrte sie aus zusammengekniffenen, schmerzerfüllten Augen an.

Ihr klopfte das Herz.

»Verratet mir eins«, bat Celinor sie mit überraschendem Nachdruck. »Der junge König Orden: Sieht er aus wie Ihr?«

»Wie bitte?« erwiderte sie verblüfft. »Dann böte er einen traurigen Anblick.«

»Ähnelt er Euch?« wiederholte Celinor die Frage. »Gleicht er Euch wie ein Bruder der Schwester, ganz wie mein Vater behauptet? Aus Fleeds hat Euch kein Feuerschopf dieses Haar mitgegeben.«

Erin schoß vor Verlegenheit die Röte ins Gesicht. Sie hatte sich eingebildet, er liebe sie. Jetzt erkannte sie, wie es sich in Wahrheit verhielt: Gaborns Vater, König Orden, hatte in jedem Jahr ein Reise nach Heredon zur Herbstjagd unternommen. Sein Weg führte ihn stets durch Fleeds, wo er sich mit Erins Mutter angefreundet hatte.

Wenn diese ihn für einen geeigneten Mann gehalten hatte, so war es nur folgerichtig, daß sie mit ihm hatte Nachkommen zeugen wollen. Das war keinesfalls auszuschließen.

Erin war im Frühsommer geboren, neun Monate nachdem Orden vermutlich durch Fleeds gezogen war.

Auf die Frage nach dem Vater hatte ihre Mutter nur verschwörerisch gelächelt und erwidert, es handele sich um einen ›Edelmann aus einem fernen Land‹.

Sowohl Erin als auch Gaborn hatten schwarzes Haar

19

und blaue Augen, wenngleich sie vom Körperbau her mehr ihrer Mutter ähnelte und nicht Gaborns breite Schultern besaß.

König Mendellas Draken Orden könnte durchaus ihr Vater sein, wurde ihr bewußt, wodurch Gaborn ihr Halbbruder wäre – ihr jüngerer Halbbruder.

»Tragt Ihr aus diesem Grunde mein Verlobungsmedaillon um den Hals?« erkundigte sich Erin. »Wolltet Ihr mein Gesicht mit dem seinen vergleichen?«

Celinor fuhr sich mit der Zunge über die Lippen und nickte kaum merklich. »Mein Vater – er will Gaborns Betrug aufdecken und ihn als Verbrecher entlarven.«

Erin wurde nachdenklich. Wenn sie tatsächlich seine Schwester wäre, welche Auswirkungen hätte das?

Nach den Gesetzen von Fleeds war es ohne Bedeutung, ob der Vater aus einem fremden Königreich stammte. Erins Titel als Mitglied der königlichen Familie leitete sich von ihrer Mutter ab, doch keinesfalls der Anspruch, damit zwangsläufig den Titel einer Erhabenen Königin zu erben. Diesen mußte man sich verdienen, er wurde von den weisen Frauen der Clans verliehen.

Wenn Erin jedoch Ordens Tochter war, dann konnte das ungeheure Auswirkungen in Mystarria haben. Manch einer mochte behaupten, als Älteste sei sie die rechtmäßige Erbin des Throns.

Diese Vorstellung war erschreckend, aber Erin durchschaute sofort, was eigentlich dahintersteckte. König Anders intrigierte und wollte sie als Marionette mißbrauchen.

»Ich – ich kann Euch nicht ganz folgen«, erwiderte sie.

»Welchen Vorteil könnte Euer Vater sich davon erhoffen? Ich würde niemals einen Anspruch auf die Krone von Mystarria geltend machen.«

»Dann würde er sie Euch aufdrängen«, gab Celinor leise zurück.

»Bah! Das wäre vergebliche Liebesmüh. Ich würde dabei nicht mitspielen.«

Celinor antwortete: »Die Gesetze, welche die Thronfolge regeln, sind Euch bekannt: Kein Mann darf zum König gekrönt werden, wenn er den Thron durch Mord an sich gebracht hat.«

Sie wurde nachdenklich. Gestern hatte Hauptmarschall Skalbairn noch vor seinem Zusammentreffen mit Gaborn König Anders' Andeutungen kundgetan, denen zufolge der Erdkönig aus Longmot geflohen sei und seinen Vater habe sterben lassen. Ein solches Verhalten mochte bei genauer Betrachtung nicht als Mord gelten, aber es kam einer solchen Tat sehr nahe.

Und war es nach dem Tod von König Orden nicht Ordens persönlicher Leibwächter gewesen, der den blödsinnigen König Sylvarresta erschlagen hatte? Borenson hatte unter Eid ausgesagt, er habe mit dieser Tat lediglich König Ordens letzten Befehl ausgeführt, nämlich all jene zu töten, die sich Raj Ahten als Übereigner verschrieben hatten.

Andererseits ließe sich leicht dagegenhalten, Borenson habe diese Geschichte nur erzählt, um die Wahrheit zu verhüllen – daß er Sylvarresta getötet hatte, damit sein Herr Heredons Thron einnehmen konnte.

Gaborn trug jetzt zwei Königskronen – die von Heredon und die von Mystarria. Anders würde behaupten, beide seien durch Mord erlangt worden.

So betrachtet war Gaborn überhaupt kein König. Und wenn er nicht der rechtmäßige Herrscher seines eigenen Volkes war, wie konnte er der Erdkönig sein?

Und konnte man ihn dann nicht wegen Mordes so behandeln wie jeden anderen Verbrecher auch?

Das alles wurde ihr in einem einzigen Augenblick klar. Anders würde diesen Krieg vom Zaun brechen und warb wahrscheinlich im verborgenen bereits um Unterstützung. Er hatte Grenzblockaden errichtet und seinem Volk verboten, nach Heredon zu ziehen und dem Erdkönig zu huldigen.

Denn sahen sie Gaborn erst, ließen sie sich vielleicht davon überzeugen, daß er tatsächlich der Erdkönig war. König Anders spürte gewißlich kein Verlangen, die Wahrheit zu erfahren.

Erin dagegen kannte sie. Sie hatte Gaborns Stimme in ihrem Kopf gehört, und er hatte ihr das Leben gerettet. Er war der Erdkönig, soviel wußte sie.

»Was muß Euer Vater für eine verdrehte Phantasie haben, sich so etwas auszudenken!«

Celinor verzog gequält das Gesicht, sowohl wegen seiner Verbrennungen als auch wegen der Bemerkungen über seinen Vater. »Manche behaupten, ich ähnelte ihm sehr.«

»Ihr hättet Euer Pferd nicht peitschen müssen, bis es schweißgebadet war, um die Geschichte Eures Vaters zu überprüfen«, wandte Erin ein. »Weshalb also seid *Ihr* hier?«

»Mein Vater hat mich losgeschickt, um alles zu sammeln, das Gaborn möglicherweise bloßstellen könnte. *Ich* dagegen bin gekommen, weil ich die Wahrheit herausfinden will.«

In diesem Moment brachte eine Heilerin das Mohnharz sowie eine kleine Elfenbeinpfeife, mit deren Hilfe sie Celinor das Opium ins Gesicht blasen würde. Sie legte die Pfeife hin, rollte das Rauschgift zu einer dunklen Kugel, legte diese in den Pfeifenkopf und gab schließlich ein Stück Glut aus einer verzierten Kohlenpfanne aus Ton hinzu.

Erin wich ein Stück zurück, damit die Heilerin ausreichend Platz für ihre Behandlung hatte, doch Celinor griff verzweifelt nach ihrem Gewand.

»Bitte«, flehte er. »Ich weiß nicht, ob ich morgen mit Euch nach Fleeds weiterreiten kann. Ihr müßt meinem Vater Einhalt gebieten. Bittet Eure Mutter um eine Stellungnahme zu der Frage, wer Euer Vater ist – selbst wenn sie dafür lügen muß.«

Erin versetzte Celinor einen beruhigenden Klaps auf die Brust. »Ich bin gleich wieder zurück und sehe nach Euch.«

Sie deckte ihn mit einer Decke zu, während die Heilerin Celinor Opiumrauch ins Gesicht blies, anschließend ging sie nach unten, spazierte unter dem hochgezogenen Fallgatter hindurch und blickte hinauf in den Nachthimmel. Die Sonne war vor einer Stunde untergegangen, und sämtliche Wolken waren weitergezogen, bis auf ein paar hohe Zirruswolken, die wie ein Schleier vor den Sternen am nächtlichen Himmel standen. Es würde eine warme

Nacht werden, für Mücken dagegen war es zu spät im Jahr. Celinor müßte sich erholen, vorausgesetzt, sie ließ ihn eine Zeit in Ruhe.

Noch immer strömten Ritter zu Hunderten in die Burg. Erin trat zur Seite, um einige von ihnen vorbeizulassen, und der Ausrufer am Tor hinter ihr rief zum wiederholten Male: »Eßt, bis Ihr platzt, meine Herren!«

Sie blickte hinunter auf die Stadt, auf Grovermans Reich.

Verdammt soll meine Mutter sein, dachte sie. Vermutlich hatte sie sich nie überlegt, welche Folgen ihre Wahl haben könnte. Für Königin Herin die Rote war König Orden sicher nur ein nützlicher Zuchthengst.

Dennoch kam Erin nicht umhin, sich zu fragen: Wieso braucht König Anders mich?

Wenn er die Absicht hatte zu behaupten, Gaborn sei kein König und habe seine Krone nur durch Mord und Hinterlist errungen, brauchte er lediglich die Untat nachzuweisen. Er hatte es nicht nötig, Erin als Ersatz bereitzustellen.

Vielleicht, so überlegte sie, befürchtet Anders, das Volk von Mystarria könne sich aus Protest erheben und gegen ihn zu Felde ziehen, wenn er Gaborn tötete. Wies er jedoch einen rechtmäßigen Thronfolger vor, durfte König Anders durchaus darauf hoffen, die Gefahr eines solchen Krieges abzuwenden.

All das erschien irgendwie abwegig. Starb Gaborn – unter welchen Umständen auch immer – oder hätte er sich seine Krone tatsächlich durch Mord verschafft, dann fiele die Krone von Rechts wegen an Herzog Paldane.

An Paldane, den Jäger. An Paldane, den Intriganten und Taktiker.

Davor mußte sich Anders allerdings fürchten. Für Paldane wäre es ein leichtes, jede Ausflucht zu durchschauen, die Anders ersann. Darüber hinaus würde er Genugtuung verlangen. Paldanes Ruf zufolge würde kein König in ganz Rofehavan das Bedürfnis verspüren, sich an Geisteskraft mit ihm zu messen.

Nein, Anders konnte nicht wollen, daß die Krone nach Gaborns Tod an Paldane fiel, daher hoffte er, Erin als geeignete Thronfolgerin für den alten König Orden anbieten zu können.

Doch was geschähe dann? In Mystarria könnte so mancher etwas dagegen haben, daß eine Frau aus Fleeds die Herrschaft übernahm, und sich zur Unterstützung Paldanes durchringen – falls dieser sich entschied, einen Prozeß um den Thron anzustrengen. Andere stellten sich vielleicht hinter Erin, was zu einem Bürgerkrieg führen würde.

Oder vielleicht sogar zu Schlimmerem. Hoffte Anders, nach der Beseitigung Gaborns würde Paldane selbst Fleeds angreifen? Der Mann hätte keine Mühe, ihr Volk zu vernichten, und könnte dadurch seine Rachegelüste befriedigen.

Abwegig war das allerdings nicht. Tatsächlich könnte sich Anders, falls er Gaborn ermorden ließ, nach begangener Tat sogar mit der Behauptung herausreden, Erin habe ihn hintergangen.

Eine beängstigende Vorstellung, aber eine solche Intrige könnte ohnehin niemals funktionieren. Paldane war kein Narr. Er würde Anders die Beseitigung Gaborns nie verzeihen.

Natürlich hatte die gesamte politische Lage in Rofehavan jetzt, nach der Zerstörung des Blauen Turms, mit dem heutigen Tag eine erschütternde Umwälzung erfahren. Mystarrias Macht war mit einem Schlag halbiert worden.

Das Land war nicht mehr in der Lage, seine Grenzen selbst zu schützen und gleichzeitig Fleeds – oder ein anderes Land – anzugreifen.

Das aber hatte Anders nicht vorhersehen können. Von Raj Ahtens Zerstörung des Blauen Turms hatte er nichts ahnen können. Es sei denn, Anders hatte sich ihm verdingt.

Nein, entschied Erin, jetzt gehen die Gäule mit mir durch.

Irgend etwas mußte sie übersehen haben. Vielleicht besaß Anders gar keinen ausgefeilten Plan für Gaborns Beseitigung – möglicherweise war ihr jedoch lediglich eine Kleinigkeit entgangen.

Als sie noch ein Kind war, hatte ihre Mutter sie oft zu seltsamen Übungen gezwungen. Sie spielte Schach gegen ihre Mutter, allerdings mit einem Vorhang quer über das Spielbrett, so daß jeder nur seine Hälfte des Brettes überblicken konnte. Daher mußte sie sich stets vor Spielfiguren schützen, die aus dem Dunkeln zuschlugen, und lernen, Gegner in die Enge zu treiben, die für sie unsichtbar waren.

Plötzlich wünschte sie sich, sie hätte mit König Anders Schach gespielt. Wie viele Züge konnte er vorausplanen? Vier? Acht? Zwölf?

Bei ihr war jedenfalls nach vier Zügen Schluß.

Zudem hatte Anders in aller Eile eine Mauer der Verschwiegenheit errichtet, die nicht einfach zu durchdringen war.

Verdammt, dachte sie. Dringend mußte sie sich mit ihrer Mutter besprechen. War Königin Herin die Rote erst einmal über Anders' Intrige in Kenntnis gesetzt, konnte sie diese leicht entwirren. Dann würde König Anders sich in acht nehmen müssen!

Erin wollte sofort in die Heimat, zu ihrer Mutter. Dazu brauchte sie ein schnelles Pferd.

Die Gerüche auf Burg Groverman behagten ihr, denn draußen duftete es nach Heidekraut und Gras, drinnen nach Pferden. Hier auf der Ebene zu beiden Seiten des Flusses Wind züchtete Groverman die meisten Pferde und einen großen Teil der Rinder für das Land Heredon. In wenigen Wochen fand das Tolfest statt, wenn die Rinder vor dem Winter geschlachtet wurden. Schon jetzt hatte man die Tiere draußen vor der Stadt eingepfercht, und bald würde man sie nach Norden zu den verschiedenen Burgen und Dörfern treiben.

Während der nächsten Wochen würde auf Groverman hektisches Treiben herrschen. Hinzu kam, daß jetzt, nach dem Ende des Hostenfestes, ein großer Teil der eigentlichen Arbeit für die Pferdezüchter zu Ende ging: In den vergangenen Wochen hatte man Hunderte von Wildpferden eingefangen und zusammen mit den edelsten und zahmsten Reittieren, die man finden konnte, in Boxen zusammengesperrt. Bei diesen heimischen Tieren handelte es sich um Streitrösser, die für die Schlacht ausge-

27

bildet worden waren, oder um Pferde, wie sie die Boten benutzten, flinke Tiere, die schneller liefen als der Wind.

Sie besaßen alle eine oder zwei Gaben der Körper- oder Geisteskraft und setzten sich soeben in der Herde durch – indem sie mit den wilden Leithengsten kämpften. Einem gewöhnlichen Pferd so etwas zuzumuten, es mit einem Kraftpferd zusammenzusperren war brutal, aber lebensnotwendig. Hatten die Wildpferde die gezüchteten erst einmal als Leittiere anerkannt, konnten Grovermans Annektoren mit den Zwingeisen unter die Wildpferde treten, Eigenschaften für die heimischen Tiere entnehmen und auf diese Weise Kraftpferde von ungeheurem Wert erzeugen.

Angesichts so vieler Lords, die in den Krieg zogen, und so vieler Pferde, die zur Übernahme von Gaben bereit waren, wußte Erin, daß es schwierig werden würde, ein brauchbares Tier zu finden. Selbst in einem guten Jahr waren Kraftpferde schwer erhältlich.

Sie begab sich zu den Stallungen nördlich der Burg und sah sich nach etwas Geeignetem um.

Dort stieß sie auf wenigstens einhundert Lords. Sie stolzierten umher, verlangten, daß die Stallburschen ihnen die Zähne der Pferde im Schein der Fackeln zeigten, und ergingen sich in anderen Formen der Torheit.

Erin wandte sich einfach an den Stallmeister. Ein Stallbursche hatte ihren Akzent erkannt und ihr erklärt, sein Meister sei ein prächtiger alter Pferdekenner aus Fleeds, ein Mann mit Namen Bullings.

Sie traf ihn im Stall der Übereignerpferde an, einem gewaltigen Gebäude in einem befestigten Teil der Stadt.

Dort waren jene Tiere untergebracht, die Gaben abgetreten hatten – schwächliche Gäule, die kränkelten, nachdem sie eine Gabe des Stoffwechsels abgegeben hatten. Gut dreitausend Pferde wurden hier versorgt – blinde und taube, Pferde, die in Schlingen gehalten wurden, weil sie nicht stehen konnten. Einige Pferde, die eine Gabe der Anmut abgetreten hatten, wurden mit Haferschleim gefüttert, den man ihnen in den Magen preßte, weil ihre Eingeweide gewöhnliches Futter nicht mehr verdauen konnten. Die Versorgung dieser Tiere erwies sich als überaus aufwendig, denn sie litten unter Blähsucht und benötigten häufig Massagen.

Sogar um diese Tageszeit war noch ein Dutzend Annektoren damit beschäftigt, Gaben zu übertragen. Sie entdeckte den Stallmeister.

»Meister Bullings? Ich bräuchte ein Pferd, mit dem man in den Krieg ziehen kann«, sagte sie. »Ihr kennt Eure Tiere. Welches ist Euer bestes?«

»Für eine Pferdefrau aus Fleeds?« fragte der Angesprochene und schien zu überlegen. Sie war ihm nie zuvor begegnet. Aus seiner Art zu reden schloß Erin, daß er versuchen würde, ihr ein minderwertiges Tier anzudrehen, und zwar ungeachtet der Tatsache, daß sie beide aus Fleeds stammten.

Was er natürlich als seine Pflicht betrachtete, jetzt, da so viele Männer aus Heredon in den Krieg zogen. Die edelsten Tiere würden dem König vorbehalten bleiben, an seine Leibgarde gehen oder an bevorzugte Lords.

Hinter ihr öffnete sich die Stalltür, und Erin hörte schwere Schritte und das Klirren eines Kettenhemdes.

29

Offenbar wollten noch andere Ritter mit dem Stallmeister verhandeln. Lange würde sie seine Aufmerksamkeit nicht für sich beanspruchen können.

»Ganz recht, ein Pferd für eine Pferdefrau aus Fleeds«, antwortete sie. »Mir ist jedes Tier recht, wenn es mich nur bis morgen in die Heimat bringt.«

Hinter ihr sprach der Erdkönig persönlich: »Irgendein Tier wird nicht genügen«, sagte er. »Diese Pferdefrau ist die Tochter von Königin Herin der Roten und hat heute einem Prinzen aus Süd-Crowthen das Leben gerettet.«

Erin drehte sich um. Sie hatte Gaborn nichts von ihrer Tat erzählt und auch sonst niemandem, aber offenbar gönnten sich die Zungen der Schwätzer niemals Ruhe. Sie und Celinor waren gezwungen gewesen, bei anderen auf dem Pferd mitzureiten.

»Euer Hoheit«, erwiderte Bullings und sank auf ein Knie. Der Stallmeister hielt seinen Boden so sauber, daß er nicht befürchten mußte, seine Lederhosen dabei zu beschmutzen.

Gaborn wirkte blaß und schwach. Erin wollte ihm sofort erzählen, was sie über König Anders' Intrigen herausgefunden hatte, ein Blick warnte sie jedoch, es besser zu unterlassen. So, wie er aussah, hatte er nichts dringender nötig, als sich in ein Bett fallen zu lassen, und ihre Neuigkeiten würden ihn nur stundenlang um die wohlverdiente Ruhe bringen.

Außerdem, dachte Erin, kann ich das allein erledigen.

Gaborn fragte den Stallmeister: »Welches ist Euer bestes Tier? Das allerbeste.«

Bullings stammelte fast. »Ich habe hier ein prächtiges Streitroß, Euer Hoheit. Es ist gut ausgebildet, hat ein gutes Herz, und fünfzehn Gaben stehen für es zu Buche.«

»Ein prachtvolles Tier«, bestätigte Gaborn. »Es sollte für eine Pferdefrau aus Fleeds gut genug sein, meint Ihr nicht?«

»Aber, Euer Hoheit …«, wandte Bullings ein. »Das kann ich unmöglich tun. Der Herzog zieht mir das Fell über den Kopf und verscherbelt es an die Kürschner! Dieses Pferd war als Geschenk von ihm für Euch gedacht!«

»Wenn es aus freien Stücken gegeben wurde«, beharrte Gaborn, »dann kann ich es überlassen, wem ich will.«

»Euer Hoheit«, widersprach Erin verlegen, »ein solches Pferd könnte ich niemals annehmen!« Das war ehrlich gemeint, denn ein solches Tier geziemte allein einem König. Sie getraute sich nicht, ein Pferd anzunehmen, welches rechtmäßig dem Erdkönig zustand. »Kommt nicht in Frage!«

Gaborn lächelte amüsiert. »Nun, wenn Ihr es ablehnt, dann bin ich überzeugt, daß der Stallmeister etwas anderes für Euch finden wird.«

»Sehr wohl, Euer Hoheit«, beeilte Bullings sich, die Gelegenheit beim Schopf zu ergreifen, »ich habe eine prächtige Stute von so umgänglichem Charakter, ja, ich würde sie heiraten, wenn ich könnte! Ich werde sie augenblicklich holen.« Als hätte er alle anderen Pflichten vergessen, lief er durch eine Tür nach draußen.

Staunend sah Erin Gaborn an. »Ihr wußtet, daß er mir kein passables Pferd verkaufen würde!«

»Ich möchte mich für sein wenig entgegenkommendes

Verhalten entschuldigen«, erwiderte Gaborn. »Gute Pferde sind zur Zeit in Heredon schwer zu finden. Mein Vater hat die meisten von Raj Ahtens Streitrössern getötet, daher hat Raj Ahten von Sylvarresta gestohlen, was er konnte.

Zur Zeit haben wir genügend Zwingeisen für einige hervorragende Tiere, hingegen hatte König Sylvarresta nur einige wenige hundert Schlachtrösser in der Ausbildung. Herzog Groverman und ich haben getan, was wir konnten, uns auf diese Versorgungslücke einzustellen. Aber selbst wenn wir nur halb ausgebildeten Schlachtrössern Gaben überlassen, die eigentlich erst nächstes Jahr Gaben erhalten sollten, kommen wir lediglich auf vier- oder fünfhundert zusätzliche gute Pferde, die für die Schlacht geeignet sind. Groverman wird also nicht bereit sein, Euch ein passables Pferd zu verkaufen – gleich, zu welchem Preis. Offen gesagt, ich hätte Euch ebenfalls keines verkauft.«

Das waren schlechte Nachrichten. Erin war jedoch froh zu sehen, daß Gaborn sich mit diesen Dingen befaßte. Sie selbst war nicht daran gewöhnt, über die wirtschaftliche Seite des Krieges nachzudenken.

Ohne eine angemessene Kavallerie würde Heredon sich bei seiner Verteidigung auf Infanterie und Bogenschützen verlassen müssen. In den letzten Tagen hatte sie die Übungen der Truppen beobachtet – auf den Feldern südlich von Burg Sylvarresta hatten Tausende junger Männer mit Pfeil und Bogen geübt, während auf der Westseite der Burg tausend weitere ihre Fertigkeiten im Gebrauch von Spießen und Schwertern trainierten. Sogar angesichts der vielen, vielen Schmiede, die in Heredon ansässig waren, würde Gaborn Monate brauchen, seine Infanterie angemessen mit Rüstungen und Helmen auszustatten. Unterwegs heute bei ihrem Ritt durchs Dorf hatte sie das Klirren und Hämmern aus den Schmieden jedoch ein wenig beruhigt.

Auf seinen Schultern mußte ein ungeheures Gewicht lasten. Nein, sie sollte ihm besser nicht auch noch Geschichten über einen möglichen Verrat aufbürden. Indem sie sich die Sache erneut durch den Kopf gehen ließ, fragte sie sich, ob sie nicht vielleicht überreagierte. War es tatsächlich möglich, daß Anders Gaborns Beseitigung plante? Von Celinors Verdächtigungen abgesehen, hatte sie darauf nur wenige Hinweise.

Sie brauchte handfeste Beweise, und Gaborn sollte sich erst damit auseinandersetzen, wenn er sich ausgeruht hatte.

Eigentlich hatte sie nie darüber nachgedacht, welchen Pflichten ein Erdkönig bei der Organisation eines Feldzuges nachzukommen hatte. So mancher Lord, der sich gut mit Schlachttaktiken auskannte, stieß auf arge Schwierigkeiten, sobald er sich mit logistischen Angelegenheiten befaßte.

Gaborn würde sich mit sämtlichen Einzelheiten des Krieges befassen müssen, mit den Problemen der Ausrüstung und Ausbildung seiner Armeen, und gleichzeitig durfte er dabei die Verteidigungsbereitschaft des Landes nicht vernachlässigen. Dazu gesellten sich die Sorge um Strategien und Taktiken sowie seine gewohnten Pflichten bei der Ausübung der Justiz. Alles in allem stand er vor Aufgaben, die einen Mann leicht überfordern konnten.

Doch Gaborns Pflichten reichten noch weiter. Heute hatte sie seine Stimme in ihrem Kopf gehört, hatte gehört, wie er sie persönlich vor einer Gefahr gewarnt hatte, und gewiß hatte er für Tausende anderer Menschen das gleiche getan. Er regierte nicht nur wie ein normaler Monarch. Er war im Innersten mit jedem seiner Untertanen verbunden und trug für jeden einzelnen Sorge.

Die Kräfte eines Erdkönigs erschienen ungeheuer groß, und seine Verantwortung ging darüber noch hinaus. »Mein Lord?« fragte sie, um ihn auf die Probe zu stellen. »Habt Ihr eine Idee, woher Ihr die Federn für das Befiedern Eurer Pfeile erhaltet?«

»Ich habe allen Lords in Heredon den Befehl gegeben, jedes Kind, das eine Gans, Ente oder Taube rupft, anzuweisen, es möge die Flügel- und Schwanzfedern dem König abliefern.«

»Aber bleibt Euch denn Zeit für solche Einzelheiten?« wollte sie wissen. »Wann habt Ihr diesen Befehl erlassen?«

Matt antwortete er: »Die meisten Lords aus Heredon haben sich am Tag meiner Ankunft auf Burg Sylvarresta vorgestellt, nach der Schlacht bei Longmot. Ich habe, genau wie heute zu Euch, mit der Stimme des Erdkönigs zu meinen Erwählten gesprochen und ihnen aufgetragen, ihre Verteidigung in die eigenen Hände zu nehmen.«

»Und Ihr habt sie gebeten, die Federn aufzuheben?«

»Und Nägel für die Pferde. Außerdem habe ich sie daran erinnert, warme Winterkleidung zu schneidern, die ein Mann nicht nur tragen, sondern in der er auch schlafen kann, Lebensmittel und Heilkräuter einzulagern und natürlich noch tausend andere Dinge.«

Jetzt, da sie darüber nachdachte, fiel es ihr auf. Ja, sie hatte es persönlich beobachtet. Während ihres Ritts nach Norden hatte sie den Menschen aus Heredon bei der Arbeit zugesehen, hatte bemerkt, mit welchem Eifer die Müller ihr Mehl mahlten und die Weber ihr Tuch webten. Auf jeder Festungsmauer hatte sie Steinmetze bei der Arbeit beobachtet.

»Was wünscht Ihr, soll ich tun?« fragte Erin.

»Folgt mir«, sagte Gaborn. »Heute habt Ihr auf meine Stimme gehört und deshalb überlebt. Hört weiter auf sie.«

Der Stallmeister stieß die Tür auf und führte ein prächtiges schwarzes Schlachtroß herein, eine große Stute mit feuriger Ausstrahlung, ein Tier, das über acht Gaben verfügte – jeweils eine der Muskelkraft, der Anmut, des Durchhaltevermögens, der Sehkraft und des Geruchssins, dazu drei des Stoffwechsels. Es war eines der edelsten Tiere, das sie je gesehen hatte – beinahe ein königliches Pferd.

»Ich werde auf Euch hören, Euer Hoheit«, versprach Erin. »Können wir morgen ein Stück zusammen reiten? Es gibt da eine kleine Angelegenheit, über die ich mit Euch sprechen möchte.«

»Es wird mir ein Vergnügen sein«, erwiderte Gaborn. »Aber wie ich den anderen in Kürze mitteilen werde, müssen wir vor dem Morgengrauen aufbrechen. Mir wird allmählich klar, daß wir Carris früher erreichen müssen als geplant. Euch bleiben noch ein paar Stunden der

Ruhe, doch sobald der Mond aufgeht, werden wir so schnell reiten, wie wir können.«

»Wie bald hofft Ihr, Carris zu erreichen?« fragte Erin.

»Mit den geeigneten Pferden gedenke ich, morgen bei Einbruch der Nacht dort zu sein.«

Über sechshundert Meilen. Das war für jedes Pferd ein langer Ritt, selbst für ein prächtiges Kraftpferd wie jenes, das er ihr soeben geschenkt hatte. Zudem barg ein Ritt im Mondlicht Gefahren. Erin nickte, kam aber nicht umhin, sich zu wundern.

Einige Männer aus diesem Gefolge würden Carris vielleicht bis zum Einbruch der Nacht erreichen, dadurch jedoch würden diese Ritter ihre Pferde zuschanden reiten. Selbst der tapferste Ritter konnte nicht auf dem Rücken eines toten Pferdes in die Schlacht ziehen.

In logistischen Angelegenheiten war Gaborn vielleicht überragend, seine strategischen Fähigkeiten dagegen bereiteten ihr Sorgen.

KAPITEL 2
Am Taubenpaß

Die Annektoren im Palast der Konkubinen hatten gesungen, als Saffira Borenson verließ, doch der Ritter hörte sie nicht.

Nach langen Tagen erschöpft und der Hauptgaben des Durchhaltevermögens beraubt, die es ihm ermöglicht hatten, die natürliche Schwäche des Menschen zu überwinden, war er am Brunnen in der Sonne eingeschlafen, während er auf Saffiras Rückkehr wartete.

Als Pashtuk und Saffiras Leibwächter dem großen Mann schließlich in den Sattel halfen, klammerte er sich instinktiv daran fest. Er brauchte niemanden, der ihn festzurrte.

So schlief er stundenlang im Sattel, derweil Pashtuk die Gruppe zurück nach Norden, nach Deyazz hinein, und dann in westlicher Richtung vorbei an den heiligen Ruinen der Taubenberge führte.

Auf dem Bergpfad erwachte Borenson für kurze Zeit und blickte hoch zu den steilen, weißen Felswänden. Dort, viertausend Fuß weiter oben an den Berghängen, lehnten sich Opferstätten und vorzeitliche, mit Kuppeln gekrönte Tempel in heikler Lage über den jähen Abgrund. Vor Tausenden von Jahren, so hieß es, hätten sich Zeloten hinunter in die Ebene gestürzt und ihr Leben auf diese Weise dem Luftgeist geopfert.

Wurde der Akt des Eiferers für heilig befunden, so

erwarb er sich vielleicht sogar die Fähigkeit des Fliegens. Verschmähten ihn die Kräfte der Luft jedoch, stürzte er in den Tod.

Es hieß, auf diese Weise hätten sich sogar Kinder die Fähigkeit des Fliegens erworben. Am Fuß der steilen Felswand, im Tal der Schädel, gab es jedoch reichlich Belege dafür, daß der Luftgeist das Opfer der Vorfahren nur selten angenommen hatte.

Heutzutage waren nur wenige Menschen verwirrt genug, dergleichen zu versuchen, denn außer den Lords des Himmels hatte niemand Macht über den Luftgeist erlangt – jedenfalls hatte Borenson davon noch nicht gehört. Dennoch kam es gelegentlich vor, daß jemand aus der Tür seines Hauses herausspazierte, einfach dem Wind folgte und sich von ihm, zu welchem Ziel auch immer, treiben ließ. Stets verfielen diese ›Getriebenen‹ oder die ›Jäger des Windes‹, wie sie manchmal genannt wurden, auf Diebstahl oder anderes Unrecht, um für ihren Unterhalt zu sorgen.

Saffiras Leibwächter ritten neben ihr, zwei hünenhafte Kerle mit Namen Ha'Pim und Mahket. Auf Reisen verhüllte sie ihr Gesicht mit Seidenschleiern, damit niemand ihr Antlitz sehen konnte. Doch kein Schleier konnte den Glanz ihrer Augen verdecken oder das Schimmern ihrer Haut maskieren.

Obwohl sie kein einziges Wort sprach, zog allein schon ihre Haltung im Sattel die Blicke all derer auf sich, die sie passierten.

Mit jedem Augenblick wurde sie schöner, denn der Palast der Konkubinen in Obran beherbergte Hunderte Frauen, die alle zahlreiche Gaben der Anmut besaßen.

Jetzt übertrugen die Annektoren die Gaben von Raj Ahtens Konkubinen eine nach der anderen mit Hilfe von Vektoren auf Saffira.

Selbstverständlich mußte sie nicht persönlich in Obran anwesend sein, um weitere Gaben erhalten zu können. Mit dem Abtreten und Annehmen einer Gabe wurde eine magische Verbindung geschaffen, die nur unterbrochen werden konnte, wenn entweder der Empfänger oder sein Übereigner starb.

Wenn also eine Frau eine Gabe der Anmut abtrat, wurde ihre gesamte Anmut weitergeleitet. Übernahm dieselbe Übereignerin später dann eine Gabe der Anmut von einer anderen Person, gewann sie selbst keinerlei Anmut hinzu. Statt dessen wurde diese augenblicklich an die Empfängerin ihrer eigenen Anmut weitergegeben.

Übereigner, die eine solche Verbindung herstellten, wurden Vektoren genannt. Demzufolge übernahmen gegenwärtig jene Frauen Gaben, die Saffira bereits als Übereigner dienten.

Auf diese Weise machte Saffira sich das Geschenk des Erdkönigs auf bestmögliche Weise zunutze. Wenn sie Raj Ahten die inständige Bitte um einen Waffenstillstand zwischen Völkern, die schon viel zu lange miteinander Krieg führten, vortragen würde, hoffte sie, nicht bloß Hunderte, sondern Tausende von Gaben der Anmut zu besitzen.

Also führte Pashtuk sie stundenlang voran und bog schließlich von der Straße ab, sobald sie Raj Ahtens

Truppen passierten, die in der Nähe der Festung bei Mutabayim vorbeimarschierten. Borenson schlief erneut im Sattel ein.

Die fünf hatten die schwerbewachte Grenze des Hestgebirges erreicht, als Pashtuk endlich anhielt, um Borenson zum Abendessen zu wecken.

Soeben brach die Nacht an. Pashtuk half Borenson vom Pferd. »Schlaft hier eine Stunde, ich werde derweil das Abendessen für Ihre Hoheit zubereiten.«

Ohne weitere Umstände ließ sich Borenson auf die Fichtennadeln fallen und hätte tief und fest geschlafen, wäre da nicht Saffiras Parfüm gewesen.

Als sie vorüberging, erwachte er. Er setzte sich auf und beobachtete ihre eleganten Bewegungen, was ihm ein finsteres, warnendes Stirnrunzeln von Ha'Pim einbrachte.

Tauben gurrten in den nahen Fichten, und die trockene Bergluft trug die Frische eines nahen Baches heran. Borenson ließ den Blick nach Westen wandern.

Nie zuvor hatte er einen Sonnenuntergang über der indhopalischen Salzwüste erlebt, und jetzt, nachdem er einmal Zeuge dieses Schauspiels geworden war, würde er es sein Lebtag nicht mehr vergessen. Im Westen hüllte sich die Wüste in ein sanftes Violett und erstreckte sich auf Hunderte Meilen vollkommen eben vor ihm, während der Abendwind den Staub über den Niederungen gerade so weit aufwirbelte, daß ein wenig roter Sand im fernen Dunstschleier zu treiben schien. Die Sonne wirkte übergroß, wie sie dort am Horizont versank – eine riesige, aufgequollene Perle von der Farbe einer Rose.

Und dennoch verblaßte diese Schönheit im Vergleich mit Saffiras Lieblichkeit. Die Frau schlenderte den Hang hinunter in den Schutz des engen Tals und kniete neben einem Teich im Fels nieder, wo Honigbienen die neben dem Felsen wachsenden Nachtkerzen summend umschwärmten. Da sie nun ihren Schleier abnahm und dazu den Schal, der ihren Kopf und ihre Schultern bedeckte, empfand Borenson ihre Lieblichkeit als reine Qual. Sie peinigte den Körper und zerfraß den Verstand.

Eine halbe Stunde lang blieb sie über den Tümpel gebeugt sitzen und betrachtete ihr Spiegelbild. Während der letzten Stunden hatten die Konkubinen Hunderte oder gar Tausende von Gaben der Anmut auf sie übertragen, während andere sie mit Gaben der Stimmgewalt versahen.

Sie blickte über die Schulter und sah, daß Borenson wach war und sie anstarrte.

»Sir Borenson«, sagte sie mit honigsüßer Stimme, »kommt und setzt Euch zu mir.«

Borenson erhob sich und spürte, wie von der Anstrengung die Beine unter ihm nachgeben wollten. Er bewegte seine Gliedmaßen, als handelte es sich um klobige Baumstämme, bis er schließlich vor Saffira auf die Knie fiel. Freundlich lächelnd legte sie ihre Hand für einen kurzen Moment auf die seine.

Ha'Pim trat näher und umfaßte mit der fleischigen Hand den Griff seines Dolchs. Er war ein riesenhafter Kerl, mit einem finsteren und mürrischen Gesichtsausdruck.

»Werde ich ein würdiger Bote sein, Euer Bittgesuch um Frieden zu überbringen?« fragte Saffira.

»Würdig«, war alles, was Borenson rauh hervorbrachte. »Über alle Maßen würdig.« Ihre Stimme klang in seinen Ohren wie Musik, seine eigene dagegen erschien ihm wie das Krächzen einer Krähe.

»Verratet mir«, bat ihn Saffira, »habt Ihr eine Gemahlin?«

Borenson mußte einen Augenblick nachdenken. Er blinzelte nervös. »So … ist es, meine Dame.«

»Ist sie hübsch?«

Was sollte er darauf antworten? Er hatte Myrrima sehr hübsch gefunden, doch verglichen mit Saffira wirkte sie fast wie ein Trampel. »Nein, meine Dame.«

»Wie lange seid Ihr verheiratet?«

Er versuchte sich zu erinnern, es wollte ihm jedoch nicht recht gelingen, die Tage zu zählen. »Einige Tage – mehr als zwei. Vielleicht drei.« Bestimmt höre ich mich wie ein Trottel an, dachte er.

»Aber Ihr seid recht alt. Hattet Ihr vorher noch nie eine Gemahlin?«

»Was?« fragte er. »Vier, glaube ich.«

»Vier Gemahlinnen?« fragte Saffira und zog überrascht eine Braue hoch. »Das sind viele Frauen für einen Mann aus Rofehavan. Ich dachte, bei Euch erwählt man stets nur eine.«

»Nein, ich meinte, es sind vier Tage seit meiner Hochzeit«, brachte Borenson hervor. »Ich bin ziemlich sicher. Vier Tage.« Er versuchte seinen Worten ein wenig Nachdruck zu verleihen.

42

»Aber keine weiteren Gemahlinnen?«

»Nein, meine Dame«, antwortete Borenson. »Ich ... war Leibwächter meines Prinzen. Für eine Gemahlin hatte ich keine Zeit.«

»Das ist schade«, meinte Saffira. »Wie alt ist Euer Weib?«

»Zwanzig ... Jahre«, krächzte Borenson. Saffira legte ihre Hand auf den Felsen und lehnte sich zurück. Dabei strich ihr Finger über Borensons rechte Hand. Er starrte auf die Stelle, unfähig, den Blick davon zu lösen.

Am liebsten hätte er die Hand ausgestreckt und Saffira gestreichelt, mußte jedoch einsehen, daß das ausgeschlossen war. Einem Untergebenen wie ihm stand es nicht an, ein so wundervolles Wesen anzufassen. Nur aus Zufall hatte sie ihn berührt, eine überraschende Fügung des Schicksals war es gewesen. Der Duft ihres Parfüms hing schwer in der Luft.

»Zwanzig. Das scheint mir recht alt«, fuhr Saffira fort. »Ich habe gehört, daß Frauen in Eurem Land oft warten, bis sie zu alt fürs Heiraten sind.«

Er wußte nicht, was er erwidern sollte. Sie selbst schien kaum älter als sechzehn zu sein, und doch hatte Saffira schon vor Jahren geheiratet und Raj Ahten vier Kinder geboren.

»Mein Lord nahm mich an meinem zwölften Geburtstag in sein Bett«, erzählte Saffira stolz. »Ich war die jüngste seiner Frauen und er der schönste Mann, der jemals lebte. Er hat mich von Anfang an geliebt. Einige Konkubinen hält er sich, um sie anzuschauen, andere, damit sie für ihn singen. Mich aber liebt er am meisten.

Er ist sehr gut zu mir. Stets macht er mir Geschenke. Vergangenes Jahr brachte er uns zwei weiße Reitelefanten mit. Ihr Kopfschmuck und die großen Sättel auf ihrem Rücken waren über und über mit Diamanten und Perlen besetzt.«

Borenson hatte Raj Ahten gesehen. Der Wolflord besaß Tausende von Gaben der Anmut. Wenn er Saffira jetzt betrachtete, begriff er, wieso sich eine Frau von Herzen nach ihm sehnte.

»Sein erstes Kind gebar ich ihm, bevor ich dreizehn wurde«, berichtete Saffira voller Stolz. »Insgesamt schenkte ich ihm vier Kinder.« Er glaubte, einen Hauch von Traurigkeit in ihrer Stimme bemerkt zu haben. Hatte er ein Thema angeschnitten, das für sie schmerzlich war – den Tod ihres Sohnes?

Sein Mund fühlte sich trocken an. »Äh, äh, werdet Ihr ihm noch weitere schenken?« fragte er, wobei er innerlich flehte, sie möge es nicht tun.

»Nein«, erwiderte Saffira und ließ den Kopf sinken. »Ich kann keine mehr bekommen.«

Borenson spielte mit dem Gedanken, sie nach dem Grund zu fragen, doch sie blickte ihn von der Seite an und wechselte das Thema. »Ich finde, Männer sollten kein rotes Haar haben. Das steht ihnen nicht.«

»Ich … werde es für Euch abrasieren, meine Dame.«

»Nein. Denn dann wäre ich gezwungen, all Eure weiße Haut und Eure Sommersprossen zu sehen.«

»Dann werde ich mein Haar färben, meine Lady. Ich habe gehört, es gibt Mittel dafür.«

44

Saffira lächelte bezaubernd, das wundervollste Lächeln, das je das Antlitz einer Frau geziert hatte. »Ja, an manchen Orten in Indhopal färben alte Menschen ihr Haar, wenn es zu ergrauen beginnt«, antwortete sie. »Ich werde nach einem solchen Färbemittel schicken.«

Sie schwieg einen Augenblick. »Mein Gemahl«, prahlte sie, »ist der größte Mann der ganzen Welt.«

Borenson zuckte zusammen. So hatte er es noch nie betrachtet und es auch eigentlich nicht für möglich gehalten. Aber jetzt, nachdem Saffira es ausgesprochen hatte, wurde ihm klar, es stimmte. »Ja, o Stern der Wüste«, erwiderte er, denn plötzlich fand er die Anrede ›meine Dame‹ viel zu gewöhnlich – ein Titel, der ausschließlich alten, vertrockneten Matronen mit wettergegerbtem Gesicht vorbehalten sein sollte.

»Er ist die Hoffnung der Welt«, klärte Saffira ihn aus tiefster Überzeugung auf. »Er wird die Menschheit einigen und die Greifer vernichten.«

Natürlich. Jetzt, da er ihn vor sich sah, wurde Borenson bewußt, welch großartiger Plan es war. Wer war mächtiger als Raj Ahten?

»Ich sehe diesem Tag mit Freuden entgegen«, pflichtete Borenson ihr bei.

»Und ich werde ihm dabei helfen«, setzte Saffira hinzu. »Ich werde Rofehavan den Frieden bringen, alle Soldaten bitten, ihre Waffen niederzulegen, und damit den Plünderungen der Unabhängigen Ritter ein Ende machen. Mein Geliebter hat lange für den Frieden gekämpft, und jetzt wird das Große Licht aus Indhopal über der gesamten Welt erstrahlen. Entweder unterwerfen sich die Bar-

baren aus Rofehavan ihm und fallen vor ihm auf die Knie, oder sie werden vernichtet.«

Saffira hatte halb zu sich selbst gesprochen, als lausche sie voll des Erstaunens auf die reinen Klänge ihrer eigenen Stimme. Mit jeder Minute übertrugen die Annektoren in ihrem Palast zusätzliche Gaben auf sie. »Wahoni besaß vierzig Gaben der Stimmgewalt. Die müssen jetzt mir gehören«, sagte Saffira. »Sie sang so wunderschön, ich werde es vermissen, auch wenn ich nun selbst sehr viel schöner singen kann.« Sie hob ihre Stimme, sang ein paar Verse in solch betörenden Klängen, daß die Musik um sie in der Luft zu schweben schien wie der Flaum an einem Baumwollstrauch. Bei ihrem Lied lief Borenson ein Schauder über den Rücken.

Plötzlich blickte sie ihn beunruhigt an. »Ihr solltet mich nicht mit offenem Mund anstarren«, beschwerte sie sich. »Ihr erweckt den Eindruck, als wolltet Ihr mich fressen. Um ehrlich zu sein, vielleicht solltet Ihr mich gar nicht anschauen. Ich werde jetzt ein Bad nehmen, und nackt dürft Ihr mich nicht sehen, das versteht Ihr doch?«

»Ich werde die Augen schließen«, versprach er. Ha'Pim versetzte ihm einen Tritt in die Beine, und der Ritter entfernte sich ein paar Meter. Dann lehnte er sich mit dem Rücken an einen warmen Fels.

Er lauschte auf das Knistern und Rascheln der Seidentücher, die sie ablegte, sog den süßen Duft ihres Körpers ein, als sie ihr Kleid abstreifte und ihr Jasminparfüm unversehens noch durchdringender wurde.

Er lauschte, wie sie zaghaft in den Teich stieg und angesichts des kalten Bergwassers einen überraschten

Laut von sich gab, lauschte auf ihr Planschen und Plätschern, sah sie aber nicht an.

In wörtlicher Befolgung ihres Befehls kniff er die Augen fest zu und zwang sich zum Gehorsam, welchen Preis auch immer er dafür bezahlen mußte.

Doch während er versuchte, seine Aufmerksamkeit von Saffiras Planschen abzulenken, stutzte er.

Sie hatte gesagt, Raj Ahten sei der größte Mann der Welt, und in jenem Augenblick waren ihm die Worte weise vorgekommen, vernünftig und wohlüberlegt.

Erst jetzt schlichen sich die ersten Zweifel ein.

Liebte Saffira Raj Ahten?

Und hielt sie ihn für gütig? Den Mann, der sich durch Erpressung eine Gabe der Sehkraft von ihrem eigenen Vater verschafft hatte, den Mann, der alle Könige der Nachbarreiche von ihrem Thron gestoßen hatte und jetzt danach trachtete, die Welt zu unterwerfen?

Nein, Borenson hatte die Gerissenheit und die Grausamkeit des Wolflords erlebt. Er hatte die Leichen von Gaborns Bruder, die Leichen seiner Schwestern und seiner Mutter gesehen. Als er Raj Ahtens Übereigner auf Burg Sylvarresta erschlagen hatte, war er gezwungen gewesen, Kindern das Leben zu nehmen, die Raj Ahten Gaben abgetreten hatten. Dieser Mann hatte sich ganz dem Bösen verschrieben.

Raj Ahten hatte Saffira noch als Kind zur Frau genommen, und obwohl sie mit Raj Ahtens Liebe prahlte, wollte Borenson ihn dafür sterben sehen.

Dennoch mußte er sich wundern. Saffira war als Kind, überwältigt von seiner Anmut und Stimmgewalt, bereitwillig zu ihm gegangen. Sie liebte ihn. Sie liebte ihn so sehr, daß sie jetzt sogar versprach, ihn im Kampf gegen die Völker Rofehavans zu unterstützen.

Die Welt, die ihr Gemahl so mitleidlos zu unterwerfen trachtete, hatte sie nie gesehen, wurde Borenson nun bewußt. Sie war hoffnungslos naiv. Ihre ganze Zeit hatte sie in ihrem Palast eingesperrt mit dem Warten auf Geschenke verbracht, die Raj Ahten ihr bringen würde, und sich vor den Unabhängigen Rittern gefürchtet. Im Alter von zwölf Jahren hatte man sie ihrer Familie entrissen, und obwohl man Borenson nicht gestattet hatte, die anderen Konkubinen zu sehen, so nahm er dennoch an, daß sie alle Mädchen wie Saffira waren – und ebenso naiv und töricht.

Und im gleichen Moment dämmerte ihm, wie hoffnungslos Gaborns Plan scheitern konnte: Saffira erbot sich, einen Frieden zwischen Indhopal und Rofehavan zu schmieden, doch aus ganz eigenen Motiven und nicht, weil der Erdkönig es wünschte.

Und wenn Raj Ahten nicht überzeugt werden konnte, diesen Krieg zu beenden, dann würde Saffira sich ihm anschließen und ihre Anmut einsetzen, die Armeen von Rofehavan niederzuwerfen.

Eine leise Stimme in Borensons Hinterkopf flüsterte ihm zu, er habe geholfen, ein Ungeheuer zu erschaffen, welches er nun gefälligst nach Möglichkeit wieder vernichten sollte.

Aber der Gedanke war ihm unerträglich. Sogar wenn er seine Gaben noch besessen hätte, sogar wenn er geglaubt hätte, gegen Pashtuk, Ha'Pim und Mahket im

Kampf bestehen zu können – er hielt sich nicht für fähig, Saffira zu töten.

Das vermochte kein Mann fertigzubringen.

Zudem hatte sie eine derartige Behandlung nicht verdient. Saffira war dumm, nicht böse.

Doch selbst wenn er sie für durch und durch böse gehalten hätte, niemals, das wußte er, hätte er einen Finger gegen sie erheben können.

KAPITEL 3
Ein naiver Waffenbruder

Erst nach Sonnenuntergang traf Iome auf Burg Groverman ein. Sowohl Binnesman als auch Jureem ritten jene prachtvollen Tiere, die Raj Ahten ihnen eine Woche zuvor so gnädig überlassen hatte, und Myrrima saß auf Sir Borensons Pferd, dem schnellsten, das Mystarria zu bieten hatte. Das Kraftpferd jedoch, das Iome gezwungen gewesen war, aus den königlichen Ställen zu stehlen, besaß lediglich drei Gaben.

Nach einhundert Meilen hatte es die Grenze der Erschöpfung erreicht, daher war Iome gezwungen, langsamer zu reiten, bis sie nach Bannisferre kämen, wo sie ein frisches Pferd kaufen konnten.

Noch immer leuchteten die Sterne hell, und die Luft im Dunnwald war kühl und frisch, von daher gestaltete sich der abendliche Ritt angenehm.

Bei ihrem Aufbruch zum König hatte ihr Gefolge aus Jureem, Binnesman und Myrrima bestanden, außerdem gehörten ihre Days und der klumpfüßige Junge dazu.

Von einem der Kommandanten erfuhr sie, daß Gaborn sich in Herzog Grovermans Bergfried mit einer Anzahl weiterer Lords zum Abendessen zurückgezogen hatte.

Iome ging zum Audienzsaal des Lords. Eben wollte sie die roten Vorhänge am Eingang zurückziehen, da hörte sie, wie jemand mit barscher Stimme das Wort an ihren

Gemahl richtete. »Das ist eine Farce, Euer Hoheit!« rief ein Ritter in zu lautem Ton. »Ihr dürft sie jetzt nicht umkehren lassen, noch bevor die Jagd begonnen hat! Das wäre Feigheit!«

Sie kannte die weinerliche Stimme. Sie gehörte Sir Gillis aus Tor Insell.

Ein Kerl mit tiefer Stimme ereiferte sich: »Euer Hoheit, ich werde mich weder von diesem Mann Feigling schimpfen noch meinen König als einen solchen bezeichnen lassen. Ich verlange eine Entschuldigung!«

Iome gab jenen hinter ihr ein Zeichen stehenzubleiben. Sie teilte den Vorhang ein kleines Stück. Herzog Groverman hatte ein prächtiges Bankett ausgerichtet, und Gaborn drängte sich mit drei Dutzend Lords um eine Tafel, an der unter normalen Umständen kaum zwei Dutzend Personen Platz gefunden hätten.

In der Mitte des Saales stand ein junger Mann mit pickeligem Gesicht, Theovald Orwynnes Sohn, der vierzehn Jahre alte Agunter.

Die Kunde von den Ereignissen des Tages hatte sich entlang der Straße wie ein Lauffeuer ausgebreitet. König Orwynne und sein Sohn Barnell waren vom Glorreichen der Finsternis getötet worden, wie Iome wußte. Agunter wäre nun der nächste in der Erbfolge. Zudem hatte sie erfahren, daß Gaborn seine Gaben verloren hatte.

Neben Agunter stand ein Bär von einem Mann, Sir Langley, hinter dem einige Berater warteten.

»Ich verlange eine Entschuldigung von diesem täppischen Lümmel …«, schrie Sir Langley Sir Gillis an, »oder Genugtuung!«

Gaborn wandte sich im Tonfall leicht bemühter Heiterkeit nach links, wo Sir Gillis einige Plätze weiter an der Tafel saß. »Was sagt Ihr, Sir Gillis? Werdet Ihr Euch für Eure Beleidigung entschuldigen, oder werden wir alle Gelegenheit haben zuzusehen, wie Orwynnes Kämpe Euch die Zunge aus dem Mund reißt?«

Mit hochrotem Gesicht warf Sir Gillis ein Schwanenbein beiseite, an dem er gerade genagt hatte, und blickte wütend von seinem Teller auf. »Ich wiederhole es noch einmal! Orwynne hat dem Erdkönig Treue geschworen, und wenn Agunter und seine Ritter sich entscheiden, jetzt, gerade vor der Schlacht, abzuziehen, dann sind sie, so behaupte ich, allesamt Feiglinge! Reißt mir die Zunge raus, wenn Ihr dazu in der Lage seid, Sir Langley. Auch wenn ich ohne Zunge bin, wird das nichts an der Wahrheit ändern!«

Sir Langley widmete Sir Gillis einen bitterbösen Blick, und seine Hand wanderte zum Dolch am Gürtel; in Gegenwart des Königs wagte er ihn jedoch nicht zu ziehen.

»Bitte, Euer Hoheit!« rief einer von Orwynnes Beratern. »Es war nicht Lord Agunters Wunsch, auf seine Ländereien zurückzukehren. Ich war es, der ihn den ganzen Tag davon zu überzeugen suchte, daß dies das klügste wäre!«

»Sprecht weiter«, forderte Gaborn den Berater auf.

»Ich … ich möchte lediglich herausstellen, daß Agunter erst vierzehn ist und ihm zwar die Körpergröße eines erwachsenen Mannes eigen ist sowie der Mut, es mit jedem Mann in diesem Raum aufzunehmen – sein Königreich aber heute einen tragischen Verlust erlitten hat. Der Tod von König Orwynne und seines ältesten Sohnes hat die Position der königlichen Familie geschwächt. Agunters nächster Bruder ist erst sechs, und sollte Agunter weiter nach Süden ziehen und durch ein grausames Schicksal im Kampf fallen, wäre sein Bruder nicht imstande, an seiner Stelle zu regieren. Da sich unser Königreich im Krieg befindet, brauchen wir einen starken Herrscher. Aus diesem Grund allein bitten wir Euch um die Erlaubnis, in unsere Heimat zurückzukehren.«

Gaborn, Herzog Groverman zu seiner Linken und Kanzler Rodderman zur Rechten, saß ein Stück vom Tisch abgerückt im Schatten. Jetzt beugte er sich vor.

»Die Abreise des jungen Agunter ist eine Sache«, warf Sir Gillis ein. »Aber muß er sein gesamtes Gefolge mitnehmen? Fünfhundert Ritter?«

Iome war angesichts des Einwandes hin- und hergerissen. Agunters Vater hatte tatsächlich fünfhundert seiner besten Ritter für diesen Feldzug gestellt, und jetzt, da Heredons Streitkräfte derart dezimiert waren, wurden diese Ritter dringend gebraucht. Die Heimkehr wäre sicherlich eine kluge Entscheidung von Agunter, doch alle seine Männer mitzunehmen schien übertrieben.

Sir Gillis hatte recht, entschied sie. Hinter Agunters Ansinnen verbarg sich mehr als eine vernünftige Überlegung. Der Junge trug sich mit ernsthaften Sorgen – und das aus gutem Grund.

Gaborns Vater hatte sich Raj Ahten widersetzt und war deswegen ermordet worden, genau wie auch ihr eigener Vater. Agunters Vater war auf entsetzlichste Weise getötet worden, war vor den Augen seines Sohnes von einem Glorreichen der Finsternis zerquetscht worden.

Jetzt ergriff der Junge mit bebender Stimme das Wort. »Ich glaube, es wäre übertrieben, alle meine Männer mitzunehmen, wenn mein Vater nicht gestern abend folgende Nachricht überbracht hätte: In Nord-Crowthen und danach auch im Süden von Mystarria sind Greifer an die Erdoberfläche vorgedrungen. Weltwürmer lassen die Erde erzittern, während sie sich unter dem Dunnwald durchgraben. Mein Königreich grenzt an das Hestgebirge, und während des letzten Sommers haben wir in den Bergen zahlreiche Greiferspuren entdeckt. Wie lange wird es dauern, bis sie in Massen über uns herfallen?«

»Ha! Was Ihr tut, nenne ich Diebstahl!« rief Sir Gillis empört. »Der Erdkönig rettet Euer Volk und überläßt Euch eintausend Zwingeisen, damit Sir Langley unser Kämpe wird, und dann spielt Ihr mit dem Gedanken, mit der Beute einfach fröhlich von dannen zu ziehen. Sollen wir etwa glauben, in Orwynne sei man naiv?«

Der junge König Agunter funkelte Sir Gillis bedrohlich an. Falls sich sein Ritter fürchtete, vor dem Erdkönig das Schwert zu ziehen, war ihm eine solche Angst fremd, wie Iome feststellte. Er fürchtete sich vielleicht vor Raj Ahten, aber nicht vor Männern wie Sir Gillis.

Fürwahr, ein naiver Waffenbruder.

Iome biß sich auf die Lippe. Der junge Agunter hört schon jetzt nicht gern, wenn man ihm derartige Anspielungen offen ins Gesicht sagt, überlegte sie, und in ein, zwei Jahren wird er es mit Sicherheit verabscheuen, wenn man hinter seinem Rücken so über ihn redet. Es wäre unhöflich von dem Jungen, seine Unterstützung vollständig zurückzuziehen.

Gaborn hatte zweitausend Zwingeisen nach Orwynne geschickt, damit Langley Gaben übernehmen konnte. Das war eine ungeheure Investition, und allein an seiner Körperhaltung konnte Iome erkennen, daß Langley Gaben über seine Vektoren erhielt. Selbst in seinem Kettenhemd stand er aufrecht da, zudem bewegte er sich mit einer unglaublichen Behendigkeit, wie dies nur ein Mann mit den Hauptgaben der Anmut und des Stoffwechsels vermochte.

Während Orwynnes Annektoren zu seinen Gunsten Eigenschaften gewannen, wurde Langley somit von Minute zu Minute zu einem mächtigeren Krieger.

Es wäre unfein von Agunter, Langley vor der anstehenden Schlacht fernzuhalten, und nicht nur das, sondern auch töricht. Iome hätte das niemals zugelassen, hätte mit der Faust auf den Tisch geschlagen und auf Orwynnes Unterstützung bestanden. Statt dessen mußte sie mit ansehen, wie Gaborn sein Spiel mit dem Jungen trieb.

Der Erdkönig beugte sich erneut vor und räusperte sich. Als er sich in den schwachen Schein der Kerze neigte, bemerkte Iome überrascht die Verwandlung, die seit heute morgen in seinem Gesicht stattgefunden hatte. Seine Augen waren dunkel und eingefallen, die Haut blaß. Er wirkte krank oder entkräftet, fast dem Tod nahe. So sehr hatte ihm der verheerende Verlust seiner Gaben zugesetzt.

»Sir Gillis, Ihr schuldet König Orwynne eine Entschuldigung«, sagte Gaborn. »Ich habe in sein Herz geblickt. Es ist voll des Zorns gegen Raj Ahten, und es fällt ihm ebenso schwer, diesem Konflikt aus dem Weg zu gehen, wie Euch, ihn ziehen zu lassen.«

Er wandte sich an den jungen König: »Agunter Orwynne, führt Eure Männer nach Hause; meinen Segen habt Ihr. Rofehavan braucht Orwynne, um den Westen zu halten und um stark gegen alle Feinde zu sein – ob es sich dabei um Raj Ahtens Truppen handelt oder um Greifer. Bringt Euren Vater und Euren Bruder zur Beerdigung nach Hause. Nehmt Eure Ritter mit, und mögen die Kräfte mit Euch sein.«

Iome war fassungslos. Schon jetzt zog Gaborn mit viel zuwenig Männern in die Schlacht. Er sollte nicht den Forderungen dieses Feiglings nachgeben.

»Aber …«, unterdrückte Sir Gillis gerade noch einen empörten Einwurf.

»Ich bitte Euch nur um einen Gefallen«, fuhr Gaborn an Agunter gewandt fort. »Überlaßt uns Sir Langley, damit er als Euer Kämpe kämpfen kann. Ich hege nach wie vor die Hoffnung, daß er sowohl meinen als auch Euren Vater rächen kann. Schafft er es, werde ich Euch für Eure Hilfe ewig dankbar sein.«

Plötzlich wurde Iome klar, was Gaborn beabsichtigte. Agunter ertrug die Vorstellung nicht, Raj Ahten gegenüberzutreten. Er hatte solche Angst, daß er nicht einmal allein nach Hause zu reiten wagte.

Doch vielleicht konnte Gaborn, indem er öffentlich erklärte, Agunter besitze Mut, ihm ein wenig davon mitgeben. Gleichzeitig appellierte er an das bißchen

Würde, das dem jungen Mann geblieben war. Kein Sohn würde sich die Gelegenheit entgehen lassen, den ermordeten Vater zu rächen. Wenn Agunter Langley nicht kämpfen ließe, würde er für immer mit der Verachtung seines Volkes leben müssen. Das erkannte gewiß sogar der Jüngling.

Trotzdem zitterte Agunter, da er erwiderte: »So nehmt *ihn* denn … und dazu einhundert weitere Ritter.«

Gaborn nickte, als überrasche und beeindrucke ihn die Großzügigkeit des jungen Königs.

Agunter machte kehrt und verließ erhobenen Hauptes den Saal, dicht gefolgt von seinen Beratern und seinem Days, die um ihn herumscharwenzelten. Offenbar hatte er es eilig, Burg Groverman zu verlassen und nach Orwynne heimzukehren.

Iome trat von der Tür zurück, um Agunter mit seinem Gefolge passieren zu lassen.

Von sämtlichen Männern Agunters blieb nur Sir Langley im Audienzsaal zurück.

Einen Augenblick lang schaute er Agunter nachdenklich hinterher, und niemand sprach ein Wort. Nachdem der junge König den Bergfried verlassen hatte, verneigte sich Sir Langley vor Gaborn. »Ich danke Euch, Euer Hoheit, daß Ihr den Jungen habt gehen lassen.« Dann verbeugte er sich vor Sir Gillis: »Und Euch, guter Herr, daß Ihr ihn an seine Pflichten erinnert habt.«

Gaborn lächelte vergnügt. Offenbar war Sir Langley sehr viel versessener darauf, gegen Raj Ahten anzutreten, als sein König, und obwohl der Ritter die Ehre seines Königs womöglich bis in den Tod verteidigen würde, betrachtete er seinen Herrn als das, was er war, und so erleichterte es ihn, daß er die Erlaubnis hatte, nach Süden zu reiten.

Auch Langley wandte sich nun zur Tür und wollte den Saal verlassen.

»Bleibt doch, wenn Ihr wollt«, forderte Gaborn ihn auf. »An der Tafel ist reichlich Platz.« Eine scherzhafte Bemerkung, denn am Tisch saßen die Ritter dichtgedrängt.

»Vielen Dank, Euer Hoheit«, erwiderte Langley. »Ich fürchte jedoch, wenn mein König abreist, wird das die Moral Eurer Truppen schwächen. Wenn Ihr gestattet, möchte ich mein Mahl bei den Soldaten einnehmen, damit ich sie ein wenig beruhigen kann.«

»Das wüßte ich sehr zu schätzen«, antwortete Gaborn.

Langley begab sich auf den Weg zum Ausgang, der Erdkönig rief ihn jedoch abermals zurück. »Ihr sollt eins wissen: Sir Langley, Euer König ist ein anständiger Kerl. Er hat den Körper eines Mannes, wenn auch noch nicht dessen Herz. In ein, zwei Jahren, so schätze ich, wird er seinen Mut entdecken.«

Langley warf einen Blick über die Schulter. »Ich bete, daß er ihn nicht zu spät entdeckt.«

Iome ließ den Ritter vorbei, betrat dann, gefolgt von Myrrima, Binnesman, Jureem und ihrer Days, den Audienzsaal. Der klumpfüßige Junge blieb im Vorzimmer zurück, um mit den Welpen zu spielen.

Als Gaborn Iome erblickte, erhob er sich und forderte sie auf, sich neben ihn zu setzen. Sie gab ihm einen Kuß und sah ihn dabei prüfend an. Er wirkte krank, wie sie fand.

Herzog Groverman bot ihr seinen Stuhl an, und sie nahm Platz. Mit der Linken ergriff sie Gaborns Rechte und drückte sie.

Sie hatte es sich noch nicht auf ihrem Stuhl bequem gemacht, als ein Page einen Boten aus Beldinook ankündigte – den ersten Boten aus Beldinook, seit Gaborn zum Erdkönig gekrönt worden war.

Beldinook war ein wichtiges Volk, das reichste und zweitgrößte in ganz Rofehavan. Im Norden grenzte es an Mystarria und war daher ein Verbündeter von strategischer Bedeutung. Mehr noch, der alte König Lowicker, ein Mann von angegriffener Gesundheit, der gelegentlich zu Unentschlossenheit neigte, war ein Verbündeter von Gaborns Vater gewesen. Jetzt brauchte Gaborn Lowicker, teils, weil seine kleine Armee durch Beldinook würde marschieren müssen, um Carris zu erreichen. Da der Erdkönig schnell vorankommen mußte, war es ihm zudem nicht möglich, sämtliche für die Schlacht notwendigen Vorräte mitzunehmen.

Zumindest brauchten seine Pferde beim Eintreffen in Beldinook gutes Futtergetreide, und auch die Krieger wollten auf dem Marsch verpflegt werden.

Königin Herin die Rote hatte Erin Connal geschickt, die diese Unterstützung angeboten hatte, Gaborn hatte jedoch auf eine Zusage aus Beldinook gewartet und wäre gezwungen, auch ohne solche Unterstützung weiterzumarschieren.

Im schlechtesten Fall benötigte er wenigstens die Zusage Lowickers, überhaupt durch Beldinook ziehen zu dürfen. Er hoffte aber auf mehr. Da so viele Burgen gefallen waren, sah er sich im Norden einigen ernsthaften Versorgungsengpässen gegenüber.

Zur Vorbereitung auf eine Belagerung – zu der es vermutlich kommen würde, falls Raj Ahten nicht beabsichtigte, die Burg zu zerstören – dürfte Paldane den größten Teil seiner Vorräte nach Carris verlegt haben. Gaborn ging nach wie vor davon aus, daß Raj Ahten die Stadt unbeschädigt wollte, damit seine Truppen dort überwintern konnten.

Unter diesen Umständen hatte Gaborn keine andere Wahl, als den Belagerungsring zu durchbrechen, indem er Raj Ahten angriff. Für eine offene Feldschlacht jedoch benötigten Gaborns Krieger zusätzliche Waffen – Pfeile für die Bogenschützen, Lanzen für die Kavallerie, Schilde und vieles mehr.

Nur wenige der Ritter, die nach Süden mitkommen würden, hatten ihre Schlachtrösser mit einer Rüstung belastet, meist mit einem Kopfschutz und gesteppten Decken für Hals und Flanken. Schwere Rüstung dagegen war auf einem solchen langen Ritt für die Tiere zu beschwerlich. Doch zögerte Gaborn, unzureichend gepanzerte Tiere in die Schlacht zu schicken. Er hätte eine volle Panzerung für die Kraftpferde, die stark genug waren, vorgezogen, mit Brustplatten und schweren Helmen für seine Ritter.

Diese Güter hoffte Gaborn aus Beldinook zu erhalten.

Gelang es ihm, Raj Ahten festzusetzen – bei Burg Crayden, Burg Fells oder bei Tal Dur –, würde er wahrscheinlich selbst eine Festung belagern müssen, und in diesem Fall benötigte er Werkzeuge, um Katapulte und Belagerungstürme zu bauen, dazu natürlich auch Schmiede, Köche, Knappen, Wäscherinnen, Sappeure, Kärrner – einen riesigen Troß also. Gaborn konnte seine eigenen Untertanen um Hilfe bitten, allerdings würde es Wochen dauern, sie alle nach Norden zu schaffen, und Zeit war von entscheidender Bedeutung.

Kurz, Gaborn würde sich auf seinen alten Verbündeten König Lowicker aus Beldinook verlassen müssen – auf einen Mann, der, wie manche sich hinter vorgehaltener Hand zuraunten, im Krieg zu vorsichtig war, einen Mann, der, wie manche argwöhnten, nicht das Rückgrat besaß, sich Raj Ahten entgegenzustellen.

Vor fast einer Woche hatte Gaborn Briefe nach Beldinook geschickt, in denen er für den Fall, daß er gezwungen war, nach Süden zu marschieren, um die Erlaubnis bat, Vorräte kaufen zu dürfen, aber Beldinook hatte nicht geantwortet – wahrscheinlich, weil Raj Ahten mit seinen Männern zu dieser Zeit in Eilmärschen durch die Wildnis an der Grenze des Landes zog und König Lowicker zu sehr mit der Sorge um seine eigenen Verteidigungsanlagen beschäftigt war. Iome hatte selbst erst vor zwei Tagen einen Kurier ausgesandt.

Jetzt endlich, noch mit dem Staub der Straße auf seiner rötlich-gelben Uniform, betrat der Bote den Saal. Die Jacke war mit dem Emblem des Weißen Schwanes von Beldinook verziert. Der Mann war klein und dürr und trug einen langen, bis über sein Kinn herabhängenden Schnauzer.

Gaborn erhob sich, um unter vier Augen mit ihm zu reden. Der Bote verbeugte sich jedoch mit großer Geste und sagte: »Wenn Euer Hoheit, die Lords aus Heredon und Orwynne erlauben – der gute König Lowicker bat mich, offen zu Euch allen zu sprechen.«

Gaborn nickte: »Dann fahrt bitte fort.«

Der Bote verbeugte sich. »Mein Lord Beldinook trug mir auf, folgendes kundzutun: ›Lang lebe Erdkönig Gaborn Val Orden!‹«

Er hob die Hand, und rings um die Tafel erwiderten die Lords: »Lang lebe der König!«

»Mein König ersucht um Entschuldigung dafür, daß sich diese Botschaft verzögert hat. Vor fast einer Woche schickte er Euch Dokumente, in denen er auf jede erdenkliche Art seine Unterstützung anbot. Leider ist es unserem Kurier allem Anschein nach nicht gelungen, die Nachricht meines Lords lebend zu überbringen. Auf den Straßen wimmelt es von Raj Ahtens Meuchelmördern. Für dieses Versäumnis bittet mein Lord um Entschuldigung.

Er wollte jedoch zum Ausdruck bringen, daß er, ebenso wie er Euren Vater liebte, Euch, Gaborn, stets wie einen eigenen Sohn betrachtete.«

Für Iome hatten diese Worte einen unangenehmen Beiklang. Lowicker hatte, wie sie wußte, oft um König Ordens Gunst gebuhlt, möglicherweise in der Hoffnung, Gaborn wäre Manns genug, Lowicker von einer bekanntermaßen wenig anziehenden Tochter zu befreien, seiner einzigen Erbin.

»Mein Lord König Lowicker bittet Euch des weiteren, Ihr möget Euch keine Sorgen machen«, fuhr der Bote fort. »Der Gefahr, die sich bei Carris zusammenbraut, ist er sich bewußt, und er hat Truppen zusammengezogen. In der Hoffnung, daß wir gemeinsam in der Lage sein werden, Raj Ahten jetzt, bevor die Bedrohung noch größer wird, vernichtend zu besiegen, hatte er ein Heer aus fünftausend Rittern, einhunderttausend Fußsoldaten sowie unzähligen Ingenieuren und Hilfskräften aufgestellt!

Euer Hoheit, Lords aus Heredon und Orwynne, mein König Lowicker bittet Euch, seid guter Dinge und beeilt Euch, zu ihm zu stoßen, denn er wird seine Truppen persönlich in den Krieg führen!«

Plötzlich bekam Iome eine Vorstellung davon, worauf König Lowicker eigentlich aus war. Gewiß würden Truppen aus dem Süden und Osten Mystarrias nach Carris reiten, um es gegen Raj Ahten zu verteidigen. Mit Fleeds als Flankenschutz im Westen und Lowickers mächtigem Vorstoß von Norden her würde Raj Ahten sich wie ein von Hunden eingekreister Bär von allen Seiten umzingelt sehen. Ohne Zweifel hoffte man in Beldinook, den Wolflord auf diese Weise besiegen zu können.

Iome mußte schmunzeln. Nicht einmal in ihren wildesten Träumen hätte sie für möglich gehalten, daß der gebrechliche König Lowicker in den Krieg ziehen würde.

Die Lords an der Tafel jubelten und hoben ihre Krüge zum Trinkspruch, und Iome spürte, wie eine ungeahnte Woge der Erleichterung durch ihren Körper ging.

Die Lords tranken auf Beldinooks Gesundheit, und ein jeder schüttete einen Schluck Bier als Opfergabe an den Erdgeist auf den Fußboden.

Die Königin beobachtete Gaborns Reaktion. Die Sorgenfalten in seinem Gesicht glätteten sich ein wenig, und freundlich bedankte er sich bei dem Boten, dem er Speis und Trank von seiner eigenen Tafel anbot.

Sieh an, dachte sie. Wir verlieren ein paar Ritter aus Orwynne, und im nächsten Augenblick gewinnen wir hundertmal so viele hinzu! Angesichts dieser Hoffnung wurde ihr ganz leicht ums Herz.

Dennoch wandte sie den Blick nicht von ihrem Gemahl ab und suchte in seinem Gesicht nach einer deutlicheren Reaktion. Schließlich spürte er die Gefahr, in der sie alle schwebten, und sie wagte nicht zu jubeln, bis sich seine Anspannung gelöst hatte.

Er hatte nur zwei Gaben der Anmut besessen, damit eher ausgesehen wie ein schlichter und bescheidener Lord denn wie ein König. Jetzt, dieser Anmut beraubt, sah sie ihn zum ersten Mal wirklich. Man mochte ihn vielleicht nicht gerade häßlich nennen, viel fehlte daran jedoch nicht.

Sein Gesicht wirkte aufgedunsen wie das eines Ritters, der im Kampf zu viele Hiebe eingesteckt hatte, Hiebe, die nicht richtig verheilt waren. Und obwohl sie immer gewußt hatte, daß seine Augen recht weit auseinander-standen, entdeckte sie in ihnen nun einen stechenden Blick, der ihr zuvor nie aufgefallen war.

Er ist nicht häßlich, redete sie sich ein. Trotzdem enttäuschte sie sein Aussehen. Sie lächelte und versuch-te, sich darüber hinwegzusetzen.

Schließlich, überlegte sie, ist er auch nicht zurückge-schreckt, als er mich nach Abtretung meiner Gabe der Anmut an Raj Ahtens Vektor gesehen hat. Er hat hinter mein ergrautes Haar, mein zerfurchtes Gesicht geschaut und etwas gefunden, das er für wundervoll hielt. Jetzt muß ich dasselbe tun.

Sie erinnerte sich, wie er sie erst vor einer Woche unter dem Pflaumenbaum hinter dem Haus irgendeines alten Weibes geküßt und sie zärtlich gestreichelt hatte, obwohl Raj Ahten ihr auch den letzten Rest ihrer Schönheit geraubt hatte. Er hatte ihr das Gefühl gegeben, wunderschön zu sein, und ihr war das Herz aufgegangen.

Sie wurde nachdenklich. Gaborns äußerliche Verwandlung, so offenkundig sie für sie sein mochte, war am wenigsten wichtig. Ohne seine Gaben des Durchhaltevermögens würde er schneller krank und im Kampf leichter getötet werden können. Ohne seine Muskelkraft wäre er selbst dem primitivsten Kraftritter nicht gewachsen. Mit seinen Gaben der Zungenfertigkeit hätte er vielleicht gleichzeitig seine Überzeugungskraft eingebüßt.

Das Schrecklichste war vielleicht, daß er seine Gabe der Geisteskraft verloren hatte. Damit war ihm ein großer Teil seines Wissen und seiner Erinnerung geraubt worden.

Für einen Runenlord war es keinesfalls einfach, so viele Gaben auf einmal zu verlieren, vor allem nicht zu einem Zeitpunkt, an dem er sie so dringend benötigte.

Sie flüsterte ihm ins Ohr. »Euer Hoheit, Ihr wirkt äußerst … entkräftet. Ich mache mir Sorgen um Euch. Auf jeden Fall braucht Ihr jetzt Ruhe. Ich hoffe, Ihr habt nicht vor, die ganze Nacht aufzubleiben und mit Euren Lords zu feiern.«

Er drückte beschwichtigend ihre Hand und hob, wie zum Zeichen, einen Finger. Jureem trat vor, einen der Körbe in der Hand, in denen er die Welpen nach Süden transportiert hatte.

»Euer Hoheit, Herzog Groverman, Lords von Heredon«, hob Jureem mit großem Getue an. »Wir alle haben Grund, unser Glück angesichts der Nachrichten aus Beldinook heute abend zu feiern. Ich habe Euch jedoch etwas mitgebracht, das Euch das Herz erleichtern und Eure Stimmung heben wird!«

Er griff unter den Deckel des Korbes, wobei die juwelenbesetzten Ringe an seinen Fingern im trüben Schein der Lampen funkelten, und Iome fragte sich, ob er einen Welpen hervorziehen würde.

Statt dessen zog er den Kopf des Glorreichen der Finsternis hervor.

Er hielt ihn in die Höhe, und die Mähne dieses gräßlichen Wesens troff von Blut. Seine langen, grünlichen Reißzähne blitzten im Schein der Lampen, und seine bunt schillernden Augen starrten blind ins Leere. Die Lords brüllten und jubelten und begannen, mit den Fäusten auf die Tische zu trommeln. Einige riefen: »Hervorragend, Binnesman! Mögen die Kräfte Euch bewahren!« Andere hoben ihre Krüge zum Salut, während noch andere weitere Trankopfer auf den Fußboden schütteten.

Iome ergriff, aufgebracht über diese Ungerechtigkeit, Gaborns Arm und flüsterte ihm entrüstet zu: »Aber Binnesman hat ihn überhaupt nicht getötet!«

Gaborn feixte sie an und hob nun selbst seinen Krug,

als wollte er einen weiteren Trinkspruch ausbringen. Die Männer verstummten.

Er richtete das Wort an die Lords: »Wie Ihr wißt, hat der Glorreiche der Finsternis heute viele Männer getötet, von denen ich König Orwynne und seine Unterstützung am meisten vermissen werde. Aber alle, die gestorben sind, hatten eins gemeinsam: Sie haben meine Warnungen mißachtet.

Der Erdgeist hat uns zur Flucht gedrängt, aber diese Männer sind nicht geflohen. Die ganze Woche lang frage ich mich bereits: Wird der Erdgeist uns jemals erlauben, uns zu verteidigen? Immer wieder hat er uns zur Flucht aufgefordert.

Heute endlich raunte der Erdgeist einem von uns zu, er solle angreifen und den Glorreichen der Finsternis niederstrecken!«

Wiederum begannen die Lords, auf die Tische zu trommeln und zu jubeln, doch Gaborn hob die Stimme und übertönte sie.

»Er hat seinen Befehl einer Frau gegeben, einer Frau, die weder Gaben der Muskelkraft noch des Durchhaltevermögens besitzt, einer Frau, die über keinerlei Geschick im Kriegshandwerk verfügt.«

Er deutete mit einer wegwerfenden Handbewegung auf die grausige Trophäe in Jureems Händen. »Hier ist der Kopf des Glorreichen der Finsternis, der durch einen Pfeil von Sir Borensons Gemahlin, Lady Myrrima Borenson, starb!«

Zu Iomes Entzücken fiel fast jedem Lord im Saal die Kinnlade herunter.

Einer von ihnen stieß unbeherrscht hervor: »Aber …
ich habe mit eigenen Augen beobachtet, wie schlecht
diese Frau schießt! Das kann nicht sein!«

Myrrima stand im Hintergrund des Saales, im Schatten
nahe des mit einem Vorhang verhängten Eingangs. Sie
war so verlegen, daß es schien, als wollte sie sich rücklings aus dem Saal schleichen.

»Und doch stimmt es«, rief Iome. »Sie hat gut genug
geschossen, um den Glorreichen der Finsternis zu töten.
Ihr wohnt das Herz eines Kriegers inne, und bald wird sie
auch über die entsprechenden Gaben verfügen!«

»Nun, dann zeigt uns endlich diese Kämpferin!« rief
einer der Lords, und Binnesman drängte Myrrima, aus
den Schatten hervorzutreten.

Die Lords brachen in ohrenbetäubenden Jubel aus. Der
Lärm hallte von den Steinwänden wider, und Gaborn
feuerte den Beifall mehrere Minuten lang an, damit
Myrrima ihren großen Augenblick genießen konnte.

Schließlich hob er die Hände und bat die Lords
um Ruhe. »Möge Myrrimas Tat Euch stets daran erinnern, zu welchen Leistungen uns die Erdkräfte anzuspor-
nen vermögen. Sie sind unsere Beschützer und unsere
Stärke.

Wie Ihr wißt«, fuhr er fort, »habe ich ein Dutzend
erwählter Boten ins Ausland entsandt. Drei von ihnen
befinden sich zur Zeit auf Burg Carris, die Raj Ahtens
Soldaten umzingelt haben. Ich spüre die Gefahr, in der
sie schweben, und der Erdgeist hat mir folgende Warnung übermittelt: ›Beeilt Euch. Beeilt Euch und greift
an!‹«

Er schlug auf den Tisch, um die Wirkung seiner Worte zu erhöhen.

»Wie Ihr ebenfalls wißt, plante ich, morgen früh bei Tagesanbruch nach Fleeds aufzubrechen. Ich fürchte aber, jetzt bin ich gezwungen, früher loszureiten. Sobald der Mond aufgeht, werde ich mich in den Sattel schwingen und morgen in Fleeds nur kurz Rast machen. Ich fordere jeden Mann auf, dessen Pferd mit meinem Schritt halten kann, mich zu begleiten, und die, deren Tiere dies nicht können, so schnell wie möglich nachzukommen. Wenn uns das Glück hold ist, stoßen wir nicht später als morgen abend bei Einbruch der Dämmerung in Carris zu König Beldinook. Wir ziehen in den Krieg!«

Die Lords jubelten und hielten in ihrem Begeisterungssturm erst inne, als Gaborn schließlich zu Myrrima hinüberging, ihren Ellenbogen nahm und sie zusammen mit Jureem in den Burghof geleitete, um die gleiche Rede vor den dort lagernden Soldaten zu halten.

KAPITEL 4
Der Geruch des Nachtwindes

In jener Nacht nahm Myrrima, nachdem sie den Beifall entgegengenommen hatte, ihre Zwingeisen, ging hinüber in den Bergfried der Übereigner und bat Grovermans Annektor, an ihr etwas vorzunehmen, das sie stets für ein Greuel gehalten hatte.

Der Annektor war erschöpft, hatte jedoch Verständnis für ihre Eile. Er bat sie also mit ihrem Korb voller Welpen herein und hieß sie auf einem kalten Stuhl Platz nehmen.

Durch die Fenster des Turmes schien das Licht der Sterne herein, und der Wind, der in den Raum hereinwehte, roch scharf und frisch.

Der hellbraune Welpe strampelte in Myrrimas Hand. Während sie ihn festhielt, mußte sie die Tränen unterdrücken.

Sie hatte Gaben von ihrer Mutter und ihren Schwestern empfangen. Auf Geheiß ihrer Mutter hatte sie deren Geisteskraft akzeptiert. Auf Geheiß ihrer Schwestern hatte sie deren Anmut übernommen, und das alles, um eine gute Partie machen und für sie sorgen zu können.

Doch die Früchte ihrer Tat schmeckten bitter.

Myrrima hatte deswegen ein schlechtes Gewissen, und nun schickte sie sich an, dieses Verbrechen zu wiederholen. Doch derweil manche Dinge beim zweiten Mal einfacher wurden, wurden andere geradezu unmöglich.

Nichtsahnend starrte sie der Welpe aus großen, braunen, liebevollen Augen an. Sie kannte den Schmerz, den der Kleine gleich würde erdulden müssen, wußte, daß sie ihm entsetzlich weh täte, ihm sein Durchhaltevermögen aus keinem anderen Grund als dem entziehen würde, daß er sie liebte, daß er mit einer Veranlagung geboren worden war, die es ihm ermöglichte, sie zu lieben und ihr zu dienen. Sie streichelte ihn, versuchte ihn zu trösten. Der Welpe leckte ihr die Hand und knabberte vorsichtig an ihrem Ärmel.

Myrrima hatte das Zimmer des Annektors in Herzog Grovermans Bergfried allein aufgesucht, weil Iome müde war und ins Bett gehen wollte. Sie war allein gekommen, weil sie sich dessen schämte, was sie jetzt gezwungen war zu tun – obwohl alle Ritter Heredons ihr zugejubelt hatten.

Herzog Grovermans oberster Annektor war von schmächtigem Wuchs, ein alter Mann mit Falten um die Augen und einem weißen Bart, der ihm fast bis auf den Bauch reichte.

Er betrachtete die von ihr mitgebrachten Zwingeisen sorgfältig, bevor er sie verwendete. Der Form nach sahen sie aus wie ein kleines Brandeisen. Das lange Ende diente als Griff, während die Form der Rune am anderen bestimmte, welche Eigenschaft auf magische Weise vom Übereigner übertragen wurde.

Die Kunst des Annektors war uralt und erforderte nur ein geringes Maß an magischen Fähigkeiten, dahingegen jedoch sehr viel Zielstrebigkeit und Überlegung. Jetzt nahm der Annektor die beiden Zwingeisen für Durchhaltevermögen zur Hand und betrachtete nachdenklich die

71

aus Blutmetall geformte Rune an deren Ende. Mit einer winzigen Rundfeile begann er, behutsam kleine Grate von dem Blutmetall abzuschaben, wobei er das Zwingeisen über ein Schälchen hielt, um jeden Span des kostbaren Metalls zur weiteren Verwendung aufzufangen.

»Blutmetall ist weich und nimmt leicht Schaden«, erläuterte der Annektor. »Dieses hier hätte mit ein wenig mehr Sorgfalt transportiert werden sollen.«

Myrrima nickte bloß. Das verdammte Stück hatte, seit es geschmiedet wurde, Tausende von Meilen hinter sich gebracht. Sie fand es nicht verwunderlich, daß es ein wenig verbogen war. Allerdings wußte sie auch, notfalls konnte der Annektor das Zwingeisen einschmelzen und neu gießen.

»Trotzdem ist es eine gute Arbeit«, beteuerte der Annektor murmelnd. »Dieses Zwingeisen hat Pimis Sucharet aus Dharmad geschmiedet, und seine Arbeit beweist, welch ein Genie er ist.«

Ein Lob für jemanden aus Indhopal hatte Myrrima noch selten gehört. Die Völker führten schon seit zu langer Zeit Krieg gegeneinander.

»Haltet den Welpen jetzt fest«, forderte der Annektor sie auf. »Er darf sich nicht bewegen können.«

Myrrima tat wie geheißen, während der Annektor ihm das Zwingeisen ins Fleisch drückte und mit heller, vogelähnlicher Stimme seinen Sprechgesang anstimmte.

Augenblicke darauf begann das Zwingeisen weiß zu glühen, und der Geruch von kokelndem Haar und Fleisch erfüllte die Luft. Der Welpe jaulte verzweifelt vor Schmerzen. Myrrima hielt seine Beine fest, damit er nicht zappeln konnte. Das Hündchen schnappte nach ihr, als wolle es sich befreien, und Myrrima redete leise auf es ein: »Tut mir leid. Es tut mir so leid.«

In dieser Sekunde begann das Zwingeisen weißglühend zu lodern, und der Welpe heulte gequält auf.

Die anderen drei Welpen Myrrimas tapsten ziellos über den Fußboden des Bergfrieds, schnupperten an den Teppichen und leckten auf der Suche nach Leckerbissen den Boden ab. Jedoch als dieser Welpe zu heulen begann, kam einer von den anderen zu Myrrima gelaufen, kläffte aufgeregt, starrte zum Annektor hoch und schien zu überlegen, ob er ihn angreifen sollte.

Der Annektor zog das Zwingeisen zurück und untersuchte den glühenden Gegenstand. Er schwenkte es durch die Luft, in der Bänder aus Licht hingen, die aussahen, als hätte sie jemand in den Rauch gezeichnet. Eine ganze Weile betrachtete er die Lichtbänder und schätzte ihre Stärke und Breite ab.

Schließlich trat er zufrieden neben Myrrima. Sie zog ihre Reithosen hoch, so daß er das Brandmal oberhalb des Knies anbringen konnte, wo es unter ihren Kleidern nur selten jemand zu Gesicht bekommen würde.

Das weißglühende Zwingeisen versengte ihre Haut im selben Augenblick, da der Annektor das Blutmetall auf ihr Fleisch drückte.

Doch trotz des Brennens fühlte sich Myrrima mit einem Mal wie in Ekstase. Das Gefühl der Lebenskraft, die unvermittelt in sie hineinströmte, diese Belebung, war überwältigend.

Myrrima hatte noch nie zuvor eine Gabe des Durch-

haltevermögens übernommen und sich die Zufrieden-
heit, die sie daraus ziehen würde, nicht recht vorstellen
können. Plötzlich merkte sie, daß sie schweißgebadet
war. Das Erlebnis war das reinste Wohlgefühl. Während
sie sich noch bemühte, ihre Euphorie unter Kontrolle zu
bringen, fiel ihr Blick auf den Welpen in ihren Armen.

Er lag verstört da.

Kurz zuvor hatten die Augen des Welpen noch vor
Aufregung geleuchtet. Jetzt wirkten sie stumpf. Hätte sie
den Welpen in einem Wurf gesehen, sie hätte ihn für
kränklich gehalten, für zurückgeblieben. Sie hätte vor-
geschlagen, jemand solle ihn ertränken und von seinem
Elend befreien.

Der Annektor sagte: »Ich werde ihn sofort zu den
Zwingern bringen.«

»Nein«, erwiderte Myrrima, die sehr wohl wußte, wie
töricht dies klang. »Laßt mir noch einen Moment Zeit mit
ihm, damit ich ihn streicheln kann.«

Der Welpe hatte ihr soviel gegeben, sie wollte sich bei
ihm dafür bedanken und ihn nicht einfach der Obhut
eines anderen überlassen.

Der Annektor erwiderte: »Seid unbesorgt. Die Kinder
in den Zwingern können gut mit Hunden umgehen. Sie
werden das Tier nicht nur füttern, sondern auch lieben,
als wäre es ihr eigenes. Der Welpe wird das Durchhaltevermögen, das Ihr heute übernommen habt, kaum vermissen.«

Myrrima fühlte sich wie betäubt. Mit Hilfe des neuen
Durchhaltevermögens würde sie in der Lage sein, länger
mit ihrem Bogen zu üben und eine bessere sowie schnel-

lere Kriegerin zu werden. Sie lud diese Schuld in der Hoffnung auf sich, ihrem Volk zu helfen.

»Er bleibt bei mir«, entgegnete sie, schob dem Welpen die Hand unter das weiße Kinn, hielt ihn fest und streichelte ihn.

Der Annektor sagte: »Der Welpe zu Euren Füßen, der mich angebellt hat, ist ebenfalls soweit. Wollt Ihr die Gabe jetzt übernehmen?«

Sie blickte zu dem fraglichen Welpen hinunter. Er wedelte mit dem Schwanz und sah voller Hoffnung zu ihr hoch. Es war der mit der kräftigen Nase. »Ja, ich werde es tun, und zwar gleich.«

Nachdem Myrrima die Gabe des Geruchssinns übernommen hatte, veränderte sich ihre Welt.

Eben noch saß sie mit den Welpen auf dem Stuhl, dann war es, als würde ein Schleier fortgezogen.

Der Geruch verbrannten Haars, der den Raum ausgefüllt hatte, wurde beißender, durchdringend, und vermischte sich mit den Düften von Kerzenwachs, Staub, Putz und Flohkrautblüten, die seit Wochen auf dem Fußboden des Turmes gelegen hatten. Sie beschnupperte einen Welpen und konnte sogar seine Körperwärme riechen.

Die ganze Welt war neu für sie.

Das Durchhaltevermögen des ersten Welpen hatte ihre Kraftreserven vergrößert, und Myrrima fühlte sich durch und durch belebt und wach. Die Gabe des zweiten stärkte ihren Geruchssinn, und als sie anschließend den Bergfried verließ, erschien ihr die Welt wie eine andere.

Der von den Ställen herüberwehende Pferdegeruch betäubte sie fast, während ihr beim Duft des frisch gedünsteten Fleisches im Innenhof der Burg das Wasser im Mund zusammenlief.

Was sie richtig begeisterte, waren die Menschen. Sie ließ ihre Welpen beim Annektor und stieg hinab in den Innenhof, wo die Kochfeuer erst vor einer Stunde gelöscht worden waren. Gaborn hatte das angeordnet, bevor er verkündete, daß er gegen Raj Ahten in die Schlacht ziehen wollte.

Jetzt lief Myrrima im Dunkeln zwischen den Kriegern hindurch, von denen viele mit untergeschlagenen Beinen auf dem nackten Erdboden hockten oder auf Decken lagen.

Jeder Krieger bestand aus einer faszinierenden Kombination von Gerüchen – die geölte Metallrüstung, der ranzige Geruch von Wolle, die Mischung von Schmutz und Pferd, Essensresten und Gewürzen, Seife, Blut und natürlichen Körperdüften sowie Urin.

Jeden einzelnen Geruch nahm sie hundertmal stärker wahr als früher. Viele waren ihr vollkommen neu und fremd, Gerüche, die sonst viel zu schwach für die menschliche Nase waren – der Duft der Gräser, die die Stiefel der Männer gestreift hatten, der Elfenbeinknöpfe oder des Farbstoffs in ihrer Kleidung. Dunkles Haar roch anders als helles, und auf der Haut eines Mannes konnte sie oft die Speisen riechen, die er am selben Tag gegessen hatte. Tausende neuer und zarter Düfte drangen ihr in die Nase. Die Männer im Innenhof erschienen ihr aufregender.

Jetzt bin ich ein Wolflord, dachte sie. Ich laufe zwischen den Männern umher, und keiner spürt die Veränderung in mir. Doch war ich blind und bin jetzt sehend. Ich war blind, genau wie alle anderen um mich.

Ohne große Mühe würde sie lernen, die Menschen in ihrer Umgebung am Geruch zu unterscheiden, so daß sie einen Mann über seine Witterung verfolgen oder jemanden im Dunkeln erkennen konnte. Diese Erkenntnis verlieh ihr ein heftiges, berauschendes Gefühl von Macht, das Gefühl, ein bißchen weniger verletzlich zu sein, wenn sie in den Krieg zog.

Allein stieg Myrrima im Dunkeln hinauf zur Brustwehr oberhalb des herzoglichen Bergfrieds und blickte hinaus über die Ebene.

Sie wollte dieses wundervolle Gefühl mit jemandem teilen, und ihre Gedanken gingen zu Borenson, der tief unten im Süden einen Auftrag zu erfüllen hatte.

Sie sorgte sich um ihren Gemahl, der so weit von ihr entfernt war. Unten im Burghof sangen einige Soldaten, die entweder wegen ihres hohen Durchhaltevermögens keinen Schlaf brauchten oder zum Schlafen zu aufgedreht waren, Kriegslieder, in denen sie versprachen, ihre Feinde zu töten und der Erde einen Geschmack von Blut zu geben.

Die Nacht war kühl. Myrrima wünschte, er würde seine Arme um sie legen.

Sie wünschte sich, wie Iome von Gaborn ein Kind von Borenson in sich zu tragen. Aber sie hatten die Ehe niemals vollzogen. Eine Stunde nach der Trauung hatte er seine Waffen genommen und war losgezogen, um Greifer aufzuspüren.

Eine überaus seltsame Hochzeitsnacht. Gewiß war Borenson zwar durchaus zärtlich, dennoch hatte er sie noch nie in sein Bett gelassen.

Früher hatte sie kein Kind gewollt, jetzt hegte sie diesen Wunsch um so mehr. Vor einigen Tagen hatte Iome ihr erzählt, daß es geschehen würde. »Man kann sich nicht lange in der Nähe des Erdkönigs aufhalten, ohne das Bedürfnis zu verspüren, neues Leben zu schenken.«

Während die Lords unten im Dunkeln vom bevorstehenden Krieg sangen, legte Myrrima ihre rechte Hand auf den Unterleib, stand witternd in der Abendluft und wartete darauf, daß der Mond aufging.

KAPITEL 5
Krähen scharen sich zusammen

Roland stapfte die Wendeltreppe eines feuchtkalten Wachturms hinauf, in dem der Dunst so dicht hing, daß er jede zweite Fackel ausgelöscht zu haben schien. Bei diesem Nebel auf den Mauern von Carris würde er stundenlang nach Baron Poll suchen müssen.

Allein über eine Stunde hatte er bereits gebraucht, um die Waffenkammer zu finden, nur um festzustellen, daß wegen der Tausenden von Männern, die vor ihm dort gewesen waren, nicht einmal mehr ein Küraß aus gegerbtem Leder übrig war – geschweige denn ein Kettenhemd –, das einem Mann von seiner Größe paßte. Der einzige Lohn für seine Mühe bestand in einem kleinen Reiterschild, dessen Kante auf einer Seite messerscharf geschliffen war, und einer albernen Lederkappe.

Anschließend hatte er sich auf die Suche nach Baron Poll gemacht.

Die Mauern von Carris ragten zwölf Stockwerke hoch über der Ebene auf. Die Burg war ein alter, gewaltiger Bergfried. Vor langer Zeit hatte sich ein Herzog aus diesem Königreich mit einer Prinzessin aus Muttaya verlobt, doch als die Frau eine besonders tückische Passage des Taubenpasses überquerte, hatte das Maultier, das sie trug, den Halt verloren und war mit ihr in den Tod gestürzt.

Der König von Muttaya war ein Mann im fortgeschrit-

79

tenen Alter und hatte gehandelt, wie es der Brauch vorschrieb – er wartete ein Jahr, die angemessene Trauerzeit, dann schickte er eine der vielen jüngeren Schwestern der Prinzessin.

Doch im Laufe der dazwischenliegenden zwölf Monate hatte der Herzog Gefallen an einer dunkeläugigen Dame aus Seward gefunden. Er heiratete sie, noch bevor die zweite Braut die Berge überqueren konnte. Als die muttayanische Prinzessin schließlich eintraf, sandte der Herzog sie nach Hause zurück.

Einige der Berater des Herzogs behaupteten im nachhinein, er habe nicht gewußt, daß eine der Schwestern unterwegs sei, und seinen Fehler nur begangen, weil er die muttayanischen Bräuche nicht kannte. Den meisten Historikern im Haus des Verstehens zufolge hatte der Herzog das Unwissen nur vorgetäuscht, um seine neue Braut versöhnlich zu stimmen.

Die Zurückweisung seiner Tochter versetzte den König von Muttaya in Wut. Er hatte gehofft, die beiden Königreiche zu vereinigen, und ein gewaltiges Vermögen als Mitgift gezahlt. Im Gefühl, betrogen worden zu sein, suchte er die Kaifs seines Landes auf und verlangte zu erfahren, wie er sich verhalten solle.

Die Kaifs erklärten, gemäß den alten Gesetzen habe jeder eines Diebstahls Überführte zwei Wahlmöglichkeiten: entweder erstatte er das Gestohlene dreifach, oder er verlor seine rechte Hand.

Der König von Muttaya schickte also drei Kaifs mitsamt seiner dunkelhäutigen Tochter erneut über die Berge und ließ dem Herzog drei Möglichkeiten zur Auswahl. Er bot dem Herzog an, die Prinzessin als zweite Frau zu nehmen und anschließend die Dame aus Seward zu verstoßen, damit so die muttayanische Prinzessin rechtmäßig in den Status seiner ersten Gemahlin erhoben würde. Nach Ansicht des Königs hätte dies die gesamte Situation ins rechte Lot gerückt, zudem erschien es die einzig annehmbare Lösung.

Oder der Herzog konnte einen Betrag, der dem Dreifachen der Mitgift entsprach, entrichten, was einer Entschuldigung gleichkäme.

Oder der Herzog konnte seine rechte Hand nach Muttaya zurückschicken und damit eingestehen, daß er ein Dieb war.

Damit sah sich der Herzog einer aussichtslosen Lage gegenüber. Kein Lord aus Rofehavan würde es wagen, zwei Frauen zu ehelichen oder eine mittlerweile hochschwangere Frau vor die Tür zu setzen. Auch besaß der Herzog nicht genügend Geld, um das Dreifache der Mitgift zurückzuzahlen. Zufälligerweise jedoch verlor just an jenem Nachmittag einer der Wachmänner des Herzogs bei einem Duellunfall die rechte Hand.

Um die Kaifs zu besänftigen, rief der Herzog seinen Foltermeister in sein Quartier und täuschte einen Akt der Selbstverstümmelung vor. Er wickelte sich eine blutgetränkte Bandage um seinen rechten Arm, als sei die Hand entfernt worden, dann steckte er seinen Siegelring auf die abgetrennte Hand des Wachmannes und überreichte sie den Kaifs.

Diese Tat versetzte die Kaifs in Erstaunen und betrübte

sie, denn natürlich hatten sie damit gerechnet, er werde die hübsche junge Prinzessin heiraten – oder wenigstens die dreifache Mitgift zahlen. Statt dessen kehrten sie mit nichts weiter als einer abgetrennten Hand, dem Eingeständnis des herzoglichen Diebstahls, zurück.

Zwei Jahre lang hatte die Täuschung des Herzogs Bestand. Der König von Muttaya schien versöhnt.

Bis ein Händler aus Muttaya den Herzog an den Höfen von Tide sichtete, dem es offenbar auf wundersame Weise gelungen war, seine abgetrennte Hand nachwachsen zu lassen.

Der darauf folgende Konflikt wurde ›der Krieg der dunklen Damen‹ genannt – so benannt nach der dunkelhäutigen Dame aus Muttaya und der dunkeläugigen Dame aus Seward.

Dieser Krieg wütete dreihundert Jahre, ließ gelegentlich eine Generation aus, in der es zu keinen großen Schlachten kam, nur um anschließend erneut aufzuflammen.

Ein dutzendmal nahmen die Könige von Muttaya das westliche Mystarria ein, und oft gelang es ihnen, sich dort festzusetzen. Doch entweder probten die Bürger den Aufstand und vertrieben sie, oder die Könige von Rofehavan taten sich gegen sie zusammen.

So wurde im westlichen Mystarria eine Burg nach der anderen errichtet und wieder zerstört. Manchmal waren die Muttayaner die Baumeister, dann wieder die Mystarrianer – bis das Gebiet seinen Namen schließlich zu Recht trug: ›Land der Ruinen‹.

Endlich trat der erste Lord Carris auf den Plan. Es

gelang ihm, das Königreich über einen Zeitraum von vierzig Jahren gegen die Muttayaner zu verteidigen, in denen er eine gewaltige befestigte Stadt errichtete – eine Stadt, die die Muttayaner nie erobern konnten.

Lord Carris verschied friedlich im hohen Alter von einhundertundvier – eine Leistung, die in den vorangegangenen drei Jahrhunderten ohne Beispiel war.

Das war fast zweitausend Jahre her, und Carris stand noch immer: die größte Festung im westlichen Mystarria und der Achsnagel, der den Westen zusammenhielt.

Die befestigte Stadt nahm eine Insel im See Donnestgree ein, so daß der größte Teil der Mauer höchstens von Booten angegriffen werden konnte. Da Muttaya ganz von Land umschlossen war, waren die Muttayaner in der Schiffahrt nicht sehr bewandert. Doch selbst Boote waren nicht von großem Nutzen, da die Burgmauern zu den Seiten einhundert Fuß hoch senkrecht über dem Wasser in die Höhe ragten.

Zudem waren sie mit Mörtel und Kalk verputzt worden, so daß ein Mann, der hinaufzuklettern versuchte, keinen Halt fand.

Vom oberen Mauerrand konnten gewöhnliche Soldaten durch die Todesscharten Pfeile nach unten schießen oder auf jedes Boot Steine schleudern. Für die Bemannung des größten Teiles der Burgmauern waren daher keine Kraftsoldaten mit Hauptgaben erforderlich. Angreifern von Carris boten sich drei Möglichkeiten zur Wahl. Sie konnten sich in die Burg einschleichen, um sie von innen zu erobern, sie konnten sie belagern oder sich für einen Frontalangriff entscheiden und versuchen, sich einen Weg durch die drei Vorwerke in die eigentliche Festung zu bahnen.

In ihrer Geschichte war die Burg nur viermal gefallen. Viele Festungen in Rofehavan besaßen dickere Mauern oder mehr Artilleriegeschütze, aber nur wenige lagen strategisch so günstig.

Roland stieg die Stufen eines feuchtkalten Turms acht Stockwerke hinauf, bis er oben angelangt war. Dort schloß ein Schließmeister die schwere Eisentür auf, die auf den Wehrgang führte.

Roland hatte erwartet, im dichten Nebel lange nach seinem Posten suchen zu müssen. Doch als er sich dem oberen Mauerrand näherte, stellte er fest, daß der Nebel sich lichtete, und er sah sogar noch die letzten Strahlen der Abendsonne, bevor sie hinter den Bergen im Westen unterging.

Er trat also auf die mit Zinnen bewehrte Mauer und bahnte sich mit den Ellenbogen einen Weg durch das Gedränge der Soldaten, die in Zehnerreihen auf dem Mauerumgang hockten. Überall bemerkte er Haufen schwerer Steine und aufgestapelte Pfeile. Gewöhnliche Soldaten schliefen, mit nicht mehr als einer Decke zugedeckt, im Windschatten der Mauerzinnen.

Er stapfte an der Mauer entlang, passierte einen Turm nach dem anderen, bis er den Bäckerturm erreichte. Dieser war sehr warm, weshalb sich die Männer hier dicht drängten, um an diesem kalten Abend dort zu schlafen.

Es gelang Roland nicht, sich auf Zehenspitzen durch

das dichte Gedränge zu bewegen, und so trat er rücksichtslos auf Arme, Beine und Rümpfe, ohne auf die Flüche zu achten, die ihm folgten.

Hinter dem Turm waren Bauern damit beschäftigt, feine Speisen heraufzuhieven – Lammbraten, Brot und frischen Apfelwein – und diese an die Truppen zu verteilen. Auch aus diesem Grund hockten überall Männer, und Roland mußte achtgeben, ihre Krüge nicht umzustoßen oder auf ihre Teller zu trampeln.

So bahnte er sich einen riskanten Pfad durch das Gedränge, schnappte sich einen Brotlaib, schnitt ihn auf und warf sein Lammfleisch darauf, so daß das Brot als Teller diente. Hier oben ging ein kalter Wind, und über ihm standen Möwen in der Luft, die sein Essen hungrig beäugten. Er wünschte, er hätte seinen dicken Bärenfellumhang nicht der grünen Frau geschenkt.

Wo sie jetzt wohl stecken mochte, und wie es Averan an diesem Abend erging, fragte er sich.

Auf der Südmauer fand er seinen Posten und hatte zudem keine Mühe, Baron Poll zu entdecken. Carris lag an einem See, und da diese Mauer zur Wasserseite hinausging, hatte man zwischen diesen Türmen keine Gitter errichtet, die die Burg vor Beschuß schützen sollten. Der dicke Ritter war also auf eine Scharte geklettert, saß mit baumelnden Beinen darauf und machte ein Gesicht wie ein mürrischer Wasserspeier.

Wegen seiner Höhenangst hätte Roland niemals gewagt, sich so auf die Mauerkante zu setzen. Allein beim Anblick seines Freundes schlug sein Herz schon schneller.

85

Nebelfetzen reichten hinauf bis unter Baron Polls Füße.

Zu allen Seiten flatterten Krähen und Tauben in den oberen Nebelschichten.

Als Roland näher kam, erblickte der Baron ihn aus dem Augenwinkel, und seine Miene hellte auf. Freudig lächelnd rief er: »Ach, Roland, mein Freund, Ihr habt es also doch noch lebend bis hierher geschafft! Ich dachte, Raj Ahtens Männer würden Euren Schädel längst als Trinkbecher benutzen!«

»Das wohl kaum«, erwiderte Roland grinsend. »Sie hätten mich fast erwischt, bis sie sahen, daß mein Verstand die Größe einer Haselnuß hat. Vermutlich glaubten sie, mein Schädel wäre für einen vernünftigen Krug nicht groß genug. So ergriffen sie die Flucht, ließen mich allein im Wald stehen und jagten statt dessen Euch hinterher.«

»Wo habt Ihr dann den ganzen Tag gesteckt?« fragte der Baron erstaunt.

»Bin unten im Nebel herumgeirrt«, erwiderte Roland.

Der Baron schaute hinunter in den Dunst, der sich dicht unter seinen Zehen kräuselte. »Tja, der Nebel ist so dicht, man pinkelt sich auf die eigenen Füße. Ich konnte mich ganz gut zur Burg durchschlagen, aber dabei war mir durchaus von Nutzen, daß ich mein halbes Leben hier verbracht habe und den Weg kannte.«

Roland stand neben dem Baron und sah hinaus zu den Vögeln.

»Tja, jetzt hocken wir hier oben bei den Vögeln. Scheint fast, als trauten sie sich nicht, einen Schlafplatz zu suchen.«

»Krähen«, antwortete Baron Poll mit wissendem Blick. Er hatte recht. Krähen wußten, wo sie auf Futterjagd zu gehen hatten, sie wußten, wann eine Schlacht bevorstand.

Baron Poll warf einen Blick über die Schulter, hinauf zu einem Turm des zentralen Bergfrieds, der, vom Bergfried des Herzogs abgesehen, höher war als jeder andere – dem Turm der Graaks. Dutzende von Geiern hockten dort.

Roland ließ den Blick über den Nebel schweifen und fragte sich, wie dieser Dunst unten über dem Erdboden so undurchdringlich sein konnte. Er legte seinen kleinen Schild wie einen riesengroßen, gewölbten Teller auf einer Zinne ab, dann plazierte er seinen Krug und seinen Brotlaib mit dem Fleisch darauf und begann zu essen. Er fühlte sich schuldig, eine so prächtige Mahlzeit zu sich zu nehmen, wo Averan doch am Morgen über Hunger geklagt hatte. Wahrscheinlich würde das Mädchen heute abend wieder hungrig bleiben. Auch Rolands Magen hatte geknurrt wie ein Löwe, während er durch den Nebel geirrt war, doch plötzlich erinnerte er sich, daß er ein paar Walnüsse für Averan gepflückt und sie dann auf der Flucht vor Raj Ahtens Soldaten vergessen hatte. Er griff in seine Tasche und verspeiste sie zusammen mit seiner Mahlzeit.

Er starrte über die dunkler werdende Landschaft hinweg. Noch immer konnte er die bläulichen Wolken dort draußen über dem höher gelegenen Land erkennen, sie waren jedoch näher an Carris herangezogen und jetzt nur noch fünfeinhalb Meilen entfernt.

»Was gibt es für Neuigkeiten?« fragte Roland den Baron.

»Neuigkeiten wenig, dafür viele Vermutungen«, antwortete Baron Poll. »Die Nebelschwaden dort draußen wogten den ganzen Tag hin und her, ohne je zur Ruhe zu kommen. Sie erinnern an Wachposten, die auf einer Mauer auf- und abgehen, nur daß sie sich manchmal der Grenze unseres Nebels nähern und sich dann wieder zurückziehen. Ich glaube, die Truppen bleiben in Bewegung, für den Fall, daß Lord Paldane sich zu einem Angriff entschließt.«

»Wenn sie nahe herangekommen sind, ist es dann nicht möglich, daß sich dort ausschließlich Flammenweber verbergen und Raj Ahtens gesamte Truppen einhundert Meter von der Burg entfernt stehen?«

»Möglich schon«, antwortete Baron Poll. »Vor nicht einmal einer Stunde habe ich Hunde im Nebel bellen hören. Vermutlich sind das dort unten Raj Ahtens Kampfhunde. Solltet Ihr hören, wie jemand die Mauern hinaufklettert – ein Keuchen oder Ächzen –, wäre es klug, demjenigen einen Stein aufs Haupt zu werfen. Ich denke aber, die Mauern sind so glatt, daß nicht einmal Raj Ahtens Unbesiegbare eine Erstürmung riskieren können.«

Roland brummte nur vor sich hin, biß von seinem Fleisch ab und aß eine Weile lang schweigend weiter. Den Apfelwein hob er sich bis zum Schluß auf.

»Stimmt dieses Gerücht über den Blauen Turm?« erkundigte sich Roland.

Der Baron nickte finster. »Es stimmt. Von zehn Rittern ist nicht einer jetzt auch nur noch einen Pfifferling wert.«

»Und Ihr?«

»Ich? Meine Übereigner befinden sich an einem sicheren Ort«, erklärte der Baron. »Ich kann nach wie vor Steine zum Frühstück verputzen und wochenlang danach Sand scheißen.«

Wie beruhigend, fand Roland. Der Baron besaß zwar keine Gabe des Stoffwechsels und war daher der Geschwindigkeit eines Unbesiegbaren in der Schlacht nicht gewachsen, aber er verfügte über die Muskelkraft und die Anmut eines Kriegers. Besser, man hatte einen halben Krieger an seiner Seite als gar keinen.

»Und was sollen wir überhaupt beschützen?« Roland schaute hinunter in den Nebel. Er hatte keine rechte Ahnung, warum er auf dieser Mauer hockte. Niemand hätte diese glatt verputzte Oberfläche erklimmen können. Frösche vielleicht, aber keine Soldaten.

»Nicht viel«, antwortete Baron Poll. »Der Hafen befindet sich auf der anderen Seite der Burg, weiter nördlich, und Raj Ahtens Männer könnten versuchen, dort durchzubrechen. Aber hier gibt es für uns nichts zu tun.«

Eine ganze Weile lang sprach keiner der beiden. Von Osten her war ein eisiger Wind aufgekommen. Dadurch geriet der magische Nebel in Bewegung, dünnte sich nach Westen hin aus und schien sich zwischen die Falten des kahlen, höher gelegenen Landes zu recken, als suche er mit tastenden Fingern auf den Feldern nach etwas.

Zwei Frowth-Riesen, jeder mit einem Schultermaß von

89

sieben Metern, schritten die vordere Nebelgrenze ab. Sie führten riesige Messingschilde mit sich.

Auf eine Entfernung von mehreren Meilen konnte Roland sie natürlich nicht genau erkennen. Auf diese Entfernung wirkte selbst ein Riese wie ein Strichmännchen, und während andere lauthals behaupteten, sie würden vor einer Baumreihe Kampfhunde und Unbesiegbare ausmachen, vermochte Roland nichts zu erkennen, das kleiner war als die Riesen.

Im letzten Licht des Tages reckten die gewaltigen Wesen ihre Schnauzen in Richtung von Burg Carris und starrten sehnsüchtig herüber. Einer von ihnen sperrte sein Maul weit auf. Kurz darauf vernahm Roland ein Brüllen. Vermutlich waren die Riesen hungrig und schmachteten nach Menschenfleisch.

Er beendete seine Mahlzeit und schnallte sich seinen Schild auf den Rücken, um sich gegen den beißenden Wind zu schützen. Nach einer Stunde war ihm die Kälte tief in die Knochen gekrochen.

Bei Einbruch der Dunkelheit bemerkte er plötzlich in der westlichen Nebelbank einen rötlichen Lichtschein. Ein Feuer loderte dort, ein großes Feuer.

»Das ist das Dorf Gowers Hinterhalt, oder vielleicht auch Settekim«, erklärte der Baron beunruhigt. Roland fragte sich, wieso Raj Ahtens Männer das Dorf in Brand gesteckt hatten, für alle anderen schien die Antwort jedoch offenkundig. Die Flammenweber opferten es der Macht, der sie dienten. Roland kümmerte das nicht weiter. Er wäre nur gern ein wenig näher bei den Flammen gewesen, um sich die Hände zu wärmen.

Die Nacht wurde immer finsterer, und nun gingen auch Dörfer nördlich und südlich der Burg in Flammen auf, und drüben im Westen brannten Felder lichterloh.

Man hatte unwillkürlich den Eindruck, die Flammenweber wollten das gesamte Tal dem Erdboden gleichmachen.

Gegen zehn Uhr abends stieg ein blauer, wie ein riesiger Graak geformter Spionageballon östlich des Donnestgreesees auf. Er näherte sich, ein dunkler Schatten vor den Sternen, langsam der Burg. Die Weitseher im Ballon segelten wenigstens eintausend Meter über der Burg durch die Lüfte, so daß kein Mann sie abschießen konnte, ganz gleich, wie stark sein Bogen war. Die Winde schoben sie rasch voran, so daß der Ballon weit drüben im Westen landete.

Überall raunten sich die Männer Vermutungen zu: »Sie planen eine große Sache. Haltet die Augen offen!«

Von Norden war die Kunde eingetroffen, Raj Ahten habe Burg Longmot von seinen Flammenwebern schleifen lassen. Er habe grausige Kreaturen aufgeboten, die die Burg mit einer Woge aus Flammen überflutet und Tausende von Soldaten getötet hätten.

Andere wagten die Behauptung, ein solcher Plan hätte bei Carris keinerlei Erfolg. Diese Burg war durch Wasser geschützt, während Longmot nur mit Erdrunen geschmückt war.

Wer wußte, was die Flammenweber vorhatten? Vielleicht verbrannten sie das ganze Land, um auf diese Weise einen Bann zu erzeugen, der so mächtig war, daß kein Wasserzauberer ihn abwehren konnte.

Während der nächsten Stunden in der bitteren Kälte
geschah weiter nichts. Die Feuer loderten jenseits der
Felder und Hügel außerhalb von Carris. Der Spionageballon flog im Laufe der Nacht noch zweimal über sie
hinweg.

Die Männer hockten auf den Burgmauern über dem
Nebel und erzählten sich phantastische Geschichten, so
daß die lange Wache in dieser Nacht fast einer Feier
ähnelte.

Als der Ballon zum dritten Mal über sie hinweg-
schwebte, hockte Roland zusammengekauert hinter Baron Poll, zitterte heftig und sehnte sich nach einer Decke
(angesichts der Nähe der Flammenweber hatte der Herzog
sämtliche Feuer auf der Mauer untersagt, damit die
Zauberer das Feuer nicht gegen seine Erzeuger kehren
konnten).

Der Baron starrte bloß zu dem vermaledeiten Ballon
hinauf. »Pah«, sagte er zu Roland. »Warum schlaft Ihr
nicht einfach ein wenig? Ich wecke Euch, sobald sich
etwas tut.«

Fröstelnd legte sich Roland auf den Stein und schloß
die Augen. Es war kalt, entsetzlich kalt, und wäre die
Kälte nicht gewesen, hätte er tief und fest geschlafen.

Immer wieder nickte er trotzdem für Augenblicke ein,
bis ihn der Wind wieder weckte oder ihn jemand, der im
Dunkeln vorbeiwollte, anstieß. Einmal wachte er auf und
hörte ganz in der Nähe einen Burschen mit einer Laute,
der eine endlose lüsterne Ballade zupfte, die sich wahrscheinlich irgendein lustiger Vogel ausgedacht hatte.

Er hörte dösend zu. Das Lied erzählte von einer langanhaltenden Fehde zwischen zwei Männern in der königlichen Garde und den verschiedenen peinlichen und gefährlichen Streichen, die sie einander spielten.

Die Weise berichtete von einem jungen Knappen, der nach Einbruch der Dunkelheit ein Stelldichein mit einem Mädchen an einem Teich verabredete und nicht verhindern konnte, daß sein Rivale ihn mit anderen Aufgaben betraute. Roland lauschte nur mit halbem Ohr. Anschließend begab sich der Rivale im Schutz der Dunkelheit selbst zum Teich. Roland war plötzlich hellwach, als er den Namen wiedererkannte …

> *»Der Knappe kam, warf sich auf Poll:*
> *Das war kein Barsch, den er hier wollt'.*
> *Denn Poll küßte des Knappen Maid,*
> *Das Wasser spritzte, der nackte Hintern, breit*
> *Im kalten, kalten Teiche saß.*
> *Oho, oho, dideldumdei!*
> *Was für ein Spaß, was für ein Spaß!«*

Leider, so stellte Roland fest, hatte er den größten Teil des Liedes verpaßt, denn im nächsten Vers sprang der Knappe Borenson in den Teich und jagte Sir Poll »glücklos, aber dennoch unverzagt«.

Der gute Knappe trieb den »gemeinen« Sir Poll in die Enge und stach auf ihn ein und »wollt' ihn ausnehmen wie einen Fisch«.

Dem im Teich liegenden leichten Mädchen gelang es jedoch, Sir Poll zum Leben zu erwecken und sein Weib zu werden – zu dessen Schrecken. Jede Strophe endete mit dem Refrain: »Oho, oho, dideldumdei! Was für ein Spaß, was für ein Spaß!«

Roland hob den Kopf, um Baron Polls Reaktion zu beobachten. Der alte Knabe nahm es mit stoischer Gelassenheit hin. Schließlich konnte er sowieso nichts dagegen unternehmen. Barden waren Geschichtenerzähler, und Lieder über noch lebende Lords durften in der Öffentlichkeit nur mit Einverständnis des Königs gesungen werden. Offenbar hatten also Rolands Sohn und Baron Poll soweit das Mißfallen des Königs erregt, daß man ihre Taten, als Teil ihrer Bestrafung, dem Spott der Barden aussetzte.

Insgeheim wünschte sich Roland, er hätte das ganze Lied gehört. Normalerweise wurden nur die ärgsten Feinde des Königs so auf die Schippe genommen.

Roland fror inzwischen dermaßen, daß er zum Bäckerturm hinüberging, durch den die Hitze der Öfen und der Duft frischen Brotes verlockend von unten aufstieg. Es war nicht so ganz leicht, sich durch das Gedränge zu schieben, welches dort herrschte.

Daher kehrte er zu Baron Poll zurück, der ihn aufzog: »Findet Ihr kein warmes Plätzchen zum Schlafen?«

Roland, zu müde, um zu antworten, schüttelte lediglich den Kopf.

Der Baron stichelte weiter: »Seht her, so macht man das.« Er führte Roland zurück zum Bäckerturm, dann knurrte er: »Aufstehen, ihr Faulpelze! Zurück auf eure Posten, ihr faulen Hunde, oder ich schmeiße euch bis auf den letzten Mann vom Turm hinunter ins Wasser!«

Er deutete ein paar verhaltene Tritte an, und im Nu suchten Dutzende von verschlafenen Soldaten hastig das

Weite. Baron Poll verneigte sich vor Roland und machte eine unterwürfige Handbewegung wie ein Haushofmeister, der es nicht erwarten kann, einem Lord sein Quartier zu zeigen. »Euer Bett, mein Herr.«

Roland grinste. Baron Poll saß stets der Schalk im Nacken.

Er legte sich mit klappernden Zähnen neben einem warmen Schornstein nieder und fand es bald fast zu heiß. Baron Poll kehrte zurück auf seinen Posten. Kurz darauf schlichen die ersten Männer zurück und legten sich neben Roland schlafen.

Da lag er also und hoffte, daß ihm irgendwann vor dem Morgengrauen warm genug werden würde, um einzuschlafen.

Eine halbe Stunde später jedoch gab es wieder Tumult auf der Mauer, da eine größere Ortschaft südlich der Burg in Brand gesetzt worden war. Roland hob den Kopf und sah, wie der Baron und andere Krieger in die Ferne blickten, während sich der Widerschein des Feuers in ihren Augen spiegelte. Er war jedoch zu müde, um sich das Spektakel der Flammenweber anzusehen, und redete sich ein, wenn tatsächlich eine gewaltige Feuerwoge auf die Burg zuraste, dann wäre es hier hinter der Steinmauer noch am sichersten.

Augenblicke später hörte er ein tiefes Rumpeln, das den gesamten Himmel eine volle Minute lang erfüllte. Unter ihm bebten die Mauern von Carris, und er spürte, wie der Turm schwankte. Menschen schrien vor Entsetzen, denn Raj Ahten hatte Longmot, Tal Rimmon und andere Burgen allein kraft seiner Stimmgewalt zerstört, und jeder stellte sich vor, eben das geschähe jetzt mit Carris.

Als das Rumpeln jedoch nachließ und Carris noch immer stand, verspürte Roland eine ungeheure Erleichterung, die allerdings nur wenige Sekunden währte. Denn unmittelbar auf das Rumpeln folgten die Rufe der Männer auf den umliegenden Mauern: »Burg Trevorsworthy ist gefallen!« – »Raj Ahten ist da!«

Roland kletterte nach oben und schaute nach Süden, wohin viele deuteten. Dort brannte eine Stadt. Die Flammen schlugen bis in den Himmel.

Burg Trevorsworthy, vier Meilen weiter südlich gelegen, war nicht annähernd so groß wie Carris, war nicht einmal bemannt, und doch hatte Roland sie selbst am heutigen Tag nicht übersehen können. Sie stand auf einem Hügel und ragte wie ein Seezeichen aus dem Nebel heraus. Jetzt war auf dem Hang die Hölle ausgebrochen, gewaltige Rauchwolken quollen in die Nacht, während die Flammen an ihnen züngelten.

In diesem Licht konnte Roland sehen, was von der Burg noch übrig war – ein Haufen Steine sowie ein paar zerklüftete Türme und Mauerreste. Staub wallte über der Burg in die Höhe, und vor seinen Augen neigte sich ein Turm zur Seite wie ein Trunkenbold und zerbröckelte zu Trümmern.

Carris war nicht das Ziel des Angriffs gewesen. Sondern Trevorsworthy. Roland rannte auf seinen Posten zurück.

»Tja«, brummte Baron Poll, »wenigstens hat er uns eine deutliche Warnung gegeben.«

»Wie meint Ihr das?« fragte Roland.

»Ich meine, Raj Ahtens Männer waren gezwungen, während der letzten beiden Wochen wenigstens achtzehnhundert Meilen in Eilmärschen zurückzulegen, und er weiß, daß er sie nicht weiter hetzen kann.« Baron Poll spie über die Burgmauer. »Also sucht er ein nettes, gemütliches Plätzchen, wo er sich ein paar Monate ausruhen kann, und Carris ist das Beste, was Mystarria zu bieten hat.«

»Er will also die Burg nur einnehmen?« fragte Roland.

»Natürlich! Wollte er die Festung niederreißen, wäre das längst geschehen. Merkt Euch meine Worte, noch innerhalb der nächsten Stunde wird er uns seine Bedingungen für eine Kapitulation unterbreiten.«

»Wird Paldane annehmen?« wollte Roland wissen. »Er sagte, im Morgengrauen würden wir bereits mit Messern kämpfen.«

»Wenn er nicht kapituliert«, erwiderte Baron Poll, »dann achtet ja auf das Geräusch, das Raj Ahten von sich gibt. Wenn Ihr es hört, nehmt ausreichend Anlauf und stürzt Euch von der Burgmauer ins Wasser. Solltet Ihr den Sturz überleben und das Glück haben, daß Euch kein Steinbrocken trifft und Ihr nicht ertrinkt, könnt Ihr es vielleicht so gerade eben schaffen.«

Roland setzte sich bestürzt hin.

Eine geschlagene Stunde lang wartete er, bis der Himmel im Osten schließlich heller zu werden begann. Wegen des Nebels hatte er nicht sehen können, ob Boten eingetroffen waren, längs der Mauer machte er allerdings das Wort die Runde, Lord Paldane sei persönlich zum ersten Vorwerk gerufen worden.

König Ordens legendärer Stratege, der ›Jäger‹, überlegte nicht lange, bis er der Kapitulation zustimmte.

Der Befehl »Legt die Waffen nieder!« kam noch vor der Sonne aus dem Nebel.

KAPITEL 6
Erdenträume

Als Gaborn die oberste Stufe des Treppenabsatzes vor seinem Zimmer erreichte, geriet er in der Dunkelheit ins Stolpern und stürzte.

Sein Days, der hinter ihm ging, bot ihm keine Hilfe an. Gaborn blieb einen Augenblick lang auf dem Webteppich liegen, der den Steinfußboden bedeckte. Die Lampe draußen vor seiner Zimmertür war ausgebrannt, und Gaborn fragte sich, ob er gestolpert wäre, hätte er die Stufen sehen können.

In seinem Leben war er noch nie gestolpert, jedenfalls konnte er sich nicht daran erinnern. Als Prinz unter Runenlords geboren, hatte er als Kind die Gabe der Anmut eines Tänzers erhalten. Diese förderte seine Beweglichkeit und seinen Gleichgewichtssinn. In der Vergangenheit war er stets auf den Füßen gelandet, ganz gleich, wie tief er stürzte. Man hatte ihm Gaben der Muskelkraft überlassen, die ihm mehr Kraft verliehen, Gaben des Durchhaltevermögens, damit er bis tief in die Nacht arbeiten konnte, eine Gabe der Sehkraft, mit deren Hilfe sein scharfer Blick die Dunkelheit durchdrang, eine Gabe der Geisteskraft, damit er jede Unebenheit in jeder Burg kannte, in die er jemals seinen Fuß setzte.

Erschöpft rappelte er sich auf und begab sich in das Schlafgemach, das Groverman bereitgestellt hatte. Vor der Tür lag ein Junge zusammengerollt auf dem Boden und schlief. Gaborn fragte sich, ob er wohl eine Art Page von Groverman darstellte, nur konnte er sich nicht denken, weshalb der Junge vor der Tür schlafen mußte. Er wünschte seinem Days gute Nacht.

Zu seiner Überraschung traf er im Zimmer auf die schlafende Iome. Sie lag im Bett, zusammen mit fünf Welpen, die sich an sie schmiegten. Einer der Welpen schaute zu ihm auf und kläffte jämmerlich.

Eine einzelne Kerze brannte neben einer Schüssel mit Waschwasser, dem man wohlriechende Rosenblüten zugesetzt hatte. Saubere Reitkleidung lag ausgebreitet über einem Stuhl. Es duftete nach Braten, und auf einem Tisch stand ein Silberteller mit Speisen, als sei das Festmahl eine Stunde zuvor noch nicht genug gewesen. Im Kamin brannte ein kleines Feuer.

Gaborn betrachtete dies alles und stellte fest, daß Jureem hiergewesen sein mußte. Kein Kämmerer hatte ihm je so gute Dienste geleistet. Der dicke Diener war stets zur Stelle, aber nur selten zu sehen.

An diesem Abend hatte er kaum Gelegenheit gehabt, mit Iome zu sprechen. Sie hatte zwar behauptet, er wirke müde, dabei hatte sie selbst einen matten Eindruck hinterlassen. Er war froh, daß sie schlief. Sie brauchte ihre Ruhe. In zwei Stunden würde er nach Fleeds aufbrechen.

Er machte sich nicht die Mühe, seinen verdreckten Kettenharnisch und die schmutzigen Kleider abzulegen, sondern legte sich einfach neben Iome.

Seine Frau drehte sich um, legte einen Arm um ihn und erwachte.

»Mein Geliebter«, sagte sie. »Ist es schon Zeit aufzubrechen?«

»Noch nicht. Ruh dich ein wenig aus«, erwiderte Gaborn. »Uns bleiben noch zwei Stunden.«

Statt dessen wachte sie vollends auf. Sie stemmte sich auf einen Ellenbogen und betrachtete sein Gesicht. Sie wirkte blaß, übermüdet. Er schloß die Augen.

»Ich habe das vom Blauen Turm gehört«, sagte sie. »In den zwei Stunden wirst du nicht genug Schlaf bekommen. Ich habe mir folgendes überlegt: Vielleicht solltest du in Erwägung ziehen, einige Gaben zu übernehmen?«

Sie sprach zögerlich. Seine Einstellung in bezug auf das Übernehmen von Gaben für sich selbst kannte sie.

Gaborn schüttelte den Kopf. »Ich bin ein Eidgebundener Lord«, stöhnte er. »Habe ich dir nicht einen Eid geschworen?«

Die Frage war nicht rhetorisch gemeint. Er hatte an diesem Tag zwei Gaben der Geisteskraft verloren und durch diesen Verlust eine Menge vergessen. Erinnerungen waren ihm genommen worden, Gelerntes in Vergessenheit geraten. Er wußte noch, wie er auf dem Turm oberhalb von Burg Sylvarresta gestanden und beobachtet hatte, wie Raj Ahtens Truppen auf den Hügeln südlich der Stadt Aufstellung nahmen. Seine Erinnerung an den alten Schwur der Eidgebundenen Lords jedoch war undeutlich und unvollständig. Falls er diesen Eid geleistet hatte, so war ihm jedoch entfallen, wie Iome darauf reagiert hatte.

Er hatte sich davor gefürchtet, an diesem Abend mit Iome zu reden. Denn er traute sich nicht zuzugeben, daß

101

er sich an den Augenblick, als er ihr den Heiratsantrag gemacht hatte, nicht erinnern konnte, genausowenig wie er sich an das Gesicht seiner Mutter erinnerte oder an tausend andere Dinge, die er für ausgesprochen wichtig hielt.

»Hast du«, sagte sie. »Und ich habe mir deine Argumente gegen das Übernehmen von Gaben angehört. Aber es muß doch einen Punkt geben … einen Punkt, an dem du die Gabe eines anderen akzeptieren würdest. Dein Volk braucht einen starken Erdkönig.«

Gaborn starrte sie unverwandt an.

»Mein Geliebter«, fuhr sie eindringlich fort, »du mußt Gaben übernehmen. Du kannst nicht ganz auf sie verzichten.«

In jungen Jahren hatte man ihm beigebracht, ein Lord, der über ein großes Durchhaltevermögen verfüge, könne dieses dazu benutzen, seinem Volk unermüdlich zu dienen. Ein Lord mit großer Muskelkraft könne für sein Volk kämpfen. Gaben zu übernehmen sei eine noble Sache, vorausgesetzt, man stelle es richtig an.

Dennoch erschien es ihm falsch, es zu tun.

Teils deswegen, weil der, der sie abtrat, dadurch in große Gefahr geriet. So mancher, der eine Gabe der Muskelkraft übereignet hatte, mußte erleben, wie sein Herz anschließend stehenblieb, weil es zu schwach zum Schlagen war. Wer eine Gabe der Geisteskraft abtrat, vergaß gar, wie man lief oder aß. Wer sein Durchhaltevermögen spendete, konnte leicht von einer Krankheit dahingerafft werden – wenn es auch vollkommen gefahrlos war, sich von ›kleineren‹ Gaben zu trennen – der des Stoffwechsels oder der Sehkraft, des Geruchssinns oder des Gehörs, des Tastsinns.

Gaborn fühlte sich hilflos. Er erinnerte sich an die Zeichnungen, die er im Buch des Emirs von Tuulistan gefunden hatte – die Geheimlehren aus dem Saal der Träume im Haus des Verstehens.

Verschiedene Dinge waren einem Mann eigen – sein Körper, seine Familie, sein guter Name. Auch wenn diese Dinge im Buch des Emirs nicht ausdrücklich genannt wurden, gehörten einem Mann gewiß auch seine Muskel- und seine Geisteskraft.

Jemandem die Eigenschaften zu rauben und sie ihm zeit seines und des eigenen Lebens nicht zurückzuge- ben, kam für Gaborn unausweichlich der Verletzung der Sphäre eines anderen gleich.

Es war böse, durch und durch böse.

Zwar wagte er nicht, es laut auszusprechen, aber in gewissem Sinn fühlte er sich in diesem Augenblick so leicht und glücklich wie seit Jahren nicht.

Zum ersten Mal, seit Gaborn alt genug war, zu begrei- fen, was es einen anderen Menschen kostete, ihm Gaben zu überlassen, fühlte er sich frei, vollkommen frei von Schuld.

Zum ersten Mal in seinem Leben war er ausschließlich er selbst. Es stimmte, heute waren seine Übereigner gestorben, und es betrübte ihn zutiefst zu hören, daß sie für ihn gestorben waren, allein, weil sie ihm ihre Eigen- schaften überlassen hatten.

Er fühlte sich müde, geschwächt und erschöpft, aber er fühlte sich auch frei von Schuld.

»Ich entsage dem Übernehmen von Gaben«, erklärte Gaborn. »Ich bin der Erdkönig, und das sollte genügen, jeden Mann aufrechtzuerhalten.«

»Vielleicht würde es genügen, wenn du allein auf der Welt wärest, aber reicht es auch für uns beide?« fragte Iome. »In der Schlacht gefährdest du nicht nur dein eigenes Leben, sondern unser aller Zukunft.«

»Ich weiß«, gab Gaborn zurück.

»Deine Zwingeisen und deine Untertanen bieten dir Macht«, fuhr Iome fort. »Macht, Gutes zu tun. Macht, Böses zu tun. Falls du sie nicht ergreifst, wird Raj Ahten es an deiner Stelle machen.«

»Ich will es trotzdem nicht«, entgegnete Gaborn.

»Du mußt aber«, beharrte Iome. »Die Schuld ist der Preis des Herrschens.«

Natürlich hatte sie recht, das war auch Gaborn klar. Ohne Gaben durfte er nicht in die Schlacht ziehen.

»Morgen, bevor ich aufbreche, werde ich Gaben von meinen Welpen übernehmen«, verkündetet Iome. »Ich habe lange darüber nachgedacht, und ich werde nicht nur von ihnen Gaben akzeptieren. Die Zukunft kommt mit großen Schritten auf uns zu, und wir müssen uns vorbereiten. Ich werde mich ausreichend mit Gaben des Stoffwechsels versorgen, damit ich für den Kampf bereit bin.«

Diese Bemerkung versetzte Gaborn einen Stich. Für den Kampf bereit? Wollte sie sich vor Raj Ahtens Unbesiegbaren schützen, benötigte sie wenigstens fünf Gaben des Stoffwechsels. Dadurch würde sie sehr schnell altern und schon in zehn oder zwölf Jahren sterben. Es war, als nähme man ein langsam wirkendes Gift.

»Iome!« fuhr Gaborn auf, doch gelang es ihm nicht, seinen Schmerz in Worte zu fassen.

»Bring mich nicht dazu, dich hinter mir zurückzulassen«, forderte sie ihn auf. »Begleite mich auf diesem Weg! Werde mit mir alt!«

Natürlich, das war die Antwort. Sie wollte ihn nicht verlassen und auch nicht allein alt werden. Für jene, die Gaben des Stoffwechsels übernommen hatten, wurde es schwierig, sich mit denen zu unterhalten, die in der normalen Zeit lebten. Das Gefühl, vom Rest der Menschheit abgetrennt zu sein, war ein hoher Preis.

Trotzdem wurde er nicht recht schlau aus ihr. Eigentlich lehnte sie das Übernehmen von Gaben genauso ab wie er. Vermutlich lockte sie ihn nur, damit er es tat, oder wollte ihn gar zwingen.

»Tu dies nicht meinetwegen«, bat er. »Wenn es sein soll, werde ich es tun. Ich weiß, daß ich es muß. Du hingegen nicht. Ich werde es allein machen.«

Draußen regte sich der klumpfüßige Junge in seinen Träumen wie ein ruheloser Welpe und stieß leise gegen die Tür.

»Wer ist dieser Junge draußen?« erkundigte sich Gaborn.

»Nur irgendein Junge«, antwortete Iome. »Er ist einhundert Meilen gelaufen, nur um dich zu sehen. Ich wollte, daß du ihn Erwählst, aber heute abend im Saal bist du einfach an ihm vorübergelaufen, und er hatte Angst, dich aufzusuchen. Daher habe ich ihm gesagt, er könne dort schlafen. Vielleicht kann er in Grovermans Hundezwingern aushelfen.«

»Also gut«, stimmte Gaborn zu.

»Also gut? Willst du nicht in sein Herz hineinsehen, bevor du ihn Erwählst?«

»Klingt, als wäre er ein guter Junge«, erwiderte er, zu müde, um aufzustehen und den Jungen zu Erwählen oder die Angelegenheit weiter zu besprechen.

»Heute haben wir die Menschen auf Burg Sylvarresta gerettet«, erzählte Iome. »Jeden einzelnen von ihnen, bis auf Sir Donnor.«

»Gut«, gab Gaborn zurück. »Jureem hat mir davon berichtet.«

»Es war ein verdammt hartes Stück Arbeit«, beschwerte sich Iome noch, dann schlief sie ein.

Um sich auf das Einschlafen vorzubereiten, benutzte Gaborn seine Erdsinne, streckte sie aus und versuchte zu erfühlen, wie es seinem Volk erging.

Sir Borenson hatte das Hestgebirge erreicht und offenbar sein Lager aufgeschlagen – zumindest bewegte er sich zur Zeit nicht von der Stelle und traute sich, wie Gaborn, nicht, vor Mondaufgang aufzubrechen. Er spürte, daß die Gefahr rings um Borenson wuchs, spürte es schon seit Stunden. Der Ritter hatte große Schwierigkeiten vor sich, und sein Weg führte ihn mitten hinein.

Im Norden Heredons hatte Herzog Mardon Burg Donyeis erreicht und dort sein Feldlager aufgeschlagen. Seine Soldaten hingen meilenweit zurück. Gaborn spürte, wie sich ein Leichentuch über diese Männer legte. Er hatte sie ausgesandt für den Fall, daß die Greifer, die in

Nord-Crowthen an die Erdoberfläche kamen, nach Süden zogen.

Vielleicht waren die Greifer auf Beutezug, denn die Gefahr für Mardon und seine Männer nahm deutlich zu, auch wenn Gaborn sich über die Quelle im unklaren war. Soweit konnten die Greifer noch nicht nach Süden vorgedrungen sein.

Allerdings hatte König Anders von Süd-Crowthen seinem Volk untersagt, die Grenze nach Heredon zu überschreiten, und verbot womöglich auch Mardon, nach Norden zu ziehen, um gegen die Greifer anzutreten. Gaborn fragte sich, ob Mardons Truppen sich König Anders würden stellen müssen. Vielleicht war das die Quelle der Gefahr.

Oder vielleicht kamen, unabhängig von der Heimsuchung in Nord-Crowthen, Greifer bald irgendwo längs der Grenze an die Erdoberfläche.

Darüber hinaus machte sich Gaborn Gedanken um die Männer um ihn herum. Den ganzen Tag über hatte er gespürt, daß sie in ungeheurer Gefahr schwebten, und ein großer Teil dieser düsteren Wolke hatte sich gelichtet, nachdem Myrrima den Glorreichen der Finsternis bezwungen hatte.

Doch selbst nach dem Tod des Ungeheuers war das Gefühl einer aufziehenden Gefahr kaum geringer geworden.

Der Tod machte Jagd auf diese Krieger – auf jeden einzelnen von ihnen.

Es stimmte, daß der Erdgeist Gaborn die Erlaubnis erteilt hatte, nach Süden in den Krieg zu ziehen. Ja, er hatte ihn geradezu aufgefordert. Andererseits hatte der Erdgeist ihn aber auch darauf hingewiesen, seinen Boten zu raten, aus Carris zu fliehen.

Angreifen und fliehen? Die widersprüchlichen Eingebungen verwirrten Gaborn.

Hatte der Erdgeist ihm nur deshalb erlaubt anzugreifen, weil er sich danach sehnte? Oder hatte der Erdgeist vielleicht etwas von ihm gewollt, das er nicht benennen konnte? Vielleicht sollten sich diese Männer für eine Sache opfern, die er nicht begriff. Führte er seine Männer in den Tod?

Vielleicht würden nicht alle umkommen. Einige von ihnen würden sicherlich in Carris fallen, vielleicht sogar die meisten.

Und doch ließ der Erdgeist es zu. Führe sie in den Krieg, hatte er gesagt. Viele werden dabei sterben.

Es kam ihm wie ein Bruch seiner Gelübde vor, denn Gaborn hatte geschworen, die zu beschützen, die er Erwählt hatte.

Tatsächlich hatte er dem jungen Agunter gestattet, sich nach Norden zurückzuziehen, weil Gaborn gerade um diesen Jungen solche Angst hatte, auch wenn er sich nicht traute, jemandem davon zu erzählen.

Wie kann ich sie alle retten? überlegte Gaborn.

Vor der Tür hörte er das Klirren eines Kettenhemdes und die dumpfen Tritte von eisernen Stiefeln auf dem Teppich, als ein Ritter die Treppe hinaufstieg. Gaborn gebrauchte seine Erdsinne und wußte, daß der Mann für ihn keine Bedrohung darstellte.

Da sein Zimmer sich ganz oben im Bergfried befand,

mußte der Mann gekommen sein, um mit ihm zu sprechen. Gaborn wartete darauf, daß der Ritter an seine Tür klopfte. Statt dessen hörte er, wie der Mann eine Weile draußen stehen blieb, sich dann hinsetzte und schließlich seinen Rücken mit einem erschöpften Seufzer an die verputzte Wand lehnte.

Der Mann getraute sich nicht, ihn zu stören.

Erschöpft stand Gaborn auf, nahm die Kerze und öffnete die Tür. Er warf einen Blick auf den klumpfüßigen Jungen, blickte in sein Herz. Ein guter Junge, genau wie Iome ihm versichert hatte. In den bevorstehenden Schlachten mochte er nicht von Nutzen sein. Er war vielleicht wertlos, zu nichts zu gebrauchen. Aber Gaborn war gefühlsmäßig zu erschöpft, um ihn zurückzuweisen. Er Erwählte ihn.

Der Ritter, der auf dem Fußboden hockte, trug die Farben Sylvarrestas, die schwarze Uniformjacke mit dem silbernen Eber. Seine Uniform wies ihn als Kommandanten aus. Der Mann hatte dunkles Haar und einen gehetzten Blick, ein unrasiertes Gesicht, in dem sich Schmerz und Entsetzen widerspiegelten.

Gaborn hatte ihn noch nie zuvor gesehen, wenigstens nicht, soweit er sich erinnern konnte, was dafür sprach, daß dieser Kommandant möglicherweise unter Herzog Groverman diente.

»Euer Hoheit«, grüßte der Kerl und erhob sich umständlich.

Leise, weil er Iome nicht wecken wollte, fragte Gaborn: »Habt Ihr eine Nachricht für mich?«

»Nein, ich …«, stammelte sein Gegenüber. Er fiel auf

109

ein Knie und schien mit sich zu ringen, als sei er unsicher, ob er sein Schwert ziehen und es darbieten sollte.

Gaborn gebrauchte seinen Erdblick und blickte in das Herz des Kommandanten. Er hatte eine Frau und Kinder, die er liebte. Die Soldaten, die seinem Befehl unterstanden, betrachtete er wie Brüder. »Ich Erwähle Euch«, sagte Gaborn. »Ich Erwähle Euch für die Erde.«

»Nein!« jammerte der Bursche, dann hob er den Kopf, und im flackernden Schein der Kerze erkannte Gaborn, daß Tränen seine dunklen Augen trübten.

»Doch«, entgegnete Gaborn, zu müde, um zu streiten. So mancher, der es wert war, Erwählt zu werden, hielt sich offenbar für unwürdig.

»Erkennt Ihr mich nicht wieder?« wollte der Mann wissen.

Gaborn schüttelte den Kopf.

»Mein Name ist Tempest, Cedrick Tempest«, erklärte er. »Ich war Kommandant der Garde in Longmot, bevor die Stadt fiel. Ich war dort, als Euer Vater starb und alle umgekommen sind.«

Gaborn erinnerte sich an den Namen. Aber er hatte eine Gabe der Geisteskraft verloren, und wenn er Tempests Gesicht jemals zuvor gesehen hatte, dann war es aus seinem Gedächtnis gelöscht.

»Verstehe«, sagte er. »Geht und schlaft ein wenig. Ihr seht aus, als hättet Ihr Ruhe noch nötiger als ich.«

»Ich …« Cedrick Tempest senkte den Blick erschrocken zu Boden und schüttelte staunend den Kopf. »Ich bin nicht gekommen, um Erwählt zu werden. Ich bin unwürdig. Ich wollte *beichten*, mein Lord.«

»Dann beichtet«, erwiderte Gaborn, »wenn Ihr meint, Ihr habt es nötig.«

»Ich bin des Postens eines Gardisten nicht würdig! Ich habe mein Volk verraten!«

»Wie das?«

»Nach dem Fall von Longmot ließ Raj Ahten die Überlebenden zusammentreiben und bot jedem das Leben, der Euch verrät.«

»Ich kann in Eurem Herzen keinen Verrat erkennen«, meinte Gaborn. »Was hat er verlangt?«

»Er war auf der Suche nach Zwingeisen. Er hatte zahlreiche Zwingeisen mitgebracht und wollte wissen, wohin und wann sie verschwunden waren. Er wollte jedem das Leben schenken, der es ihm mitteilte.«

»Was habt Ihr geantwortet?« fragte Gaborn.

»Ich habe die Wahrheit gesagt: daß Euer Vater sie mit seinen Boten nach Süden geschickt hat.«

Gaborn konnte ein gequältes Lachen kaum unterdrücken. »Nach Süden? Habt Ihr den Blauen Turm erwähnt?«

»Nein«, antwortete Tempest. »Ich habe ihm erzählt, die Männer seien nach Süden geritten, ich wüßte jedoch nicht, wohin genau.«

Aber ganz sicher hatte Raj Ahten geglaubt, man habe die Zwingeisen in den Blauen Turm gebracht. Wohin sonst sollte ein König aus Mystarria seine Zwingeisen schaffen lassen? Falls Gaborn die Absicht hatte, diese Zwingeisen sinnvoll einzusetzen, war der Blaue Turm die einzige Festung in ganz Mystarria, die vierzigtausend neue Übereigner hätte aufnehmen können.

111

Wieso hat er das nicht eher begriffen? fragte sich Gaborn. Raj Ahten hatte den Blauen Turm nicht zerstört, um Mystarria niederzuwerfen, sondern um ihn zu demütigen!

Gaborn lachte rauh und stellte sich vor, welche Angst Raj Ahten vor ihm haben mußte, solange er nicht ahnte, daß die Zwingeisen in einer Grabstätte in Heredon versteckt lagen.

Cedrick Tempest hob den Blick, und in seinen Augen loderte Wut auf. Er mochte es nicht, wenn man über ihn lachte.

»Ihr habt mich nicht verraten«, erklärte Gaborn. »Wenn mein Vater etwas nach Süden geschickt hat, dann sicher keine Zwingeisen. Mein Vater hat darauf gezählt, daß jemand wie Ihr sagt, wohin die Zwingeisen verschwunden sind, damit Raj Ahten sich sofort auf eine sinnlose Suche begibt. Durch Eure Auskunft habt Ihr meinem Vater einen sehr großen Dienst erwiesen.«

»Mein Lord?« fragte Tempest, dem die Scham die Röte ins Gesicht trieb.

Gaborn hätte es wissen müssen. Sein Vater war ein weit besserer Stratege gewesen, als er jemals sein würde. Seit er zum Erdkönig geworden war, hatte er sich darauf verlassen, daß seine neu entdeckten Kräfte ihn beschützten.

Sein Vater dagegen hatte ihn stets gelehrt, den Verstand zu gebrauchen, Intrigen und Pläne zu schmieden und nach vorn zu schauen. Das hatte Gaborn nicht getan, sonst hätte er daran gedacht, den Blauen Turm hundertfach zu verstärken und Raj Ahten auf diese Weise eine Falle zu stellen.

»Verratet mir eins«, bat Gaborn, »wart Ihr der einzige, der sich bereit erklärt hat, sein Leben gegen ein unnützes Wissen einzutauschen?«

»Nein, mein Lord«, antwortete Tempest gesenkten Kopfes. »Andere haben sich ebenfalls angeboten.«

Gaborn wagte nicht, Tempest die Wahrheit zu erzählen, daß wegen der Lüge, die er in König Ordens Interesse verbreitet hatte, Zehntausende von Soldaten hatten sterben müssen und vielleicht noch hunderttausend weitere in dem bevorstehenden Krieg den Tod finden würden. Eine solche Last konnte er niemandem aufbürden.

»Wenn Ihr es Raj Ahten nicht verraten hättet, dann hätte es also ein anderer getan?«

»Ja«, antwortete Tempest.

»Habt Ihr Euch überlegt«, fuhr Gaborn fort, »welch schlechten Dienst Ihr Eurem König erwiesen hättet, wäret Ihr für ihn sinnlos gestorben?«

»Der Tod wäre einfacher zu ertragen gewesen als die Schuld, die ich auf mich geladen habe«, hielt Tempest dagegen. Sein Blick ging suchend zum Boden.

»Zweifellos«, sagte Gaborn. »Wer sich also für den Tod entscheidet, der hat den einfacheren Weg gewählt, ist es so?«

Tempest hob verunsichert den Kopf. »Mein Lord, mein Weib hat mein Schlachtroß genommen, um meine Kinder und einen Karren hierher nach Groverman zu bringen. Pferd und Rüstung habe ich noch. Ich bin ein ungewöhnlich guter Lanzenträger. Auch wenn ich keine Gaben mehr besitze, bitte ich darum, mit Euch nach Süden ziehen zu dürfen.«

»Ihr würdet den ersten Angriff nicht überleben«, erwiderte Gaborn.

»Wie *dem* auch sei«, knurrte Tempest.

»Als Sühne für Eure Tat«, meinte Gaborn, »werde ich Euren Tod nicht akzeptieren. Ihr sollt mir lebend dienen. Ich habe Hunderte von Männern, die in den Krieg reiten, und viele von ihnen werden nicht zurückkehren. Ich brauche Krieger. Ich bitte Euch, mit Eurer Frau und Euren Kindern auf Groverman zu bleiben und sie zu beschützen. Des weiteren befehle ich Euch, mit der Ausbildung von Kriegern zu beginnen. Ich brauche eintausend junge Lanzenträger.«

»Eintausend?« wiederholte Tempest.

»Mehr, wenn Ihr mehr auftreiben könnt«, ergänzte Gaborn. Gaborns Forderung war unerhört. Normalerweise bildete ein Ritter während seines ganzen Lebens zwei oder drei Knappen aus. »Ich werde Groverman davon in Kenntnis setzen, was ich benötige. Für jeden jungen Burschen und jede junge Frau, die unter Eurem Kommando der Armee beitritt, werden Hunde, die als Übereigner dienen, Zwingeisen, Rüstungen und Pferde bereitstehen. Ihr behauptet, ein vorzüglicher Lanzenträger zu sein, also könnt Ihr andere darin unterrichten, wie sie die Lanze zu führen und die Pferde zu versorgen haben. Weitere Männer können den Gebrauch des Kriegshammers und des Bogens lehren und wie man die Rüstung pflegt.

Sucht nur die Klügsten und Stärksten aus, die Ihr

finden könnt«, ordnete Gaborn an, »denn jetzt kommt der schwierige Teil: Ihr habt nur bis zum Frühling Zeit. Die Ausbildung der Krieger muß bis dahin abgeschlossen sein. Dann werden uns die Greifer überfallen.«

Gaborn wußte nicht genau, aus welchem Grund er sich dessen so sicher war. Allen Hinweisen zufolge krochen die Greifer bereits jetzt aus ihrem Unterschlupf, andererseits war allgemein bekannt, daß sie die Kälte nicht gut vertragen konnten. Sie richteten ihre Lagerstätten tief in den heißen Regionen der Unterwelt ein, und wenn sie überhaupt jemals Beutezüge an die Erdoberfläche unternahmen, dann neigten sie dazu, dies während des Sommers zu tun. Mit dem ersten Schnee zogen sie sich wieder zurück.

In den Vulkanen, die die Weltwürmer auf ihrem Weg zurückließen, besaßen die Greifer jetzt leicht zu verteidigende Bollwerke. Möglicherweise hatten sie die Absicht, sich in diesen Vulkanen wie in Festungen zu verschanzen, überlegte Gaborn.

Dennoch hoffte er, die Greifer würden in der Kälte keine großen Strecken zurücklegen.

»Sechs Monate?« fragte Tempest. Er sagte nicht, es sei unmöglich, doch sein Tonfall deutete dies an.

Gaborn nickte. »Hoffentlich bleibt uns überhaupt soviel Zeit.«

»Ich werde mich noch heute nacht an die Arbeit machen«, versprach Tempest. Er erhob sich, salutierte, drehte sich um und stieg entschlossenen Schritts die Stufen hinunter.

Gaborn blieb zurück, die Kerze in der Hand. Er blickte

durch die offene Tür hinüber zu Iome. Das Bett hatte nicht sehr bequem ausgesehen – zu weich, zu hart, was immer. Er bezweifelte, daß er würde schlafen können, statt dessen stand ihm der Sinn mehr nach einem Spaziergang durch den Garten des Herzogs.

Der Duft der Kräuter dort wäre ein besserer Trost als Schlaf, überlegte er.

Gaborn nahm die Kerze mit nach unten und beleuchtete damit den Weg zur hinteren Tür des Bergfrieds, durch die er in den Garten des Herzogs gelangte.

Im Schein der Sterne konnte er kaum etwas erkennen. In einer Ecke stand die weiße Statue eines Ritters auf einem Streitroß, den Speer gen Himmel gereckt. Weiden hingen herab und streiften den Kopf des Soldaten, und in einem kleinen Teich zu Füßen des Pferdes spiegelten sich die Sterne.

Er roch Lavendel und Bohnenkraut im Garten, Anis und Basilienkraut. Der Garten war längst nicht so außergewöhnlich und groß wie der von Binnesman auf Burg Sylvarresta, den Raj Ahtens Flammenweber niedergebrannt hatten, trotzdem beflügelte es Gaborns Herz und belebte ihn, hier zu sein.

Er streifte seine Stiefel ab und gestattete seinen Füßen, die kühle, nächtliche Erde zu fühlen. Sie wirkte wie Balsam, beruhigte seine Nerven, gab ihm neue Kraft. Doch genügte ihm das noch nicht. Daher zog er die Rüstung aus und hatte seine Kleider bereits zur Hälfte abgelegt, bevor ihm bewußt wurde, was er eigentlich tat.

Schuldbewußt sah er sich um, als befürchte er, jemand könnte ihn nackt sehen. Zu seinem Erstaunen trat genau

116

in diesem Augenblick Zauberer Binnesman hinter einem Vorhang aus gelben Rosen hervor.

»Ich hatte mich schon gefragt, wie lange es noch dauert«, sagte Binnesman.

»Was?« entfuhr es Gaborn.

»Ihr seid jetzt ein Diener der Erde«, erklärte Binnesman. »Ihr braucht ihre Berührung ebenso dringend wie die Luft zum Atmen.«

»Ich ... hatte nicht die Absicht, mich hinzulegen«, erwiderte Gaborn.

»Aber warum denn nicht?« fragte Binnesman mit leicht spöttischem Unterton, als habe er die Lüge erkannt. »Mögt Ihr den Erdboden nicht?«

»Ich ...« Gaborn war ein wenig verlegen, obwohl er genau wußte, der Zauberer hatte recht. Seine Haut sehnte sich nach der Berührung der Erde. Deswegen hatte er nicht schlafen können. Ein Schlummer würde nicht genügen. Was seine Erschöpfung verlangte, ging über Schlaf hinaus.

»Es sollte Euch aber gefallen«, fuhr Binnesman fort. »Möge die Erde Euch verbergen. Möge die Erde Euch heilen. Möge die Erde Euch zu dem Ihren machen.« Der Zauberer schlug mit seinem Stecken auf die Erde, und das Gras teilte sich mit einem reißenden Geräusch zu Gaborns Füßen. Vor ihm lag fette, dunkle Erde.

Gaborn bückte sich und roch daran.

»Guter Boden«, erklärte der Zauberer, »stark an Erdkräften. Aus diesem Grund wurde die Burg an dieser Stelle errichtet. Als der alte Heredon Sylvarresta zum ersten Mal den Fuß auf dieses Land setzte, hielt er nach gutem Erdboden Ausschau und errichtete daraufhin an diesen Orten seine Burgen. Eine Stunde Schlaf an dieser Stelle wird Euch mehr erfrischen als viele Stunden im Bett.«

»Ganz bestimmt?« fragte Gaborn.

»Ganz bestimmt«, antwortete Binnesman. »Ihr dient jetzt der Erde, und wenn Ihr Eure Sache gut macht, wird sie Euch im Gegenzug ebenfalls dienen.«

Gaborn widerstand dem Drang, sich hinzulegen. Statt dessen sah er den Zauberer in der Dunkelheit an. Das Sternenlicht ließ sein Gesicht schwach leuchten und bildete einen Hof um sein ergrauendes Haar.

Der Zauberer wirkte blaß und kränklich. Immer noch zu grün und kaum wirklich menschlich.

»Ich habe ein Problem«, sagte Gaborn.

»Ich will Euch helfen, wenn ich kann«, erwiderte Binnesman.

»Ich … ich habe meine Männer heute abend belogen. Ich habe ihnen erzählt, die Erde habe mir aufgetragen, Raj Ahten anzugreifen … aber das entspricht nicht ganz der Wahrheit.«

»Tut es das nicht?« fragte Binnesman mit Zweifel in der Stimme.

»Die Erde teilt mir mit, daß viele sterben werden, wenn sie nicht fliehen«, erklärte Gaborn. »Und doch gestattet sie mir anzugreifen. Ich … ich bin mir nicht sicher, was die Erde will.«

Binnesman ging in die Hocke und stützte sich leicht auf dem Stecken ab. »Vielleicht …«, vermutete er, »habt Ihr Euch täuschen lassen.«

»Täuschen lassen?«

»Ihr behauptet, die Erde will, daß Ihr Raj Ahten angreift? Aber seid Ihr sicher, daß nicht *Ihr* es seid, der gegen Raj Ahten ins Feld ziehen will?«

»Natürlich will ich das«, gestand Gaborn gegenüber Binnesman ein.

»Ihr haltet also das Banner des Waffenstillstands in der einen und die Streitaxt in der anderen Hand. Bietet Ihr Tod an oder Frieden? Und wie kann Raj Ahten Euch vertrauen, wenn Ihr Euch selbst noch nicht entschieden habt?«

»Ihr seid also der Meinung, ich sollte ihm den Frieden anbieten? Aber was ist mit dem Befehl der Erde anzugreifen? Ist er nicht Beweis genug, daß er alle unsere Angebote ablehnen wird?«

»Ich glaube«, antwortete Binnesman entschlossen, »Ihr solltet die Täuschungen durchschauen. Raj Ahten ist nicht Euer Feind. Man hat Euch aufgetragen, die Menschheit zu retten, nicht sie zu bekämpfen. *Das* müßt Ihr erkennen, bevor Ihr den Willen der Erde wirklich zu erfassen vermögt.«

»Dann geht es um die Greifer?« fragte Gaborn. »Die Erde will, daß ich vor Raj Ahten fliehe, aber die Greifer soll ich angreifen?« Noch während er weiterrätselte, wurde ihm bewußt, daß auch diese Antwort noch nicht stimmte.

Binnesman seufzte, als würde ihn Gaborns Dummheit oder Halsstarrigkeit ermüden. »Auch die Greifer sind eine Täuschung. Sie sind nicht Euer Feind. Ihr kämpft gegen unsichtbare Mächte. Ob Ihr Raj Ahten angreift, die Greifer oder wen auch immer, Ihr müßt erkennen, daß sie nur eine Maske Eures wahren Feindes sind.«

Gaborn schüttelte den Kopf. »Das begreife ich nicht. Soll ich nun die Greifer oder Raj Ahten angreifen?«

»Vermutlich wird es Euch klarer werden, sobald Ihr Carris erreicht«, versuchte Binnesman ihn zu beruhigen. »Die Erde kennt ihre Feinde, und Ihr verfügt über die Gabe des Erdblicks. Ihr werdet die Feinde der Erde erkennen, wenn Ihr sie vor Euch seht.«

Gaborn ließ den Kopf hängen, er war zu erschöpft, um darüber nachzudenken.

Binnesman betrachtete ihn besorgt und legte ihm die Hand auf die Schulter. »Gaborn, ich muß Euch jetzt etwas fragen, etwas, das Euch vielleicht kränken wird. Aber es geht mir schon lange durch den Kopf.«

»Das wäre?«

»Ihr zieht in den Krieg«, begann Binnesman. »Ihr werdet den Kampf suchen, habe ich recht?«

»Ja. Ich glaube schon.«

»Dann muß ich mich fragen: Habt Ihr Eure Rolle als Erdkönig begriffen?«

»Ich glaube ja. Ich soll die Samen der Menschheit Erwählen, um sie sicher durch die bevorstehenden finsteren Zeiten zu bringen.«

»Das ist richtig«, sagte Binnesman. »Aber ist Euch auch klar, daß, so gern Ihr auch kämpfen wollt, dies nicht Eure Aufgabe ist? Der Stallmeister serviert Euch auch nicht das Abendessen, oder? Der oberste Kämmerer sitzt nicht im Gericht. Gleichermaßen ist es nicht Aufgabe des

Erdkönigs, in einen kriegerischen Konflikt einzugreifen. Wenn ich es recht verstehe, ist es Eure Pflicht, Konflikte zu *vermeiden*.«

Gaborn war verlegen. Das wußte er, trotzdem konnte er sich nicht recht damit abfinden. »Aber Erden Geboren hat vor zweitausend Jahren ebenfalls Schlachten geschlagen. So hat er seine Siege errungen!«

»Das hat er«, sagte Binnesman. »Doch wenn Ihr Euch die Grabmale anseht, werdet Ihr feststellen, daß er es nur getan hat, wenn er mit dem Rücken zur Wand stand und nicht weiter zurückweichen konnte. Er hat sein Volk nicht leichtfertig in Gefahr gebracht.«

»Soll das heißen, ich darf nicht in den Krieg ziehen?« fragte Gaborn, noch immer zweifelnd.

»Ihr seid der Erdkönig, der die Samen der Menschheit Erwählen muß«, erläuterte Binnesman. »Ich bin der Heiler der Erde und muß tun, was ich kann, um ihr nach der bevorstehenden Plage zu helfen, sich wieder zu erholen. Krieger der Erde wird ein anderer sein. Diesen Titel könnt Ihr nicht für Euch beanspruchen.«

»Ein anderer?« fragte Gaborn. »Wer? Sir Langley?«

»Langley?« wiederholte Binnesman, als sei dieser Gedanke absurd. »Natürlich nicht. Ich meine den Wylde.«

»Den Wylde?« fragte Gaborn unsicher. Binnesman hatte einen Teil seines Lebens dafür geopfert, einen Wylde herbeizurufen, ein aus Erde erschaffenes Geschöpf, das deren Kämpe hatte werden sollen. Doch das Wesen war bei seiner Entstehung in die Lüfte aufgestiegen. Gaborns Männer hatten zwar ganz Heredon durchkämmt, trotzdem war der Wylde seitdem nicht mehr gesichtet worden.

»Ganz recht, der Wylde«, sagte Binnesman. »Ich habe den grünen Ritter geformt, damit er für die Erde kämpft, und das wird er auch, sobald seine Erschaffung abgeschlossen ist. Ein Wylde lebt ausschließlich für den Kampf, und er ist ein weitaus mächtigerer Widersacher, als Ihr dies jemals sein werdet.«

»Seid Ihr sicher, daß er noch lebt?« fragte Gaborn.

»Das hoffe ich«, antwortete Binnesman. »Er lebt und ist bei Bewußtsein, denke ich. Höchstwahrscheinlich hat er sich nur verlaufen und streift durch die Wildnis. Möglicherweise ist er sogar verletzt, aber solange die Erde genügend Heilkraft besitzt, kann er nicht ohne weiteres vernichtet werden.«

»Ihr sagt, Ihr hättet ihn nicht fertiggestellt, dennoch besitzt der Wylde schon seine Gestalt, oder?« fragte Gaborn. Er hatte gesehen, wie das Wesen bei den Sieben Aufrechten Steinen in der Dunkelheit Form angenommen hatte. Aber der Erdboden, die Steine und Knochen, die Binnesman zurechtgelegt hatte, um den Wylde zu erschaffen, hatten sich so schnell zusammengesetzt, daß Gaborn vor seinem Verschwinden nicht viel hatte erkennen können.

»Er hat eine Gestalt«, sagte Binnesman. »Aber das Geschöpf ist längst nicht fertig. Ich habe den Wylde erschaffen, aber ich muß ihn noch *befreien*.«

»Was meint Ihr damit?«

Binnesman dachte einen Augenblick nach. »Stellt ihn Euch vor wie ein Kind, ein gefährliches Kind. Der Wylde ist frisch geformt, aber er ist noch unwissend und braucht daher einen Vormund, einen Beschützer. Er ist auf meine Betreuung angewiesen. Wie jedem Kind muß ich ihm beibringen, Recht von Unrecht zu unterscheiden, ich muß ihn lehren, wie man kämpft.

Sobald er genug gelernt hat, werde ich ihn befreien, ihm seine Freiheit geben, damit er so kämpfen kann, wie es ihm am sinnvollsten erscheint. Erst dann wird er seine volle Wirkung erzielen und fähig sein, die Erde zu verteidigen.«

»Er besitzt keine Freiheit?« fragte Gaborn. »Dann ist er also eher eine Marionette, die darauf wartet, daß Ihr sie bewegt? Wenn dem so ist, könnte er irgendwo in den Büschen liegen. Dann finden wir ihn womöglich nie!«

»Nein«, widersprach Binnesman. »Bewegen kann er sich durchaus. Doch bis ich ihn befreie, ist er gezwungen, meinen Befehlen zu gehorchen. Danach wird niemand mehr imstande sein, ihn zu beherrschen.«

»Aber er wird Euren Befehlen doch noch gehorchen, oder etwa nicht?« fragte Gaborn. »Eldehar erschuf ein Streitroß und ritt darauf in die Schlacht.«

»Nachdem es befreit war, hätte er es nicht mehr reiten können.« Binnesman schüttelte den Kopf. »Nein … es gibt keine Worte, die die Befreiung beschreiben könnten. Der Wylde selbst ist unabhängig. Er existiert nur, solange er sich vom Blut seiner Feinde ernähren kann. Er muß kämpfen, ob mit mir oder ohne mich. Niemand kann ihn aufhalten. Man muß ihm eine gewisse Art von Wildheit zugestehen, die Ihr nicht begreifen könnt, ungezähmt und unzähmbar wie ein Wolfsrudel.

Der Wylde ist kein wildes Tier, da es sich um eine Schöpfung des Erdgeistes handelt, ein Gebilde, für das wir keine Worte kennen.«

Binnesman saß einen Augenblick lang da und umklammerte seinen Stecken mit beiden Händen. Er blickte hinauf zu den funkelnden Sternen. »Wie Ihr seht«, fuhr er fort, »dürft Ihr die Schlacht nicht suchen. Das fällt nicht in Eure Sphäre. Ich frage mich … wann habt Ihr beschlossen, nach Süden zu reiten?«

»Gestern abend«, antwortete Gaborn, »als ich in Eurem Seherstein beobachtete, was Raj Ahten tut. Aber die Erlaubnis zum Angriff erhielt ich erst heute.«

»Habt Ihr Eure Entscheidung ganz bestimmt erst heute getroffen?« hakte Binnesman nach. »Der Drang, Raj Ahten zu töten, hat doch gewiß schon vorher an Eurem Herzen genagt? Könnt Ihr mir sagen, wann Euch diese Idee zum allerersten Mal gekommen ist? War es vielleicht am hellichten Tag, oder als Ihr in ein Feuer gesehen habt?«

»Ihr denkt, ein Flammenweber habe mir diese Idee eingegeben?« fragte Gaborn.

»Wer den Kräften dient, hat Macht über andere«, erwiderte Binnesman. »Ein Flammenweber mit genügend Macht kann Gedanken lesen … oder jemandem einen einflüstern.

Ihr müßt Euch darüber im klaren sein, daß Ihr unter dem Schutz der Erde steht. Wer dem Feuer dient, kann Euch nicht ohne weiteres sehen. Er wird also versuchen, Euch in seine Fallen zu locken.«

»Ich finde es schwer vorstellbar, daß es Flammenweber

geben soll, die mächtig genug sind, jemandem einen solchen Gedanken einzugeben«, sagte Gaborn. »Ich habe Raj Ahtens Feuerdeuterin getötet.«

»Aber nicht die Kraft, der sie diente«, hielt Binnesman bedeutsam dagegen. »Die Kraft ist noch lebendig, und sie wird stärker. Die Flammenweber sind nur der verlängerte Arm dieser Kraft, genau wie Ihr der verlängerte Arm der Erde werden müßt, der Ihr dient. Ihr müßt die Illusion durchschauen, Ihr hättet das Feuer besiegt.«

»Ich weiß, es existiert.«

»Seid Ihr ganz sicher, daß nicht diese Kraft Euch befohlen hat, Raj Ahten anzugreifen?«

Gaborn beunruhigte diese Vorstellung über alle Maßen. Er merkte, wie er viel zu aufgebracht erwiderte: »Nein! Nein! Natürlich nicht! Die Erde befehligt das Feuer. Es ist nicht mein Fehler, wenn ich mir keinen Reim auf ihre Befehle machen kann.«

Er haßte solche Streitereien. Sein Vater hatte ihn oft gewarnt, daß sie lediglich zu Zweifeln führten, Zweifel zu Unschlüssigkeit und Unschlüssigkeit schließlich in die Niederlage.

Daher fühlte er sich auf diesem Gebiet in die Defensive gedrängt. Und dieses Gefühl verstärkte sich noch, wenn er an jenen ersten Augenblick dachte, in dem er beschlossen hatte, gegen Raj Ahten ins Feld zu ziehen. Das war am hellichten Tag gewesen, als er oben auf dem Turm bei den Augen des Tor Loman gestanden und hinunter in den Schnee, auf die Leiche seines Vaters, gestarrt hatte.

Er hatte das Bedürfnis verspürt, Raj Ahten am hellich-

125

ten Tag zu hetzen, wenn die Sonne strahlend hell über ihm schien.

Damals hatte er den Beschluß gefaßt, auszuziehen und Raj Ahten zu töten, und er hatte die ganze Woche lang gegen diesen Drang angekämpft. Feuer konnte Zorn und Begierde entfachen, das wußte er, und es war der Vater der Verschlagenheit. Also hatte er gegen den Drang angekämpft und versucht, die Erlaubnis der Erde für diese Tat einzuholen. Die Erde hatte ihm wieder und wieder davon abgeraten.

Und nun ermutigte sie ihn, nach Süden zu gehen und anzugreifen. Gaborn wußte, woher seine Eingebung stammte. War es sein Fehler, wenn Erde und Feuer dieses eine Mal dasselbe von ihm verlangten?

Er betrachtete Binnesman mit dem ruhigen Ausdruck der Gewißheit im Gesicht. »Der Befehl der Erde enthält keinen Zorn«, versuchte er zu erklären. »Ich habe nicht die Absicht, im Zorn anzugreifen. Im Gegenteil, ich empfinde den Ruf der Erde als einen Hilferuf. Greif an, bittet sie mich. Greife an, bevor es zu spät ist!«

»Also gut«, gab sich Binnesman zufrieden. »Ich glaube Euch. Ich glaube Euch, daß die Erde Euch dies befohlen hat. Ich werde Euch also nur um eines bitten: verliert Euer Ziel nicht aus den Augen. Greift nur an, wenn die Erde es Euch befiehlt.«

»Ich bin der Erdkönig«, versprach Gaborn. »Ich werde tun, was sie verlangt.«

»Gut«, sagte Binnesman. »Mehr kann ich nicht erhoffen. Jetzt müßt Ihr Euch ausruhen, mein Lord.«

Gaborn war müde, entsetzlich müde. Er kam sich

albern vor, wie er hier halb entblößt hockte. Nun streifte er seine Jacke ab und legte sich nackt auf den Erdboden.

Sie fühlte sich überraschend warm an, so als halte sie noch immer die Hitze des Tages gespeichert.

Binnesman schwenkte seinen Stecken, und das Erdreich legte sich wie eine wärmende Decke über Gaborn.

Gaborn lag mit geschlossenen Augen unter der Erdschicht und spürte, wie die Anspannung aus seinen Muskeln wich.

Zuerst hatte er Angst, denn er wußte nicht, wie er atmen sollte. Nachdem er jedoch eine volle Minute lang die Luft angehalten hatte, wurde ihm bewußt, daß er nicht zu atmen brauchte. Sogar seine Lungen ruhten, und er lag da, während der warme Humus in seine Ohren rieselte, auf Brust und Gesicht, und sich zwischen seine Finger drückte.

Augenblicke später war er fest eingeschlafen, und eine Zeitlang träumte er, er sei ein Hasenweibchen auf einer Straße außerhalb von Burg Sylvarresta, das rannte und rannte, um vor einer unbekannten Gefahr in den Schutz seines Baus zu flüchten. Es schlug Haken durch ein Brombeerdickicht und kroch in einen schönen, sicheren Bau, hinein in das Dunkel, aus dem ihm der durchdringende Geruch von Hasenjungen entgegenschlug.

Dort, ganz hinten im Bau fand es seine Jungen, vier kleine Hasen, gerade mal einen Tag alt.

Die Zitzen des Hasenweibchens waren schwer von Milch. Es legte sich auf die Seite, während es noch vor Anstrengung keuchte, und ließ die Jungen trinken, die

fest gegen die Zitzen drückten, um die Milch herauszu-
saugen.

Während das Hasenweibchen keuchend dalag, hörte
es Zauberer Binnesman oben über dem Bau sprechen. Es
legte seine langen Ohren zurück und lauschte dem Ge-
spräch, derweil Pferde über den harten, verkrusteten
Untergrund der Straße stapften. »Die Erde spricht zu uns.
Sie spricht zu Euch und mir.«

»Was sagt sie?« hörte sich Gaborn fragen.

»Das weiß ich noch nicht«, antwortete Binnesman.
»Aber auf diese Weise spricht sie gewöhnlich zu mir: in
der besorgten Geschäftigkeit von Kaninchen und Mäusen, im wechselnden Flug eines Vogelschwarms, in den
Schreien der Gänse. Jetzt flüstert sie auch dem Erdkönig
etwas zu. Ihr wachst, Gaborn. Eure Kräfte wachsen.«

Dann waren die Pferde vorüber, und das Hasenweibchen lag friedlich in seinem Bau. Es schloß, während
die Jungen tranken, die Augen, legte die Ohren flach auf
seinen Rücken und sorgte sich um einen Floh auf seiner
Vorderpfote, der es beißen wollte.

Törichte Menschen, dachte das Hasenweibchen, die die
Stimme der Erde nicht hören.

In seinen Träumen glitt Gaborn über den Waldboden, als
wäre er eine Schlange. Er spürte, wie die glatten, ge-
schmeidigen Schuppen auf seinem Bauch ihm gestatte-
ten, mühelos dahinzuschleichen, als wäre der Erdboden
Eis.

Er ließ seine lange, gespaltene Zunge vorschnellen und
witterte. Weiter vorn nahm er Fell und Wärme wahr: ein

Hase im Gebüsch. Einen Augenblick lang blieb er sehr still liegen, während die strahlendhelle Herbstsonne auf ihn schien, und kostete den letzten warmen Kuß des Jahres aus.

Vor ihm rührte sich nichts. Er roch den Hasen, konnte aber nichts erkennen.

Er wühlte sich mit der Schnauze durch die Eichenblätter, bis er ein Loch sah, einen Bau, dunkel und verlockend. Wieder ließ er die Zunge vorschnellen, roch die Jungtiere in ihrem Bau.

Es war Tag, und die Hasen drinnen schliefen sicher. Fast lautlos glitt er in die Tiefe.

Über sich hörte er schweren Hufschlag von Pferden, und Zauberer Binnesman sagte: »Die Erde spricht zu uns. Sie spricht zu Euch und zu mir.«

Gaborn fragte: »Was sagt sie?«

»Das weiß ich nicht, noch nicht«, antwortete Binnesman. »Aber auf diese Weise spricht sie gewöhnlich zu mir: in der besorgten Geschäftigkeit von Kaninchen und Mäusen, im wechselnden Flug eines Vogelschwarms, in den Schreien der Gänse. Jetzt flüstert sie auch dem Erdkönig etwas zu. Ihr wachst, Gaborn. Eure Kräfte wachsen.«

»Und doch kann ich die Erde nicht hören«, sagte Gaborn, »dabei würde ich ihre Stimme *so gern* hören.«

»Vielleicht, wenn Eure Ohren länger wären«, antwortete der Zauberer im Traum. »Oder vielleicht, wenn Ihr sie an den Boden hieltet.«

»Ja, ja natürlich, das werde ich tun«, erwiderte Gaborn begeistert.

Er lag im Eingang des Baus und merkte, daß er lauschte, sich mit aller Kraft bemühte, etwas zu hören. Er ließ seine lange, gespaltene Zunge vorschnellen und witterte weiter vorn die jungen Hasen.

In seinem Traum lief Gaborn über ein frisch gepflügtes Feld. Das Erdreich war vor kurzem umgegraben worden, und die großen Kluten waren mit einer Hacke zerschlagen und dann gerecht worden. Der Lehm war tief, der Boden gut.

Seine Muskeln schmerzten von den langen Stunden der Arbeit, aber er roch den Frühlingsregen in der Luft, der bald niedergehen würde, und eilte mit einem spitzen Pflanzstock übers Feld. Damit bohrte er ein kleines Loch in das Erdreich, in das er ein schweres Samenkorn fallen ließ, um das Loch anschließend mit seinem Fuß zu schließen.

So arbeitete er im Schweiße seines Angesichts.

Er säte unbekümmert und dachte an nichts, bis er in der Nähe eine Stimme hörte.

»Sei gegrüßt!«

Gaborn drehte sich um und blickte zum Feldrain hinüber. Ein Steinzaun stand dort, an dem sich junge, blühende Wicken und Purpurwinden emporrankten. Auf der anderen Seite des Zaunes stand der Erdgeist.

Der Erdgeist hatte die Gestalt von Gaborns Vater angenommen, war der äußeren Form nach Mensch geworden. Dennoch sah er aus wie ein Geschöpf der Erde – Sand und Lehm, Zweige und Blätter verschmolzen zu einem Ganzen, wo Fleisch hätte sein sollen.

»Sei gegrüßt«, antwortete Gaborn. »Ich hatte gehofft, dich wiederzusehen.«

»Ich bin immer da«, erklärte der Erdgeist. »Sieh zu deinen Füßen hinab, dann müßte ich ganz in der Nähe sein.«

Gaborn arbeitete weiter, ließ weiter im Gehen schwere Samenkörner aus der Tasche seines Mantels fallen.

»So«, sagte der Erdgeist, »du kannst dich also nicht entscheiden, ob du heute Jäger oder Gejagter sein willst, ob Hasenweibchen oder Schlange.«

»Bin ich nicht beides?« fragte Gaborn.

»Das bist du allerdings«, antwortete der Erdgeist. »Leben und Tod. Rachegott und Erlöser.«

Auf einmal war Gaborn unbehaglich zumute, und er blickte sich um. Der Erdgeist war ihm bereits zuvor in Binnesmans Garten begegnet. Doch damals war der Zauberer dabeigewesen und hatte übersetzt. Die Erde selbst hatte in der Bewegung von Steinen, im Rauschen der Blätter, im Entweichen von Gasen tief aus dem Untergrund zu ihm gesprochen.

Und der Erdgeist war ihm als ein Geschöpf aus Erdreich und Steinen erschienen – aber in Gestalt seines Feindes Raj Ahten.

Jetzt stand ihm der Erdgeist in Gestalt seines Vaters gegenüber und sprach zu ihm so unbekümmert, als würde er über den Gartenzaun hinweg mit einem Nachbarn plaudern.

Augenblick, das kann nicht wirklich sein, überlegte Gaborn. Ich muß träumen.

Die Erde rings um ihn rumpelte heftig wie von einem

Erdbeben geschüttelt, und die Blätter einer nahen großen Eiche raschelten im Wind.

Er verstand die Bewegungen der Steine, das Rascheln der Blätter. »Welcher Unterschied besteht zwischen Wachen und Träumen?« fragte die Erde. »Ich begreife nicht. Aber höre mir zu!«

Gaborn betrachtete das undeutliche Ebenbild seines Vaters und verstand. Der Erdgeist sprach tatsächlich zu ihm, und das nicht mit der Stimme von Mäusen.

»Welche Nachricht hast du für mich?« fragte Gaborn, denn er spürte, daß er die Hilfe des Erdgeistes dringend benötigte. So vieles verwirrte ihn: Sollte er sein Volk um sich scharen und vor Raj Ahten fliehen? Sollte er angreifen? Wie konnte er der Erde am besten dienen? Sollte er Gaben von Menschen übernehmen?

»Ich bringe keine Nachricht«, meinte die Erde. »Du hast mich gerufen, und ich bin gekommen.«

»Aber …« Gaborn konnte es einfach nicht glauben. Es mußte doch etwas Wichtiges geben, das der Erdgeist ihm mitteilen konnte. »Ich … du hast mir all diese Macht gegeben, nur weiß ich nicht, wie ich sie benutzen soll.«

»Ich verstehe nicht«, erwiderte der Erdgeist verwirrt. Ich habe dir keine Macht gegeben.«

»Du hast mir den Erdblick gegeben und die Macht zu Erwählen.«

Der Erdgeist überlegte. »Nein, das sind meine Fähigkeiten, nicht deine. Ich habe sie dir nie *gegeben*.«

Gaborn fühlte sich verwirrt. »Aber ich benutze sie.«

132

»Es sind *meine* Fähigkeiten«, wiederholte der Erdgeist abermals. »So wie du mir dienst, diene ich im Gegenzug dir. Du hast keine Macht, keine Fähigkeiten, es sei denn, ich gestehe sie dir zu.«

Gaborn starrte das undeutliche Abbild seines Vaters an, eines vornehm aussehenden Mannes von vierzig Jahren mit kräftigem Kinn und breiten Schultern.

Gaborn kniff die Augen zusammen. Jetzt begriff er. »Ja«, sagte er. »Ich verstehe. Du hast mir keine Macht gegeben. Du hast sie mir nur *geliehen*.«

Der Erdgeist schien lange über das Wort *geliehen* nachzudenken, so als wäre er nicht ganz sicher, ob das Wort zutraf. Endlich nickte er. »Diene mir, und ich werde dir dienen.«

Dann wurde Gaborn klar, daß selbst das Wort *geliehen* nicht korrekt war. Die Erde forderte seine Dienste, und sobald Gaborn der Erde diente, belohnte ihn die Erde unmittelbar, indem sie ihm die Kraft *verlieh*, ihr zu dienen.

In gewissem Sinne war Gaborn für die Erde lediglich ein Werkzeug. Er war überhaupt nicht der Erdkönig. Er persönlich verfügte über keinerlei Macht. Gaborn war für die Erde dasselbe wie die Hacke für den Bauern, der sie schwang, wie das Pferd für den Reiter, der es ritt. Gaborn war der verlängerte Arm des Willens der Erde, weiter nichts.

»Du säst die Samen der Menschheit«, sprach der Erdgeist. »Immer wieder hast du gefragt, wie du sie alle aussäen sollst. Ich verstehe diese Frage nicht.«

»Ich möchte sie alle retten«, antwortete Gaborn.

»Betrachte die Weizenfelder«, erklärte der Erdgeist leise. »Einhundert Samenkörner fallen auf den Boden, aber gehen alle auf? Soll etwa kein einziges übrigbleiben, um die Bäuche der Rinder und der Mäuse zu füllen? Darf keines in der Sonne verfaulen?

Soll es auf der Erde denn nur Weizen geben?«

»Nein«, antwortete Gaborn bedrückt.

»Dann akzeptiere meinen Willen. Leben und Tod. Tod und Leben. Das ist dasselbe. Viele werden sterben, wenige dürfen überleben. Die Ernte der Seelen bleibt dir überlassen. *Wir* haben nicht die Macht, alle Samen der Menschheit zu retten. Und du wirst nur die Macht haben, ein paar wenige zu Erwählen.«

»Ich weiß«, sagte Gaborn. »Aber je mehr ich retten kann …«

»Widersprich mir nicht. Wenn du dich von mir zurückziehst, bin ich gezwungen, mich von dir zurückzuziehen«, sprach der Erdgeist leise.

»So war das nicht gemeint!« rief Gaborn. »Das war nicht meine Absicht!«

»Die Samen, die du in deiner Hand hältst?« fragte der Erdgeist. »Willst du lebende oder tote Samenkörner pflanzen?«

Gaborn starrte das verschwommene Abbild des Erdgeistes an und wurde nachdenklich. Er hatte sich die Körner nicht angesehen, hatte ihre Schwere oder ihre Form in seiner Hand überhaupt nicht recht gespürt.

Jetzt hielt er Samenkörner in der Hand und wog sie prüfend ab.

Er spürte, wie sie sich bewegten, wie sie in Bewegung

gerieten, sobald er sie berührte. Dutzende von Samenkörnern. Manche jedoch bewegten sich nicht. Er machte seine Hand weit auf und sah hinein.

Er hielt Embryos in der Hand, Dutzende von ihnen, klein und rosa oder braun, wie die noch nicht ganz ausgebildeten Körper junger Mäuse. Trotzdem konnte er Gesichtszüge unterscheiden. Einige von ihnen strampelten mit ihren winzigen Armen oder Beinen, und er erkannte sie wieder: der rosafarbene in der Mitte seiner Handfläche mit dem roten Flaum mußte Borenson sein. Der prächtig aussehende, tote braune daneben war Raj Ahten.

Er hielt sie in der Hand, bohrte mit seinem Pflanzstock ein Loch ins Erdreich und versuchte zu entscheiden, welchen Fötus er in den tiefen, fetten Humus fallen lassen sollte.

Als er, während er auf den Rat des Erdgeistes hoffte, das nächste Mal den Kopf hob, war die Sonne bereits untergegangen. Die Zeit des Pflanzens war verstrichen, und Gaborn konnte nichts mehr sehen.

Tastend bahnte er sich schwerfällig seinen Weg aus seinem flachen Grab. Klopfenden Herzens blieb er einen Augenblick im Schein der Sterne sitzen. Er suchte hektisch nach Binnesman, doch der Zauberer war nirgendwo im Garten.

Er hatte das Gefühl, der Erdgeist hatte ihn vor einem Versagen warnen wollen, nur: vor einem Versagen wobei?

Die Erde hatte ihm die Macht des Erwählens verliehen.

Gaborn hatte diese dankbar angenommen und sein Bestes gegeben. Doch Erwählte er zu unbedacht? Traf er keine gute Wahl?

Erst eine Woche zuvor hatte Gaborn in Binnesmans Garten die Aufgabe des Erwählens übernommen. Weil er sein Volk liebte, hatte die Erde ihm die Aufgabe übertragen, auszuwählen, welche ›Samen der Menschheit‹ gerettet werden sollen.

Doch jetzt zerbrach sich Gaborn über die Frage den Kopf, wen aus seinem Volk er in dem bevorstehenden Krieg erretten sollte.

Der Wille der Erde in dieser Angelegenheit kam Gaborn kalt und hartherzig vor, leidenschaftslos bis hin zur Grausamkeit: Erwähle. Mir ist es gleichgültig. Leben und Tod sind eins.

Erwähle ein paar, die du retten willst, und dann rette sie. So lautete sein Auftrag. Nicht mehr und nicht weniger.

Das hörte sich einfach an.

Und erschien doch unmöglich.

Von all dem abgesehen, wurde Gaborn klar, daß die Erde ihm jetzt ein Ultimatum gestellt hatte: Akzeptiere meinen Plan, oder ich entreiße dir die Macht, die Fähigkeiten, die ich dir verliehen habe. Forderst du mich heraus, ist die gesamte Menschheit verloren. Du kannst einige wenige Menschen retten, aber nicht alle.

Aber wie sollte er seine Wahl treffen?

Erwartete der Erdgeist von ihm, Säuglinge sterben zu lassen, nur weil sie nicht in der Lage waren, sich zu verteidigen? Oder die Alten und Gebrechlichen? Erwartete man von ihm, daß er einen guten Mann sterben ließ, weil ein schlechter Mann der bessere Krieger war?

Wie sollte er sich richtig entscheiden?

Ich habe mein Volk angelogen, erkannte Gaborn. Ich habe vielen Menschen erzählt, sie seien Erwählt und ich würde sie in den bevorstehenden finsteren Zeiten beschützen. Und ich will sie auch von ganzem Herzen retten.

Aber diese Macht habe ich nicht.

Die Erkenntnis erfüllte ihn mit Schrecken und kalter Gewißheit.

Er konnte sie nicht alle retten, konnte sie nicht alle beschützen. Bildlich stellte er sich vor, wie er sich bei einem Handgemenge würde entscheiden müssen: Laß einen Mann sterben, damit drei andere überleben.

Aber wie konnte er guten Gewissens solche Entscheidungen fällen? Und auf welche Weise?

Gab es Umstände, unter denen er Iome sterben lassen durfte? Wäre ihre Rettung tausend Menschenleben wert?

Wenn er für sie Menschenleben vergeudete, würde sie es ihm später danken? Oder würde sie ihn verurteilen?

Was hatte Binnesman gestern morgen gesagt? Erden Geboren sei ›nicht an den Wunden aus der Schlacht, sondern an gebrochenem Herzen‹ gestorben.

Gaborn hielt das durchaus für möglich. Die Erde hatte ihn zum Erdkönig auserkoren, weil Gaborn ein Mann mit Gewissen war. Aber wie konnte er hoffen, mit seinem Gewissen weiterzuleben, wenn er tat, was die Erde von ihm verlangte?

Er setzte sich und dachte über die Geschehnisse des

vergangenen Tages nach. Er hatte sich entschieden, König Orwynne zu Erwählen, doch der dicke alte Ritter hatte sich Gaborn widersetzt, war in die Wolke aus herumwirbelnder Dunkelheit hineingeritten und hatte versucht, den Glorreichen der Finsternis zu besiegen.

Kurz danach hatten Iome und Jureem fast ihr Leben gelassen, weil sie auf Burg Sylvarresta geblieben waren und versucht hatten, all jene zu retten, die nicht hatten fliehen wollen, wie Gaborn es ihnen befohlen hatte.

Ich kann sie Erwählen, erkannte Gaborn, aber das bedeutet nicht, daß sie mich Erwählen. Ich kann versuchen, sie zu retten, aber das bedeutet nicht, daß sie sich selbst retten wollen.

Dann soll dies der erste Prüfstein für das Erwählen sein, entschied er. Ich werde diejenigen retten, die auf meine Stimme hören und somit danach trachten, sich selbst in Sicherheit zu bringen. Die anderen muß ich vergessen.

Im Schein der Sterne blickte Gaborn sich suchend um, bis er seinen Harnisch erblickte und sein Wams, die in der Nähe auf einem Haufen lagen, in einem Lavendelbeet.

Er stand auf, klopfte sich die Erde ab und zog sich an. Als er in sein Zimmer zurückkehrte, war Iome bereits auf den Beinen und kleidete sich für den spätnächtlichen Ritt an.

Trotz seiner unheilvollen Träume fühlte sich Gaborn so ausgeruht wie noch nie zuvor in seinem Leben.

138

ZWEITES BUCH

Der 1. Tag im Monat des Laubs:
ein Tag der Verzweiflung

KAPITEL 7
Anders

Jahre der Sorge hatten an König Anders genagt wie ein Hund an seinem Knochen. Nach all diesen Jahren hing dem hochgewachsenen Anders das Fleisch welk vom schmalen Gerippe.

Während er nun im Bett lag, starrte er an dem Baldachin über ihm vorbei und spürte keine Angst mehr. Eine tiefe Ruhe hatte Besitz von ihm ergriffen wie ein frischer Schluck Wasser aus einem Bergbach. Die Welt würde sich bald verändern.

Anders erhob sich, warf seinen Umhang ab und stand einen Augenblick lang nackt da. Seine Gemächer befanden sich im höchsten Turm seines Bergfrieds, und die Tür zum Balkon wie auch die Fenster waren weit geöffnet. Ein kühler, sanfter Wind strich durch das Zimmer und bewegte die dünnen Sommervorhänge.

Anders' Frau streckte den Arm aus und tastete auf seinem Kissen herum, als suche sie in ihren Träumen nach ihm. Er schob ihr dunkles Haar zurück und flüsterte ein einziges Wort: »Schlafe.«

Sofort erschlaffte ihr Körper, und sie versank in tiefen Schlummer.

Eine Böe wölbte die Gardinen und wehte durch den Raum. Obwohl der Wind unsichtbar war, konnte man seine Bewegung wie die eines großen Hundes spüren.

Der König breitete die Arme aus, hieß den Wind

141

willkommen und fühlte seine angenehme Berührung unter den Armen.

Er folgte dem Wind hinaus auf den Balkon.

Mit blutroten, gelben und metallisch grünen Flechten überzogene Wasserspeier hockten auf den Zinnen und starrten hinab in den Burghof, der sechzig Meter tiefer lag.

Leichten Fußes sprang Anders auf die nächstgelegene Zinne und wankte einen Moment lang, bis er das Gleichgewicht fand.

Eine ganze Weile betrachtete er den nächtlichen Himmel, bis er drei Sternschnuppen sah, die in rascher Folge über ihn hinwegflogen.

Das betrachtete er als Zeichen. Wofür, vermochte er nicht zu sagen, dennoch spendete es ihm Trost, ebenso wie die Böe, die um den Turm strich.

Hoch oben über der Stadt wehte der Wind stärker als dort unten. Er bewegte sich mit Nachdruck, angenehm, spielte mit dem Haar auf Anders' Körper und ließ seine Brustwarzen steif werden. Er säuselte über die ferne Ebene unter dem König hinweg, rüttelte ihn durch und neckte ihn.

Zu dieser Zeit der Nacht war es in der Stadt vor den Toren der Burg still. Zwischen den buckeligen Dächern der Häuser und Schenken im Händlerviertel sah man keine einzige Menschenseele.

Erregt umrundete König Anders den Turm, indem er von Zinne zu Zinne sprang. In einer finsteren Ecke seines Verstandes wußte er, daß er verrückt wirken mußte. Falls ihn eine seiner Wachen oder einer der Bürger seines

Reiches, der so spät noch auf den Beinen war, erspähte, würden sie über seinen Anblick staunen, wie er in der Dunkelheit auf die Zinnen hüpfte und bei jedem Schritt dem Tod trotzte.

Darauf gab er nichts.

Seine Empfindungen folgten ihrer eigenen Logik. Das Leben, das Risiko des Todes, fühlte sich gut an. Seit Jahren hatte er sich vor Sorge verzehrt, doch in den vergangenen Monaten hatte er alle Angst überwunden.

Nun sprang er schneller und schneller weiter. Mit seinen Gaben der Muskelkraft, der Anmut und des Stoffwechsels handelte es sich nicht um eine besonders große Leistung.

Dennoch spürte er die Gefahr bei jedem Satz. Wegen der Flechten war der Stein rutschig und unsicher, und oft geriet der König ins Wanken, weil er zuviel seiner Kraft in die Beine gelegt hatte.

Ach, abstürzen! dachte er in jenen Augenblicken. Ganz von Luft umgeben sein!

Dieser innere Drang war stark, so stark, daß König Anders ihm nicht länger widerstehen konnte.

Er trat auf den gekrümmten Rücken eines Wasserspeiers und warf sich vom Turm.

Einen Moment lang fiel er, während er noch mit den Beinen strampelte, die Arme weit wie die Schwingen eines Adlers ausbreitete und die Augen in Ekstase halb schloß.

Und dann wurde er sich der Gefahr bewußt.

Ja, und? dachte er. Was ist mit dem Tod? Selbst wenn

er starb, war der Geschmack der Luft, dieser lebendigste aller Atemzüge, den Preis wert.

Im Fallen blickte er nach Westen. Dort strich der Wind über die Felder und stürmte auf ihn zu.

Mit hundert Meilen in der Stunde, vielleicht auch zweihundert, brauste er heran und pfiff über die Dächer der Stadt hinweg.

König Anders schloß die Augen ganz und bereitete sich auf sein Schicksal vor. Sein Magen drängte sich in den Brustkorb.

Zwei Meter über dem Boden erfaßte ihn die Böe. Sie umfuhr seinen Körper und hob ihn in die Höhe. Sie streichelte ihm durchs Haar und über die Haut.

Anders öffnete die Augen und grinste breit.

Er starrte in den Wirbelwind. Ein ausgewachsener Tornado nahm vor ihm Gestalt an. Doch bewegte sich dieser nicht von der Stelle und schlängelte sich auch nicht. Zudem brüllte er nicht in seinem Wüten, sondern atmete ruhig wie ein schlafender Säugling.

Still drehte er sich und wirbelte Staub von den Straßen auf. Durch den Mahlstrom konnte Anders oben Sterne erkennen, als wären sie Augen. Der ungeheure Sturm hielt den König in Händen und hob ihn weit in die Höhe.

In den vergangenen Monaten hatte Anders von diesem Erlebnis geträumt, hatte es gar herbeigesehnt. Darauf zu hoffen hatte er jedoch kaum gewagt.

Laut schrie er: »Wunderbar!«, und er lachte aus purem Vergnügen.

KAPITEL 8
Eine Kost, die den Hunger stillt

Averan grub sich aus dem flachen Grab nach oben. Die Nacht lag schwer über dem Dorf. Ihr Bauch schmerzte vor Hunger, doch dann ergriff ein weit unangenehmeres Gefühl von ihr Besitz.

Im Alter von drei Jahren, als der König beschloß, sie zum Himmelsgleiter zu machen, hatte man ihr eine Gabe der Muskelkraft, eine des Durchhaltevermögens und eine der Geisteskraft überlassen.

Stets hatte sie sich stark und unermüdlich gefühlt und konnte sich gut an alles erinnern. Jetzt fühlte sie sich schwach, sowohl im Körper als auch im Geist. Ihr Verstand war wie benebelt.

Ich bin eine Gewöhnliche, erkannte sie. Jemand hat heute meine Übereigner umgebracht.

Das muß entsetzlich gewesen sein. Averan war auf ihrem Weg zu den Höfen von Tide viele Male über den Blauen Turm hinweggeflogen. Die gewaltige Burg, die dort draußen im weiten Meer stand, war ihr stets so riesig, so unangreifbar vorgekommen. Sie vermochte sich nicht vorzustellen, daß jemand sie erstürmen konnte.

In ihrem Herzen wußte sie jedoch, daß jemand den Blauen Turm eingenommen hatte, und in der Dunkelheit kam sie sich einsam und verlassen vor, stärker als je zuvor in ihrem ganzen Leben, sogar noch stärker als zu dem Zeitpunkt, an dem sie Brand und all die anderen auf Burg Haberd hatte zurücklassen müssen.

Ich bin jetzt nur noch ein einfaches Mädchen, überlegte sie. Ich bin eine Gewöhnliche, wie alle anderen Menschen auch. Ich werde nie wieder einen Graak reiten.

Im Alter von neun Jahren war ihr Leben so gut wie zu Ende.

Ohne ihre Gaben glaubte sie, keine Zukunft mehr zu haben.

Am liebsten hätte sie sich in den Staub geworfen und geheult, doch dann fiel ihr ein, was Brand immer sagte: Einen Graak zu reiten ist nicht einfach. Wenn du herunterfällst, mußt du als erstes nachsehen, ob du dir nichts gebrochen hast. Selbst wenn, mußt du wieder aufsteigen und dich in Sicherheit bringen. Wenn du das nicht kannst, wirst du nie ein Himmelsgleiter werden.

Averan war Dutzende von Malen bei der Landung von ihrem Graak heruntergefallen. Und immer wieder aufgestanden.

Jetzt, da sie sich so verlassen fühlte, biß sie sich einfach auf die Lippe und sah sich um.

Das dunkle, verwaiste Dorf erschien ihr anders; die Walnußbäume, welche die Straße säumten, waren gebeugt wie finstere alte Männer, und Averan fragte sich besorgt, was sich in ihren Schatten verbergen mochte. Die heimeligen Katen mit ihren Binsendächern und Tierhautfenstern hinterließen im Licht der Sterne einen unnahbaren Eindruck wie Gräber.

Averan erhob sich. Ein Geruch von kalter Feuchtigkeit lag in der Luft. Ein kräftiger Wind geißelte den Boden. Sie zog ihre Kleider an.

Die grüne Frau kletterte aus ihrem flachen Grab, kniff wegen des scharfen Windes die Augen zusammen und suchte sehnsuchtsvoll den Himmel ab. »Blut?« bettelte sie.

»Ich weiß nicht, *wo* du Blut finden kannst«, sagte Averan. »Meins bekommst du jedenfalls nicht. Also, machen wir uns auf die Suche nach etwas zu essen.«

Sie reichte der grünen Frau ihren Bärenfellmantel, damit sie nicht nackt herumlaufen mußte.

Dann durchstöberte sie den Garten nach etwas Eßbarem. Während sie sich hinkniete, redete sie sich ein, sie solle sich wegen der verlorenen Gaben nicht sorgen. Sie solle sich vielmehr glücklich schätzen, da sie wenigstens nicht – wie ihre Übereigner – hatte sterben müssen.

Die Gartenerde war locker. Die Leute, die die Beete angelegt hatten, hatten allerdings das Gemüse bereits geerntet und mitgenommen, wenn auch in großer Eile.

Vorhin hatte Averan ein paar kleine Karotten und Pastinaken in der Erde stecken gesehen. An dem Rebstock, der den Steinzaun hinaufrankte, hingen noch ein paar Weintrauben. Sie war sicher, solange sie im Dorf blieben, könnte sie sich genug Lebensmittel zusammenstehlen, um ein, zwei Tage durchzuhalten. Auf der Erde unter den Bäumen hoffte sie einige Äpfel, Birnen und Pflaumen zu finden.

So suchte sie im Schein der Sterne nach Spuren von Möhrenblättern. Sie kroch über die Erde und tastete eher nach den Pflanzen, da sie wußte, wie sich die federigen Blätter anfühlten. Sie streifte die Blätter einer Möhre und ahnte, ohne ihren unteren Stengel anzufassen, daß sie zu klein zum Essen war. Sie war bestimmt verkümmert, dürr und bitter.

Kurz darauf jedoch verspürte sie den Drang, an einer anderen Stelle in das Erdreich zu greifen, wo keine Blätter aus dem Boden ragten. Dort fand sie, im Boden verborgen, eine schöne, große Möhre. Jemand hatte versucht, sie aus der Erde zu ziehen, hatte aber nur die obersten Blätter abgerissen. Nach kurzem Ruckeln zog sie die Mohrrübe heraus, die so lang war wie ihr Unterarm.

Sie hielt sie in der Hand und wunderte sich, woher sie gewußt hatte, daß sie sich dort befand.

Die grüne Frau dagegen starrte zusammengekauert und verängstigt hinauf zum Himmel. Jedesmal, wenn der Wind sie erfaßte, fuhr sie erschrocken zusammen und drehte sich um, als befürchtete sie, eine unsichtbare Hand habe sie berührt.

Averan zeigte der grünen Frau ihre Ausbeute. »Möhre«, erklärte sie. »Möhre. Schmeckt ganz gut, wie Blut, läuft aber nicht davon, wenn man sie zu fangen versucht.«

Sie hielt sie der grünen Frau hin, damit diese sie im schwachen Schein der Sterne betrachten konnte, biß dann ein großes Stück ab. Die Möhre war noch voller Erde, aber soweit es Averan betraf, schmeckte diese ebenso süß wie die Möhre selbst. Sie bot der grünen Frau ein Stück an.

Die biß das Ende ab, ging in die Hocke und kaute

nachdenklich wie ein Welpe, der soeben Bekanntschaft mit seinem ersten Stiefel macht.

Averan schluckte rasch und wollte mehr. Sie schloß die Augen, kroch tiefer in den Garten hinein und versuchte, eine weitere Möhre aufzuspüren.

Im Nu hatte sie eine entdeckt, deren Blätter ebenfalls abgerissen waren und die genauso groß war wie die erste. Sie zog sie heraus. Die grüne Frau näherte sich langsam dem Mädchen und betrachtete die neue Möhre. In fast völliger Dunkelheit zog sie eine weitere aus dem Boden, die Averan entgangen war.

Natürlich kann sie die Möhren ebenfalls finden, erkannte Averan. Wir sind jetzt Geschöpfe der Erde, und die Erde weiß, wo ihre Schätze verborgen liegen. »Sämtliche Früchte des Waldes und der Felder gehören uns.«

Etwas Seltsames ging da vor sich. Zwar hatte sie ihre Gaben verloren, dafür aber etwas anderes hinzugewonnen.

Ich bin keine Gewöhnliche, entschied sie. Nicht, wenn grünes Blut in meinen Adern fließt.

Averan legte ein paar Pastinaken zu ihrem Vorrat, dann lief sie unter die Bäume neben dem Haus, wo sie schon bald einige Feigen ›gefunden‹ hatte, die in das hohe Gras gefallen waren, wo man sie nicht sehen konnte. Kurz darauf fügte sie noch ein paar Pilze und Haselnüsse ihrer Mahlzeit hinzu.

Nachdem sie genug zu essen beisammen hatte, führte sie die grüne Frau in der Dunkelheit zu einem großen Gebäude in der Mitte des Ortes, einer Art Zunft- oder Lagerhaus. Möglicherweise fand hier im Winter auch der

Markt statt, da das Gebäude vor Wind und Wetter schützte. Vielleicht war es auch nur ein Gesanghaus, auf das man ein hohes Dach gebaut hatte, damit die Stimmen der Sänger hallen konnten und den Raum füllten. Im Augenblick wurde das Gebäude nicht benutzt, und seine breiten Türen standen sperrangelweit offen.

Lautlos stapfte die grüne Frau hinter Averan her, bis sie die offene Tür erreichten. Diese war so breit, daß zwei Heuwagen mühelos nebeneinander ins Gebäude hätten einfahren können.

Averan spähte hinein. Sie konnte nichts erkennen. Unmittelbar darauf jedoch hörte sie die verzweifelten Schreie und Pfiffe von Ferrin. Wenige Augenblicke später huschten zwanzig der haarigen, kleinen, menschenähnlichen Geschöpfe aus dem Gebäude heraus und ergriffen die Flucht, aus Angst, Averan könnte die Absicht hegen, sie totzuschlagen.

Ein Ferrin lief über Averans Fuß und fiel hin, überschlug sich Hals über Kopf und ließ dabei ein paar Krumen fallen, die er in einem Stoffetzen mitgeschleppt hatte. Averan hätte ihn mit einem Fußtritt quer über die Straße befördern können, aber obwohl sie die Ferrin nie gemocht hatte, hatte sie noch keinem den Tod gewünscht.

Sie beruhigte die grüne Frau: »Wenn es den Ferrin hier gefällt, müßte dieser Ort sicher sein.«

»Wenn es den Ferrin hier gefällt, müßte dieser Ort sicher sein«, wiederholte die grüne Frau.

Vorsichtig schlich Averan in das große Gebäude. Im Gebälk oben gurrten klagend Tauben.

»Ich wette, die Ferrin hatten es auf die Vögel abgese-hen«, vermutete Averan. Im fahlen Licht, das im schrägen Winkel durch die Tür hereinfiel, sah sie einen Haufen Federn auf dem Boden. »Sieht aus, als hätten sie auch einen erwischt.«

Die grüne Frau pirschte hinüber zu den Federn und schnupperte daran. »Blut nein?«

»Ich würde das nicht essen«, gab Averan ihr recht. »Blut nein.«

Die grüne Frau zog ein betrübtes Gesicht. Sie kauerte sich auf die Erde und knabberte an einer Pastinake.

Averan ließ sich neben ihr nieder und blickte sich um. Sie hatte wirklich keine Ahnung, was sie mit ihrem Leben anfangen oder wohin sie sich wenden sollte. Sie wußte nur, daß sie nach Norden wollte.

So schloß sie die Augen und stellte sich die großen Karten zu Hause im Hort der Graaks vor.

Sie spürte den Erdkönig, der leuchtete wie ein grüner Edelstein. Doch als sie nach ihm greifen wollte, schnürte sich ihr die Kehle zu. »Der Erdkönig ist auf dem Weg nach Süden!« sagte sie. »Er hat bereits eine lange Reise hinter sich!«

Averan probierte ein paar Pilze. Sie waren zwar frisch und schmeckten gut, sättigten aber nicht. Ihr Magen verlangte nach etwas anderem. Abgesehen von dem Kanten Brot, den Baron Fettwanst ihr gestern abend überlassen hatte, hatte sie seit zwei Tagen nichts gegessen. Die Pilze waren trocken und gehaltlos.

Sie knabberte an einer Feige herum, aber die schmeck-te ihr ebenfalls nicht besonders. Sie wollte etwas Besseres. Sie sehnte sich nach einem leckeren, saftigen Stück Fleisch.

Nun griff sie in den kleinen Beutel an ihrer Seite, holte ihren hölzernen Kamm hervor und kämmte sich die Gartenerde aus den Haaren. Die grüne Frau beobachtete sie mit unverhohlener Neugier. Als Averan mit ihren Haaren fertig war, ging sie mitsamt Kamm hinüber zur grünen Frau.

»Kamm«, sagte Averan und zeigte ihr das Ding. »Ich werde dir jetzt die Haare kämmen.«

»Mein Haar«, antwortete die grüne Frau. Averan mußte schmunzeln. Die grüne Frau hatte mehr als nur wiederholt, sie hatte bewiesen, daß sie den Unterschied zwischen *mein* und *dein* begriff.

»Du bist aber klug«, lobte Averan. »Tiermeister Brand hatte mal eine Krähe, die sprechen konnte, aber die konnte nur dummes Zeug nachplappern, außerdem ist sie sowieso gestorben, spielt also keine Rolle mehr. Was Baron Puddingrolle sagt, ist mir gleichgültig, du bist auf jeden Fall klüger als eine Krähe.«

»Ich bist ein kluges Mädchen«, pflichtete ihr die grüne Frau bei.

Averan versuchte, der grünen Frau das Haar zu kämmen, aber die grüne Frau drehte immerzu den Kopf, weil sie den Kamm ansehen wollte.

»Halt still«, forderte Averan sie auf und hielt ihr den Kopf einen Augenblick lang fest.

Vielleicht mußte sie das Geschöpf ein wenig ablenken. »Ich denke, wir sollten dir einen Namen geben, meinst du nicht auch? Mein Name ist Averan. Und Rolands

Name ist Roland, und Baron Polls ist Baron Poll, auch wenn ich ihm manchmal gern häßlichere Namen gebe. Jeder hat einen Namen. Möchtest du auch einen Namen?«

»Was … Namen?« fragte die grüne Frau. Averan hielt mit dem Kämmen inne und fragte sich, ob die grüne Frau die Frage tatsächlich verstanden hatte. Das erschien ihr eigentlich äußerst unwahrscheinlich.

»Ich weiß nicht, wie ich dich nennen soll«, gestand Averan ein. »Du hast grüne Haut, also könnte ich dich vermutlich Grünchen nennen.« Es war das erste, was ihr in den Sinn gekommen war.

Als Averan klein war, hatte sie öfter mit einem fünf Jahre alten Mädchen namens Autumn Braun gespielt, die unten im Bergfried Haberd wohnte. Autumn hatte eine weiße Katze namens Weißchen und einen roten Hund mit Namen Roter. Obendrein waren Autumns Haare braun, daher paßte auch der Nachname gut zu ihr. Doch eigentlich fand Averan es dumm, alles nach seiner Farbe zu benennen.

»Wie gefällt dir der Name Olive oder Smaragd? Ich kenne eine Frau mit Namen Smaragd. Wenn man die Augen zusammenkneift, kann man ein bißchen sehen, daß sie eine grünliche Haut hat. Aber dein Grün ist viel schöner als ihres.«

Die grüne Frau hörte sich jeden Namen an und versuchte ihn probeweise nachzusprechen, ließ sich aber nicht sonderlich beeindrucken.

»Wie wär's mit Spinat?« sagte Averan zum Spaß.

»Spinat?« fragte die grüne Frau nachdenklich.

»Das ist eine Pflanze, Gemüse.« Averan hatte der grünen Frau die letzten Knoten aus dem Haar gekämmt. Sie hatte kein einziges Mal aufgeschrien oder sich beschwert. »So, erledigt. Keine Sorge, uns wird schon ein rechter Name für dich einfallen.«

Die grüne Frau packte Averans Hand. »Rechter Name?« fragte die grüne Frau mit seltsamem Unterton, als wäre ihr gerade etwas eingefallen. »Rechter Name?«

Averan hielt inne. Magische Geschöpfe besaßen rechte Namen, die niemals laut ausgesprochen werden durften, damit kein Feind sie je erfuhr.

»Ja, rechter Name«, meinte Averan. »Mein rechter Name lautet Averan. Dein rechter Name ist …?«

Die grüne Frau schaute nach oben, in der Dunkelheit konnte Averan ihre Gesichtszüge jedoch nicht genau erkennen. In gebieterischem Ton sang die grüne Frau: »Erhebe dich nun aus dem Staub, mein Kämpe! Werde zu Fleisch, ich werde dich bei deinem rechten Namen nennen: Verderbter Erlöser, Gerechter Zerstörer.«

Averan wich zurück. Der Tonfall der grünen Frau, ihr ganzes Verhalten, hatte sich während dieses Singsangs verändert, fast schien es sich plötzlich um eine andere Person zu handeln. Averan wußte, die grüne Frau hatte etwas wiedergegeben, und zwar wortgetreu, das sie aufgeschnappt hatte. Wenn sie je gezweifelt hatte, ob die grüne Frau ein magisches Wesen war – wenn sie auch nur einen Augenblick geglaubt hatte, sie sei nichts weiter als eine seltsame Farbige aus irgendeinem fernen Königreich jenseits des Carollmeeres, dann war dieser Zweifel jetzt verflogen.

Averan wollte nicht den Eindruck erwecken, sie habe Angst, also ging sie wieder zu ihr hin und streichelte der grünen Frau nachdenklich übers Haar. Der Name der grünen Frau behagte ihr nicht besonders: Verderbter Erlöser, Gerechter Zerstörer.

Sie fragte sich, ob die grüne Frau ein ›verderbter Erlöser‹ war, ein ›gerechter Zerstörer‹. Wen sollte sie nur erlösen, und was würde sie zerstören?

»Das ist ein hübscher Name«, versicherte Averan der grünen Frau. »Aber ich denke, wir sollten uns etwas Kürzeres einfallen lassen. Ich werde dich von jetzt an Frühling rufen. Frühling.« Averan berührte die grüne Frau und sprach dabei den Namen aus.

Eine kräftige Windbö traf das riesige Gebäude, und eine der riesigen Türen pendelte an ihren quietschenden Angeln. Averan hatte nicht gewußt, daß das Gebäude einen Kamin besaß, plötzlich jedoch hörte sie, wie der Wind stöhnend durch den steinernen Schlund brauste.

»Das ist nur der Wind«, sagte Averan. »Er wird dir nichts tun. Ich glaube, es kommt ein Sturm auf.«

»Wind?« fragte die grüne Frau. »Wind?« Sie wich zur hinteren Wand des Gebäudes zurück. Averan folgte ihr und fand die grüne Frau zusammengekauert in einer Ecke.

»Gutes Mädchen«, tröstete Averan sie. »Das ist ein guter Platz. Hier wird uns der Wind nicht finden.«

Averan schlang die Arme um die grüne Frau. Das kraftstrotzende Wesen fühlte sich an, als wären seine Muskeln aus Eisen, trotzdem zitterte es vor Angst.

Sie wußte weder wohin sie gehen sollte noch was tun.

155

Daher hielt sie die grüne Frau umschlungen und sang ein Schlaflied. Das hatte ihre Mutter auch immer getan, als sie noch klein war und wenn sie Angst hatte. Und Averan sang:

> *Der Wind bläst so wild heut nacht*
> *So süß und wild heut nacht*
> *Er rüttelt an den Bäumen*
> *Doch weißt du in deinen Träumen:*
> *Es ist nur der Wind, mein Kind, gute Nacht.*

Die grüne Frau schlief allerdings nicht ein. Averan selbst war eher hungrig als müde, also sprach sie bis lange in die Nacht mit der grünen Frau, erzählte ihr Geschichten, erklärte ihr die Namen von Gegenständen, versuchte, ihr das Sprechen beizubringen und sie gleichzeitig zu beruhigen und abzulenken.

Gegen Morgen legte die grüne Frau Averan eine Hand vor den Mund, als wollte sie sie auffordern, still zu sein.

Jeder Muskel im Körper der grünen Frau spannte sich an, sie ging auf ein Knie und sog witternd die Luft durch die Nase ein. »Blut, ja«, sagte sie leise, voller Verlangen.

Averans Herz begann zu klopfen.

Draußen sind Raj Ahtens Männer, überlegte Averan. Die grüne Frau wittert Unbesiegbare.

Averan ließ den Blick suchend durch das gesamte Gebäude wandern. Es war riesig und leer. Es bot keinerlei Versteck, nur Schutz vor dem Wind.

Doch die Stützpfeiler des Gebäudes bestanden aus dicker Eiche, und alle paar Fuß wurden sie von schweren

Balken gekreuzt. Die Balken bildeten eine Art Leiter, die bis hinauf in den Dachstuhl führte, wo die Tauben nisteten.

Wenn ein Ferrin diese Balken im Dunkeln hinaufklettern kann, überlegte Averan, gelingt mir das auch.

Sie trat an die Wand, legte die Hände auf den nächsten Querbalken, der sich in Brusthöhe befand, und kletterte hinauf. Dann schwang sie sich auf den nächsthöheren und weiter auf den folgenden.

Sie war überrascht, wie schwer ihr das Klettern ohne ihre Gabe der Muskelkraft fiel. Die Sache war gefährlich. Grabwespen hatten auf einigen der Balken ihre Nester gebaut, und überall hingen Spinnweben. Die Wände rochen nach Staub. Die grob behauenen Balken steckten voller großer Splitter.

Averan befürchtete, von einer Wespe gestochen, von einer Spinne gebissen zu werden oder sich die Hand aufzureißen.

Schlimmer noch, sie konnte den Halt verlieren und abstürzen.

In weniger als einer Minute war sie zehn Meter an der Wand hinaufgeklettert, bis zu der Stelle, wo die Balken aneinanderstießen.

Nach hier oben drang überhaupt kein Sternenlicht mehr vor. Die Finsternis war so vollkommen, daß sie sich sicher fühlte, obwohl sie gezwungen war, die Balken zu ertasten und blind auf ihnen herumzukraxeln und auf sie hinaufzuklettern.

»Frühling«, flüsterte Averan. »Komm hier nach oben.«

Die grüne Frau blieb kauernd auf dem Boden hocken

157

wie eine sprungbereite Katze. Falls sie Averans Bitte verstand, ließ sie es sich nicht anmerken. Statt dessen wirkte sie wie ein wildes Tier auf der Jagd, und das machte Averan angst.

Wie kräftig mochte diese grüne Frau nur sein? fragte sie sich. Die grüne Frau war Tausende von Fuß vom Himmel gefallen, ohne beim Aufprall zu sterben oder auch nur schwer verletzt zu werden – geblutet hatte sie allerdings.

Wenn sie einem von Raj Ahtens Unbesiegbaren begegnete, hätte sie eine Chance gegen ihn? Was, wenn sie auf einen ganzen Trupp von ihnen stieße?

Die grüne Frau war vielleicht so kräftig wie ein Unbesiegbarer, aber sie war keine ausgebildete Kriegerin mit Gaben der Muskelkraft.

Von einem schnelleren Gegner würde sie in Sekundenschnelle getötet werden.

»Bitte, Frühling!« zischte Averan. »Komm her und versteck dich.«

Aber Frühling gehorchte nicht. »Blut, ja«, knurrte sie grimmig.

Angesichts der Gier der grünen Frau lief Averan das Wasser im Mund zusammen. Gestern morgen, als sie die Leiche des Meuchelmörders am Hang betrachtet hatte, hatte sie Blut schmecken wollen. Jetzt hatte sie den Bauch voll Möhren und Pastinaken, trotzdem dachte Averan voller Verlangen an den Meuchelmörder zurück und hoffte, die Grüne werde jemanden töten.

Nein, das will ich nicht, redete Averan sich ein. Ich will kein Blut.

»Frühling, komm sofort hier rauf!« flüsterte sie.

Unmittelbar darauf jedoch vernahm sie ein Geräusch, das ihr das Blut stocken ließ. Draußen vor dem Gebäude hob ein Zischen an, ein trockenes Sirren, tiefer als das einer Klapperschlange, ein Geräusch, das sie nur einmal zuvor gehört hatte – das Geräusch, das ein Greifer von sich gibt, wenn die Luft rasselnd durch die Chitinklappen an seinem Unterleib strömt. Sie hatte gehört, wie Zehntausende von ihnen dieses Rasseln gleichzeitig erzeugt hatten.

Jetzt hörte sie nur einen. Er atmete langsam aus – unmittelbar draußen vor der Tür.

Er muß mir von Burg Haberd gefolgt sein! schoß es ihr durch den Kopf. Dann ermahnte sie sich zur Vernunft: Aber das ist völlig ausgeschlossen. Den größten Teil der Strecke bin ich auf dem alten Ledernacken geflogen. Nicht einmal ein Greifer hätte mir folgen können. Nein, hier mußte es sich um eine Art Kundschafter handeln.

Averan hatte gehört, daß Greifer oft Kundschafter aussandten. Sie wußte auch, daß Greifer vorzugsweise in warmen, schwülen Nächten auf die Jagd gingen, wenn das Wetter den Bedingungen in ihren Lagerstätten in der Unterwelt am nächsten kam. An diesem Abend war es feucht und kühl, ganz und gar kein Greiferwetter.

Außerdem hatte sie sich sagen lassen, daß Greifer nach Gehör, Witterung und Bewegung jagten. Wenn sie hier im Gebälk verharrte, keinen Laut von sich gab und sich nicht rührte, würde ihr vielleicht nichts passieren.

Sie hätte der grünen Frau unten so gern eine Warnung zugerufen, wagte aber nicht einmal zu flüstern.

Draußen vor dem Gebäude zischte der Greifer. Die grüne Frau hob den Kopf, stieß einen Schrei des Entzückens aus, sprang auf und rannte ihm entgegen.

Der Greifer stürmte auf die riesigen offenstehenden Türen zu.

Er maß gut zwanzig Fuß Schulterhöhe, und Averan hätte, obwohl sie sich im Gebälk über ihm versteckte, auf seinen Rücken springen können, ohne sich zu verletzen.

Sein gewaltiger, lederartiger Kopf war so groß wie die Ladefläche eines Karrens, im Maul trug er Reihen auf Reihen kristalliner Zähne. Greifer besaßen weder Augen noch Ohren oder Nase, auf der Rückseite des Kopfes jedoch breiteten sich fächerförmig schlangenähnliche Fühler aus. Runen der Macht waren auf seinen Kopf tätowiert – auf die Stirn und weiter unten, reihenweise in der Nähe der lederartigen Oberlippen. Die Runen schimmerten silbern in der Dunkelheit und verstrahlten ihren ganz eigenen gespenstischen Glanz.

Die vier langen Beine des Greifers waren dunkel und dünn und glänzten wie Knochen. Seine gewaltigen Vorderarme wiesen dreizehige Hände mit großen Scheren auf, von denen jede einzelne gekrümmt war wie der Khivar eines Meuchelmörders und genauso lang.

Der Greifer hielt eine Waffe in den Vorderscheren – eine riesige Klinge mit einem Heft aus Kristall, wie aus einem Greiferknochen geschnitzt. Die breite Schwertklinge war leicht gebogen und dreimal so lang wie ein Mensch.

Der Greifer zischte und schwenkte die Klinge in großem Bogen über dem Kopf, als wollte er sie wuchtig auf die grüne Frau senken, doch dann traf die Klinge nur wenige Meter von Averan entfernt auf einen Balken und blieb über dem Kopf der grünen Frau stecken.

Die grüne Frau stieß einen Freudenschrei aus und rannte auf den Greifer zu.

Ohne es zu wollen, rief Averan: »Frühling, bleib stehen!«

Doch die grüne Frau gehorchte abermals nicht. Sie zeichnete nur eine Rune in die Luft, eine rasche Folge schneller Handbewegungen, dann lief sie weiter.

Als sie dem Kiefer des Greifers einen Schlag versetzte, geschah etwas Erstaunliches: Es krachte wie ein Donnerschlag, und Splitter kristalliner Knochen brachen explosionsartig durch das Fleisch des Greifers.

Averan stockte der Atem. Nichts konnte eine solche Wirkung haben, redete sie sich ein. Kein Kriegshammer und keine schwere Keule – nicht einmal geschwungen von einem Krieger mit zwanzig Gaben der Muskelkraft – hätte einem Greifer einen solch fürchterlichen Schlag versetzen können.

Und doch hatte Averan es sogar im schwachen Schein der Sterne deutlich gesehen.

Der Greifer zischte vor Schmerz und wollte schwankend zurückweichen, kam jedoch nur einen einzigen Schritt voran.

Die grüne Frau sprang ihn an und schlug ihm abermals ins Gesicht – mit gleichem Erfolg. Das Krachen des Hiebes hallte im Gebälk wider.

Diesmal schüttelte sich der Greifer und sank leblos zu Boden.

Die grüne Frau kletterte auf ihn hinauf, stieß einen schlanken Arm in den ledrigen Kopf des Greifers und zog eine Handvoll Gehirn heraus.

Aus den Wunden des Greifers strömte klare Flüssigkeit.

Es hieß, Greifer hätten keinen eigenen Geruch, sondern ahmten nur den Geruch ihrer Umgebung nach.

Doch als Averan nun dastand und sich vor Angst an die Deckenbalken klammerte, wurde ihr bewußt, daß die grüne Frau den Greifer *gewittert* hatte.

In dem geschlossenen Raum verbreitete sich der Geruch der Wundflüssigkeit, und jetzt roch auch Averan ihn: schwer und süß. Tagelang hatte sie kaum etwas gegessen. Und was sie gekostet hatte, hatte ihren Hunger nicht gestillt. Sie hatte geglaubt, sich nach einem schönen, saftigen Stück Fleisch zu sehnen.

Ihr lief das Wasser im Mund zusammen wie einer Verhungernden, die nur selten ein Stück Brot zu Gesicht bekommt.

Averan, zu aufgeregt, um stillzusitzen, kletterte die Stützpfeiler der riesigen Scheune hinunter. Sie hätte sich vor Angst fast naß gemacht, doch der Geruch des Greiferblutes war so verlockend, daß sie wußte, sie konnte unmöglich widerstehen, nicht jetzt, und von nun an überhaupt nie mehr.

Greifer. Sie brauchte Greifer als Nahrung. Und im Gegensatz zur grünen Frau besaß Averan keine Möglichkeit, selbst einen zu töten.

Sie rannte zu dem Kadaver.

Verderbter Erlöser, Gerechter Zerstörer, hatte die grü-

162

ne Frau sich selbst genannt. Jetzt wußte Averan, zu wessen Zerstörung sie erschaffen worden war.

Und vage begriff Averan ihre eigene Bestimmung. Jetzt floß das Blut der grünen Frau in Averans Adern, und irgendwie waren sie dem Wesen nach eins geworden.

Sie konnte dem Drang nicht widerstehen, auf den Greifer zu klettern, ihre Hände in ihn hineinzubohren und sich voller Gier an dem süßen Fleisch zu laben, das warm und saftig im kristallinen Schädel des Greifers wartete.

»Mmmm … mmmm«, gurrte die grüne Frau, während sie fraß. »Blut, ja.«

»Blut, ja«, pflichtete Averan ihr bei, derweil sie sich Fleisch in den Mund stopfte.

Sie wußte, wenn ein Greifer starb, wurde er von seinen Artgenossen verschlungen. Dadurch nahmen sie des Greifers magisches Wissen und seine Kraft in sich auf – so daß die ältesten Greifer, die sich am häufigsten von ihren jüngeren Artgenossen ernährt hatten, zu den Größten wurden – den mächtigsten Zauberern, den tapfersten Kriegern.

Endlich hatte Averan eine Kost gefunden, die den Hunger stillte und die das Blut in ihren Adern schneller fließen ließ. Noch während sie sich am süßen Fleisch ihres ersten Greifers gütlich tat, spürte sie, wie ihr Körper darauf reagierte.

Das dürfte eigentlich nicht möglich sein, versuchte Averan sich einzureden. Menschen wurden nicht stark, wenn sie sich von Greifern ernährten. Menschen wurde bestenfalls übel, wenn sie Greifer verspeisten. Ich bin kein Greifer.

Trotzdem schwelgte sie in dieser neuen Speise und dankte den Erdkräften für dieses Geschenk.

KAPITEL 9
Ziele im Dunkeln

Als der Wachmann ins Horn blies und Gaborns Truppen damit das Zeichen ›Bereitmachen zum Aufsitzen‹ gab, wurde Myrrima unruhig. Sie konnte es kaum erwarten, nach Carris zu reiten. Der mitternächtliche Ritt würde belebend wirken, außerdem war sie froh, jetzt nur zwei Welpen mitnehmen zu müssen statt deren vier.

Also sattelte sie ihr Pferd und ging daran, mit Iomes das gleiche zu tun. Ihre Welpen spielten im Stall, während sie sich damit beschäftigte, liefen umher, beschnupperten jede Pferdebox, jagten ihren Schwänzen hinterher.

Sie hatte Iomes Pferd soeben das Zaumzeug an- und die Satteldecke übergelegt, als Jureem die Stallungen betrat und in seinem schweren taifanischen Akzent sagte: »Bitte bemüht Euch nicht. Ihre Majestät zieht es vor, nicht heute nacht zu reiten, sondern wird bis morgen warten.«

»Bis zum Morgengrauen?« fragte Myrrima. Damit wären sechs Stunden vergeudet.

»Noch länger«, antwortete Jureem. »Sie möchte im Morgengrauen frühstücken, um anschließend Gaben von ihren Welpen zu übernehmen. Sie wird die Hunde nicht mit in die Schlacht nehmen wollen, außerdem ist ihr Pferd schnell genug, um den Haupttroß der Armee zu überholen.«

Myrrima und Iome hatten zur gleichen Zeit Anspruch auf ihre Welpen erhoben. Wenn sie es tat, konnte Myrrima vielleicht ebenfalls bis zum Morgengrauen die Gaben ihrer verbliebenen beiden Welpen übernehmen. Eigentlich wäre es sogar besser, das vor Antritt der Reise zu tun. Iome konnte schlecht mit vier Welpen in der Satteltasche nach Fleeds einreiten, ohne daß jeder in Rofehavan sie sofort als Wolflord erkannte.

Die Verzögerung behagte Myrrima ganz und gar nicht. Erst gestern hatte es sie fast das Leben gekostet, weil sie auf Iome gewartet hatte.

Dennoch konnte sie nicht ohne die Königin aufbrechen, da diese eine Frau zur Begleitung brauchte, und inzwischen betrachtete Iome Myrrima als ihre Hofdame, wenngleich diese sich mehr erhofft hatte.

»Also gut«, erwiderte Myrrima und schwor sich, die gewonnene Zeit in der Nacht nicht zu vergeuden. Zumindest konnte sie ihren Bogen nehmen und noch ein wenig üben.

Sie klemmte sich die Welpen unter den Arm und begab sich zur Stalltür, als Gaborn eintrat.

Sie sah ihn, bevor sie ihn roch, und was sie roch, stank nach Fäulnis und Tod – am liebsten hätte sie vor Angst gewinselt und sich übergeben.

Es schien den ganzen Raum auszufüllen, das ungeheure Schreckgespenst des Todes, das sich ihr tastend näherte. Ihr wurde schwarz vor Augen, und alles drehte sich.

Bogen und Welpen ließ sie fallen. Erschrocken schrie sie: »Zurück! Geht zurück!«

Die Welpen ihrerseits jaulten entsetzt auf und rannten

in eine leere Pferdebox, wo sie kläglich kläfften und winselten.

Myrrima kauerte zusammengekrümmt auf dem Boden, die Hände über den Kopf gelegt. Jeder Muskel ihres Körpers schien sich schmerzhaft zu verkrampfen.

»Zurück, mein Herr!« jammerte sie. »Bitte, geht zurück!«

Gaborn stand vierzig Schritte entfernt in der Tür, und sein Gesicht zeigte einen bestürzten Ausdruck. »Was ist?« fragte er. »Was habe ich getan? Seid Ihr krank?«

»Bitte!« greinte Myrrima und sah sich nach einer Fluchtmöglichkeit um. Doch handelte es sich bei diesem Stall um keinen gewöhnlichen. Hier waren Kraftpferde untergebracht, und die mußten geschützt werden. Der einzige Eingang war der durch die Vordertür, und die wurde von Gardisten bewacht. »Bleibt zurück! Ihr habt den Geruch des Todes an Euch.«

Gaborn starrte sie eine ganze Weile unverwandt an, dann lächelte er. »Ihr seid jetzt ein Wolflord?«

Myrrima nickte stumm, ihr Herz klopfte, und sie brachte kein Wort heraus. Gaborn griff in seine Tasche und zog ein einzelnes dunkelgrünes, spatenförmiges Blatt hervor. »Was Ihr riecht, ist Hundstod, weiter nichts. Er wächst unten auf der Straße.«

Jetzt, da er das Grauen in der Hand hielt, war der Gestank fünzigmal so stark, und das Entsetzen, das er bei Myrrima auslöste, glich einem glühenden Brandeisen, das sich in ihre Eingeweide brannte. Sie stieß einen Schrei aus und kehrte zitternd ihr Gesicht zur Wand.

»Bitte, mein Lord«, bettelte sie. »Bitte …« Sie konnte

das Blatt sehen und wußte, Gaborns Fähigkeiten als Erdkönig erlaubten ihm, dessen Eigenschaften zu verstärken. Dieses einzelne Blatt war der Ursprung der grauenhaften Angst, die sie in diesem Augenblick überkam.

Doch nachdem sie eine Gabe des Geruchssinns von einem Hund übernommen hatte, war dieses Wissen bedeutungslos. Das unaussprechliche Entsetzen, das dieser Geruch in einer Hundenase auslöste, ließ sich durch vernünftige Überlegung nicht bewältigen.

Der Erdkönig trat zurück und verließ den Stall. Nachdem er gegangen war, griff Myrrima sich sofort die zappelnden Welpen und schoß zur Tür hinaus.

Gaborn stand auf der anderen Straßenseite, wo er das grauenhafte Blatt auf den Boden legte.

Er sagte: »Ich hatte gehofft, es würde Raj Ahten und seine Meuchelmörder vertreiben. Tut mir leid, daß ich nicht bedacht habe, wie es auf Euch oder Herzog Groverman wirken muß.«

»Ich fürchte, jetzt wird es Euch vor *mir* beschützen – und vor Eurer Gemahlin.«

Gaborn nickte. »Danke für den Hinweis. Ich werde dieses Gewand wegwerfen und mir den Geruch mit Petersilienwasser von der Haut waschen, damit Ihr meine Gegenwart bei unserem nächsten Zusammentreffen nicht so unerträglich empfindet.«

»Das ehrt mich, Euer Hoheit«, erwiderte Myrrima, die sich endlich auf ihre guten Manieren besann.

»Alles kostet seinen Preis«, meinte Gaborn. »Mögen Euch Eure Gaben gute Dienste leisten.«

168

Myrrima nahm ihren Bogen, entfernte sich aus der Gegenwart des Königs und erholte sich soweit, daß sie zwanzig Minuten später nicht mehr zitterte. Sie ging hinaus auf einen Anger hinter dem Großen Saal des Herzogs und fand den Übungsplatz der Bogenschützen.

Dort setzte sie die Welpen ab und ließ sie im Gras herumtollen.

Nach Norden hin erhob sich ein steiler Erdwall, vor dem man einige Strohfiguren aufgestellt hatte.

Myrrima maß achtzig Schritte ab und betrachtete die Strohfiguren. Sie besaß nur drei stumpfe Übungspfeile. Die übrigen waren scharfes Kriegsgerät.

Gedankenverloren bespannte Myrrima ihren Bogen. Sie hatte ihn erst zwei Tage zuvor gekauft. Ihr gefiel es, wie sich das geölte Holz anfühlte, so fest. Das war kein kraftloses, aus Ulme, Esche oder Goldregen gefertigtes Gerät. Es handelte sich um einen Kriegsbogen aus Eibenholz, der, wie Sir Hoswell Myrrima versicherte, über das rechte Verhältnis von Hartholz im Kern und weißem Astholz in seinem Rücken verfügte. Der Bogen war sechs Zoll größer als sie und schwer zu spannen.

Erst vor zwei Tagen hatte Hoswell ihr geraten, den Bogen anständig zu pflegen, damit sich das Holz nicht durch Feuchtigkeit verzog oder an Spannkraft verlor, weil die Sehne zu lange eingezogen blieb, ohne benutzt zu werden.

Er hatte ihr erklärt, wie man den Firnis tief in das Holz des Bogens einarbeitete, indem man ihn mit kreisenden Bewegungen erst im Uhrzeigersinn, dann gegen ihn einrieb. Er hatte ihr erklärt, wie man die Katzendarmsehnnen richtig mit Bienenwachs einrieb.

Beim Bespannen betastete Myrrima die Sehne, um sich zu vergewissern, ob sie tagsüber getrocknet war. Sie war um ihren Bogen besorgt, denn er war ins Wasser gefallen.

Jeder Bogen wurde an der Kerbe, wo die Bogensehne an den Flügeln befestigt wurde, mit einem Stück ausgehöhlten Kuhhorns versehen, das wiederum mit einer Mischung aus Birkenharz und Holzkohlenstaub verklebt wurde. Das Horn verhinderte, daß Feuchtigkeit in das Holz eindrang, wenn der Bogenflügel versehentlich den feuchten Erdboden berührte. Sir Hoswell hatte Myrrima allerdings geraten, das Horn ein- bis zweimal im Jahr am Feuer zu trocknen und anschließend in Leinöl einzuweichen, damit es die Feuchtigkeit abwies. Als Vorsichtsmaßnahme hatte er ihr geraten, das Bogenende niemals auf dem Boden abzusetzen. Myrrima betastete jedes der Hörner, um sich zu vergewissern, daß sie ebenfalls trocken waren.

Nachdem der Bogen bespannt war, nahm Myrrima einen Übungspfeil heraus und befühlte dessen glatten Schaft.

Die Lords aus Rofehavan benutzten für das Schleifen eines geraden Pfeils alle die gleiche Methode. Hoswell hatte ihr jedoch geraten, niemals einen Pfeil zu benutzen, der erst in den letzten Wochen hergestellt worden war. Die Pfeilmacher in Heredon hatten Tag und Nacht gearbeitet und dabei frisches Holz verwendet, das sich wahrscheinlich verziehen würde. Solche Pfeile flogen womög-

170

lich nicht gerade und verbogen sich beim Aufprall auf eine Rüstung eher, als daß sie diese durchbohrten.

Hoswell hatte ihr die unterschiedlichen Arten von Pfeilspitzen erklärt und ihr außerdem geraten, nur solche zu benutzen, die einen bläulichen Glanz aufwiesen, denn diese seien aus dem härtesten Stahl gefertigt und waren in der Lage, einen Helm aus Indhopal zu durchbohren. Er hatte ihr ans Herz gelegt, jeden einzelnen Pfeil in ihrem Köcher vor der Schlacht zu spitzen, damit er an der Rüstung besseren Halt fand und sie leichter durchdrang.

Myrrima legte einen stumpfen Übungspfeil auf, zog die Sehne ganz bis an ihr Ohr zurück und hielt den Atem an, bevor sie losließ. Sie beobachtete, wo der Pfeil niederging – zu hoch und zu weit rechts –, dann versuchte sie einen zweiten Schuß und korrigierte dabei ihre Haltung, um besser zu treffen.

Der zweite Schuß war ebenfalls zu hoch und zu weit nach rechts gezielt, wenn auch nicht mehr ganz so hoch.

Myrrima biß sich auf die Lippe und stieß einen verzweifelten Seufzer aus. Sie fühlte sich der Aufgabe nicht gewachsen. Gestern noch hatte sie viel besser geschossen. Sie wünschte sich, Erin Connal wäre hier und würde ihr helfen.

Dann schoß sie den dritten Pfeil ab und traf die Strohfigur an der Schulter.

Sobald sie ihre Pfeile abgeschossen hatte, konnte sie nicht mehr sehen, wo sie landeten. Es gelang ihr, sie auf dem Erdwall am Geruch wiederzufinden, dazu einen weiteren, den jemand anderes verloren hatte. Ohne ihre

Gabe des Geruchssinns hätte sie die Pfeile im Dunkeln nie entdeckt. Das Licht der Sterne war nicht hell genug, um die weißen Federn vom dunkleren Gras hervortreten zu lassen.

Auf dem Weg zurück hörte sie das Hornsignal zum Aufsitzen für die Soldaten und blickte über die Burgmauern nach unten, hinüber zu den Stallungen. Sie hörte das Knarzen von Lederharnischen und die gedämpften Rufe, als die Männer ihren nervösen Kraftpferden befahlen, sich zu beruhigen. Die Felder waren in Sternenlicht getaucht, in einen samtenen Glanz. Im Osten ging der Halbmond auf.

Sie wäre gern mit ihnen losgeritten.

Aus dem Dunkeln grüßte sie eine Stimme.

»Sehr gut. Ihr nehmt Euch Zeit zum Üben.« Sie sah sich um.

Sir Hoswell trat aus dem Schatten des Großen Saales des Herzogs und kam auf sie zu.

Plötzlich wurde Myrrima bewußt, daß sie mit ihm hier in der Dunkelheit allein war, wo niemand sie sehen konnte.

»Was tut Ihr hier?« erkundigte sie sich gebieterisch. Sie griff in ihren Köcher, zog einen Pfeil heraus, einen guten, geraden Schaft, dessen schwere Spitze leicht eine Rüstung durchbohren konnte. Sie legte den Pfeil blitzschnell ein und zog ihn ganz zurück, bereit, Sir Hoswell, wenn es sein mußte, niederzuschießen.

Der blieb stehen und musterte sie freimütig.

»Morgen ziehen wir in den Krieg, und ich bin zuerst und vor allem Bogenschütze«, meinte er unbekümmert.

»Ich bin zum Üben hergekommen. Ich wußte nicht, daß Ihr hier seid. Ich bin Euch nicht gefolgt.«

»Habt Ihr eine Erklärung dafür, weshalb ich Euch diese Worte nicht glaube?« fragte Myrrima.

»Weil ich, offen gesagt, Euer Vertrauen nicht verdiene«, sagte Hoswell. »Weder Euren Respekt noch Eure Freundschaft. Ich fürchte, das werde ich auch nie.«

Myrrima versuchte, sich über ihre Gefühle klarzuwerden. Gestern, als sie in Gefahr geraten war, hatte Gaborn sie mit Hilfe seiner Kräfte gewarnt. Jetzt verspürte sie keinerlei Angst und hörte keine Warnung. Dennoch traute sie dem Kerl nicht. Ihr Herz klopfte, und sie beobachtete Sir Hoswell ganz genau. Der Mann besaß Gaben des Stoffwechsels und hätte die achtzig Meter in Sekundenschnelle zurücklegen können, allerdings nicht, bevor sie einen Pfeil abschoß. Sogar im Licht der Sterne konnte sie erkennen, daß sein Gesicht dort, wo Erins Hieb ihn getroffen hatte, noch immer verschwollen war.

»Verschwindet«, forderte Myrrima ihn auf, spannte den Bogen und zielte sorgfältig.

Sir Hoswell hielt seinen Bogen mitsamt Pfeil in die Höhe und musterte sie kühl. Er setzte ein anerkennendes Lächeln auf. »Es ist nicht leicht, auf einen Menschen zu schießen, nicht wahr?« sagte er. »Eure Beherrschung ist bewundernswert. Ihr haltet den Atem an und habt eine ruhige Hand. Ihr würdet eine prächtige Meuchelmörderin abgeben.«

Myrrima erwiderte nichts. Auf seine Komplimente konnte sie verzichten.

»Ich zähle bis drei«, warnte sie.

»Beim Schießen in der Nacht«, erklärte er spöttisch, »sieht das ermüdete Auge die Dinge weiter entfernt. Haltet Euren Pfeil ein wenig tiefer, Myrrima, sonst trefft Ihr mich nicht.«

»Eins!« rief Myrrima und senkte den Pfeil ein winziges Stückchen tiefer.

»Na bitte«, lobte Hoswell. »Jetzt müßtet Ihr mich säuberlich durchbohren. Und jetzt übt das Schnellschießen. Wenn Ihr in einer offenen Feldschlacht nicht wenigstens fünfzehnmal pro Minute schießen könnt, seid Ihr kaum von Nutzen.«

»Zwei!« zählte sie kühl.

Myrrimas Finger schwitzten, und sie beschloß, den Pfeil loszulassen, als Sir Hoswell sich umdrehte und davonschlenderte.

»Wir stehen auf derselben Seite, Lady Borenson«, sagte er, ihr den Rücken zugewandt. Er war noch keinen Schritt gegangen, und Myrrima war nicht sicher, ob sie ihn durchbohren sollte oder nicht. »Morgen abend stehen wir vielleicht Seite an Seite in der Schlacht.«

Myrrima antwortete nicht. Er blickte über seine Schulter und sah sie an.

»Drei!« sagte Myrrima.

Zögernd begann Sir Hoswell sich mit steifen Schritten zu entfernen. Sie hielt den Blick fest auf ihn gerichtet. Er machte zwanzig Schritte, dann blieb er stehen und rief laut über die Schulter: »Ihr hattet recht, Lady Borenson. Ich bin Euch heute abend hierher gefolgt. Ich bin gekommen, weil meine Ehre dies verlangt – oder vielleicht besser meine Unehrenhaftigkeit. Ich bin gekommen, um mich zu entschuldigen. Ich habe etwas Widerwärtiges getan, und das tut mir leid.«

»Spart Euch Eure Entschuldigung. Ihr habt nur Angst, ich könnte meinem Gemahl davon erzählen«, sagte Myrrima. »Oder dem König.«

Sir Hoswell drehte sich zu ihr um und hielt seine Waffen in die Höhe. »Erzählt es ihnen, wenn Ihr wollt«, sagte er. »Gut möglich, daß sie mich für das, was ich getan habe, umbringen, genau wie Ihr mich jetzt mit Leichtigkeit töten könnt. Mein Leben liegt in Eurer Hand.«

Allein die bloße Vorstellung, ihm zu vergeben, fand sie unerträglich. Sie wußte nicht, ob sie dazu in der Lage war. Da hätte sie auch Raj Ahten verzeihen können.

»Wie soll ich Euch je vertrauen?« fragte Myrrima.

Sir Hoswell, der seine Waffen immer noch so hielt, daß sie diese sehen konnte, zuckte leicht die Achseln. »So etwas wie vor zwei Tagen habe ich noch nie getan«, erklärte Sir Hoswell. »Das war dumm und triebhaft – die Tat eines Narren. Ich fand Euch anmutig und hübsch und hoffte, Ihr würdet das gleiche Verlangen verspüren, das mich trieb. Das war ein schrecklicher Irrtum.

Aber ich kann ihn wiedergutmachen«, fuhr er entschlossen fort. »Mein Leben gehört Euch. Wenn Ihr morgen in die Schlacht zieht, werde ich an Eurer Seite reiten. Ich schwöre, solange ich lebe, werdet auch Ihr leben. Ich werde Euer Beschützer sein.«

Myrrima versuchte, sich über ihre Gefühle klarzuwerden. Als sie gestern in Gefahr gewesen war, hatte Gaborn sie mit Hilfe seiner Erdkräfte gewarnt. Jetzt war seine Stimme nicht zu vernehmen. Sie empfand nur eine ganz natürliche, tiefsitzende Angst vor diesem Mann. Vermutlich meinte Sir Hoswell es mit seinem Angebot ernst. Sie wollte weder seine Entschuldigung noch seine Dienste, und am Ende hielt sie vielleicht nur ein einziger Gedanke aufrecht: Wenn Gaborn Raj Ahten verzeihen kann, so überlegte sie, kann ich dann nicht auch diesem Mann vergeben?

Sir Hoswell ging davon.

Es dauerte eine ganze Weile, bis Myrrimas Herz nicht mehr klopfte.

Stundenlang übte sie Bogenschießen, bis die Sonne langsam über den Horizont kroch.

KAPITEL 10
Nach dem Festschmaus

Der ledrige Kopf des Greifers war vollkommen blut-verschmiert, als Averan damit fertig war, das Hirn in sich hineinzuschlingen. Übersättigt ließ sie sich mit schwerem Bauch nach hinten auf seinen Schädel sinken und blieb eine ganze Weile mit einem dumpfen Gefühl im Kopf sitzen.

Der Morgen graute. Sie konnte kaum die Augen offenhalten.

Bruchstücke von Träumen fielen über sie her, beängstigende Bilder aus der Unterwelt von überwältigender Lebendigkeit.

Sie träumte von langen Reihen Greifern, die aus der Unterwelt herausmarschierten und verzweifelt nach etwas suchten. Ein mächtiger Magier, eine scheußliche Bestie mit Namen »Eine Wahre Meisterin« trieb sie voran, obwohl sie eigentlich gar nicht wollten.

In diesen Visionen offenbarte sich ihr die Welt, wie sie diese niemals zuvor gesehen hatte. Denn im Traum enthüllte sich ihr alles nicht in bildlichen Eindrücken, sondern in starken Gerüchen und einem seltsamen Gefühl von zitternder Bewegung und einer schimmernden Aura von Energiefeldern, die jedes lebende Wesen umgeben. Die Träume waren kalt und geisterhaft – sie zeigten die Energie in Form von Wellen blauen Lichts, als würde der Abendhimmel von einer weißen Schneedecke gespiegelt. Alles erschien ihr übernatürlich klar. Und die Greifer sangen Lieder, wortreiche Arien, die sie in Gerüchen verfaßten, welche für die menschliche Nase zu fein waren.

Lange Zeit lag Averan träge da und versuchte sich an das zu erinnern, was sie in ihrem Traum gesucht hatte. Dann fiel es ihr plötzlich ein:

Das Blut der Gläubigen.

Averan schlug die Augen auf und mußte einen Schrei unterdrücken. Tief im Inneren wußte sie: Was sie gerade erlebt hatte, war kein gewöhnlicher Traum gewesen. Das waren Erinnerungen – und zwar die des Greifers, den sie gegessen hatte.

Und die Greifer kamen. Sie würden durch dieses Dorf marschieren.

Voll von Greiferhirn und immer noch benommen, dämmerte Averan allmählich ihre prekäre Lage.

»Wir müssen fort von hier«, erklärte Averan der grünen Frau, während sie vom Kopf des Greifers herunterstieg. »Eine Todesmagierin befindet sich auf dem Weg hierher. Gut möglich, daß es schon zu spät für uns ist.«

Averan krabbelte von dem toten Greifer herunter und wappnete sich für ihre Flucht nach Norden.

Verzweifelt versuchte sie, die Bilder aus ihren Träumen heraufzubeschwören. Die Greifer konnten mit ihrem Sinn für Energiefelder nicht weit »sehen« – höchstens eine Viertelmeile weit. Während sie Dinge in der Nähe mit allen Einzelheiten wahrnahmen, erschienen ihnen Objekte, die entfernter waren, verschwommen und undeutlich.

Solange Averan vor den Kundschaftern blieb, war sie in Sicherheit. Allerdings besaßen die Greifer einen hervorragenden Geruchssinn.

Doch die grüne Frau hatte einen Klingenträger getötet, einen, dem bald zahllose Tausende folgen würden. Die Greifer würden Averans Witterung aufnehmen und sie verfolgen.

Sie mußte fliehen – und zwar schnell. Am besten auf einem Kraftpferd. Es wäre in der Lage, weit und schnell zu laufen.

Aber Averan hatte kein Pferd.

Der Erdkönig könnte uns beschützen, überlegte Averan.

Sie schloß die Augen und zog die Karte zu Rate, die sie auswendig gelernt hatte. Die smaragdgrüne Flamme leuchtete auf, war seit gestern abend annähernd zweihundert Meilen weit gereist. Doch der Erdkönig war noch immer weit entfernt – im Süden von Fleeds.

Bei seiner Reisegeschwindigkeit würde er nicht vor heute abend oder morgen hier sein können. Averan blieb nicht annähernd so viel Zeit.

Ein Greifer war mehr als doppelt so groß wie ein Pferd. Sie hatte gesehen, wie schnell diese Ungeheuer laufen konnten.

Sie betrachtete den Greifer, der leblos in der Dunkelheit lag.

Unten in der Nähe seines Spundlochs sonderte er seine Düfte ab, mit denen er die Fährte legte, der die anderen folgen sollten. Das Ungeheuer mußte vor seinem Tod, als es gespürt hatte, wie die Hand der grünen Frau ihm den

179

Schädel zertrümmerte, entsetzliche Angst verspürt haben. Jetzt konnte sie diesen Duft wahrnehmen, der leicht nach Knoblauch roch.

Vor einer Stunde noch hätte sie ihn niemals bemerkt. Jetzt schien er ihr ganze Bände von Wissen zu vermitteln.

Averan lief herum zum Spundloch des Ungeheuers und ging ganz nahe heran. Ihre menschliche Nase war nicht annähernd so empfindlich wie die Geruchsorgane eines Greifers, und der knoblauchähnliche Duft erschien ihr weniger wie ein Geruchsstoff, sondern wie ein laut gebrüllter Ruf: »Hier lauert der Tod! Paßt auf! Paßt auf!«

Die grüne Frau gesellte sich zu Averan und schnupperte. Sie schreckte zurück und stieß einen Schrei ohne Worte aus, wobei sie wild mit den Armen fuchtelte. Denn genau wie Averan reagierte auch die grüne Frau jetzt, nachdem sie vom Hirn des Untiers gegessen hatte, auf den Duftstoff des Greifers, als sei sie selbst einer – mit allergrößtem Entsetzen.

Oben zogen die Wolken schnell dahin. Averan sah sich im Licht der Sterne um, bis sie einen geeigneten langen Stock gefunden hatte, dann schob sie dessen Ende in das Loch des Greifers, bis der Warnstoff dick auf dem Stab klebte.

»Komm schon, Frühling«, rief Averan der grünen Frau zu. »Gehen wir.«

Doch die grüne Frau roch den Tod an Averans Stecken und wich nur noch weiter zurück. Sie sah sich nach einem Versteck um und hielt sich die Hände vors Gesicht. Averan fürchtete, die grüne Frau könnte jeden Augenblick fortrennen.

Wenn Frühling fortlief, vermutete Averan, würden die Greifer sie aufspüren und töten. Frühling hatte es geschafft, einen einzelnen Greifer zu erschlagen, aber aus einem Kampf gegen Dutzende von ihnen würde sie womöglich nicht als Siegerin hervorgehen. Ganz sicher hatte sie noch keine Todesmagierin getötet.

»Frühling!« schrie Averan. Doch die grüne Frau wollte nichts davon hören. Sie rannte los, über eine Dorfstraße auf ein paar Katen zu, die wie Frowth-Riesen in der Finsternis lauerten und überall ihre dunklen Schatten warfen.

Averan versuchte auf die einzige Weise ihre Aufmerksamkeit zu erregen, die ihr einfiel: »Verderbter Erlöser, Gerechter Zerstörer, folge mir!«

Die Wirkung war erstaunlich. Fast schien es, als sei Frühling mit einem unsichtbaren Strick an ihrem Rücken festgebunden. Auf Averans Ruf blieb die grüne Frau mit einem Ruck stehen, drehte sich um und blickte voller Unbehagen zurück zu Averan. Langsam kehrte sie zurück.

»So ist es gut«, sagte Averan. »Ich bin jetzt deine Herrin. Folge mir und verhalte dich ruhig. Wir wollen nicht noch mehr Greifer anlocken.«

Frühling zog ein langes Gesicht, gehorchte jedoch und lief Averan artig hinterher.

Sie eilte die Straße in Richtung Norden entlang. Die Nacht wurde zunehmend kälter, und auf der schmalen Straße zwischen den Walnußbäumen wehte ein kräftiger Wind. Braune Blätter wirbelten über ihren Pfad, und über ihr jagten die Wolken dahin, die den Geruch von Regen mit sich brachten.

Sie hatte geglaubt, nur noch wenige Minuten rennen zu können. Seit der Blaue Turm gefallen war, fühlte sie sich so schwach.

Zu ihrer Überraschung jedoch erfüllte sie das warme Fleisch des Greifers, das sie verzehrt hatte, mit unerwarteter Kraft. Sie fühlte sich gestärkt – nicht stark genug, um einem Mann den Schädel mit einem einzigen Hieb zu zertrümmern oder etwas ähnlich Phantastisches. Es war nicht mit der Übernahme einer Gabe der Muskelkraft zu vergleichen. Aber sie fühlte sich … energischer, lebendiger.

Das Fleisch des Greifers schien für ihren Körper ein eigentümlich wirkungsvolles Stärkungsmittel zu sein.

Fast eine Stunde lang lief Averan unermüdlich und schneller, als es einem Kind ihres Alters möglich sein sollte, und die grüne Frau trabte neben ihr her.

Etwa alle zweihundert Meter drehte Averan sich um, schleifte ihren Stecken quer über den Boden und stellte sich voller Entzücken dabei vor, wie der Ruf »Hier lauert der Tod! Paßt auf! Paßt auf!« die Klingenträger auf ihrer Fährte in Angst und Schrecken versetzte.

Sie wären gezwungen, ihre Reihen zu schließen und sich langsam im Schneckentempo weiter vorwärts zu bewegen.

Unwillkürlich blieb Averan aus vollem Lauf stehen. Woher wußte sie das? Aus ihrem Traum, ihren geliehenen Erinnerungen, konnte sie sich an nichts Konkretes mehr erinnern, das ihr verraten hätte, wie die Greifer reagieren, wie die Klingenträger handeln würden. Und trotzdem war sie sich ganz sicher.

Dennoch erschloß sich ihr nicht alles: Wer war die Eine Wahre Meisterin? Was wollte sie? Natürlich das Blut der Gläubigen, und damit war menschliches Blut gemeint, aber was wollte sie damit anfangen?

Vor ihrem inneren Augen blitzte ein seltsames Bild auf: Ein riesiger Greifer, die Eine Wahre Meisterin, hockte majestätisch auf einem Bett aus kristallinen Knochen jener, die sie bezwungen hatte, mitten unter den heiligen Feuern und unterwies sie darin, Runen zu malen, mit denen sie die Erde erobern wollte.

Averan wußte, das Ziel der Greifer war Carris. Dort befand sich das Blut der Gläubigen.

Die beste Chance, den Erdkönig zu erreichen, hatte sie, wenn sie die Stadt umging. Vielleicht würden ihr die Greifer dann nicht folgen. An einer Kreuzung bog sie nach Osten auf einen Maultierpfad entlang eines Kanals ab.

Da die Greifer in keine Richtung weiter als eine Viertelmeile »sehen« konnten, würden sie nie dahinterkommen, wie nahe sie ihr vielleicht längst waren, vorausgesetzt, sie blieb weit genug vor ihnen.

Sie wußte auch, daß sie am Boden eine Spur aus Energie hinterließ, welche die Greifer als geisterhaftes Glühen wahrnahmen und die rasch verblaßte. Eine halbe Stunde nach Überqueren eines Feldes wäre das Glühen wieder verschwunden. Und die räumliche Wahrnehmung der Greifer war zuwenig ausgeprägt, um einen Fußabdruck im Boden problemlos wahrzunehmen.

Was bedeutete, daß sie gezwungen waren, sie ausschließlich über ihre Witterung zu verfolgen.

183

Als Averan klein war, hatte ihr Tiermeister Brand des öfteren Geschichten erzählt, wie er dem Grafen geholfen hatte, auf der Fuchsjagd Füchse zu überlisten.

Herzog Haberd gehörte zu jener Sorte Mann, der einen Jäger dafür bezahlte, daß er einen wilden Fuchs einfing, ihm dann Terpentin über den Rücken schüttete und damit sicherstellte, daß seine Hunde die Witterung des Fuchses nicht mehr verloren.

Ein Fuchs, der überleben wollte, mußte also gerissen sein.

Sobald die Hunde auftauchten, rannte der Fuchs also ein Stück voraus und lief Kreise und Schleifen, so daß seine Fährte so verschlungen wurde, daß die Hunde hinter ihm am Ende kläffend ihren eigenen Schwänzen hinterherjagten.

Anschließend suchte sich der Fuchs einen niedrigen Hügel, legte sich hinter einem Busch nieder und ließ die Hunde nicht aus den Augen, nur für den Fall, daß ihm einer zu nahe käme.

Die Greifer ähnelten den Hunden in gewisser Hinsicht durchaus, und Averan hatte keine andere Wahl, als sie zu überlisten. Daher drehte sie, während sie am Kanal entlangeilte, oftmals Kreise.

Sie befand sich nach wie vor im flachen Landstrich östlich von Carris, Ortschaften waren mittlerweile jedoch seltener. Sie kannte diese Gegend von den Karten und war sogar einmal auf einem Graak über sie hinweggeflogen.

Weiter westlich gab es ein paar kleinere Berge und Täler, auf die schließlich das Hestgebirge folgte. Sie

184

hoffte, es bis dorthin zu schaffen, denn sie bezweifelte, daß die Greifer ihr bis hinauf ins Gebirge, wo es so kalt war, folgen würden.

Als sie sich dem Ende das Kanals näherte, machte sie einen kurzen Abstecher durch ein Wäldchen, lief im Kreis herum, rannte auf ihrer eigenen Spur zurück und kletterte auf Bäume hinauf, damit ihre Witterung sich in der Höhe verlor. Jeden Baum bestrich sie mit den Worten »Nehmt euch in acht!«

Ein kalter Nieselregen setzte ein. Averan sprang in den Kanal und schwamm hinüber zum anderen Ufer.

Den gesamten Weg über folgte die grüne Frau Averan treu, wenn auch ein wenig unbeholfen. Doch nachdem Frühling in den Kanal gesprungen war, wurde Averan klar, daß ihr Plan einen Haken hatte.

Die grüne Frau konnte nicht schwimmen. Sie schlug um sich, trat kreischend mit den Beinen aus und tauchte immer wieder unter. Sie blickte sich verzweifelt um und platschte auf das Wasser.

Averan schwamm zurück und wollte sie retten, doch ohne ihre Gabe der Muskelkraft kam sie nur langsam und schleppend voran, und als sie Frühling endlich erreicht hatte, kletterte die grüne Frau auf sie drauf und drückte sie unter Wasser.

Sie kämpfte sich wieder nach oben, doch Frühling war zu stark für Averan. Sie mußte einsehen, daß es keinen Zweck hatte und Frühling sich bloß festhalten würde, befreite sich von ihr und tauchte verzweifelt in die Tiefe, bis sie auf den schlammigen Grund des Kanals stieß, wo sie sich von der grünen Frau befreite.

185

Als Averan die Wasseroberfläche durchbrach, ging ihre Gefährtin soeben heftig rudernd unter.

Averan schöpfte einen Augenblick lang Atem, da erkannte sie, daß die grüne Frau zu rudern aufgehört hatte und zum letzten Mal untergegangen war.

Klopfenden Herzens rang sie nach Atem. »Frühling!« rief sie. »Frühling!«

Doch die Oberfläche des Kanals blieb still.

Kurz überlegte Averan, was sie tun sollte. Dann trieb Frühling nach oben.

Averan schwamm zu ihr, packte den Bärenfellumhang der Frau von hinten und zerrte den bewußtlosen Körper ans gegenüberliegende Ufer. Sie zog Frühlings Kopf aus dem Wasser und drehte sie um.

Die grüne Frau hustete und würgte und weinte wie ein kleines Kind. Als sie schließlich alles schlammige Kanalwasser wieder ausgespien hatte, half Averan ihr den Rest der Uferböschung hinauf. Sie sah sich in der Dunkelheit um.

Bei ihrem Versuch, Frühling zu retten, hatte Averan den Stecken verloren. Sie hätte ihn gern wiedergehabt, um sich die Greifer vom Leib zu halten, bezweifelte jedoch, daß sie ihn bei dieser Dunkelheit würde finden können.

Mühsam erhob sie sich auf die Beine. Sie befand sich ihrer Einschätzung nach noch immer acht Meilen westlich von Carris und weitere sechs südlich. Sie wollte nach Norden, hatte aber Angst. Auf den Hügeln in Richtung Carris konnte sie Feuer brennen sehen.

Ein heftiger Wind wehte, und die Wolkendecke war so

dicht geworden, daß Averan kaum etwas erkennen konnte. Regen prasselte in schweren Tropfen auf sie nieder. Sie mußte ihren Stab aufgeben.

Wenn ich Glück habe, fängt es vielleicht an zu blitzen, hoffte Averan. Es war allgemein bekannt, daß Greifer sich vor Blitzen fürchteten, wenn auch niemand den Grund dafür kannte. Averan dagegen hatte vom Hirn eines Greifers gegessen und dessen Geheimnisse erfahren. Jetzt verstand sie diese besser: Blitze machten Greifern keine Angst, vielmehr blendeten sie sie und verursachten ihnen Schmerzen. Sich in der Nähe eines Blitzes aufzuhalten war, als blickte man geradewegs in die Sonne.

Ich bin der einzige Mensch auf der Welt, der das weiß, erkannte Averan. Was sie getan hatte, war bislang ohne Beispiel – sie hatte das Gehirn eines Greifers gegessen und sich seine Erinnerungen angeeignet – so als wäre sie selbst ein Greifer.

Leider schien trotz des Regens kein Gewitter aufzuziehen.

Nach dem stundenlangen Rennen erschöpft, machte Averan sich humpelnd nach Westen auf den Weg und trabte eine Stunde lang dahin. Die grüne Frau fiel immer weiter hinter ihr zurück. Eine Stunde vor Anbruch der Dämmerung hörte sie ein eigentümliches Geräusch aus Richtung Carris, ein seltsames Grollen, das die Erde erschütterte. Wenig später erwachten die Vögel auf den Wiesen und begannen zu zwitschern. Es kam ihr komisch vor, daß die Vögel an einem solch trüben Tag solch freudigen Gesang von sich gaben.

Kurz vor der Dämmerung entdeckte sie an der Nordseite der Straße einen bewaldeten Hügel und beschloß, die Rolle des Fuchses zu Ende zu spielen.

Sie kauerte sich im Windschatten einer Riesenfichte zwischen ein paar Zwergeichen und hohe Farne und wartete auf den Sonnenaufgang. Von ihrer höher gelegenen Position aus müßte sie die riesenhaften Greifer bereits auf Meilen erkennen können, wenn die Ungeheuer nicht ohnehin ihre Fährte verloren hatten.

Frühling lag neben Averan in ihrem Bärenfellumhang.

Averan zog Frühlings Umhang weit genug auf, um mit darunterkriechen zu können, und schmiegte sich an die warme Brust der grünen Frau.

KAPITEL 11
Ein kalter Wind in Carris

Eine Stunde vor der Dämmerung hatte der Wind in Carris gedreht und wehte nun bitterkalt von Nordosten her. Durch den Nebel unten und die tief hängenden Wolken, die über ihm schnell vorbeizogen, wurde es bei Tagesanbruch eher noch dunkler denn heller.

Das meiste Licht erzeugten Raj Ahtens Flammenweber, die in Feuer gehüllt den Nebel bis zum Ende des Damms vertrieben hatten. Der Wolflord stand zwischen jenen Lichtsäulen und sah zu den Männern auf der Mauer hoch. Die Frowth-Riesen, Kriegshunde und Unbesiegbaren hinter ihm schauten finster drein.

»Wenn Ihr auf eine Schlacht mit uns aus seid, so kommt nur her«, rief Herzog Paldane kühn. »Doch falls Ihr glaubt, Ihr würdet mit Carris ein leichtes Spiel haben, so irrt Ihr Euch. Wir werden uns um keinen Preis ergeben!«

Um Roland herum hoben die Männer ihre Waffen, schlugen Schwerter und Hämmer gegen die Schilde und stimmten so einen gewaltigen Jubel an.

Raj Ahten schätzte Paldane mit einem Blick ab und beachtete ihn nicht weiter. Statt dessen betrachtete er die Männer auf den Mauern, und bei Roland verweilte er kurz. Roland versuchte, dem Blick standzuhalten, doch war er dazu nicht fähig. Die Herausforderung und das zuversichtliche Selbstvertrauen besiegten ihn, und zum ersten Mal in seinem Leben erkannte er, welch schwaches, bemitleidenswertes Geschöpf er war. Einer nach dem anderen hörten die Soldaten auf, ihre Waffen gegen die Schilde zu schlagen.

»Tapfere Wachen habt Ihr da«, rief Raj Ahten Paldane zu. Aus der Ferne, von den Rändern des morgendlichen Nebels unten, hörte Roland die wilden Klänge der hohen Schlachthörner Indhopals. Und damit setzte auch der Trommelschlag ein, ein donnerndes Bumm-Bumm-Bumm. Ein Riese hinter Raj Ahten blickte über die Schulter, während Schlachtrosse nervös mit den Hufen scharrten.

»Sie blasen zum Rückzug«, erklärte Baron Poll verwundert. Irgendwo dort draußen, vielleicht fünf Meilen entfernt, flohen die Truppen des Wolflords. Waren die Unabhängigen Ritter eingetroffen? Oder Krieger von den Höfen Tides?

Hoffnungsvoll, aber voreilig rief jemand auf der Mauer: »Der Erdkönig kommt! Das hat ihnen Angst eingejagt.«

Drei finstere Kreaturen tauchten aus dem Nebel auf und zischten an Rolands Ohr vorbei. Zuerst hielt er sie für Fledermäuse. Dazu waren sie allerdings zu klein, und außerdem wanden sie sich in der Luft wie Gestalt gewordener Schmerz. Er erkannte schließlich Gree, Wesen der Unterwelt, die man oben auf der Erde nur selten zu Gesicht bekam.

»Verschwindet!« rief Paldane zu Raj Ahten hinüber. »Hier werdet Ihr keinen Schutz finden! Bogenschützen!«

Raj Ahten richtete die Hand auf die Schützen und

forderte sie mit dieser Geste wortlos auf, dem Befehl nicht Folge zu leisten. Während die anderen Pferde vor Angst von einem Bein aufs andere traten, stand sein graues Schlachtroß ungerührt da.

»Der da von Süden kommt, ist nicht der Erdkönig«, erwiderte Raj Ahten laut genug, so daß es ein jeder auf der Mauer verstehen konnte. Die Worte schienen sich in Rolands Unterbewußtsein einzuschleichen und es wie eine Messerklinge zu durchbohren. Eine unterschwellige Furcht machte sich in ihm breit. »Auch dürft Ihr keine Verstärkung erwarten. Herzog Paldane weiß recht gut, was sich im Anzug befindet. Seine Boten haben es ihm überbracht: Greifer sprudeln zu Zehntausenden aus der Unterwelt hervor. Innerhalb der nächsten Stunde werden sie hier sein.«

Rolands Herz klopfte, und sein Mund fühlte sich staubtrocken an. Greifer, dachte er entsetzt. Seit sechzehnhundert Jahren hatten sich Menschen und Greifer keine größere Schlacht an der Oberfläche mehr geliefert. Von Zeit zu Zeit hatte er Geschichten gehört, denen zufolge Männer, die an den Rändern des Hestgebirges wohnten, von Greifern niedergemetzelt oder in die unterirdischen Bauten verschleppt worden waren.

Doch seit Menschengedenken hatten die Greifer keine Burg mehr angegriffen – bis zu ihrem Überfall auf Burg Haberd.

Lieber hätte Roland zweimal gegen Raj Ahten gekämpft, als sich einer Horde Greifer stellen zu müssen. Mit ein wenig Glück konnte sein Hieb sogar einen Kraftsoldaten töten, ein Greifer dagegen war größer als ein Elefant. Kein einziger Gewöhnlicher würde ihren Panzer durchbohren können.

Der Nebel verhüllte noch immer die Felder um Carris. Aus der Ferne vernahm Roland nun ein zischendes Brüllen, das klang wie das Grollen der Brandung an einem Strand. Plötzlich erzitterten die Mauern der Burg.

Raj Ahten sagte: »Ihr habt nicht genug Kraftsoldaten, um Eure Festung gegen Greifer zu verteidigen. Ich dagegen schon.

Beugt Euer Knie vor mir!« rief er. »Kniet vor Eurem Herrn und Meister. Öffnet die Tore! Dann werde ich Euch beschützen!«

Ohne daß es ihm bewußt wurde, ging Roland auf ein Knie nieder. Der Befehl besaß eine solche Überzeugungskraft. Er konnte ihm einfach nicht widerstehen. Ja, er hatte überhaupt nicht das Verlangen, sich zu widersetzen.

Die Männer brachen in lauten Jubel aus. Viele zogen die Waffen, fuchtelten damit in der Luft herum und boten ihre Dienste an.

Rolands Herz klopfte. Herzog Paldane stand trotzig auf seinem Wehrgang und umklammerte den Griff seines Schwertes. Was für ein kleiner Mann, wie machtlos. Es machte den Eindruck, als stünde er ganz allein gegen den Wolflord, während alle anderen Raj Ahten willkommen hießen.

Begreift der Narr denn nicht, daß Raj Ahten recht hat? fragte sich Roland. Ohne den Wolflord sind wir tote Männer.

Dann senkte sich unter dem Rasseln der Ketten die Zugbrücke.

Inmitten des Jubels schritt Raj Ahten als Sieger nach Carris hinein. Sofort gab er Befehle aus. »Sichert den Damm. Vertreibt den Nebel, damit wir sehen, was auf uns zukommt.«

Seine Flammenweber drehten sich um und malten am Ende des Damms Runen in die Luft.

Der dichte Nebel um sie herum sank für einen Augenblick in sich zusammen, strömte dann jedoch wieder zurück. Die Frowth-Riesen wateten durch hüfthohen Dunst, derweil die Krieger auf ihren Pferden kaum den Kopf herausstecken konnten.

Meilen hinter ihnen hörte Roland Männer schreien, und Pferde wieherten vor Angst. Raj Ahtens Truppen hielten in Carris Einzug. Kriegshörner bliesen zum Rückzug.

Und mit diesem Lärm drang ein weiteres Geräusch über die Felder vor: das surrende Zischeln, welches die Greifer erzeugten, wenn die Luft aus ihren Bäuchen strömte, dazu das Krachen ihrer dicken Bauchschilde, die auf ihrem Sturm über die Erde gegen Steine stießen.

Die Greifer kamen, und Raj Ahtens Truppen rannten durch den Nebel auf sie zu, während andere sich in die Burg drängten. In langen Reihen marschierten sie vor, verbitterte und müde Ritter auf ihren stolzen Schlachtrossen. Jubel übertönte den Hufschlag und das Klappern der Rüstungen.

Roland blickte über die Zinnen nach unten. Die Flammenweber hatten noch nicht allen Nebel vertrieben, denn das konnte nicht in wenigen Momenten bewerkstelligt werden. Am frühen Morgen und bei all der feuchten Erde hatte sich der Nebel ausgebreitet und bedeckte den Boden nun über Meilen hinweg in jede Richtung.

Lange Minuten wartete Roland mit einem höchst unguten Gefühl im Bauch. Kalter heftiger Regen prasselte auf ihn herab und durchnäßte sein dünnes Gewand. Die Männer um ihn herum hüllten sich eng in ihre Mäntel und hielten die Schilde über den Kopf, als handele es sich bei den Regentropfen um einen tödlichen Pfeilhagel. Der winzige Schild, den man Roland ausgehändigt hatte, bedeckte hingegen kaum seinen Kopf.

Über ihnen zischten weitere Gree wie von Schleudern abgeschossen in riesigen Schwärmen vorbei. Angesichts des magischen Nebels vor den Mauern und der natürlichen Wolken oben erschien Roland sein Standort höchst eigentümlich, gar exotisch. Im trüben Dunst flatterten Möwen und Krähen und Tauben herum, die der Tumult aufgescheucht hatte.

Nachdem die erste Begeisterung sich legte und die Kraft von Raj Ahtens Stimme nachließ, zitterte Roland plötzlich.

Als würde er plötzlich aus einem Traum erwachen, wurde ihm unvermittelt bewußt, daß er seinem vorherigen Herrn abgeschworen hatte, daß er Raj Ahten erlaubt hatte, die Stadt kampflos einzunehmen.

»Was hat das zu bedeuten?« fragte Roland Baron Poll. »Wenn nun der Erdkönig kommt? Wird man uns zwingen, gegen ihn ins Feld zu ziehen?«

»Das denke ich doch«, antwortete Poll. Er spuckte über

den Rand der Mauer in den Nebel. So ruhig, wie sich der Baron gab, war er wohl bereits zu der gleichen Einsicht gelangt, die ihn hingegen nicht sonderlich aufzuregen schien.

Roland legte sein ganzes Selbstvertrauen in seine Stimme und entgegnete: »Ich werde das nicht tun. Gegen den Erdkönig werde ich nicht kämpfen.«

»Ihr tut, was man Euch befiehlt«, sagte Baron Poll. »Wenn Raj Ahten Euch den Eid abgenommen hat, werdet Ihr sein Mann sein.«

Das war also der Gang der Dinge. Sobald der Wolflord die Burg in seinen Händen hatte, würde er die Soldaten vor die Wahl stellen: Entweder schworen sie ihm die Treue, oder sie würden sterben.

»Ich bin Ordens Mann. Ich werde mich nicht selbst verleugnen!« erwiderte Roland. »Und bestimmt werde ich das Schwert nicht gegen meinen eigenen König erheben!«

»Tja, es ist Euer Eid und Euer Leben«, gab Baron Poll nüchtern zurück. »Glaubt mir, ein kluger Mann schwört rasch Treue – und nimmt seinen Eid genauso rasch zurück.«

»Ich habe nie von mir behauptet, ein kluger Mann zu sein«, antwortete Roland. Das stimmte. Er konnte nicht lesen und nicht rechnen. Auf die Vorwürfe seines zänkischen Weibs waren ihm nie die rechten Erwiderungen eingefallen. Und beinahe hätte er in diesem Nebel nicht einmal nach Carris gefunden.

Doch treu war er stets gewesen.

»Hört zu«, sagte der Baron eindringlich. »Leistet Raj

195

Ahten einen Eid. Und wenn der Erdkönig eintrifft, müßt Ihr ja nicht unbedingt voller Begeisterung kämpfen. Ihr braucht nur ein bißchen zu knurren und feindselig mit dem Schwert zu fuchteln und verlangen, sie sollten hingehen, wo der Pfeffer wächst. Ihr müßt kein Blut vergießen!«

»Raj Ahten soll hingehen, wo der Pfeffer wächst«, antwortete Roland und packte sein Schwert.

Aber als die Krieger des Wolflords schließlich auf den Wehrgängen erschienen, wagte er nicht, die Waffe zu ziehen.

Statt dessen setzte er sich an eine Zinne und wünschte sich erneut, daß er der grünen Frau nicht sein Bärenfell überlassen hätte. Die Kälte war jetzt noch beißender als während der Nacht. Sie bohrte sich mitten in sein Herz hinein und erzeugte ein dumpfes, taubes Gefühl.

Nach fast einer halben Stunde waren zwar Raj Ahtens Truppen noch immer nicht alle in der Burg, die Flammenweber jedoch hatten am Ende des Damms in großen Kreisen geheimnisvolle, glühende Runen in die Luft gemalt. Diese Symbole hingen im Nebel wie Teppiche an einer Wand, bis die Flammenweber sie anstießen. Daraufhin lösten sie sich auf. Der dichte Dunst wich mit der Geschwindigkeit eines rennenden Mannes zurück und öffnete ein kleines Fenster zum Land.

Während dieser halben Stunde wurden die Geräusche der Greifer lauter, das dumpfe Krachen ihrer schweren Bauchschilde, die über den Boden schleiften, erhob sich wie ein heranziehender Gewittersturm.

Im Schutz des Nebels liefen die Greifer aus allen

Richtungen auf Carris zu, von Norden und Süden und Westen her.

Kriegshörner plärrten zwei Meilen vor der Burg. Pferde wieherten voller Panik, und Roland hörte den Lärm berittener Angriffe zuerst im Süden, dann im Westen und schließlich auch im Norden.

Männer auf der Mauer schrien: »Sie sind verloren! Die dort draußen haben sich verirrt!« – »Sie sind abgeschnitten!«

Roland hatte Mitleid mit den Armen. Er wußte, wie verrückt einen diese Brühe machen konnte und wie leicht man darin die Orientierung verlor.

Und die Flammenweber hatten gerade erst begonnen, den Dunst zu vertreiben. Atemlos beobachtete Roland von den Zinnen aus, wie er sich langsam zurückzog und das Grün der Erde enthüllte, die weißgestrichenen Häuser mit ihren Strohdächern und verlassenen Gärten, die Heuhaufen und Apfelgärten und Weiden und die stillen kleinen Kanäle um Carris herum. Eine einzelne Stockente neben einem Brunnen blickte hinauf in den Himmel und flatterte erfreut mit den Flügeln, weil sie wieder freie Sicht hatte.

Eine verblüffend schöne Landschaft breitete sich unter Roland aus, und so wirkte es nur noch makabrer, in diesem dichten Regen auf dem Wehrgang zu stehen und aus der Ferne den Lärm von Gefechten zu hören.

Auch auf den Burgmauern stießen nun Männer in ihre Kriegshörner und gaben den Armeen von Indhopal, die sich in diesem verdammten Nebel verirrt hatten, Signale, um sie in Sicherheit zu holen.

Die Soldaten draußen rissen ihre Pferde herum und galoppierten auf die Burg zu. Immer wieder hörte Roland, wie ein Roß stolperte und stürzte und wie die Rüstung eines Ritters schepperte, als diese auf den Boden prallte.

Und schließlich erschienen die ersten Krieger am Rande des Nebels, eine halbe Meile von Carris entfernt.

Bei diesen handelte es sich nicht um die wilden Kraftsoldaten, sondern um Bogenschützen, die weiße Burnusse und eine leichte Lederrüstung trugen; um Männer der Artillerie, deren ganzer Schutz aus breiten Bronzehelmen und einem Dolch bestand; um junge Knappen, die eher daran gewöhnt waren, Rüstungen zu polieren als sie am eigenen Leib zu tragen.

Kurz gesagt war es der Troß von Raj Ahtens Armee, die gemeinen Hilfstruppen aus Indhopal, die erst zum Einsatz kommen sollten, wenn Carris erobert war. Die meisten von ihnen marschierten zu Fuß.

Nur ihre Anführer saßen auf Pferden, und nachdem diese die Burg erst einmal entdeckt hatten, trieben sie ihre Tiere in blinder Panik voran und überließen die Fußsoldaten ihrem Schicksal.

Die einfachen Soldaten von Indhopal schrien und flohen durch die Dörfer und über die Felder auf Carris zu. Überall um sie herum ertönte das donnernde Krachen der Greifer, die durch den Nebel stürmten.

Der Geruch von Staub und Blut verteilte sich in der Luft, Rufe des Entsetzens wurden laut, und obwohl Roland noch keinen Greifer gesehen hatte, wußte er, daß dort draußen im Nebel Männer um ihr Leben kämpften.

Auf den Burgmauern plärrten die Kriegshörner. Von

oben rief man denen unten Ermunterungen zu. Die Soldaten aus Indhopal, wenigstens zwanzigtausend, liefen auf Carris zu.

Und dann erschienen die Greifer.

Eines der Ungeheuer jagte aus der scheußlichen Brühe heraus und zog eine Schwade davon hinter sich her, als würde es in Flammen stehen. Roland starrte voller Schrecken seinen ersten Greifer an.

Kein solches Wesen hatte je in der Oberwelt Gestalt angenommen. Es handelte sich um einen »Klingenträger«, einen Krieger, dem die glitzernden, glühenden Runen fehlten, welche eine Magierin kennzeichnen.

Der Greifer lief auf vier Beinen. In den riesigen Vorderbeinen hielt er seine Waffe. Der Form nach hätte man diese Bestie vielleicht mit einer Krabbe vergleichen können, denn sie besaß sechs Beine und zwei enorme Pranken. Der dicke Außenpanzer wirkte von oben wie grauer Granit, hatte jedoch schlammbraune Stellen an den Beinen.

Der Kopf allein war so groß wie ein Karren, seine Form erinnerte an eine Schaufel, und darauf reihten sich schwenkende Fühler aneinander, die man Philien nannte, bis hinunter zu den Kiefern. Die Zähne glitzerten wie Quarzkristalle, und offensichtlich hatte das Ungeheuer keine Augen, Ohren und Nasenlöcher.

Abgesehen von den Atemgeräuschen gab der Greifer keinen Laut von sich. Er rannte einfach nur hinter den fliehenden Kriegern her, und zwar in der dreifachen Geschwindigkeit, die ein Gewöhnlicher erreichen konnte. Er lief an den Soldaten vorbei wie ein Schäferhund, der sich an den Kopf seiner Herde setzen will, und schien die Männer gar nicht töten, sondern einfach nur schneller sein zu wollen.

Kurz vor der Mauer hielt er an. Es baute sich vor den Flüchtlingen auf und ging an die Arbeit.

In den Pranken hielt er einen Ruhmhammer, dessen Griff aus schwarzem Greiferstahl gefertigt war und dessen Kopf sechshundert Pfund wog. Der Tradition gemäß nannte man ihn *Ruhmhammer*, da man damit »auf ruhmreiche Weise Menschen zu Brei schlagen« konnte.

Der erste Schwung des Ruhmhammers strich knapp über den Boden, ohne ihn jedoch zu berühren, als würde ein Bauer mit der Sense durch Gras ziehen. Mit diesem Hieb verloren fünf Männer ihr Leben, und Roland sah ihre Körper dreißig Meter weit fliegen. Einem der armen Kerle wurde der Kopf vom Rumpf getrennt, der hundert Meter vom Kampfgeschehen entfernt im Donnestgreesee landete.

Ein paar Soldaten zogen die Waffen und wollten sich verteidigen. Andere versuchten, an ihm vorbeizurennen. Und wieder andere flohen Hals über Kopf und versteckten sich in Hütten oder unter Büschen.

Der Ruhmhammer der Bestie hob und senkte sich mit solcher Geschwindigkeit, solch erstaunlicher Anmut und Sicherheit, daß Roland zunächst nicht recht begriff, was er da beobachtete. Für ein Wesen von derartiger Größe bewegte sich der Greifer unglaublich graziös. Nach zehn Sekunden lagen fünfzig Männer tot am Boden, und das Ungeheuer hatte gerade erst mit seiner fürchterlichen Arbeit begonnen.

Voller Schrecken keuchte Roland, und sein Herz klopfte so laut, daß er fürchtete, es könne ihn als Feigling
enttarnen. Er wandte sich um und betrachtete, wie die
anderen reagierten. Ein Junge neben ihm war vor Entsetzen erbleicht, stand ganz steif da und biß stoisch die
Zähne zusammen. Roland fand, der Kerl hielt sich gar
nicht schlecht, bis er den Urin sah, der am rechten Bein
herabrann.

Vom Vorwerk hörte man das *Bong! Bong!* der Artillerie, die ihre Katapulte abschoß. Die riesigen Bolzen waren
wie Pfeile geformt, allerdings aus dreißig Pfund Stahl
geschmiedet. Die ersten beiden gingen knapp vor ihrem
Ziel nieder und trafen Gruppen fliehender Krieger. Sofort
hörte man, wie die Artilleristen mit dem Nachladen
begannen.

Ihr Befehlshaber rief: »Wartet mit dem nächsten
Schuß, bis die Greifer nahe genug herangekommen sind.«

Schon waren hundert Mann gestorben, und auf dem
Mauern brüllte jemand: »Seht nur! Seht nur!«

Aus dem Nebel stürmten Greifer heraus, nicht zu
Dutzenden oder zu Hunderten, sondern zu Tausenden.

Sie trugen riesige Klingen, Ruhmhämmer und »Ritter-
haken« – lange Stangen, an deren Ende sich große Haken
befanden.

In ihrer Mitte liefen Magierinnen – glänzende Wesen,
die über und über mit glühenden Runen bedeckt waren,
so daß sie aussahen, als würden sie in Flammen stehen.
Sie trugen Kristallstäbe, die aus sich selbst heraus leuchteten.

Das Donnern der Panzer, die über den Boden polterten,

ließ die Mauern der Burg erzittern. Die entsetzten Schreie Gewöhnlicher erhoben sich zu einem ohrenbetäubenden Tumult. Rolands Beine wollten unter ihm nachgeben, ja er wußte gar nicht, wie er sich überhaupt noch aufrecht halten konnte.

Und nun spürte er, daß auch ihm der Urin am Bein hinunterlief.

»Bei den Mächten!« brüllte Baron Poll.

Männer sprangen von den Mauern hinunter in den See, nur damit sie den Anblick der Greifer nicht länger ertragen mußten.

Irgendwo in der Nähe rief ein Narr im Tonfall eines Herolds: »Bitte, behaltet die Ruhe! Bitte, verliert doch nicht gleich den Mut. Bestimmt werden wir das alles überleben ... und in einem Stück!«

Roland fragte sich, ob der Kerl sich nur selbst Mut machen wollte oder ob er dem Tod wie die alten Ritter der Legenden ins Gesicht sehen wollte – mit einem lustigen Spruch auf den Lippen.

Denn wenn es je in Rolands Leben einen Augenblick gegeben hatte, in dem Panik die angemessene Reaktion gewesen war, dann sicherlich dieser.

Baron Poll wandte sich um; sein Gesicht wurde vom ersten Licht des Tages erhellt. Der fette Ritter versuchte, einen Scherz zu machen, und mußte laut sprechen, damit er über das Klirren der Waffen und die Todesschreie hinweg verstanden werden konnte: »Ihr solltet noch einmal tief Luft holen – wer weiß, wie oft Ihr das noch zu tun vermögt.«

KAPITEL 12
Eine Welt für sich

Als der klumpfüßige Junge Myrrima eine Stunde nach Sonnenaufgang vom Übungsplatz der Bogenschützen holte, dachte sie schon, es sei an der Zeit zum Aufbruch. Statt dessen teilte er ihr mit, Iome wolle sie im Bergfried der Übereigner sehen.

Sie eilte zu Ihrer Hoheit. Die Morgensonne schien hell über Burg Groverman und stieg an einem vollkommen blauen Himmel auf. In der Ferne zogen Fischadler ihre Kreise.

Vom Hof des Bergfrieds aus konnte Myrrima die Ebene auf zwanzig Meilen überblicken – den Fluß Wind, der sich wie ein silberner Faden durch die Heide wand, die Bauernhöfe und Hütten, die auf den Hügeln an den Ufern standen, die Rinder- und Pferdeherden, die das Land sprenkelten.

Vor dem eigentlichen Bergfried pickten Tauben in der Nähe der Pfosten zum Anbinden der Pferde auf dem Boden nach Eßbarem. Myrrima ging zur Mauer, die den Turm der Übereigner umgab. Der braune Sandsteinbau erhob sich lange nicht so weit in die Höhe wie der Bergfried auf Burg Sylvarresta. Obwohl er groß war und einen weiten offenen Hof besaß, fanden darin kaum mehr als zweihundert Übereigner Platz.

Bei ihrer Ankunft hörte sie überraschenderweise etwas höchst Eigentümliches: Musik.

Aus dem Inneren des Bergfrieds drangen schon zu dieser frühen Stunde Flöten, Trommeln, Tamburine und Lauten nach draußen, zu denen gesungen wurde. Die Übereigner feierten.

Gleich hinter dem Fallgitter stand eine Gruppe neugierigen Volks.

Während Myrrima an ihnen vorbeiging, flüsterte eine alte Frau: »Das ist sie – die, die den Glorreichen der Finsternis getötet hat.« Myrrima spürte, wie ihr die Röte ins Gesicht stieg. Die Alte fuhr fort: »Sie nennen sie den ›Ruhm Heredons‹.«

»Die ganze Nacht lang hat sie draußen mit ihrem Bogen geübt«, berichtete ein junger Mann. »Ich habe gehört, sie kann einem Falken im Sturzflug auf zweihundert Schritt das Auge ausschießen. Jetzt bricht sie auf, um Raj Ahten selbst zur Strecke zu bringen!«

Myrrima senkte den Kopf und versuchte, das Getuschel zu ignorieren. Am liebsten hätte sie erwidert: »Ja, einem Falken das Auge ausschießen! Ich bin schon froh, wenn ich mich nicht in der Sehne meines Bogens verheddere.«

Sie betrat den Garten im Hof des Bergfrieds und nahm mit Überraschung zur Kenntnis, daß jeder einzelne Übereigner der Burg sich hier unten aufhielt. Die Tische waren mit Speis und Trank beladen, und die Köche hatten in großen Mengen schmackhafte Pasteten und leckere Kuchen gebacken. Die Übereigner, die Muskelkraft, Anmut oder Stoffwechsel abgetreten hatten – und sich aus diesem Grund nicht so gut bewegen konnten –, lagen im

Schatten einer riesigen Eiche, derweil die anderen feierten.

Blinde Männer und Frauen tanzten miteinander und gaben sich alle Mühe, sich gegenseitig nicht auf die Füße zu treten; Taube und Stumme tollten ausgelassen herum. Geistlose Narren vollführten wilde Luftsprünge.

Verwirrt stand Myrrima einen Augenblick lang auf dem Hof.

Ein alter, blinder Mann saß in der Nähe mit verschränkten Beinen auf dem Boden, aß Kuchen und trank dazu Wein. Er hatte ein wettergegerbtes Gesicht und dünnes Haar. Myrrima fragte ihn: »Warum tanzen sie? Das Hostenfest ist seit zwei Tagen vorbei.«

Der Blinde lächelte sie an und bot ihr seine Weinflasche an. »Tradition!« erklärte er. »Heute feiern wir, denn unsere Herren ziehen in den Krieg.«

»Tradition?« hakte Myrrima nach. »Geht es immer so zu, wenn die Lords in die Schlacht ziehen?«

»Aber sicher.« Der Kerl nickte. »Trinkt doch etwas.«

»Nein, danke.« Verblüfft stand Myrrima da. Von einer solchen Tradition hatte sie nie zuvor etwas gehört. Allerdings war während ihres Lebens in Heredon auch noch niemand in den Krieg gezogen.

So betrachtete sie eine Weile lang den viereckigen Hof, hinter dessen Sandsteinmauern die Übereigner wohnten.

Wenn jemand dieses Gebäude betrat, entsagte er der Welt – bis entweder sein Herr oder der Übereigner starben. Daß solche Orte zu einer ganz eigenen Welt für sich wurden, an denen die Ereignisse draußen schlicht vorüberzogen, hatte sie sich nie bewußt gemacht.

Jetzt staunte sie um so mehr. Sie tanzten. Die Übereigner tanzten.

»Wird das den ganzen Tag andauern?« erkundigte sie sich.

»Aber sicher«, erwiderte der Blinde. »Bis zur Schlacht.«

»Aha, ich verstehe … Wenn Euer Herr heute stirbt, werdet Ihr Eure Sehkraft zurückerlangen. Welchen besseren Grund zum Feiern könnte es geben?«

Der Blinde packte die Weinflasche wie eine Keule und fauchte: »Was für ein gemeines Weibsstück Ihr doch seid! Wir feiern, weil *wir*« – er deutete mit dem Daumen auf sich – »heute in den Krieg ziehen. Mein Lord Groverman wird meine Augen benutzen, und wenn ich nur könnte, würde ich am liebsten an seiner Seite kämpfen.«

Er verschüttete Wein auf dem Boden: »Und durch dieses Trankopfer erbitte ich den Segen der Erde: Möge Groverman siegreich nach Hause zurückkehren, um eines Tages erneut zu kämpfen! Lang lebe Herzog Groverman!«

Der Blinde hob die Flasche und trank einen langen Schluck auf die Gesundheit des Herzogs.

Myrrima hatte nicht nachgedacht, bevor sie gesprochen hatte. Unabsichtlich hatte sie den alten Mann beleidigt.

In der Nähe der Mauer, ein wenig abseits der Feiernden, entdeckte sie Iome, die von drei Dutzend Bauern umgeben war – Männer und Frauen verschiedensten Alters und verschiedenster Herkunft. Sie hielten sich an den Händen und gingen langsam im Kreis, während Iome sprach. Im Hintergrund spielten zwei Musikanten leise einen Marsch auf Flöte und Trommel, eine alte Weise.

206

Was hier vor sich ging, hatte Myrrima mit einem Blick erfaßt. Ein Krieger, der Gaben übernehmen wollte, wandte sich stets an einen Annektor, der eine Liste aller derer besaß, die als Übereigner dienen wollten. Der Annektor versammelte die Kandidaten, und da die Übereigner ihre Gaben stets freiwillig abtreten mußten, wollte sich der Krieger meist mit ihnen unterhalten. Er berichtete den Kandidaten die Gründe, die ihn antrieben, und er versicherte ihnen, sie für ihre Tat gut zu entlohnen und sie und ihre Familien zu versorgen.

Daher überraschte es Myrrima nicht, daß Iome sagte: »Ich bitte nicht nur für mich allein. Die Erde hat zu meinem Gemahl gesprochen und ihn gewarnt, uns stehe das Ende des Zeitalters der Menschen bevor. Wenn wir kämpfen, so nicht nur für uns selbst, sondern für die gesamte Menschheit.«

Ein Mann in dem Kreis rief: »Euer Hoheit, vergebt mir, aber Ihr seid nicht im Kriegshandwerk ausgebildet. Würde meine Gabe nicht einem anderen Lord bessere Dienste tun?«

»Damit habt Ihr recht«, erwiderte Iome. »Doch werde ich noch viel mit dem Schwert üben, und sollte ich eine Gabe der Muskelkraft erhalten, kann ich auch den Kriegshammer so gut wie jeder Mann handhaben. Dennoch will ich Euch nicht vormachen, ich würde mit großer Übung und großen Fähigkeiten in den Krieg ziehen. Aber mit großer Geschwindigkeit zu kämpfen ist genauso todbringend wie mit großer Übung. Daher bitte ich um Stoffwechsel.« Den späteren Übereignern stockte bei diesen Worten der Atem.

»Warum? Aus welchem Grund wollt Ihr jung sterben?«
fragte eine ältere Frau aus der Gruppe.

Myrrima empfand Mitleid für Iome. Einer Zeremonie
wie dieser hatte sie sich nie aussetzen müssen. Und sie
bezweifelte, ob sie diese durchhalten würde. Mit Worten
konnte sie nicht besonders gewandt umgehen, und wahrscheinlich würde sie keinen Fremden überreden können,
ihr seine wertvollsten Eigenschaften abzutreten.

»Ich trage den Sohn des Königs in mir«, erklärte Iome.
»Gestern, als der Glorreiche der Finsternis auf Burg
Sylvarresta erschien, war er auf das Leben des Kindes
aus – nicht auf meines. Wenn meine Schwangerschaft
ihre volle Zeit dauert, wird der Prinz nicht vor der Mitte
des Sommers das Licht der Welt erblicken. Doch wenn
ich Gaben des Stoffwechsels übernehme, könnte die
Geburt bereits in sechs Wochen stattfinden.«

Gutes Mädchen, dachte Myrrima. Alle der möglichen
Übereigner sollten verstehen, welche Motive sie hegte.
Iome würde eine Kriegerin werden und ihr Leben für
ihren Sohn hingeben. Die Liebe für dieses Kind würde
diese Menschen überzeugen.

Die alte Frau betrachtete sie eingehend, trat einen
Schritt in den Kreis und beugte ein Knie. »Mein Stoffwechsel ist der Eure – und der Eures Kindes.« Aber die
anderen umkreisten sie weiter und stellten neue Fragen.

Jemand tippte Myrrima auf die Schulter. Sie drehte
sich um und blickte in das Gesicht des größten Mannes,
dem sie je begegnet war. In seinem Schatten könnte sich
eine ganze Gruppe vor der Sonne verbergen, und er
wirkte, als vermöge er ein Pferd zu tragen. Unter seiner

Lederweste hatte er kein Hemd an, daher konnte sie seine muskelbepackte Brust sehen. Offensichtlich war er um die Mitte der Dreißig. Er grinste von oben auf sie herab, wobei sich auf seinem bärtigen Gesicht ein ehrfürchtiger Ausdruck zeigte. »Seid Ihr diejenige?«

»Welche?«

»Die den Glorreichen der Finsternis getötet hat?«

Myrrima nickte lediglich, da sie nicht wußte, wie sie mit jemandem sprechen sollte, dessen Miene so von Ehrfurcht besessen war.

»Ich habe ihn gesehen«, erklärte der Mann. »Flog genau über mich hinweg, ganz bestimmt – der ganze Himmel war meilenweit schwarz. Habe nicht geglaubt, irgendwer könnte ihn töten.«

»Ich habe ihn erschossen«, berichtete Myrrima. Ihr fiel auf, mit welch festem Griff sie ihren Bogen umklammerte und vor die Brust drückte. »Ihr hättet an meiner Stelle das gleiche vollbracht.«

»Ha! Ganz bestimmt nicht.« Der große Kerl grinste breit. »Ich hätte Fersengeld gegeben und würde immer noch rennen.«

Myrrima nickte und genoß das Kompliment. Eigentlich hatte er ja recht. Die meisten Männer wären davongelaufen.

Der Große nickte, als wäre er zu schüchtern zum Sprechen. Die Intelligenz stand ihm auch nicht gerade ins Gesicht geschrieben. Schließlich sagte er: »Ihr braucht einen neuen Bogen.«

Sie betrachtete den ihren und fragte sich, ob er irgendwo beschädigt sei. »Wie bitte?«

»Ihr braucht einen Stahlbogen«, erklärte der Kerl, »weil ich Euren ohne Probleme in zwei Teile brechen kann.«

Jetzt begriff sie. Ihr Ruf – ob nun unverdient oder nicht – eilte ihr voraus. Dieses Ungeheuer von einem Mann wollte ihr seine Muskelkraft abtreten. Viele Ritter hätten allzu glücklich fünfzig Goldadler für eine solche Gabe bezahlt – zehn Jahreslöhne für einen Arbeiter. Bei den Mächten, war dieser Kerl riesig.

»Ich verstehe.« Myrrima nickte verblüfft. Sie wagte ihm nicht zu sagen, daß sie ihrer Meinung nach seine Bewunderung nicht verdiente, denn wenn sie die Muskelkraft eines solchen Mannes besäße, könnte sie tatsächlich zu der Heldin werden, für die er sie hielt.

Hinter dem Rücken des Riesen standen noch mehr Bauern, die nun vortraten. Und Myrrima traf eine zweite Erkenntnis. Die Gruppe von Menschen am Tor hatte auf sie gewartet. Sie alle wollten ihr Gaben anbieten.

Anders als Iome brauchte »Heredons Ruhm« sie nicht erst lange zu überreden, damit sie ihre besten Eigenschaften an sie abtraten.

KAPITEL 13
Geschichten des Wahnsinns

Bei Anbruch des Tages war Gaborn bereits weit in die Niederungen von Fleeds vorgedrungen. In der hügeligen Landschaft des Nordens hatte er überall Hütten von Schäfern gesehen, und die schmalen Straßen wurden von Steinmauern gesäumt. An ihnen entlang standen riesige Felsen, die von knorrigen Kiefern gekrönt wurden, wie Wächter aus uralten Zeiten. Das Sternenlicht lastete schwer und fast körperlich spürbar mit dem Gewicht von Silbermünzen über der Landschaft.

In der Dunkelheit hatte Gaborn keinen Gewaltritt gewagt, mochte die Gefahr, die er in Carris aufziehen fühlte, noch so immens sein, daher war der Großteil seiner Truppen langsam durch die Nacht gezogen. Denn obwohl er inzwischen wieder Gaben entgegennahm, hätte er sich bei einem Sturz vom Pferd den Hals so leicht wie jeder andere Mann brechen können.

Auch jetzt bemerkte er noch das Anschwellen seiner Kraft. Keine Stunde hatte er gebraucht, um die Gaben auf Burg Groverman zu empfangen. Jeweils eine der Muskelkraft, des Stoffwechsels, der Anmut und des Durchhaltevermögens hatte er akzeptiert. Daraufhin war er geflohen und hatte es Grovermans Annektor überlassen, andere zu finden, die Gaben an seine neuen Vektoren abtraten.

Dem Annektor hatte er erklärt, daß er bis zum Ein-

211

bruch der Nacht dringend vierzig Gaben brauchte, und die Vektoren hatten versprochen, dies zu leisten.

Und während er durch die Nacht eilte, erholte er sich von Stunde zu Stunde. Er wurde stärker, und seine Bewegungen wurden behender.

Obgleich es ihn anwiderte, vermochte er die Süße des Bösen nicht zu verleugnen, und einmal dachte er sogar: Wenn Raj Ahten die Zwingeisen benutzt, um zur Summe aller Menschen zu werden, könnte ich nicht das gleiche tun?

Diesen Gedanken schob er allerdings rasch beiseite, denn er war eines Königs nicht würdig.

So ritt er an der Seite von Zauberer Binnesman und in Gesellschaft von fünfhundert Lords aus Orwynne und Heredon. Gaborn hatte seinem Days ein Kraftpferd besorgt, damit er die Gesellschaft begleiten konnte.

In der Dämmerung blickte er von einem Berg aus über die wogende Ebene. Die Sonne, die nichts erwärmte, bummelte über den Horizont, und Dunst erhob sich über den Feldern von Fleeds.

Zur Vorbereitung auf die Hetzjagd über die Ebene hielt er bei einem stillen See an, auf dessen Ufer wilder Hafer, purpurne Wicken und goldener Honigklee wucherten, und ließ die Pferde tränken und füttern. Das eiskalte Wasser war erstaunlich klar; fette Forellen schwammen träge knapp unter der Oberfläche.

Gelbe Lerchen sangen in den Weiden entlang der Straße; näherte er sich ihnen, flogen sie auf wie die Funken des Schleifsteins in einer Schmiede.

»Fünfzehn Minuten Rast«, verkündete Gaborn. »Wenn

wir dann galoppieren, sollten wir Tor Doohan innerhalb einer Stunde erreicht haben. Von dort aus geht es rasch weiter nach Süden, und möglicherweise haben wir Carris schon am späten Nachmittag erreicht.«

Er hatte es jetzt noch eiliger als zuvor. Das Gefühl, Carris drohe Gefahr, wollte ihn überwältigen, und die Erde drängte ihn.

»Am späten Nachmittag?« fragte Sir Langley. »Welchen Grund gibt es dafür?«

Carris war so weit entfernt, daß kein Bote eine Nachricht in weniger als einem Tag hätte herbringen können. Dennoch konnte Gaborn die Lords mit Neuigkeiten überraschen. »Ja«, räumte er ein, »es gibt tatsächlich einen. Ich glaube, Raj Ahten steht vor den Mauern der Burg. Vor fünf Minuten befand sich einer meiner Boten noch in Todesgefahr … Doch dieses Gefühl ist gerade verschwunden. Trotzdem spüre ich, wie die Gefahr um meinen Erwählten abermals zunimmt.«

Aufgeregt besprachen die Lords diese Mitteilung und überlegten sich Strategien. Raj Ahten war bekannt dafür, wie schnell er eine Burg erobern konnte. Die wenigsten glaubten, Carris würde seinem Ansturm auch nur den Tag über standhalten. Falls doch, wäre es vermutlich ein leichtes, den Wolflord zu vertreiben.

An diese Möglichkeit glaubte allerdings niemand.

Man stimmte darin überein, daß Gaborn die Burg würde belagern müssen, und sicherlich würde er bald den Sieg davontragen. Doch wie lange durfte eine solche Belagerung dauern? Raj Ahtens Armeen strömten über die Grenze, und der Wolflord würde kaum länger als eine

Woche auf Verstärkung warten müssen. Deshalb war Gaborn gezwungen, die Festung entweder rasch einzunehmen oder die Armeen, die sich im Anmarsch befanden, zu vertreiben.

Gleich wie, der Erdkönig hätte vermutlich eine Schlacht von epischen Ausmaßen vor sich.

Das alles klang so einfach. Lords aus ganz Rofehavan würden sich unter seinem Banner vereinen. Bereits jetzt gebot er über Lowicker und Fleeds, die Unabhängigen Ritter, Heredon und Mystarria. Mit einer so großen Armee dürfte es nicht schwerfallen, Raj Ahten zu schlagen. Eigentlich hoffte Gaborn sogar, der Wolflord würde Carris erobern, denn dann säße er auf der Halbinsel wie eine Ratte in der Falle.

Nichtsdestotrotz fühlte er tiefe Sorge. Der Tod bedrohte jeden einzelnen Mann und jede einzelne Frau seines Gefolges. In Carris würde es eine Schlacht der Könige geben, und die würde nicht erst in einer Woche stattfinden. Lockte ihn Raj Ahten vielleicht gar in eine Falle?

Und wäre seine Armee, sogar mit Lowickers Hilfe und der von Fleeds, groß genug, diese Schlacht zu gewinnen?

Er ging zum See, wo er hoffte, mit seinen Gedanken ein wenig allein sein zu können. Zwischen den Felsen am Ufer sprossen kleine gelbe Blümchen. Er pflückte eins. In seiner Kindheit hatte er diese Blümchen stets für einen Schatz gehalten, und nun fiel ihm auf, wie gewöhnlich sie eigentlich waren.

Wie Menschen. Alle Männer und Frauen und Kinder. Noch immer betrachtete er jeden als Schatz, obwohl die

Erde ihm mitgeteilt hatte, daß er nur wenige retten konnte.

Sein Days kam zum Ufer, streifte die Kapuze seines Reitermantels nach hinten und enthüllte sein kurzgeschorenes Haar. Das Gesicht des Mannes wirkte hager, von Sorgen ausgezehrt. Er kniete sich hin und schöpfte mit den Händen Wasser zum Trinken.

»Was geschieht in Carris?« erkundigte sich Gaborn.

Der Gelehrte ließ das Wasser entsetzt durch die Finger rinnen. Er drehte sich nicht zu Gaborn um. »Alles zu seiner Zeit, Euer Hoheit.«

»Ihr könnt doch nicht einfach nur die Toten verzeichnen«, erwiderte Gaborn. »Wie sehr Ihr auch versucht, es zu verbergen, trotzdem fühlt Ihr mit ihnen. Gestern, als der Blaue Turm fiel, habe ich den Schrecken auf Eurem Gesicht bemerkt.«

»Ich bin der Zeuge der Zeit«, erklärte der Days. »Aber ich darf nicht in den Lauf der Ereignisse eingreifen.«

»Der Tod wird sich jeden Mann und jede Frau in Eurer Gesellschaft holen. In Carris halten sich Hunderttausende auf, und ich glaube, auch sie werden sterben müssen. Wollt Ihr das lediglich als Zeuge beobachten?«

»Vielleicht könnte ich, selbst falls ich wollte, nichts tun, um das zu verhindern«, antwortete der Days. Nun wandte er sich um und blickte Gaborn an. Die Morgensonne ließ eine Träne in seinem Augenwinkel glitzern.

Was sagt er? überlegte Gaborn. Er kann es nicht verhindern?

Wenn das zutraf, mußte Raj Ahten eine teuflische Falle ausgeheckt haben. Gaborn wollte mehr darüber wissen.

»Gestern abend habt Ihr mich gefragt, ob ich jemals einen Days Erwählen würde«, sagte er. »Meine Antwort lautet: ja. Jedoch nur, wenn sich derjenige in den Dienst seiner Mitmenschen stellt.«

»Wollt Ihr Euch meine Treue erkaufen?« fragte der Days.

»Ich will lediglich die Welt retten.«

»Möglicherweise ist dieses Streben zum Scheitern verurteilt.«

»Wie angenehm muß es sein, einfach nur als Betrachter zuzuschauen«, schalt Gaborn, »und vorzugeben, Gleichgültigkeit sei eine Tugend und unsere Schicksale seien von der Zeit längst besiegelt.«

»Hofft Ihr, mich zu verärgern, auf daß ich mein Gelübde breche?« entgegnete der Days. »Ich dachte, das wäre unter Eurer Würde. Vielleicht habe ich eine zu hohe Meinung von Euch gehabt. Und ich werde es im Buch Eures Lebens vermerken müssen.«

Gaborn schüttelte den Kopf. »Betteln, flehen, nachbohren, erpressen. Wenn ich Euch solche Fragen stelle, dann nicht allein meinetwegen. Und so warne ich Euch: Ich werde Euch nicht Erwählen. Ich werde mit Euch in die Schlacht reiten und Euch nicht Erwählen. Höchstwahrscheinlich werdet Ihr noch heute den Tod finden, falls Ihr mir nicht verratet, welche Gefahr Carris bedroht.«

Der Days zitterte, versuchte die Fassung zu wahren und wandte sich ab. Doch sein Zittern verriet Gaborn genug. Carris drohte ein so großer Schrecken, daß der Days wirklich glaubte, er würde den nächsten Tag nicht mehr erleben.

Dennoch zog er den Tod dem Bruch seines Eids vor, sich nicht in die Angelegenheiten der Menschen einzumischen.

Während Gaborn nun wartend am See stand, trat Erin Connal zu ihm. Sie hatte ihm gestern abend schon gesagt, sie wolle mit ihm unter vier Augen sprechen, nun setzte sie sich hin und verkündete: »Euer Hoheit; ich muß Euch von einem Komplott berichten, das gegen Euch geschmiedet wird.«

Daraufhin erzählte sie in knappen Worten von König Anders' Absicht, Gaborns Anspruch auf den Thron zu bestreiten.

Gaborn war schockiert. Warum Anders so etwas tun wollte, vermochte er sich kaum vorzustellen. Denn noch ein Lord, der ihn bekämpfte … Es war die reinste Verschwendung.

Die Erde hatte einen neuen König gekrönt, und bislang hatte er geglaubt, die Menschen würden sich darüber freuen. Statt dessen sprossen überall im Lande neue Feinde … so wie an diesem kalten See die Blümchen.

Gaborn unterhielt sich einige Minuten lang mit Erin, dann holte sie Prinz Celinor, damit er mehr über die Sache erfahren konnte.

Ganz offen fragte Gaborn den Prinzen: »Erin hat mich gewarnt, Euer Vater würde Ränke gegen mich schmieden. Wie ernst, glaubt Ihr, meint er es damit? Wird er gegen mich ins Feld ziehen, oder wird er Meuchelmörder schicken?«

Celinor antwortete genauso ehrlich und so rasch, als

hätte er sich längst selbst Gedanken darüber gemacht. »Ich … ich weiß es nicht. Nie zuvor hat mein Vater Krieg mit einem anderen Lord von Rofehavan angefangen, noch versucht, einen ermorden zu lassen. Mit mir hatte er nicht über solche Dinge gesprochen. Aber … in letzter Zeit war mein Vater nicht mehr er selbst. Jedenfalls im vergangenen Monat nicht mehr. Ich glaube, er wird wahnsinnig.«

»Warum denkt Ihr das?« hakte Gaborn nach.

Celinor blickte sich um und vergewisserte sich, daß niemand seine nächsten Worte mithören konnte.

»Vor etwa drei Wochen, als des Nachts die ganze Burg schlief, schlich er sich zu mir ins Zimmer.

Er war nackt, und in seinem Gesicht stand ein seliges Lächeln, welches ich bei ihm noch nie gesehen hatte. Seine Stimme klang sanft und verträumt, und er weckte mich und verkündete mir, er habe ein Zeichen am Himmel gesehen und wisse nun mit Sicherheit, daß er der nächste Erdkönig werden würde.«

Celinor hockte sich neben Erin auf den Boden. »Was für ein Zeichen war das?« fragte die Kriegerin.

»Er behauptete, drei Sterne seien vom Himmel gefallen, zum gleichen Zeitpunkt, und alle drei hätten hell geleuchtet. Als sich diese Sterne dem Horizont näherten, seien sie plötzlich von ihrem Kurs abgewichen, umrundeten die Burg und erzeugten eine flammende Krone, die ganz Süd-Crowthen umfaßte.«

Die Geschichte verwunderte Gaborn. In den Legenden um die Erdmächte kamen Meteore nicht vor. »Er hat das für ein Zeichen der Erde gehalten?«

»Ja«, antwortete Celinor. »Ich dagegen glaubte, er habe einen Wachtraum gehabt, und das habe ich ihm auch gesagt. Zur Bestätigung wollte ich mit dem Weitseher auf den Mauern der Burg und den Wachen dort sprechen, damit ich meinen Vater von seinem Irrtum überzeugen konnte.«

»Und was hatten sie beobachtet?« fragte Gaborn.

»Die Wachen im Bergfried der Übereigner wurden vermißt. Der Weitseher auf dem Turm war tot.«

»Tot?« hakte Erin nach. »Wie war er gestorben?«

»Er war vom Turm gefallen. Ob er heruntergestoßen wurde, ausgerutscht war oder sich einfach zum Sprung entschlossen hatte, weiß ich nicht.«

»Und die vermißten Männer?«

»Mein Vater weigerte sich zu sagen, wohin sie aufgebrochen waren. Er deutete nur an, sie befänden sich auf einem Botengang, und sie hätten anderswo Aufgaben zu erledigen.«

»Also glaubt Ihr, Euer Vater hätte seinen eigenen Weitseher ermordet und die Wachen fortgeschickt?« erkundigte sich Gaborn.

»Vielleicht«, sagte Celinor. »Ich ließ an den Grenzen von Süd-Crowthen nach den vier suchen. Eine Woche später stieß man auf einen Bauern, der bezeugte, er habe einen der vermißten Ritter gesehen, und dieser habe sich auf dem Weg nach Süden befunden. Der Bauer behauptete, er habe den Ritter gegrüßt, welcher jedoch, ohne ihn wahrzunehmen und ohne zu antworten, an ihm vorbeigeritten sei … wie in einem Traum gefangen.

Ich folgte einem dumpfen Gefühl und untersuchte die

Vorgänge genauer. Tatsächlich hatten alle vier Ritter das Königreich verlassen – einer nach Norden hin, der zweite nach Süden, der dritte nach Osten und der letzte nach Westen. Jeder Mann hat unterwegs kein Wort von sich gegeben.«

»Das riecht nach Zauberei«, sagte Gaborn. Diese ganze Geschichte mißfiel ihm. Mit den Erdkräften hatte es gewißlich nichts zu tun. Vielmehr schienen hier finstere und gefährliche Mächte im Spiel zu sein.

»Ähnliches habe ich mir ebenfalls gedacht«, fuhr Celinor fort. »In den Bergen nahe der Burg lebte eine Kräuterfrau, die wir Nußfrau nennen, weil sie stets Nüsse sammelt. Sie war eine Hexe, die im Wald wohnte und für die Eichhörnchen sorgte. Ich ging also zu ihrer Höhle und wollte sie um Rat bitten, denn vielleicht wüßte sie, ob dies alles von der Erde kam … aber obwohl sie in dieser Höhle bereits seit hundert Jahren lebt, war sie plötzlich nicht mehr dort.

Seltsamerweise waren auch alle Eichhörnchen mit ihr verschwunden.«

Erin fuhr sich nervös mit der Zunge über die Lippen. Gaborn fühlte eine seltsame Benommenheit, und große Sorge bemächtigte sich seiner. Diese Nußfrau diente offenbar der Erde. Sie war eine Erdwächterin, genau wie Binnesman, nur hatte sie eine andere Aufgabe zu erfüllen. »Habt Ihr dies dem Zauberer Binnesman bereits erzählt?«

Celinor schüttelte den Kopf. »Mir mangelt es an Beweisen, die meine Befürchtungen stärken. Nach dieser Nacht hat mein Vater nie wieder über seine Wahnvor-

stellung gesprochen, und dennoch leitet diese ihn sichtlich bei jeder Tat.«

»Und was tat er?« erkundigte sich Erin.

»Mit großer Ruhe und Überlegung forderte er seine
Lords auf, die Verteidigungsanlagen zu verstärken, er
verdoppelte und vervierfachte seine Wachen. Dies war
nicht einmal verkehrt, denn drei Tage vor dem Hostenfest
war eine Gruppe von Raj Ahtens Meuchelmördern aufgetaucht, die mein Vater jedoch unschädlich machen
konnte.

Ja, so überzeugte mich das Benehmen meines Vaters
gar, daß seine Phantasien etwas Gutes an sich hätten und
daß diese Wahnvorstellungen sich als hilfreich erweisen
könnten. Schließlich fragte ich mich, wie ich gestehen
muß, ob es dieses Zeichen nicht wirklich gegeben hatte.

Dann, letzte Woche, geschah etwas Merkwürdiges:
Mein Vater brach in einen unbeschreiblichen Wutanfall
aus, nachdem er von dem anderen Erdkönig – Euch –
gehört hatte. Er tobte und brüllte wild herum. Einen
Wandteppich hat er mit bloßen Händen zerrissen, und
selbst seinen eigenen Thron hat er umgestoßen. Den
Diener, der ihm diese Nachricht überbrachte, hat er
verprügelt. Einige Stunden später hatte er die Fassung
zurückerlangt und behauptete, diesen Betrüger, der Anspruch auf seinen Thron erhob, hätte er voraussehen
müssen. Von dem Augenblick an schmiedete er Ränke,
wie er Euch mit Dreck bewerfen könnte. Seine Vorwürfe
klangen überzeugend, und selbst ich fragte mich, ob Ihr
ein Schwindler seid. Allerdings wurde mein Vater plötzlich … unbeständig. Während er über etwas spricht,

wechselt er unvermittelt das Thema oder brüllt einen zusammenhanglosen Befehl. Zudem bewegt er sich … eigentümlich.«

»Offenbar ist er verrückt geworden – und noch dazu gefährlich«, sagte Gaborn. »Warum habt Ihr niemandem davon erzählt? Aus welchem Grund habt Ihr bis jetzt gewartet?«

Celinor faltete die Hände und faßte Gaborn kühl ins Auge. »Als ich ein Kind von zehn Jahren war, wurde mein Großvater wahnsinnig. Er litt unter schweren Halluzinationen. Um seiner eigenen Sicherheit willen sperrten ihn meine Eltern in eine Zelle in den Gewölben des Bergfrieds.

Diese lag genau unter meinem Schlafzimmer, und bis in die späte Nacht hörte ich ihn dort murmeln und lachen.

Zu jener Zeit verriet mir mein Vater, dieser Fluch laste auf unserer Familie. Er versuchte, meinem Großvater die letzten Jahre so angenehm wie möglich zu machen. So übertrugen wir den Stoffwechsel von vier Übereignern auf ihn, damit er rasch altere und bald sterbe, während wir im Reich verkündeten, er sei bereits verblichen.

Mein Vater verlangte mir das Versprechen ab, daß, sollte er je die gleichen Symptome zeigen, ich ihn nicht besser und nicht schlechter behandele.

Wenn mein Vater nun dem Wahnsinn verfallen ist, so hoffe ich, daß wir ihm das gleiche Mitgefühl entgegenbringen.«

»Sicherlich«, sagte Gaborn. Dennoch war er beunruhigt, da an den Grenzen von Heredon offenbar ein

Verrückter sein Unwesen trieb. Er dagegen hatte erwartet, in Anders einen Verbündeten zu finden.

Er ließ seine Männer wieder aufsitzen, und mit erfrischten Kräften ging der Gewaltritt weiter bis nach Tor Doohan. Im hellen Morgen und angesichts der trockenen Straßen trafen sie dort bald ein. Unterwegs rückte die Kolonne zusehends auseinander, die Reiter mit den schnelleren Pferden ließen die anderen hinter sich zurück.

Nach einer Stunde galoppierten Gaborn, der Zauberer Binnesman und einige wenige andere Lords nach Tor Doohan hinein. Der »Palast« dort stand schon seit Menschengedenken. Aus heutiger Zeit betrachtet mochte man ihn kaum als Palast bezeichnen. Eigentlich handelte es sich nur um ein mit einem Kreis grob behauener weißer Steine umgebenes Zelt.

Diese Steine auf Tor Doohan standen wie Säulen auf dem Berg und ragten wie zerklüftete Zähne über zwanzig Meter in die Höhe, waren dabei fünfzehn Meter stark. Auf diesen Säulen hatte man quer weitere Steinstelen in der gleichen Größe plaziert, von denen jede Hunderttausende von Tonnen wiegen mußte.

Wer dieses Bauwerk errichtet hatte, wann oder aus welchem Grund, wußte heute niemand mehr. In den alten Sagen hieß diese Stelle der »Ort der Weißen Stute«, denn man sagte, Riesen hätten ihn einst als Pferch für die Sternenstute errichtet, die jedoch entlaufen konnte und zum Sternbild wurde.

Natürlich konnten nur Riesen eine solche Leistung vollbracht haben, wenngleich es selbst für jene, die noch in den Bergen von Inkarra lebten, eine monumentale Aufgabe darstellte.

Aber was den Zweck der Steine betraf? Mit Sicherheit waren sie nicht als Pferdestall gedacht gewesen.

Vielmehr vermutete Gaborn, die Steine wären das Grabmal eines Königs der Riesen aus uralten Zeiten, auch wenn noch niemand seine Knochen ausgegraben hatte.

Dreitausend Jahre lang hatten sich die Pferdeclans aus Fleeds an diesem Ort zu Kriegsräten und zu ihren jährlichen Spielen versammelt, bis die Hohe Königin hier ein dauerhaftes »Lager« aufgeschlagen hatte.

Lange Zeit hatten die nomadischen Pferdeschwestern alles Volk, welches sich hier niederließ, mit Hohn bedacht. Dennoch stand der »Palast« der Königin, das riesige Zelt, welches innerhalb des Steinrings errichtet worden war, nun bereits seit dreißig Generationen. Entlang des Flusses Roan waren im Westen am Fuße des Berges Dörfer entstanden, und im Tal gab es achtzehn Festungen. Nichtsdestotrotz blieb der Pavillon das symbolische Herz von Fleeds.

Gaborn fühlte sich erleichtert, als er die Berge über die Atherphillystraße verließ und vor sich das große Zelt der Roten Königin erblickte. Zwei große Bronzestatuen von Stuten, die sich aufbäumten, schmückten den Eingang zum Palast.

Außerhalb des Steinrings hatten Hunderte von Clanoberhäuptern ihre Zelte errichtet und bereiteten sich auf den Krieg vor. Ihre Zahl war jedoch gering, und dies besorgte Gaborn. Er hatte gehofft, Königin Herin die Rote würde ihm Truppen anbieten. In der Schlacht gegen Raj

Ahten waren zu viele seiner Männer gefallen, und andere waren nach Süden gezogen, um Burg Fells zurückzuerobern.

Fleeds war ein armes Land, und so schien Herin die Rote Gaborn nur wenig Unterstützung anbieten zu können. Sie war eine stolze Frau, und offensichtlich konnte sie keine ihrer Krieger und Kriegerinnen erübrigen.

Dennoch galoppierten junge Krieger auf ihren Pferden um den Palast, da der Legende nach jedem Krieger, der den großen Steinkreis siebenmal umkreist hatte, während er in sein oder ihr Kriegshorn stieß, in der Schlacht das Glück hold sein sollte.

Auf dem Weg zum Palast hörte Gaborn nun von den wenigen Lords, die ihn begleiteten und diesen Ort noch nie besucht hatten, beifällige und überraschte Ausrufe.

Die jungen Reiter und Reiterinnen, die um den Steinkreis galoppierten, zügelten ihre Pferde und betrachteten den Erdkönig mit ähnlichem Erstaunen.

Viele der jungen Ritter brachten ihre Tiere dazu, sich auf die Hinterbeine zu stellen und mit den Hufen in die Luft zu schlagen, was als Zeichen dafür zu verstehen war, daß sie sich in Gaborns Dienste stellen wollten. Hingegen wollte er niemanden Erwählen, bis er nicht mit Königin Herin der Roten gesprochen hatte.

So ritten Gaborn, Binnesman, Gaborns Days und die Lords bis zu den Statuen und stiegen ab; augenblicklich liefen Diener herbei und führten die erschöpften Tiere in die königlichen Ställe.

Selten hatte sich Gaborn so klein gefühlt wie jetzt, da er inmitten der riesigen Steine unter den großen Statuen hindurch auf den Palast zuging. Der kühle Morgenwind wehte über den Berg, drückte die Zeltwände ein, und die rote Seide blähte sich.

Die Wachen vor dem Pavillon zogen die Zeltklappen zurück.

Die Lords betraten den Vorraum, der zweieinhalb Meter hoch war, und ein Dienstbote ging voraus und kündigte der Königin ihre Ankunft an. Die Sonne, die durch die oberen Lagen der Seide schien, erzeugte ein blutrotes Glühen.

Die Lords bewunderten die zwei riesigen Teppiche an den Wänden. Beide Gobelins zeigten das Wappen von Fleeds – eine stichelhaarige Stute, die auf den Hinterbeinen stand, auf grünem Grund, und auf diesem Grün konnte man jeden einzelnen Grashalm, jede Löwenzahnblüte, jede Ameise erkennen.

Draußen setzten die jungen Ritter ihre Rennen um den Palast fort und stießen in ihre Hörner.

»Nun«, scherzte Sir Langley, »ich frage mich, wie wir bei all dem Radau einen Rat abhalten sollen.«

Seine Unwissenheit unterdessen war verzeihlich. Das Allerheiligste der Königin im Herzen des Palastes hatte man sehr wohl gegen Lärm abgeschirmt.

Der Palast insgesamt war riesig. Sein Dach bestand aus drei Lagen Stoff übereinander und maß fast hundertfünfzig Meter im Durchmesser. Das Innere wurde durch große Vorhänge und Teppiche in »Räume« unterteilt.

Darüber hinaus war das Zelt durch hölzerne Gerüste in drei unterschiedliche Ebenen aufgeteilt. Am Gebälk hingen weitere Teppiche. Obwohl der »Palast« der Köni-

226

gin, was die Sicherheit betraf, an ein steinernes Domizil nicht heranreichen konnte, war er viel bequemer als ein einfacher Pavillon.

Bald betrat die Hohe Königin Herin das Vorzimmer. Ihr rotes Haar und die blasse Haut bildeten einen starken Gegensatz zu ihren himmelblauen Augen. Hochgewachsen und von kräftiger Statur lächelte sie, doch lag in ihrer Miene keine Freude über dieses Zusammentreffen.

Sie weiß, daß ich sie um Soldaten bitten werde, dachte Gaborn, aber sie kann keine für mich erübrigen.

Die Herrscherin von Fleeds trug einen Harnisch und einen Rundschild, auf dem das Wappen ihres Landes in rotem Email prangte. In ihrer Hand hielt sie das königliche Zepter, eine aus Gold gefertigte Nachbildung einer Reitpeitsche, von deren Spitze ein roter Pferdeschweif herabhing.

»Euer Hoheit«, begrüßte sie Gaborn und tat dann etwas Unvorstellbares. Sie ließ sich auf beide Knie fallen und neigte den Kopf.

Im nächsten Augenblick bot sie ihm ihr Zepter dar.

In der Geschichte der Pferdeschwestern von Fleeds hatte noch keine Frau den Kopf vor einem Mann gebeugt.

Gaborn hatte gehofft, er könne Königin Herin um einige Männer und zudem um Vorräte bitten.

Statt dessen legte sie ihm ihr Reich zu Füßen.

KAPITEL 14
Sturm im Anzug

Am späten Morgen trieb Iome ihr Schlachtroß in hartem Galopp auf Fleeds zu. Myrrima und Sir Hoswell folgten ihr.

Auf Burg Groverman hatte die Königin Gaben übernommen – und zwar mehr, als sie erwartet hatte, wenn auch letztendlich nicht so viele wie Myrrima. Nun verfügte sie über zwei Gaben der Muskelkraft, eine der Anmut, eine der Geisteskraft, eine des Sehvermögens und vier des Stoffwechsels. Dazu kamen die der Hunde – einmal Gehör, zweimal Durchhaltevermögen und zweimal Geruch. Tatsächlich fühlte sie sich wie ein Wolflord, mächtig, unermüdlich, todbringend. Es war der reinste Rausch, der sie dazu noch mit einem gestärkten Sinn für ihre Verantwortung erfüllte.

Dennoch hatte Myrrima sie übertroffen. Die Dorfbewohner hatten gehört, wie sie den Glorreichen der Finsternis getötet hatte, und sie überhäuften sie geradezu mit Gaben – Iome hatte ihr sogar noch Zwingeisen aus ihrem eigenen Vorrat überlassen müssen. Sechzehn Männer und Frauen unterzogen sich der Prozedur, und mit den Gaben der Hunde konnte sie sich nun fast mit einem Hauptmann der Wache von Heredon messen.

Groß und schön war Myrrima bereits vorher gewesen. Nun verliehen ihr die Gaben eine nahezu schreckliche Aura.

Während des Ritts war Iome aufgefallen, daß Sir Hoswell sich hinter den Frauen in respektvollem Abstand hielt, und Myrrima mied ihn geradezu. Sie hieß seine Gesellschaft offensichtlich nicht willkommen.

Der Wind beugte das Gras in steten Wellen, strich über ihren Rücken und trieb sie nach Süden. Obwohl der Himmel blau war, roch die Luft, als befände sich ein Sturm im Anzug. Nach dem Regen der letzten Woche blühte die Heide purpurn auf und überstrahlte das Graublau der fernen Felder. Die Königin ließ an diesem kühlen Morgen ihrer Stute die Zügel schießen, und diese erweckte den Eindruck, sie wolle den Wind überholen. Obgleich sie vierzig Meilen in der Stunde lief, hatte Iome das Gefühl, das Tier habe die Grenzen seiner Leistungsfähigkeit noch lange nicht erreicht.

Früher hatte sie die Bewegungen eines Kraftpferdes nie mit den Augen verfolgen können. Mit soviel Stoffwechsel, wie ihr nun zur Verfügung stand, hatte sie damit keinerlei Schwierigkeiten mehr.

Die Welt schien sich in ihrem Lauf wesentlich verlangsamt zu haben. Eine Krähe, die mit den Flügeln gegen den Wind anflatterte, hing schwerfällig in der Luft. Der metallene Hufschlag auf der Straße klang zu tief, eher wie ein Frowth-Riese, der auf eine Trommel haut.

Darüber hinaus rasten ihre Gedanken. Sie würde den ganzen Tag unterwegs sein, und ohne ihre Gaben des Stoffwechsels wäre es eine kurze Reise gewesen. Doch nun erschien ihr ein Tag wie fünf.

Selten hatte sie soviel Zeit zum Nachdenken gehabt. Und nach dem langen Ritt würde ihr noch die ganze

Nacht zur Verfügung stehen. Dreizehn Stunden der Dunkelheit würden ihr wie fünfundsechzig vorkommen. Im tiefsten Winter litten Kraftsoldaten mit hohem Stoffwechsel oft unter Reizbarkeit und Niedergeschlagenheit, da die Nächte offenbar nicht enden wollten. Und so wappnete sie sich innerlich bereits gegen die bevorstehende kalte Jahreszeit.

Sie jagte an ein paar einsamen Eichen vorbei, deren Laub der Wind verweht hatte. Wie nackte Knochen ragten die Äste in die Luft, und nur Efeu, der bis weit nach oben rankte, bekleidete sie.

Vor ihnen lag ein flacher, schlammiger Fluß, der sich durch das Land schlängelte, und an einer schmalen Holzbrücke saß ein Mann im kargen Schatten einer Eiche, während sein Pferd aus dem Fluß trank.

Sogar über eine halbe Meile hinweg erkannte Iome sein Gewand. Er war in den Farben eines Kuriers gekleidet – das Blau von Mystarria, auf das vor der rechten Brust ein grüner Mann gestickt war. An seiner Hüfte hing ein Säbel, und auf dem Kopf trug er einen Stahlhelm mit langem Visier.

Ein gewöhnlicher Kurier. Der Kerl war klein, und sein silberfarbenes Haar war offensichtlich vorzeitig ergraut.

Iome hob die Hand, damit Myrrima und Sir Hoswell das Tempo verringerten. Irgend etwas erschien ihr seltsam an dem Mann. Sie hatte schon früher Boten von Gaborn kennengelernt, und sie vermochte ihre Sorge nicht recht mit Worten zu fassen.

Der Kurier bemerkte sie, erhob sich und klopfte sich den Staub vom Gewand. Daraufhin stieg er auf sein

Pferd, ritt aus dem Schatten der Eiche heraus und trabte ihnen entgegen. Aufmerksam betrachtete er sie, als fürchte er, es könne sich bei ihnen um Räuber handeln.

Iome hielt ihr Pferd an, während er auf sie zukam.

Was für ein eigentümlicher Kerl, dachte sie. Er grinste – jedoch weder schüchtern noch ängstlich. Eher lächelte er lausbübisch, und in seinen Augen leuchtete der Schalk.

Sie drängte ihr Pferd voran, und nachdem sie ihn erreicht hatte, begrüßte sie ihn. »Wohin des Wegs, mein Herr?«

Der Bote brachte sein Tier zum Stand. »Ich habe eine Nachricht für den König«, antwortete er.

»Von wem?« fragte Iome.

»Komisch«, hohnlächelte der Kurier. »Der König hatte noch keinen Busen, als ich ihn zum letzten Mal gesehen habe.« Es war eine rüde Art und Weise, die Königin zu tadeln, weil sie sich nach den Angelegenheiten des Königs erkundigte, und Myrrima hatte noch von keinem, selbst dem gröbsten Kerl aus Mystarria, eine solche Bemerkung gehört.

»Aber die Königin – zumindest, als ich sie zum letzten Mal gesehen habe«, entgegnete Iome und unterdrückte mit großer Mühe ihre Wut.

Das Grinsen verschwand vom Gesicht des Boten, doch leuchteten seine Augen weiterhin. Er schien sich über einen Scherz zu amüsieren, der den anderen offensichtlich entgangen war. »Seid Ihr die Königin?«

Iome nickte. Seinem Ton nach mußte sie seine Erwartungen enttäuscht haben. Sie hatte nur wenig Gaben der Anmut und keine der Stimmgewalt übernommen. Daher wirkte sie wenig königlich. Im Augenblick versuchte sie zunächst einmal zu entscheiden, ob dieser Mann die Peitsche verdient hatte oder schlicht aus ihren Diensten entlassen werden sollte.

»Ich bitte tausendmal um Verzeihung, Euer Hoheit«, sagte der Kurier. »Leider habe ich Euch nicht erkannt. Bislang hatte ich die Ehre noch nicht.«

Trotz der Entschuldigung schlug er einen spöttischen Ton an.

»Zeigt mir die Botschaft«, forderte Iome ihn auf.

»Tut mir leid«, erwiderte der Kerl. »Die ist allein für die Augen des Königs bestimmt.«

Iome spürte, wie ihr Herz klopfte. Sie war wütend, gleichzeitig auch mißtrauisch.

Der Mann sprach sehr schnell. Daher mußte er mehr als eine Gabe des Stoffwechsels besitzen. Für einen Boten war dies ungewöhnlich. An seinem Geruch vermochte sie nichts Verdächtiges festzustellen. Er roch nach Pferd und nach Straßenstaub, nach Leinen und Baumwolle und vielleicht nach einer Salbe, mit der er eine wunde Stelle an einem Bein seines Tieres eingestrichen hatte.

»Ich werde die Nachricht überbringen«, sagte Iome. »Ihr seid in die falsche Richtung unterwegs, und zweifellos ist Euer Pferd erschöpft. Bis zum König werdet Ihr es nicht mehr schaffen.«

Verblüfft warf der Bote einen Blick über die Schulter auf die Straße, die ihn hierhergeführt hatte.

Wenn er von Tor Doohan gekommen wäre, hätte er

Gaborn unterwegs passieren müssen. Demnach war er vermutlich über eine Nebenstraße geritten.

»Wo kann ich ihn finden?« fragte er, wobei er noch immer nach hinten schaute.

»Gebt *mir* den Brief!« verlangte Iome.

Dem Kerl entging ihr fordernder Ton nicht, er wandte sich wieder nach vorn und sah sie schief an. Sir Hoswell hatte ihre Wut ebenfalls bemerkt. Sie hörte, wie er seinen Kriegshammer aus der Scheide am Sattel zog.

Dennoch überreichte ihr der Bote den Beutel mit dem Brief nicht. »Ich bestehe darauf«, sagte Iome.

»Ich … ich wollte Euch nur Umstände ersparen, Euer Hoheit«, entschuldigte sich der Bote. Er langte in den Beutel, zog ein blaulackiertes Futteral für eine Briefrolle hervor und reichte es ihr. »Dies ist allein für die Augen des Königs bestimmt«, warnte er sie.

Iome griff nach dem Futteral, und plötzlich erklang die Stimme des Erdkönigs warnend in ihrem Kopf: »Hüte dich!«

Sie zögerte kurz und betrachtete den Boten. Weder fiel er über sie her, noch zog er sein Schwert.

Trotzdem wußte sie, daß von ihm Gefahr ausging. Aus einigem Abstand untersuchte sie das Futteral. Wie sie gehört hatte, benutzten die Meuchelmörder des Südens oft vergiftete Nadeln, die sie an Gegenständen befestigten, und sie fragte sich, ob dies nun hier der Fall war.

Aber ihr fiel nichts Verdächtiges auf. Das Futteral war mit Wachs versiegelt, allerdings verriet kein Abdruck eines Rings, wer den Brief verfaßt haben könnte.

Der Bote beugte sich vor und starrte ihr ins Gesicht. Höhnisch verzog er die Lippen.

Er will mich dazu herausfordern, den Brief anzunehmen, dachte Iome.

Sie streckte den Arm aus und packte das Handgelenk des Kerls, nicht das Futteral. Er riß die Augen auf.

Mit einem lauten Schrei trieb er seinem Pferd die Sporen so tief in die Flanken, daß Blut hervortrat.

Er war klein, kaum größer als Iome, und er besaß nicht so viele Gaben. Er wollte sein Tier an ihr vorbeidrängen, doch Iome ließ seinen Arm nicht los.

Währenddessen berührte ihr Unterarm das Futteral. Das Gefühl, das sie dabei empfand, war kaum zu beschreiben – sie spürte eine Bewegung auf der Oberfläche des Behälters. Tausend unsichtbare Spinnen schienen darauf herumzukrabbeln und sprangen nun auf ihren Arm.

Voller Schreck packte sie das Handgelenk des Kuriers noch fester und verdrehte es, weil sie ihn zwingen wollte, das Futteral loszulassen.

Zu ihrer Überraschung knackten die Knochen des Kerls. Ihre Gaben der Muskelkraft hatte sie vor einer Stunde empfangen, und noch hatte sie nicht gelernt, ihre Kraft zu beherrschen.

Der Behälter mit der Nachricht fiel zu Boden.

Das Pferd des Mannes machte einen Satz nach vorn, aber Myrrima reagierte bereits. Sie eilte Iome zu Hilfe. Sir Borensons massiges Schlachtroß prallte gegen das kleinere Tier des Boten.

Das Pferd taumelte zurück und stolperte.

Der Kurier wurde aus dem Sattel geworfen und landete auf der Straße. Myrrima suchte verzweifelt Halt und krallte sich schließlich am Hals ihres Pferdes fest.

Iome riß ihr Schlachtroß herum und befürchtete, der Mann würde Myrrima anfallen. Obgleich Gaborn sie gewarnt hatte, standen sie zu dritt gegen einen, und sie sah einer Auseinandersetzung zuversichtlich entgegen.

»Huf!« befahl sie ihrem Tier. Das Schlachtroß fuhr herum und begann zu tänzeln, wobei es die Hufe weit auswarf.

Der Kurier sprang auf. Seine Augen funkelten wild. Er lachte wie besessen. Sir Hoswell stieß einen Schrei aus, trieb sein Pferd voran und schwang den Hammer.

Angesichts der Übermacht sprang der Bote in die Luft – und flog.

Keinesfalls flatterte er mit den Armen wie mit Flügeln. Und auch sonst vollführte er keine anderen seltsamen Bewegungen. Er keckerte lediglich, breitete die Arme aus wie ein fliegendes Eichhörnchen und ließ sich vom Wind mitnehmen.

Eine plötzliche Bö wirbelte um ihn herum, blähte seinen blauen Mantel auf und hob ihn unerwartet in die Höhe. Er schwebte über Iomes Kopf. Sein Sprung trug ihn dreißig Meter hoch in die Luft und zweihundert Meter mit dem Wind.

Einer Krähe gleich hockte er sich in die riesige Eiche am Fluß, wo Iome ihn zuerst gesehen hatte. Die Äste wippten unter seinem Gewicht und bogen sich durch.

»Bei den Mächten«, fluchte Sir Hoswell und galoppierte zu dem Baum. Er griff hinter sich an den Sattel, zog seinen Stahlbogen hervor und spannte die Sehne ein. Daraufhin legte er einen Pfeil auf.

Der Kurier saß zwischen drei Ästen und kicherte wie wahnsinnig, als Iome und Myrrima eintrafen. Die Königin näherte sich dem Baum vorsichtig und fragte sich, weshalb dieser Mann so plötzlich seine Haltung geändert hatte – vom grinsenden Meuchelmörder zum geifernden Wahnsinnigen.

»Er ist ein Luftlord«, rief Myrrima verwundert.

»Nein«, erwiderte Sir Hoswell verärgert, »ein Luftlord wäre gleich davongeflogen. Das ist ein verdammter inkarrischer Zauberer!«

Jetzt, da Hoswell es ausgesprochen hatte, wirkte der Kerl tatsächlich inkarrisch. Allein sein silberfarbenes Haar war im Norden selten. Aber er hatte bläßliche Haut, und seine Augen waren eher dunkelbraun als silbern oder grau. Kein reiner Inkarraner, dachte Iome – ein Halbblut.

Hoswell schoß seinen Bogen ab, der Meuchelmörder wich jedoch leichthin aus – vielleicht hatte auch ein plötzlicher Windstoß den Pfeil abgelenkt.

»Seid gegrüßt«, rief Iome dem Mann im Baum zu und gab Sir Hoswell mit der Hand ein Zeichen, nicht erneut zu schießen. Der Kurier kicherte.

Die Königin betrachtete ihn. Jetzt, wo sie es versuchte, konnte sie es spüren. Den Mächten gegenüber war sie stets sehr empfindsam gewesen, und nun fühlte sie die Macht, die ihn antrieb. Bei dem Mann handelte es sich keineswegs um einen kaltblütigen Meuchelmörder. Vielmehr war er verwirrt, von Leidenschaft getrieben und

236

vollkommen furchtlos – einer, der sich dem Wind hinge-
geben hat. Sofort erkannte Iome seine Falschheit.

Noch immer keckerte der Kurier. Die Königin lächelte
ihn an und erspürte seine Stimmung. Über die Magie der
Luft wußte sie wenig. Luft war ein unvorhersehbarer
Meister – wild und veränderlich. Um sich gegen sie zu
wappnen, mußte man ihre Stimmungen entlarven und
sie spiegeln.

Nun verstehe ich, was er tut, dachte Iome. Er versetzt
sich in diese Stimmung, um die Gunst der Luft zu
erlangen. Aber der Wind ist ein schwankender Patron,
und mit der Wahrscheinlichkeit, mit der er einem Mann
zehnfache Kraft verleiht, läßt er ihn auch fallen.

Sie erinnerte sich an den Glorreichen der Finsternis –
an die Urgewalt der Luft, die er ausgesandt hatte. Konnte
die Luft den Meuchelmörder geschickt haben? Würde sie
eine solche Hinterlist treiben?

Sir Hoswell starrte den Boten finster an. »Wer hat Euch
gesandt?«

»Wer? Wer?« rief der Kerl. Fröhlich flatterte er mit den
Armen wie eine Eule. Sein gebrochenes Handgelenk hing
schlaff herab. Er betrachtete es, zuckte zusammen und
warf Iome einen vorwurfsvollen Blick zu. »Das tut weh.«

»Warum kommt Ihr nicht herunter?« fragte Iome.

»Runter?« rief der Mann. »Auf die Erde? Auf die *Erde*?«
schrie er aufgeschreckt. »Nein. Gänse kommen runter.
Enten kommen runter. Spinnen kommen runter!«

Unvermittelt leuchteten seine Augen auf, als sei ihm
gerade etwas eingefallen. »Disteln kommen runter!«
brüllte er. »Disteln kommen runter. Warum verwandelt

237

Ihr euch nicht in Distelsamen und fliegt einfach nach oben? Das könntet Ihr! Ihr könntet, wenn Ihr nur wolltet. Ihr wolltet, wenn Ihr nur könntet. In Euren Träumen.«

Iomes Herz klopfte. Letzte Woche hatte sie von Distelsamen geträumt, davon, wie sie sich in diese verwandelte und über Burg Sylvarresta hinwegflog, durch die Luft davonschwebte und alle Probleme hinter sich ließ.

Der Kurier riß die Augen auf, streckte die unversehrte Hand aus und winkte sie zu sich. »Kommt zu mir, o schwerfällige Königin des Himmels, Ihr braucht keine gefiederten Flügel zum Fliegen.«

Er meint es ernst, erkannte Iome. Ich soll mich zu ihm gesellen.

Ein mächtiger Windstoß traf sie in den Rücken und riß sie fast aus dem Sattel. Sie packte den Knauf und hielt sich fest. Gaborns Warnung ging ihr durch den Sinn, und nun wunderte sie sich über ihre eigene Dummheit.

Wenn sie losließe, würde die Bö sie aus dem Sattel reißen, und sie fürchtete sich vor dem Ziel, zu dem der Wind sie tragen mochte. Sie schrie um Hilfe.

Sir Hoswell ließ den Pfeil los. Der schlug in der Nähe des Meuchelmörders in den Stamm und störte die Konzentration des Mannes. Der Wind erstarb.

Der Besessene fuhr herum und fauchte wie ein wilder Hund, so sehr hatte ihn der unerwartete Angriff verärgert.

»Nein?« rief er. »Nein? Nein! Sie wird es nicht wagen! Sie wird nicht wachsen. Nicht so, wie der Sohn in ihr wächst!« Nun knurrte er, und das erinnerte Iome an den Glorreichen der Finsternis: »Gebt mir des Königs Sohn.

Ich wittere einen Sohn in Eurem Leib. Gebt ihn mir, oder ich hole ihn mir!«

Der Mann ergriff den Pfeil, wand ihn aus dem Eichenholz, in dem er feststeckte, und schleuderte ihn auf Hoswell zurück. Mit erstaunlicher Geschwindigkeit flog der Bolzen auf den Ritter zu und war in der Bewegung nur mehr verschwommen zu sehen. Er schoß nicht geradeaus, sondern drehte sich schnell um sich selbst.

Er traf Hoswell an der Schulter, prallte von seiner Rüstung ab und fiel ins Gras.

»Hütet Euch!« warnte Gaborns Stimme Iome.

Sie duckte sich, als der Pfeil wieder aufstieg und auf sie zukam. Dann sauste er an ihrem Kopf vorbei und segelte davon, bis er in der Ferne außer Sicht geriet. Ohne ihre Gaben des Stoffwechsels wäre sie aufgespießt worden.

»Verflucht!« brüllte Hoswell. »Ich steige jetzt in den Baum, wenn es denn sein muß.«

»Wartet!« hielt Iome ihn zurück.

Sie blickte zu dem Meuchelmörder hoch. Er sah zu ihr herab und lachte schnatternd.

Jetzt spürte sie die Macht, die ihn antrieb, noch deutlicher. Bislang hatte sie es noch nie mit einem Zauberer der Luft zu tun gehabt.

Um ihn herum erfüllte sie ein Geflecht von Verwirrung und Unentschlossenheit – eine schwankende Mauer. Der Mann besaß keine eigenen Gedanken, keinen eigenen Willen. Er ließ sich gänzlich vom Wind hin und her wehen, weil er hoffte, dieser würde ihn beschützen.

239

Sie bemerkte seine Unbeständigkeit. Die Luft ergriff von ihm Besitz.

In diesem Zustand war er nicht länger ein menschliches Wesen, kaum konnte er noch einen zusammenhängenden Gedanken fassen. Er plapperte wie ein Wahnsinniger, den der Wind hin und her stieß wie eine erbärmliche Kreatur, die ihres Willens beraubt war. Voller Schrecken stellte sie plötzlich fest, daß er wünschte, sie möge sich zu ihm gesellen – möge wie er werden.

Ihr Traum, sich in einen Distelsamen zu verwandeln. Er war ihr während eines Sturms gekommen, erinnerte sie sich, als der Wind die Burg umtoste.

Nein, der Zauberer wollte das gar nicht. Es war der Wind. Die Mächte der Luft.

Wirf dich in den Himmel. Erlaube mir, dich mit mir zu nehmen.

»Also, guter Mann«, fragte Iome, um seine Aufmerksamkeit abzulenken, »glaubt Ihr, mich fliegen lehren zu können?«

»Fliegen? Himmelsfliegen. Fliege. Gehe wie eine Fliege. Spreche wie eine Fliege. Zum Himmel sprechen? Warum? Warum? Fragt sie warum?« schnatterte der Meuchelmörder. Er kratzte mit der gesunden Hand über die Rinde der Eiche, und Iome staunte über seine Kraft, denn er riß abwesend ganze Stücke davon ab.

Ruhig führte die Königin ihr Pferd zu Sir Hoswell. Der legte einen weiteren Pfeil auf, wußte jedoch nicht, ob er schießen sollte. Sein letzter hätte beinahe Iome getötet.

Die Königin fuhr sich mit der Zunge über die Lippen und küßte Spitze und Schaft des Pfeils. Währenddessen dachte sie an Myrrima, die den Glorreichen der Finsternis erschossen hatte.

»Schießt jetzt«, flüsterte sie.

Der Meuchelmörder kreischte auf und suchte nach einem Fluchtweg. Seine unvermittelte Furcht verriet ihr, daß sie das richtige vermutet hatte. Hoswell zielte mit seinem Stahlbogen.

Der Zauberer sprang in die Luft, der Wind pfiff schrill um ihn her und heulte, als ängstigte er sich ebenfalls. Die aufgeblähten Schöße der Jacke flatterten wie Flügel.

Hoswell ließ den Pfeil los und traf den Fliegenden in die Schulter.

Der drehte sich in der Luft ein halbes dutzendmal um sich selbst.

Plötzlich erstarb der seltsame Wind, der ihn trug, der menschliche Körper fiel herab und landete mit einem dumpfen Schlag auf dem Boden.

Ein Stöhnen entrang sich der Kehle des Getroffenen, stieg in den Himmel hoch und umkreiste die große Eiche.

Entsetzt blickte Iome nach oben.

Der Leib des Zauberers mochte zu ihren Füßen liegen, doch etwas anderes von ihm war noch immer da – ein Luftwirbel, der sich wie von selbst über ihnen drehte.

Sir Hoswell sprang vom Pferd und wälzte die Leiche herum. Aus der Wunde trat kaum Blut hervor, und eigentlich hätte sie den Mann nicht töten dürfen.

Der Inkarraner lag unbeweglich da, atmete nicht, starrte mit leeren Augen vor sich hin.

Wir haben ihn nicht getötet, wurde Iome bewußt – nicht so jedenfalls, wie Myrrima den Glorreichen der

Finsternis erlegt hat. Dieser Zauberer hat sich entschieden, seinen Körper zu verlassen.

Hoswell legte der Leiche eine Hand an die Kehle und drückte zu, dann kratzte er Erde zusammen und stopfte sie dem Toten in Mund und Nase. Während dieser Arbeit blickte er sich ängstlich um.

»Man sagt, einen Himmelslord, den man entkörperlicht hat, sollte man rasch unter die Erde bringen«, erklärte er Myrrima und Iome. »Auf die Weise kann er sich seinen Körper nicht zurückholen. Eigentlich muß man ihm Mund und Nase zunähen, aber ein wenig Erde wird es fürs erste auch tun.«

Mit solchen Dingen kannte sich Iome nicht aus. Sie war keine Kriegerin, und daß sie eines Tages gegen magische Kreaturen kämpfen müßte, hätte sie sich nie vorgestellt. Mit der Leiche des Glorreichen der Finsternis waren sie nicht so verfahren. Ob er zurückkommen kann? fragte sie sich.

Eine starke Bö stieß – von einem seltsamen Laut, einem Schrei begleitet – aus dem Himmel herab, traf Hoswell in den Rücken und warf ihn zu Boden. Die Leiche des Zauberers bäumte sich auf wie in Todesqualen.

Sofort schleuderte Hoswell eine Handvoll Erde in die Luft, und der magische Wind zog sich zurück, wütete niedergeschlagen im Wipfel der Eiche, brauste durch die verdorrten Blätter und ließ sie herabregnen.

»Wartet!« rief Iome. Die grausigen Schmerzen, die Hoswell auf sich nehmen mußte, um den Mann zu töten, erschreckten sie.

Der Ritter blickte neugierig zu ihr hoch.

242

»Ich möchte wissen, worauf er es abgesehen hat. Aus welchem Grund hat er uns nicht angegriffen?«

»Von einem, der vom Wind besessen ist, werdet Ihr keine vernünftigen Antworten erhalten«, erwiderte Hoswell.

»Durchsucht die Leiche«, befahl Iome.

Daraufhin wühlte Hoswell in den Taschen des Zauberers herum, entdeckte jedoch nichts.

Nun zog er dem Mann den rechten Stiefel aus. Fuß und Wade waren mit blauen Tätowierungen überzogen, ganz im Stil von Inkarra, allerdings stellten sie nicht wie gewöhnlich den Weltenbaum dar, sondern inmitten der Familiennamen war das Zeichen des Windes abgebildet. Iome kannte sich ein wenig mit inkarrischen Glyphen aus, konnte aber das, was dort geschrieben stand, nicht entziffern.

Hoswell kratzte sich am Kinn und betrachtete die Tätowierungen eingehend. »Er ist tatsächlich aus Inkarra. Sein Name lautet Pilwyn. Zandaros ist die Linie seines Vaters, die Hure, die ihn geboren hat, hieß Yassaravine«, erklärte er. Er sah Iome vielsagend an.

»Yassaravine coly Zandaros?« fragte diese. »Des Sturmkönigs Schwester?« Beim Sturmkönig handelte es sich um den vielleicht mächtigsten Lord von ganz Inkarra. Der Legende nach stammte seine Linie von den Himmelslords ab, seine Vorväter waren jedoch in Ungnade gefallen.

Wenn Hoswell recht hatte, war dieser Luftzauberer ein mächtiger Mann.

Die Inkarraner fochten keine Kriege untereinander

243

aus. Ihre Anführer regelten ihre Streitigkeiten, indem sie selbst miteinander kämpften. Die inkarrischen Methoden des Kampfes hingegen waren oftmals subtil, gar verdreht. In den seltensten Fällen gingen zwei Herrscher tatsächlich mit Waffen aufeinander los. Häufiger wurde der Gegner vergiftet, gedemütigt, in den Wahnsinn oder Selbstmord getrieben.

Während Iome nun das Vorgehen dieses Zauberers überdachte, hielt sie verblüfft die Luft an.

Vermutlich hatte er sich mit großem Vergnügen als Kurier aus Mystarria verkleidet und die Ironie genossen, sich als Bote des Landes auszugeben, das er zerstören wollte.

Endlich begriff Iome auch das kribbelnde Gefühl, das sie bei der Berührung des Brieffutterals verspürt hatte. Darauf waren mit dem Wind magische Runen geschrieben. Ohne Zweifel hätte die »Botschaft« Gaborn, sobald er die Hülle berührt hätte, vernichtet.

Darüber hinaus hatte dieser Kerl Iome entweder Träume geschickt, um ihr den Seelenfrieden zu rauben, oder er hatte ihre Träume ausspioniert.

»Ist es das, wofür ich es halte?« fragte sie Hoswell.

»Ja, ich fürchte«, antwortete der. »Zum ersten Mal in der Geschichte führen die Inkarraner Krieg gegen Rofehavan, und sie werden gegen uns gänzlich neue Methoden in die Schlacht führen.«

Entmutigt ballte Iome die Fäuste und blickte hinauf in den Himmel. Sie wollte nicht noch einen Lord töten – einen Fremden, dessen Familie hernach auf Vergeltung aus sein würde. Doch weshalb zogen die Inkarraner in den Krieg? Ob sie mit dem Zauberer vernünftig reden könnte?

Der Wind fuhr seufzend durch die Zweige in der Krone der Eiche. Sie rief hinauf: »Pilwyn coly Zandaros, sprich mit mir!«

Der Luftwirbel toste nicht länger durch die Zweige und blieb zitternd über dem Baum stehen, als würde er auf ihre Worte lauschen.

»Wir haben Euer Volk nicht angegriffen«, fuhr sie fort. »Und wir wollen auch keinen Krieg mit Inkarra. Eigentlich hatten wir auf ein Bündnis mit Eurem Land in diesen finsteren Zeiten gehofft.«

Der Wind antwortete nicht. Ob der inkarrische Lord in seiner gegenwärtigen Gestalt sprechen konnte, wußte sie nicht. Vielleicht war diese Aufgabe zu schwierig, überlegte sie.

»Sir Hoswell, nehmt ihm die Erde aus Mund und Nase.«

»Meine Dame?«

»Nun macht schon.«

Der Ritter kam ihrem Befehl nach, doch die Leiche regte sich nicht. Sie lag nur da und lächelte geheimnisvoll in den Baum hinein. Iome bemerkte, daß die Augen noch nicht glasig geworden waren.

Sie ritt zurück zu der Stelle, wo das Futteral auf der Straße lag. Es zu berühren, wagte sie nicht. Statt dessen schaufelte sie mit den Händen Staub darüber. Einen Augenblick lang drehten sich zwei Runen, die mit Wind geschrieben waren, umeinander, dann lösten sie sich unter dem Staub auf.

Erst nachdem sie nicht mehr zu sehen waren, öffnete

Iome das Futteral und las die Botschaft auf dem gelben
Pergament, das herausfiel.

Ach, die lebendige Luft zu schmecken –
sonst nichts.

In der Schriftrolle hatte somit ein Fluch gestanden, der
ihren Gemahl erwürgt hätte, wenn er das Futteral berührte.

Sie riß das Papier in zwei Stücke und zertrat das
Futteral, bevor sie zu der Eiche zurückritt. »Wir nehmen
sein Pferd mit«, wandte sie sich an die anderen. »Ich
möchte nicht, daß er uns folgt. Doch Geld und Vorräte
lassen wir ihm hier, damit er nach Hause zurückkehren
kann.«

»Ihr wollt ihn am Leben lassen?« fragte Hoswell. Er
verbarg den Unglauben in seiner Stimme nicht. Damit
ging sie ein großes Risiko ein.

»Der Sturmkönig möchte vielleicht gegen uns in den
Krieg ziehen, doch wir sehnen den Frieden herbei«,
erklärte Iome. »Soll Pilwyn coly Zandaros diese Nachricht seinem Onkel überbringen.«

So holten sie das Pferd des Zauberers und ließen den
Körper unter dem Baum liegen. Noch immer hatte er sich
nicht geregt, nicht einmal geatmet. Hoswell entfernte den
Pfeil nicht aus der Schulter.

Die drei waren noch keine zweihundert Meter geritten,
da pfiff ein Pfeil an Iomes Kopf vorbei.

Sie blickte sich um. Der Inkarraner stand da, sein
weißes Haar wehte im Wind. Er hatte sich den Pfeil aus

der Schulter gerissen und ihn ihr hinterhergeschleudert, ohne sie treffen zu wollen.

»Die Ehre gebietet mir, Eure Güte mit gleicher zu vergelten, Euer Hoheit. Ich schenke Euch Euer Leben für meines.«

Iome nickte knapp, wie es den Damen am Hofe anstand, und erwiderte: »Möge Frieden zwischen uns herrschen.«

Doch der Inkarraner schüttelte den Kopf. »Obwohl der Erdkönig die Fäuste schütteln und aufschreien wird, es ändert nichts: Der Wind weht ihm ins Gesicht, und der Wind will Krieg.

Für den Erdkönig oder für die riesigen Horden der Menschheit gibt es keine Hoffnung. Die Kräfte der Erde schwinden. Aber mein Angebot an Euch gilt nichtsdestotrotz, meine Dame. Der Sturmkönig wird Euch eine Zuflucht bieten –« Er zeigte auf eine große Gewitterwolke am fernen Horizont.

Iome drehte sich um und ritt gen Süden.

KAPITEL 15
Eine Herrscherin der Unterwelt

Die Mauern von Carris bebten, während die Greifer-horde aus dem Nebel auf sie zustürmte.

Draußen auf den Feldern vor den Stadttoren rann-ten die gewöhnlichen Soldaten von Indhopal um ihr Leben, selbst dann noch, als die Wachen der Burg die Brücke einzogen. Viele liefen den Damm entlang, warfen sich an dessen Ende ins Wasser und schwammen durch den See, weil sie hofften, die Männer auf den Wehrgän-gen würden sie herausziehen. Das Platschen von Wasser vermischte sich mit Hilferufen und den Schreien Ertrin-kender.

Andere waren zu langsam und konnten nicht entkom-men. Die Greifer trieben sie zusammen und fielen ohne Gnade über sie her. Zu Rolands Erstaunen flüchteten viele der Männer, wenn ein Greifer ihnen den Weg verstellte, kopflos hinaus auf die Ebene, wo ihnen noch größere Gefahr drohte, oder kauerten sich reglos auf den Boden und wagten sich nicht mehr zu rühren.

Die Krähen und Möwen schwangen sich von ihren Ansitzen in die Luft und kreisten in schlängelnden Linien über der Stadt.

Neun Greifermagierinnen rannten auf die Burg zu, die Köpfe nach vorn gestreckt, die Stäbe vorangehalten, als würde der Duft ihrer Männchen sie anziehen. Die Solda-ten auf den Mauern schrien vor Entsetzen auf.

Raj Ahtens Flammenweber liefen zum Wehrgang über dem Stadttor. Die Soldaten wichen vor ihnen zurück. Einer der Flammenweber hob die Hand und zog das Licht aus dem Himmel zu sich herunter. Einen Augenblick lang stand er in Dunkelheit gehüllt da, während das Sonnenlicht zu wirbeln begann und auf seine Handfläche herabstrebte.

Er zeichnete eine feurige Rune in die Luft, und vor ihm nahm ein blendendheller grüner Schild aus lebendigem Feuer Gestalt an. Der Flammenweber schob ihn vorwärts. Der Runenschild schwebte zum Ende des Damms, wo er zweihundert Meter vor den Toren stehenblieb. Rasch folgten zwei weitere Flammenweber seinem Beispiel, während der erste einen vierten Runenschild erzeugte.

Die Temperatur um Carris herum fiel um zehn Grad, während die drei Hitze aus dem Himmel zogen. Der kalte Nieselregen verwandelte sich in Schnee.

Innerhalb von dreißig Sekunden blockierten vier feurige Schilde den Damm, schnitten den verbliebenen Männern draußen den Fluchtweg ab und beendeten die Angriffsbestrebungen der Greifer.

Und tatsächlich marschierte hinter den Magierinnen der Hauptteil der Armee nach Norden weiter, als würde sie sich nicht im mindesten für Carris interessieren.

In den Herzen der Verteidiger keimte Hoffnung auf.

Wir sind ihnen gleichgültig, erklärte sich Roland diesen neuen Lauf der Dinge. Was immer die Greifer beabsichtigen, Carris interessiert sie nicht.

Doch draußen auf der Ebene formierten sich die Greifermagierinnen, die Neunergruppe, und wie Gänse jagten sie über das Schlachtfeld, wobei ihnen die größte voraneilte.

Nein, begriff Roland plötzlich. Wir sind ihnen keineswegs gleichgültig. Sie halten nur so wenig von uns, daß sie lediglich diese neun schicken.

Die Anführerin war riesig, maß sieben Meter Schulterhöhe, und auf ihr gesamtes Gesicht und ihre vorderen Arme waren Runen tätowiert. Sie reckte furchtlos den Kopf und trat auf den Damm zu. Nun streckte sie den Stab voran, dessen azurblaues Glühen das Feuerrot erstickte, und von dem Stab stieg eine schwarze Rauchspur auf.

Die Soldaten der Artillerie schossen ihre Ballistenbolzen ab, und sofort darauf hörte man die Befehle »Laden!« und das Quietschen der Winden.

Auf diese Entfernung hin hätte wenigstens einer der Bolzen treffen sollen. Doch auf geheimnisvolle Weise wurde ein jeder von seinem Ziel abgelenkt.

Magie! dachte Roland. Wir können sie nicht beschießen. Wie sollen wir sie denn dann aufhalten?

Die große Greifermagierin hatte den Anfang des Damms erreicht und blieb kurz vor den grünen Flammenschilden stehen. Sie drehte den Kopf hierhin und dorthin, als würde sie diese studieren. Schließlich streckte sie versuchsweise den Stab aus und berührte das wirbelnde grüne Rad lebenden Feuers.

Sie wird sie löschen, sah Roland voraus. Die Schilde werden einfach zusammenbrechen.

Aber die Schilde explodierten mit einem Tosen, wie es

250

sonst nur eine Lawine hervorrufen kann – einem Beben, das die Burg bis in die Grundfesten erschütterte. Roland setzte sich rückwärts auf den Hosenboden. Grüne Lichtblitze durchzuckten den Himmel. Heiße Luft brandete über Roland hinweg, und er fühlte sich, als würde er sich über die Esse eines Schmiedes beugen, obgleich die Flammen über zweihundert Meter entfernt waren. Männer, die sich näher an dem Inferno befanden, schrien vor Schmerz auf und suchten Deckung.

Ein Feuersturm brach über Carris herein. Die Hitze war so intensiv, daß die wasserseitigen Verteidigungsanlagen Schaden nahmen.

Eine Dampfwolke wallte auf und trübte Roland die Sicht wie ein Vorhang. Tropfen kondensierten auf seiner Stirn, liefen ihm in die Augen, und er wischte sie mit dem Ärmel fort.

Kurz sah er auf und entdeckte über sich einen atemberaubend schönen Regenbogen.

Er stand auf. Die Dampfwolken stiegen auf und verdunkelten die Umgebung; einige Augenblicke lang konnte er nichts mehr erkennen.

Obwohl die Mauern von Carris mit Erdrunen verstärkt waren, hatte die Explosion sie arg mitgenommen. Steine waren verrutscht, und sowohl außen als auch innen war die Verkleidung abgebrochen, so daß der nackte Stein nun dem kalten Schneeregen ausgesetzt war.

Die Männer, die den Greifern am nächsten waren, schrien und jubelten und pfiffen.

Auch Roland entdeckte die Magierin schließlich, die zweihundert Meter vom Ende des Damms entfernt lag,

schwarz wie Kohle war und dazu häßlicher als jeder
Alptraum, den er je zu Gesicht bekommen hatte.

Unbeweglich, tot, lag sie da. Grüner Rauch trat aus
ihren Wunden hervor, wo die feurigen Lanzen sie durch-
bohrt hatten. Dahinter krabbelten verrußte Magierinnen
davon. Ihre Glieder waren gebrochen, und sie tapsten
unsicher auf dem Boden herum.

Vier Magierinnen fuhren herum und hasteten von der
Burg fort, zogen dabei gebrochene Gliedmaßen hinter
sich her.

Roland pfiff und betrachtete das tote Riesentier. Vor
Erleichterung stieß er einen tiefen Seufzer aus. Wir haben
sie geschlagen, dachte er. Wir haben ihren Angriff abge-
wehrt. Die Männer um ihn herum klatschten und jubelten.

Draußen auf der Ebene waren einige tausend Fußsoldaten in die Falle geraten. Die Greifer trampelten zwischen ihnen herum, schlachteten sie ab, dennoch schafften es Hunderte von Männern bis zum Damm, wo sie sich
ins Wasser warfen.

Einen Augenblick lang ließ Roland den Blick über das
Land schweifen. Der Nebel zog sich weiter zurück; eine
Meile von der Burg entfernt marschierten die Greifer in
Reihen nach Norden.

Das Rasseln ihrer Bauchpanzer auf dem Boden war
weithin zu vernehmen wie eine tosende Brandung. Auf
den nahen Hügeln entdeckte Roland Tausende dieser
Wesen.

Die Menschen nennen alle möglichen Arten dieser
Kreaturen Greifer, das wußte er, aber man bekam die

252

verschiedenen Gattungen auch nur selten zu Gesicht. Wenn Bilder von Greifern gemalt wurden, so zeigten sie häufig die gewöhnlichste Art – die Horden furchterregender Klingenträger und die grausamen Magierinnen, welche diese anführten.

Trotzdem existierten noch andere Spezies. Nun sah Roland zum ersten Mal welche unter den Klingenträgern: die vielbeinigen raupenartigen, die die Menschen »Schleimwürmer« nannten, von denen jeder fast dreißig Meter lang war; und die kleineren gelblichen, spinnenähnlichen Kreaturen, die »Heuler« hießen, weil sie von Zeit zu Zeit ein schauderhaftes Heulen ausstießen.

Obwohl diese Wesen nicht wie Greifer aussahen, fügten sie sich dennoch in ihre Gesellschaft ein. Ob es sich bei ihnen allerdings um eine intelligente Spezies handelte, die die Greifer unterworfen hatten, oder um dumme Tiere, die sie zu ihren Zwecken abgerichtet hatten, konnte kein Mensch wissen.

Dann tauchte aus dem Nebel die Anführerin der Greiferhorde auf.

Sie war Stoff der Legenden, eine Herrscherin, wie man sie seit Tausenden von Jahren oberirdisch nicht mehr gesehen hatte.

»Eine Todesmagierin!« riefen die Männer voller Schrecken, als sie aus dem Nebel heraustrat. Hundert Greifermagierinnen trugen sie auf einer riesigen Sänfte über ihren Köpfen. Obwohl ein Greifer einen Elefanten bereits an Größe übertraf, ließ sie ihre Gefährten zu Zwergen schrumpfen. Sie maß zehn Meter bis zur Schulter, und ihr gesamter Körper war mit Runen übersät, die wie ein Gewand aus Licht glühten. Auf der Sänfte saß sie auf einem Haufen brillanter Kristalle, die Roland so strahlend erschienen, daß er sie im ersten Moment für glitzernde Diamanten hielt.

Aber nein, erkannte er, es handelte sich lediglich um Greiferknochen, von denen das Fleisch genagt und die von einer feurigen Zunge glattgeleckt worden waren. Das waren die Überreste der von ihr bezwungenen Gegner.

In den Klauen hielt sie einen großen Stab, der zitronengelb glühte.

Sie ist wunderschön, dachte Roland.

Bislang hatte ihn jeder Greifer in Angst und Schrecken versetzt, und jetzt wußte er nicht recht, was er von diesem halten sollte. Er beobachtete die Reaktionen der anderen, denn vermutlich kannten sich die Krieger besser mit den Legenden aus, um diese Bedrohung richtig einzuschätzen. Baron Poll hatte angesichts der niederen Magierinnen noch gescherzt, jetzt hingegen war sein Gesicht vor Entsetzen blutleer und wie versteinert. Selbst Raj Ahten gaffte das Ungeheuer mit großen Augen an.

Gerade erst hatte Roland erleichtert aufgeatmet. Jetzt stellten sich seine Nackenhaare auf, und auf den Armen bildete sich eine Gänsehaut.

Dies war die wahrhaftige Beherrscherin der Unterwelt.

Die Greifermagierinnen, die Bekanntschaft mit dem Feuer der Flammenweber gemacht hatten, rannten auf die Sänfte zu.

»Oh, oh«, grunzte Poll verdächtig. »Wenn ich etwas nicht mag, dann ist das Petzen.«

Vielleicht interessiert es die Todesmagierin nicht, hoffte Roland inständig. Möglicherweise hat sie im Norden eine dringendere Aufgabe zu erledigen.

Die vier Magierinnen erreichten die Sänfte, und zu Rolands Überraschung verneigten sie die schaufelförmigen Köpfe wie Ritter, die sich vor ihrem König verbeugen; die Anführerin hob dagegen den Schwanz hoch in die Luft. Ihre Träger blieben stehen.

Die Todesmagierin wandte ihren breiten Kopf gen Carris und tat dann etwas, von dem Roland nie zuvor gehört hatte. Sie erhob sich auf die Hinterbeine, so, wie es ein Murmeltier vor seinem Bau machen würde, wobei ihre Vorderarme und Mittelbeine nutzlos herabbaumelten.

Sie glänzte strahlend im grauen Morgen. Die Fühler auf ihrem Kopf stellten sich auf und schwankten wie die nadelartigen Fortsätze einer Seeanemone, die nach Beute greift.

»Von dort aus kann sie uns doch nicht sehen?« fragte Roland und hoffte vor allem, daß sie *ihn* nicht bemerken würde.

»Aber sie kann uns riechen«, erwiderte Baron Poll. »Alle achthunderttausend Mann.«

Nun nahm die Todesmagierin ihren großen Stab in beide Hände, sprang von der Sänfte und lief auf Carris zu. Hinter ihr folgten Tausende von Greifern wie eine dunkle Flut.

Die Flammenweber drüben am Tor, die die Magierinnen besiegt hatten, zogen nun hektisch Feuer aus dem Himmel und stellten weitere ihrer höllischen Schilde vor Carris auf. Während ihrer Arbeit wurde die Luft zuneh-

255

mend kälter, und die Zauberer des Feuers saugten die
Hitze selbst aus den Steinwänden, bis sich Reif dar-
auf bildete. Das Gestöber verwandelte sich in heftigen
Schneefall.

Neun Schilde stellten sie auf, und danach hatten sie
sich verausgabt. Die Flammen, die sonst über ihrer Haut
tanzten, erloschen, und nun standen die drei nackt in der
Kälte. Schon vor langer Zeit waren all ihre Haare verbrannt worden. Zischend verdampften Schneeflocken,
wenn sie ihre heiße Haut berührten. Roland vermeinte zu
erkennen, daß sogar die Flammenweber nicht glaubten,
ihre Schilde könnten der Todesmagierin Einhalt gebieten.

Während die Greifer vorwärtsmarschierten, blieben
viele von ihnen stehen und sammelten die verstümmel-
ten Körper von Raj Ahtens Fußsoldaten mit den Zähnen
auf. Sie trugen sie übertrieben vorsichtig, als wollten sie
sie dem Damm als Geschenk anbieten, so wie eine Katze
ihrem Herrchen eine tote Maus auf die Türschwelle legt.
Manche der Männer in den Mäulern der Greifer waren
nur verwundet; sie schrien vor Schmerz und flehten in
der Sprache von Indhopal um Erbarmen.

Ihr Jammern zerriß Roland das Herz, doch wie hätte
man diese armen Seelen zu retten vermocht?

Die Todesmagierin näherte sich der Burg und blieb
vierhundert Meter davor stehen. Hundert niedere Magierinnen, blutrote Zauberinnen, schwärmten zu ihren Flanken aus. Zehntausende Greifer hatten sich nun in ihrem
Rücken versammelt, eine grimmige Horde, die die Felder
bedeckte; und fast jeder Greifer hielt einen Mann in
seinen kristallinen Zähnen.

Noch blieben sie zu den grünlich feurigen Schilden der Flammenweber auf Abstand.

Die Todesmagierin hob den zitronengelben Stab und richtete ihn auf die Mauern von Carris, als würde sie einen fürchterlichen Zauber heraufbeschwören. Männer brüllten und suchten Deckung.

Roland dachte: Jetzt wird sie uns zeigen, wozu sie fähig ist.

KAPITEL 16
Über die menschliche Schwäche

In Tor Doohan ruhte sich Gaborn ein wenig aus. Es drängte ihn jedoch, nach Süden zu eilen und die Schlacht der Erde auszutragen. Die Annektoren auf Burg Groverman mußten die ganze Nacht gearbeitet haben, denn am frühen Morgen bereits besaß er sämtliche fünfzig Gaben, um die er gebeten hatte. Seine Muskeln spannten sich unter der Rüstung, und das Blut jagte durch seine Adern und schrie nach dem Kampf.

Daher ließ er die Pferde füttern und ruhen, jedoch nur drei Stunden lang, bis er sich nicht mehr im Zaum halten konnte.

Noch vor Mittag ritt er nach Süden. Einige hundert Männer und Frauen begleiteten ihn: hundert Lords aus Orwynne und Heredon, dazu einhundertfünfzig aus Fleeds. Trotz der kleinen Zahl bildeten sie ein mächtiges Heer, da es sich um die Besten eines jeden Landes handelte, und in Gaborns Brust keimte Hoffnung. Bald würde er sich mit König Lowickers Armee vereinen, und nahe Carris würde er auf die Unabhängigen Ritter und die Lords aus Mystarria stoßen.

Wenn er dort einträfe, so stellte er sich vor, würde er eine halbe Million Männer unter seinem Befehl haben, und der Angriff würde von einigen der mächtigsten Runenlords der Welt angeführt werden.

Wieder und wieder überkam ihn freudige Erregung,

weil der alte König Lowicker von Beldinook an seiner Seite reiten würde. Daß der sich aufraffte, hatte er nicht erwartet.

Manche nannten Lowicker einen »schwachen« Mann, wobei diese Beschreibung die Tatsachen eher beschönigte denn angemessen beschrieb.

Seine Schwäche war mehr seelischer als körperlicher Natur. Während der letzten beiden Jahre hatte seine Fähigkeit zum logischen Denken erheblich abgenommen. Allgemein hieß es, er sei recht senil geworden. Nur weil er Gaben der Geisteskraft von drei Männern übernommen hatte – und bei diesen seine Erinnerungen speichern konnte –, vermochte er die Schwere seines Gebrechens zu vertuschen.

Immerhin war er stets einer der treusten Verbündeten von König Orden gewesen. Erst vor kaum drei Wochen hatte er Gaborns Vater auf der Reise nach Norden bei einem großen Empfang willkommen geheißen.

Lowicker hatte Gaborn über alle Maßen gepriesen und darauf hingewiesen, daß der Prinz eine gute Partie für seine Tochter abgeben würde – ein molliges Mädchen, dem es nicht nur an herausragenden Tugenden, sondern sogar an Lastern zu mangeln schien.

Er konnte sich an einen Abend erinnern, an dem er beim Kamin saß und heißen Gewürzwein trank, während Lowicker und Orden Jagdgeschichten zum besten gaben – in früheren Jahren hatte Lowicker Gaborns Vater oft in den Norden zur Herbstjagd begleitet.

Vor drei Jahren jedoch war Lowicker gestürzt und hatte sich die Hüfte gebrochen, und nun ritt der alte

Mann nur noch äußerst selten, und wenn, plagten ihn dabei fürchterliche Schmerzen. Jagen würde er niemals mehr, und Orden hatte diese Tatsache beklagt.

Bei seinem Aufbruch nun wußte Gaborn, daß Iome böse auf ihn sein würde. Seine Eile wurde zum Teil von dem anwachsenden Gefühl der Gefahr im Süden ausgelöst, dem Drang, baldmöglichst anzugreifen. Darüber hinaus würde er hoffentlich Iome entmutigen, ihm zu folgen.

Am Morgen war sie an der Grenze von Heredon bedroht worden. Während er nun weiterritt, verhärtete sich in ihm der Verdacht, daß viele der Männer unter seiner Obhut am heutigen Tag sterben würden. Und er wollte seine Gemahlin nicht zu den Verlusten zählen müssen.

Die Kriskavenmauer erstreckte sich über einhundertvierzehn Meilen entlang der Grenze zwischen Fleeds und Beldinook. Diese Befestigung war sieben Meter hoch und am Fuß ebenfalls sieben Meter breit. Außerdem hatte man auf der nördlichen Seite einen Graben angelegt, in dem zu allen Zeiten des Jahres, vom Hochsommer abgesehen, ein seichtes Gewässer floß.

Oben auf der Mauer konnten zwei Pferde nebeneinander laufen, aber die Herrscher von Beldinook hatten in den verstrichenen zwei Jahrhunderten nicht die Notwendigkeit empfunden, die Kriskavenmauer ausreichend zu bemannen.

Daher erfüllte es Gaborn mit Freude, als er am frühen Nachmittag auf das Feymanstor zuritt und sah, daß sich

Beldinooks Krieger auf der Mauer drängten und Reiter über den breiten Wehrgang galoppierten. Kriegshörner schallten ihm zur Begrüßung entgegen. Grob geschätzt tausend Soldaten sicherten allein dieses Tor.

Die Mauer würde für Raj Ahtens Heer ein erhebliches Hindernis darstellen, wenn der Wolflord auf diesem Weg nach Norden ziehen wollte.

Doch nun, da er sich in Begleitung seiner Krieger der Befestigung näherte, verspürte er ein vertrautes Prickeln, als hätte man sie alle mit einem Leichentuch bedeckt.

Die Erde raunte ihm zu, es drohe Gefahr.

Zweihundert Meter vor dem offenen Tor gab Gaborn den Befehl zum Halt und betrachtete die Wachen oben. Die Männer trugen die Uniformen von Beldinook – hohe Silberkappen mit viereckiger Spitze und schwere Brustharnische. Ihre Schilde zeigten den weißen Schwan auf graubraunem Grund. Die Soldaten waren mit den für Beldinook typischen großen Bogen ausgestattet. Überall wehte das Banner von Beldinook. Von der Mauer aus winkte Gaborn ein Hauptmann zu.

Und dennoch stimmte da etwas nicht. Feymanstor war weit geöffnet wie seit Hunderten von Jahren. Das Tor selbst war fünfzehn Meter breit, und die Mauer spannte sich in einem Bogen darüber. Überall waren Schießscharten.

Still warnte Gaborn die Erwählten in seinem Gefolge vor der Gefahr eines Hinterhalts. Sofort ertönte das Klirren von Metall, als die Lords ihre Visiere zuklappten und die Schilde vom Rücken ihrer Reittiere holten. Die Schlachtrösser kannten das Geräusch des Krieges. Obwohl Gaborns Pferd stehenblieb, tänzelte es kampflustig auf der Stelle.

Prinz Celinor ritt neben Erin Connal und stand nun zwei Pferde seitlich von Gaborn. Der Prinz blickte sich nervös um und fragte sich, was vor sich ging.

»Wer stellt sich uns entgegen?« rief Gaborn. Nach dem langen Ritt war seine Kehle staubtrocken. Gaben der Stimmgewalt hatte er keine übernommen. Jetzt wehte ihm der Wind von Süden her ins Gesicht und fegte seine Worte zurück, so daß er nicht sicher war, ob die Männer auf der Mauer ihn überhaupt verstanden.

Unbehaglich beobachteten die Soldaten von Beldinook die Neuankömmlinge. Viele griffen nach Pfeilen und traten hinter die Zinnen des Wehrgangs.

»Wer wagt es, sich dem Erdkönig zu widersetzen?« rief Königin Herin, und ihre Stimme trug weitaus besser über die Entfernung hinweg.

Plötzlich erhob sich jenseits der Mauer der Donner von Hufen. Zwei Reihen Reiter ritten von beiden Seiten des Durchlasses vor das offene Tor, vereinten sich dort und versperrten Gaborn den Weg. Durch das Tor konnte er nur die vordersten von ihnen sehen, doch schätzte er, es müsse sich um mehr als tausend Ritter handeln.

An ihrer Spitze zog der greise König Lowicker persönlich heran. Er hatte weißes Haar, ein schmales Gesicht und blaue Augen, die mit dem Alter grau geworden waren. Sein langes Haar war zu Zöpfen geflochten und hing auf die Schultern herab. Er trug keine Rüstung und schien Gaborn auf diese Weise mitteilen zu wollen, daß er ihn als Krieger geringachtete.

Mit verkniffener Miene saß er im Sattel, da ihm seine alten Verletzungen zu schaffen machten.

»Kehrt um, Gaborn Val Orden«, rief König Lowicker. »Geht nach Heredon zurück, solange Ihr noch könnt! Auf meinem Boden seid Ihr nicht willkommen. Beldinook bleibt Euch verschlossen.«

»Noch vor zwei Tagen hat mir Euer Bote etwas ganz anderes gesagt«, entgegnete Gaborn. »Aus welchem Grund gebärdet Ihr Euch nun so wenig gastfreundlich? Ihr und ich, wir waren stets Freunde. So kann es auch weiterhin bleiben.« Gaborn versuchte, ruhig zu klingen und in freundlichem Ton zu sprechen, doch innerlich kochte sein Blut. Er war verwirrt und fühlte sich verraten. Lowicker hatte ihm fälschlich Unterstützung angeboten und ihn gedrängt, rasch hierherzureiten und an seiner Seite zu kämpfen. In Wahrheit hatte er jedoch ein Komplott gegen ihn geschmiedet und war bereit, ihn wie einen Hund zu erschlagen. Während er nun um äußerliche Ruhe bemüht war, wußte er tief im Herzen, daß Lowicker nicht mehr sein Verbündeter war.

»Euer Vater und ich waren Freunde«, schrie Lowicker. »Aber ich bin nicht der Bauer eines Königsmörders.« Er zeigte mit dem Finger auf Gaborn, als habe er einen Schuft gestellt. »Ihr habt die Krone Eures Vaters so schnell an Euch gerissen, wie Euch nur möglich war, aber sie war Euch zu klein! Jetzt nennt Ihr Euch Erdkönig. Sagt mir, Erdkönig, sind diese hundert Mann die einzigen, welche dumm genug sind, Euer Schicksal mit Euch zu teilen?«

»Mir folgen noch viele andere«, sagte Gaborn.

Aber Lowicker betrachtete sein Gegenüber aufmerksam, schüttelte den Kopf und drückte auf diese Weise jenen beim Erdkönig sein Mitleid aus. »Als Ihr im Saal der Gesichter zu studieren begannt, junger Mann, war ich mißtrauisch. Ich dachte, daß Ihr, wenn Ihr auch nicht lernen wolltet, wie man ein König wird, wenigstens lernen würdet, diese Rolle angemessen zu spielen.

Nun stolziert Ihr aufgeplustert wie ein großer Monarch heran, und Ihr beeindruckt mich keinesfalls. Reitet zurück nach Norden, junger Schwindler, solange es Euch noch möglich ist.«

Das Gefühl einer lauernden Gefahr nahm zu. Lowicker stieß hier keine leeren Drohungen aus. Erin und Celinor hatten Gaborn gewarnt, König Anders hoffe, Lowicker und andere von seinen Lügen zu überzeugen, und offensichtlich war ihm dies gelungen.

Denn Lowicker hatte ihn in einen Hinterhalt locken wollen und stand jetzt kurz davor anzugreifen. Trotzdem hoffte Gaborn, er könne den Mann dazu bringen, die Wahrheit zu sehen.

»Ihr beschuldigt mich des Königsmordes, und gleichzeitig plant Ihr meine Ermordung?« rief er, um den alten König auf seinen Irrtum hinzuweisen. »Ich fürchte, Ihr seid eher Anders' Bauer. Raj Ahten wird sich vor Lachen auf die Schenkel klopfen, wenn er von diesem Zwischenfall erfährt.«

»Einen Verbrecher zu bestrafen ist kein Königsmord«, widersprach Lowicker, »selbst wenn es sich um einen Mann handelt, den ich immer wie meinen eigenen Sohn geliebt habe. Könnte ich es, würde ich glauben, daß Ihr der Erdkönig seid.« Trotz der Kälte in seiner Stimme wunderte sich Gaborn über die Aufrichtigkeit des alten Mannes.

»Ich bin tatsächlich der Erdkönig«, rief Gaborn. Mit Hilfe seines Erdblicks sah er tief in den König hinein.

Da war ein Mann, der seine Stellung liebte und dem mehr daran lag, seinen Reichtum zu mehren als die Wahrheit zu ehren. Er sah einen Mann, der stets neidisch auf König Ordens größere Schätze geblickt hatte, so neidisch, daß er Orden stets mit großem Pomp empfangen hatte, im Inneren jedoch Ränke schmiedete, sich ein Stück von Mystarria einzuverleiben.

Dieser Mann hatte eine Frau geehelicht, die er verabscheute, durch die er aber mehr Macht gewinnen konnte.

Gaborn erinnerte sich, wie sein Vater beim Tod von Lowickers guter Frau getrauert hatte. Lowicker hingegen hatte, als seine Königin bei einem Jagdunfall, dessen nur er selbst Zeuge war, vom Pferd stürzte und starb, seine Liebe dermaßen gut vorgetäuscht, daß niemand auch nur Zweifel an der Ursache ihres Hinscheidens äußerte. Dies alles erblickte Gaborn nun tief im Herzen des alternden Königs.

Dieser Mann hielt sich für schlau und gratulierte sich häufig dazu, wie gerissen er seine Frau losgeworden war.

Dieser Mann war bestürzt, weil Gaborn nicht seine Tochter geheiratet hatte, denn er hatte gehofft, sein Schwiegersohn würde den Reichtum ebenso lieben wie er selbst, und schon seit langem hatte er sich überlegt, auf welche Weise er Gaborns Heirat und frühen Tod herbeiführen konnte.

In Kürze fand er, während er in der Seele des Königs forschte, den er stets für seinen Freund gehalten hatte, statt dessen nur eine verschrumpelte Hülse. Wo Gaborn einst Anstand und Ehre vermutet hatte, sah er jetzt eine Maske, die eine unersättliche Habgier tarnte.

Lowicker war keineswegs Anders' Bauer, sondern sein Mitverschwörer.

Gaborn drehte sich der Magen um.

»Also dann« – Lowicker grinste falsch –, »wenn Ihr der Erdkönig seid, gebt mir ein Zeichen, damit ich glaube und Euer Diener werde.«

»Das werde ich«, schrie Gaborn. »Hier ist das Zeichen: Alle Menschen, die mir den Gehorsam verweigern, werden in den bevorstehenden dunklen Zeiten dem Tod geweiht sein.«

»Leicht zu behaupten, schwierig zu beweisen«, kicherte Lowicker. »Und da alle Menschen eines Tages sterben müssen, sehe ich keinen Vorteil darin, meine arthritischen Knie vor Euch zu beugen.«

»Wenn Ihr dieses Zeichen nicht annehmt«, fuhr Gaborn fort, »will ich Euch ein zweites anbieten: Ich habe in Euer Herz geschaut. Ich kenne Eure Geheimnisse. Ihr nennt mich einen Königsmörder, doch auf einer Jagd vor acht Jahren habt Ihr Eurem Weibe mit einem Speer den Hals gebrochen. In Eurem Herzen verspüret Ihr dabei nicht mehr Bedauern, als hättet Ihr ein Schwein erlegt.«

König Lowickers Lächeln erstarb kurz. Zum ersten Mal schien er in Erwägung zu ziehen, daß Gaborn tatsächlich der Erdkönig sein könnte.

»Niemand wird Euch diese Lüge glauben«, erwiderte

er. »Ihr seid, Gaborn Val Orden, kein König und nicht einmal ein guter Schauspieler. Ihr seid nie etwas gewesen. Und Ihr werdet niemals etwas werden. Euer Volk ist der Gnade der Gnadenlosen ausgesetzt. Bogenschützen!«

Auf der Mauer legten Hunderte Männer die Bögen an. Gaborn stand zweihundert Meter entfernt. Ein Pfeil würde über diese Distanz kaum seinen Harnisch durchbohren, aber nur wenige der Pferde in seinem Gefolge waren durch Rüstungen geschützt. Ein Pfeilhagel würde verheerende Wirkung haben, und im Augenblick dürstete Lowicker nach Blut.

Trotzdem zögerte der verwerfliche alte König.

»Wartet!« rief Gaborn und hob die Hand. »Ich will Euch noch eine Warnung geben! Ich bin der Erdkönig, und so, wie ich der Erde diene, dient sie mir.

Man hat mich berufen, die Samen der Menschheit zu Erwählen, und jene, die die Hand gegen mich erheben, tun dies auf eigene Gefahr! Ich bitte Euch alle, laßt mich passieren!«

Auf der Mauer lachten Lowickers Männer ihn spöttisch aus. Gaborn starrte sie an und staunte, wie das Böse eines einzigen Mannes so viele vergiften konnte.

»Kehrt um!« rief Lowicker. Plötzlich fiel Gaborn auf, daß der König aus irgendeinem Grund seine Schützen zurückhielt.

Da der Mann sein Gewissen mit dem sauberen Schnitt eines Heilers aus seiner Seele entfernt hatte, blieb nur eins, das ihn jetzt zögern ließ: Angst.

Gaborn blickte von einer Seite zur anderen. Neben ihm stand Binnesman, zusammen mit Sir Langley und anderen Lords aus Orwynne, außerdem Königin Herin die Rote und Erin Connal aus Fleeds sowie Prinz Celinor aus Süd-Crowthen.

Wenn Lowicker auf diese Gesellschaft schießen ließe, würde das Folgen haben, die er offensichtlich als unangenehm betrachtete – vielleicht fürchtete er sich am meisten vor König Anders' Reaktion auf den Tod seines Sohnes.

Tatsächlich blieb Lowickers Blick eine halbe Sekunde lang auf Celinor liegen, wobei er den jungen Mann bösartig anschaute und ihn zum Weggehen aufzufordern schien.

Gaborn hätte beinahe laut gelacht. Mit unvermittelter Klarheit begriff er, wie die Erde ihm nun zu Diensten sein würde.

Er sprang von seinem Pferd.

Ehe ein Steinmetz einen Stein schnitt, zeichnete er eine Rune des Erdbrechens darauf, wodurch der Stein geschwächt wurde und sich dem Willen des Handwerkers weniger widersetzte. Vor einer Woche hatte Binnesman eine Brücke auf ähnliche Weise zerstört.

Gaborn wußte, daß er solche Macht ausüben konnte. Mit dem Erdblick betrachtete er nun nicht Lowicker, sondern die Kriskavenmauer. Sie war ein riesiges Steinmonument, das von Schwerkraft und Mörtel zusammengehalten wurde.

Dennoch bemerkte er die Makel im Stein. Ein Riß hier, wo sich eine Wurzel hineingedrängt hatte, eine Schwäche im Material dort. Es war weniger eine Wand, die er wahrnahm, sondern ein Netzwerk von feinen Rissen.

268

Die Mauer war so schwach. Ein bißchen Druck hier, und dort, und dort drüben, und sie würde einstürzen.

Gaborn rief Lowicker zu: »Wenn Ihr also ein Zeichen verlangt, so sei es! Ich werde Euch ein Zeichen geben, das Ihr nicht verleugnen könnt.«

Jetzt blickte er den Zauberer Binnesman an. Der saß auf seinem Pferd und flüsterte: »Mein Lord, was tut Ihr?«

»Ich werde König Lowicker und jeden Mann, der an seiner Seite steht, zurechtweisen«, erwiderte Gaborn. »Leiht mir bitte Euren Stab.«

Der Zauberer reichte ihn dem Erdkönig und sagte: »Seid Ihr sicher, daß das weise ist?«

»Nein, aber es ist gerecht.« Er blickte auf. Lowicker saß noch immer auf seinem Pferd und grinste ihn über die Entfernung selbstzufrieden und höhnisch an. Zu Gaborns Genugtuung zog sich der Days des Königs nervös zurück.

Gaborn zeichnete mit dem Stab vorsichtig eine Rune des Erdbrechens in den Staub der Straße. Sie sah aus wie eine Gottesanbeterin mit zwei Köpfen und drei Scheren.

»Wird es so gemalt?« fragte er den Zauberer, um sich zu versichern, ob er es richtig gemacht hatte.

»Die Erdmächte sollen nicht zum Töten eingesetzt werden«, warnte ihn der Zauberer.

»Die Erde läßt den Tod zu«, sagte Gaborn, »sogar den unseren. Ich werde alle verschonen, die ich kann.«

Trotzdem glaubte er kaum, daß er wagen würde, Lowicker zu begnadigen. Er mußte sein Volk beschützen, und die Erde hatte ihm nicht verboten, seinen Feinden das Leben zu nehmen. Einen Gegner zu töten, der so böswillig wie Lowicker war, dürfte nicht schlimmer sein, als einen Greifer zu erschlagen.

Also hob Gaborn den Stab über den Kopf und rief: »Bei der Erde, der ich diene, befehle ich dieser Mauer: Zerberste zu Staub und Schutt!«

Mit seinen Gedanken drang er zu hundert Schwachstellen der Mauer vor, und dann schlug er die Rune des Erdbrechens mit dem Stab. Er spürte sofort die Wucht seiner Handlung, denn der Boden unter seinen Füßen begann zu beben. Die Erde grollte, als wollte sie sich auftun, und plötzlich schrien die kurz zuvor noch hohnlächelnden Bogenschützen auf dem Wehrgang voller Entsetzen auf.

Der Befehl, den Gaborn ausgesprochen hatte, stammte keinesfalls von irgendeinem schwächlichen Steinmetz, der der Erde nur deshalb gedient hatte, um sich ihrer Dienste zu versichern. Nein, hier handelte es sich um den Befehl des Erdkönigs, und so löste er mehr Urgewalt aus als jeder andere.

König Lowickers Pferd bäumte sich auf und warf den alten Mann ab. Die Ritter in seinem Gefolge scherten aus dem Glied aus, kehrten um und stoben in heilloser Flucht auseinander. Die Männer auf der Mauer rannten zu den Treppen oder sprangen in Sicherheit.

Seit tausend Jahren stand die Kriskavenmauer. Unter lautem Donner und kreischendem Protest der Steine brach sie jetzt zusammen. Die Mauer zitterte und wand sich eine halbe Meile weit in jede Richtung wie eine Schlange.

Aber Gaborn konnte nicht einfach alle jene töten, die sich ihm widersetzten.

Er fühlte, daß die Mauer sich aufbäumen und gemäß seinem Willen einstürzen wollte, doch einen Augenblick hielt er sie noch fest, damit die Männer auf den Wehrgängen in Sicherheit fliehen konnten.

Dann war er nicht mehr in der Lage, sie zu beherrschen, und die Mauer fauchte wie ein Tier und explodierte. Steine flogen hoch in die Luft und gingen in einem Hagel nieder. Staub wallte in beißenden Schwaden auf, wurde vom Wind erfaßt und nach Norden geweht.

Bogenschützen, die herabgesprungen waren, rannten von den Fundamenten fort und bedeckten schützend die Köpfe mit den Händen.

Nachdem sich der Staub gelegt hatte, lag eine Meile der Kriskavenmauer in Trümmern. Sogar noch als Ruine bot sie einen beeindruckenden Anblick. An der Stelle, wo Feymanstor gestanden hatte, waren nur einige Bruchstücke von dem herabgestürzten Bogen geblieben.

Einige der Männer, die heruntergesprungen waren, hatten sich Arme oder Beine gebrochen. Weitere zwei Dutzend Ritter hatte es aus den Sätteln geworfen.

Soweit Gaborn es beurteilen konnte, war kein einziger Mann zu Tode gekommen.

Jenseits des Schutts flohen Lowickers Ritter zu Tausenden vor der Zerstörung.

Erin, Celinor und ein Dutzend anderer eilten zum gefallenen König. Auf ihren Pferden umkreisten sie den alten Mann und verhinderten seine Flucht.

Gaborn ritt mit seiner Kompanie über den Haufen aus Staub und zerbrochenen Steinen, der bis vor einer Minute Feymanstor gewesen war, bis zu seinem früheren Freund. König Lowicker lag mit schmerzverzerrtem Gesicht auf dem Boden, und sein rechtes Bein war in unnatürlichem Winkel verdreht. Es schien, als habe er sich erneut die Hüfte gebrochen.

»Seid verflucht!« brüllte er. »Hoffentlich werdet Ihr und Raj Ahten Euch gegenseitig umbringen!«

»Das ist nicht einmal unwahrscheinlich«, sagte Gaborn. Er blickte voller Sorge auf den alten Mann hinunter. Töten wollte er ihn nicht – töten wollte er niemanden. Da Lowicker jedoch die Bosheit in Person war, dazu solch ein mächtiger König, wußte Gaborn nicht, was er mit ihm anfangen sollte.

Noch immer wagte er zu hoffen, er könne die Truppen des alten Königs in den Krieg führen.

»Ich habe Euch ein Zeichen gegeben«, sagte er also. »Werdet Ihr mir nun die Treue schwören? Bereut Ihr Eure Verbrechen?«

Lowicker lachte lediglich spöttisch und setzte ein berechnendes Lächeln auf. »Gewiß, mein Lord. Schenkt mir das Leben, und ich schwöre bei den Mächten, jeden Morgen Eure Bettpfannen zu leeren!«

»Ihr wollt demnach lieber sterben?« fragte Gaborn. »Den Tod zieht Ihr einem Leben im Dienste vor?«

»Wenn ich leben soll, dann nur um bedient zu werden, nicht um zu dienen«, donnerte der alte König.

Etwas anderes hatte Gaborn nicht erwartet. Er schüttelte traurig den Kopf und blickte seine Ritter an. Einen

König zu töten war selbst in der Hitze der Schlacht kein unbedenkliches Unterfangen, da sich rasch ein anderer Lord fand, der Vergeltung üben mochte. Nur wenige in Gaborns Gefolge würden ein solches Wagnis auf sich nehmen. Aber einen König kaltblütig hinzurichten war noch gefährlicher, denn es würde den Zorn von Lowickers Verbündeten heraufbeschwören.

Obwohl diese Tat am besten von einem Mann gleichen Ranges begangen würde, wollte Gaborn es nicht tun. Er fragte: »Wer von Euch gibt ihm den Gnadenstoß?«

Die Hohe Königin Herin die Rote antwortete entschlossen: »Ich. Stets habe ich Lowickers Gemahlin bewundert. Nun werde ich sie rächen.«

Celinor bot Königin Herin an: »Ihr mögt den Schnitt machen, meine Dame. Doch würde es mir eine Ehre sein, wenn Ihr dabei mein Schwert benutzt.«

Die Königin von Fleeds sprang von ihrem Wallach und nahm Celinors Schwert entgegen.

König Lowicker schrie: »Bitte! Nein!« und versuchte davonzukriechen.

Obwohl Lowicker verwundet dalag, konnte er sich noch immer verteidigen. Schließlich war er ein Runenlord, der Gaben der Muskelkraft und des Stoffwechsels besaß.

Während Königin Herin auf ihn zukam, holte er aus seinem Gewand einen Dolch hervor und warf ihn geübt auf die Kriegerin.

Die wollte ihn mit dem Schwert parieren, statt dessen traf die Klinge sie genau in die Brust.

Ihr Kettenhemd minderte die Wucht des Dolchs, und

das feste Gewebe ihres Wamses darunter verhinderte eine Verletzung.

Lowicker riß die Augen auf, als Königin Herin mit dem Schwert auf ihn zulief.

In Fleeds bestand die Strafe für Königsmord darin, daß dem Übeltäter Hände und Füße abgeschlagen wurden. Daraufhin ließ man ihn liegen. Lowicker würde trotz seiner Wunden nicht so bald den Tod finden. Er besaß so viele Gaben des Durchhaltevermögens, daß er nicht schnell sterben konnte.

Jenen zufolge, die später am Tage des Wegs kamen, lebte er unter Qualen noch bis zum Sonnenuntergang, dann sog die Kälte ihm alle Wärme aus dem Leib, so daß er wie eine Schlange verendete.

KAPITEL 17
Das Patt

Die Todesmagierin stand einfach nur da vor den Mauern von Carris, ihr häßlich gelber Stab leuchtete pulsierend, und die hellen Runen, die auf ihren Panzer tätowiert waren, glühten düster. Sie fuchtelte herum, und Roland stellte sich vor, daß sie jeden Augenblick einen unheilbringenden Zauber heraufbeschwören würde und das Vorwerk schmelzen oder zu Schutt zerfallen ließe.

Statt dessen zeigte sie lediglich mit dem Stab auf das Burgtor, und eine Zeitlang geschah nichts.

Roland war ein guter Schwimmer. Wenn er die Gelegenheit erhielte, würde er seine Kleidung abstreifen und von der Mauer ins Wasser springen. Dann würde er eine Meile weit nach Süden schwimmen und schließlich ans Ufer gehen. Vielleicht gelänge ihm die Flucht.

Aber dann endlich erkannte er ihren Plan.

Sie beschwor keinen Zauber.

Aus den Reihen Zehntausender Greifer trat ein einzelner hervor. Verglichen mit seinen Gefährten war er erbärmlich winzig und über und über mit alten Narben bedeckt.

Allein schritt er auf die Burg zu, auf die neun feurig grünen Schilde, die die Flammenweber als Wächter aufgestellt hatten.

Nun begriffen alle in der Burg den Plan der Greifer. Der Hauptmann der Artillerie befahl seinen Männern, auf die gedrungene Kreatur zu schießen, und sofort folgten sie der Aufforderung.

Aber wie zuvor verfehlten die Ballistenbolzen ihr Ziel, und der winzige Greifer trabte auf den Anfang des Damms zu, mitten in die grün glühenden Schilde hinein.

Roland sah nicht mehr, was passierte. Er duckte sich hinter der Zinne, ehe der kleine Greifer die Flammenwächter auslöste. Dann spürte er nur mehr das Beben der Mauern und die Hitzewelle, die über ihn hinwegbrandete. Licht und Staub wirbelten in die Luft.

Damit waren die Schilde der Burg verschwunden.

Die Flammenweber, welche Carris beschützen wollten, hatten sich umsonst verausgabt. Nachdem Roland sich erhoben hatte, blickte er zu ihnen hinunter. Zwei von ihnen, jetzt nicht einmal mehr von Flammen bekleidet, schlichen nackt die Treppe hinunter, während der dritte widerwillig seine zerstörten Schilde betrachtete.

Da die Wächter nun besiegt waren, wollte sich die Todesmagierin offensichtlich nicht länger mit der Burg aufhalten, wandte sich um und marschierte nach Norden.

Aber eine Kohorte von tausend Klingenträgern verharrte und bildete knapp außer Reichweite der Geschosse eine lange Reihe vor Carris.

Ihre Absicht war deutlich. Niemand würde aus der Burg fliehen können.

Die Todesmagierin führte ihre Horde nach Norden, und Roland war über ihren Abmarsch froh. Doch sie zog nicht sehr weit.

Nur ein Stück von der Burg entfernt lag eine kleine

Erhebung, der Knochenhügel, wo jahrhundertelang Schlachten um Carris ausgetragen worden waren.

Am Fuß dieses kleinen Berges blieb die Todesmagierin stehen und brachte den Kopf dicht an den Boden heran, einem Hund gleich, der eine Witterung aufnimmt. Langsam ging sie in weitem Kreis um die Erhebung, während ihre Ergebenen hundert Meter hinter ihr warteten.

Nachdem sie den Hügel ganz umkreist hatte, wiederholte sie das gleiche noch einmal, nur schneller jetzt, und senkte den schaufelförmigen Kopf tiefer, so daß sie einen vollkommenen Kreis in die Erde zog. Bei einem dritten Umlauf vertiefte sie die Furche.

Währenddessen begannen alle Greifer zu zischen.

Momente später wehte der Wind einen Geruch heran, der den von Schnee und Asche durchdrang – einen Duft, wie ihn Roland nie zuvor wahrgenommen hatte. Süßer als der Nektar der Rose war er, zarter und exotischer.

Von allem, was er an diesem Tag erlebt hatte, erschien ihm dieser Duft am wunderlichsten. Er atmete tief ein und füllte seine Lungen mit dem schweren Parfüm.

»Was ist das für ein Geruch?« fragte ein Bauer Baron Poll im Flüsterton.

»Er stammt von den Greifern«, erklärte dieser.

»Aber … ich habe stets gehört, Greifer hätten keinen Geruch, und selbst Hunde könnten sie nicht wittern.«

Baron Poll schüttelte verwundert den Kopf. »Mein guter Mann, sogar der klügste Gelehrte der Welt könnte sein gesamtes Wissen über Greifer in einem Buch niederlegen, das nicht mehr als zehn Seiten umfaßt, und trotzdem wäre es das wenige Papier nicht wert, es sei denn, man verwendet es auf dem stillen Örtchen.

Manche behaupten, Greifer hätten keinen Geruch, und andere behaupten, sie würden lediglich den Geruch ihrer Umgebung nachahmen. Dann gibt es da noch die These, Greifer würden nur nach etwas riechen, wenn sie wollen – aber … seit unserer letzten Schlacht mit Greifern an der Erdoberfläche sind zweitausend Jahre vergangen. Der Großteil unseres Wissens über sie ist verloren. Was geblieben ist, sind Halbwahrheiten und Übertreibungen.«

Nachdem die Todesmagierin den Hügel noch sechs weitere Male umschritten hatte, stieg sie zu dessen Spitze hoch.

Andere nahmen die kristallinen Schädel von der Sänfte und schmückten den Berg damit, so daß in alle Richtungen augenlose Greiferschädel starrten.

Anschließend hob die Todesmagierin ihren Stab über den Kopf. Niedere Magierinnen bildeten am Fuß des Hügels einen Kreis. Jede trug einen toten oder sterbenden Mann im Maul, und jetzt packten sie die Körper und wrangen sie aus wie nasse Lumpen. Blut und Innereien spritzten in den Graben. Dann warfen sie die Leichen beiseite.

Nun machte sich ein anderer Geruch breit – ein geisterhafter Gestank nach Rauch und Verwesung.

Die Heuler und Klingenträger verließen den Knochenhügel und zerstreuten sich im Land. Sie begannen, jegliche menschlichen Bauwerke zu zerstören – sie schleiften Festungen und rissen Häuser nieder, entwurzelten

Bäume und zertraten Steinzäune, die seit Hunderten oder gar Tausenden von Jahren standen.

Sie zerstörten alles, ließen nichts aus, und dabei gingen sie mit beängstigender Geschwindigkeit vor.

Die Schleimwürmer fraßen die Pflanzen, zerkauten ganze Bäume und das Stroh der Dächer, dann spuckten sie es in Form klebrigen Speichels wieder aus. Heuler holten sich diese breiige Masse und zogen Bänder daraus, die rasch härteten. Dieses feste Garn schleppten sie zum Knochenhügel, den sie damit umwickelten und einen steifen Kokon flochten, einen Schirm, hinter dem die Greifermagierinnen ihre Arbeit fortsetzten. Sie höhlten den Berg aus und gestalteten fremdartige, gewundene Muster auf dem Boden.

Die Klingenträger bauten unterdessen am Fuß des Hügels Gänge zur Verteidigung.

Innerhalb der nächsten Stunde hatte sich der letzte Rest des magischen Nebels gelichtet, und nun konnte Roland meilenweit ins Land sehen. Das Herz wollte ihm stehenbleiben.

Im Süden erstreckte sich eine unendliche Reihe Greifer, die von den Bergen herab auf Carris zumarschierten. Diese zwanzigtausend, die Carris belagerten, stellten lediglich die Vorhut einer riesigen Armee dar.

Er hatte zu hoffen gewagt, die Greifer würden nach Norden weiterziehen. Jetzt erschien es ihm, als hätten sie gefunden, wonach sie gesucht hatten: eine neue Heimat.

Raj Ahten stand auf dem Wehrgang des Torturms und betrachtete die Berge im Süden. In Abständen von Viertelmeilen sah er Greifer zu dritt oder neunt, die eine lange Reihe von Carris bis zu den Trostbergen bildeten. Sie auf ihrem Marsch zu beobachten konnte einen Mann um den Verstand bringen.

Die Mauer aus Klingenträgern vor der Burg würde jeden Ausfall zum Scheitern verurteilen.

Raj Ahtens Flammenweber und Berater hatten sich um ihn versammelt, während sein Days hinter ihm stand. Unterdessen stieg Lord Paldane, der Jäger, in den Turm hinauf.

»Mein Lord«, grüßte er leise und sorgenvoll, »wenn ich kurz mit Euch sprechen dürfte?«

Raj Ahten blickte ihn neugierig an. Das Benehmen des Mannes zeugte von Demut. Aber Herzog Paldane war schlau, listig und für sein strategisches Denken berühmt. Vermutlich wäre er in einem Krieg der am meisten zu fürchtende Gegner. Jetzt kam er an wie ein Hund, der den Schwanz zwischen die Beine geklemmt hat.

»Ja?«

»Ich habe mir einen Plan überlegt, auf welche Weise wir die Burg verlassen könnten«, sagte Paldane. »An der Nordmauer befindet sich ein Aquädukt, das durch ein Tor geschützt wird.«

»Ich weiß«, erwiderte Raj Ahten. »Vor siebenhundertvierzehn Jahren, während der Belagerung von Pears, gab Herzog Bellonsby vor, er würde die Stadt verlassen, indem er Tag und Nacht seine Männer mit Booten ans andere Ufer übersetzte. Doch nachdem Kaifba Hariminahs Soldaten die Stadt schließlich eingenommen hatten und sich daraufhin bei der Siegesfeier sinnlos betranken,

280

kehrten Bellonbys Männer durch die königlichen Keller zurück und metzelten sie alle nieder.«

Raj Ahten ließ Paldane wissen, daß er ihn erwartet hatte. »Natürlich verfügt Ihr über eine große Anzahl Boote.«

»Ja«, bestätigte der Herzog. »Über fast achthundert. Wir können mit der Evakuierung der Frauen und Kinder beginnen, etwa zehntausend pro Überfahrt. Ich schätze, eine Fahrt hin und zurück wird etwa zwei Stunden dauern.«

Über hunderttausend Menschen am Tag. Falls durch ein Wunder die Greifer in den nächsten fünf oder sechs Tagen nicht angriffen, konnte man die Burg räumen.

Der Wolflord starrte Paldane entschlossen an und dachte nach. Frauen und Kinder. Natürlich gaben diese Nordmenschen dem den Vorrang.

Fast hätte er gelacht. Diese Menschen waren seine Erzfeinde.

Hatten sie jemals über das Wohl von Raj Ahtens eigenen Frauen und Kindern nachgedacht? In den vergangenen fünf Jahren hatten Meuchelmörder fast seine gesamte Familie getötet – seinen Vater, seine Schwester, seine Frauen und Söhne. Der Krieg zwischen den Lords von Rofehavan und ihm war eine blutige, persönliche Angelegenheit. Erst indem er gen Norden zog, hatte er ihm eine unpersönliche Note hinzugefügt. Die blutige blieb.

Leicht konnte Raj Ahten seine Unbesiegbaren mit einer einzigen Fahrt der Flotte aus der Stadt bringen und das Volk von Carris sich selbst überlassen. Oder er würde all seine Krieger evakuieren, was ihm bis zum Abend gelingen würde.

Er fragte Paldane: »Warum glaubt Ihr, am Ostufer wäre es sicherer? Haben die Greifer nicht wahrscheinlich auch dort Wachen aufgestellt?«

Der Donnestgreesee war groß, erstreckte sich über vierzig Meilen von Norden nach Süden und dreieinhalb Meilen vom östlichen bis zum westlichen Ende.

»Vielleicht«, antwortete der Herzog vorsichtig. »Aber meine Weitseher auf dem Turm haben keine entdecken können.« Raj Ahten konnte die Zweifel, die Sorgen und Ängste, die Paldane im Kopf herumschwirrten, beinahe mit Händen packen.

Er deutete auf die Greiferkolonne, die von den Bergen im Süden heranmarschierte. »Möglicherweise warten die Greifer noch auf Verstärkung«, vermutete er, »oder sie haben heimlich Truppen hinter den Bergen stationiert. Diese Todesmagierin würde ich nicht unterschätzen. Frauen und Kinder in eine noch größere Gefahr zu schicken wäre närrisch.«

Im Osten lagen, wie er wußte, etliche Dörfer, dazu einige kleinere Festungen, die seine Männer verteidigen könnten. Die Küste war allerdings steinig, das Land bergig, weshalb nur wenige Schafhirten und Holzfäller dort lebten. Der Wolflord wandte sich an Feykaald, seinen alten Berater. »Besetzt zwanzig Boote zu gleicher Zahl mit unseren und Paldanes Soldaten. Sie sollen das Ostufer des Sees nach Greifern absuchen, anschließend ein Stück ins Land ziehen und prüfen, ob wir uns dort in Sicherheit befänden. Wenn sie damit fertig sind, sollen

282

sie eine der Festungen besetzen und mir Nachricht überbringen lassen.«

Feykaald betrachtete Raj Ahten unter schweren Lidern hervor und verbarg ein Lächeln. Er begriff das Spiel des Wolflords. Die Küste zu erkunden und einen Brückenkopf zu sichern lohnte sich allemal, denn das mußte Raj Ahten sowieso unternehmen, wenn er seine Männer evakuieren wollte. »So soll es geschehen, o Licht des Himmels.«

Unverzüglich gab er die entsprechenden Befehle an einige Hauptmänner aus, die daraufhin ihre Soldaten versammelten.

»Mein Lord«, sagte Paldane, »wir haben viel Holz in der Stadt, Feuerholz, Balken der Häuser und Ställe. An der Ostmauer könnten Männer Flöße bauen. Mit ausreichend Flößen könnten wir die Menschen viel schneller fortschaffen.«

Raj Ahten sah den Mann lange an. Paldane war dünn, hatte ein scharfgeschnittenes Gesicht und dunkles Haar, das fast vollständig ergraut war. Seine dunklen Augen verrieten einen hervorragenden Scharfsinn. Der Wolflord widersprach: »Noch nicht. Wenn wir die Flöße zu früh bauen lassen, denken die Männer nur an Flucht und nicht daran, wie wir uns verteidigen können. Und Carris zu halten hat im Moment größte Bedeutung.«

»Mein Lord«, sagte Paldane, »angesichts der Verstärkung, die die Greifer von Süden her erhalten, vermute ich, daß die Flucht unsere beste – wenn nicht einzige – Wahl ist.«

Raj Ahten lächelte geübt auf eine Weise, die mehr als

nur ein einfaches Verziehen der Lippen darstellte. Er kniff die Augen zusammen. »Ihr seid entlassen.«

Nachdem sich der Nebel gelichtet hatte, verbreitete sich die Nachricht, Raj Ahten habe Kundschafter mit Booten nach Osten geschickt, damit die Burg evakuiert werden könne.

Diese Neuigkeiten verbesserten Rolands Befindlichkeit. Erst jetzt fand er Zeit, sich Carris einmal näher anzuschauen. Unter ihm standen Häuser, und ein Mandelbaum wuchs geradewegs an der Mauer so weit in die Höhe, daß Roland einen Sprung hinein gewagt hätte, ohne sich vor einer Verletzung fürchten zu müssen. Er stand genau oberhalb des Gartens eines Lords, und die Stadt erstreckte sich unter ihm weit nach Norden.

Westlich im inneren Burghof sah er Tausende von Einwohnern, und die Pferde von Raj Ahtens Kriegern waren in langen Reihen in den Straßen festgebunden.

An der Westwand des äußeren Burghofs hockten vierzig Frowth-Riesen, von denen jeder sieben Meter maß. Ihr gelbbraunes Fell wirkte unter den Kettenharnischen dunkler als sonst, da es vom Regen naß geworden war. Die Riesen schauten sich mit ihren großen, silbernen Augen um und erweckten einen traurigen, geschundenen Eindruck. Sie brauchten häufig frisches Fleisch, und es gefiel Roland überhaupt nicht, mit welch gierigen Blicken sie die Kinder der Stadt anstarrten, die die Ungeheuer aus Eingängen und Fenstern beäugten.

Mindestens genauso furchterregend wie die Riesen

waren die Kriegshunde, Mastiffs, die Rüstung trugen – Masken und Harnische aus rotlackiertem Leder, dazu Halsbänder, die mit spitzen, gebogenen Nägeln versehen waren. Bei diesen Tieren handelte es sich um Krafthunde, die für den Krieg gezüchtet wurden und mit Gaben der Muskelkraft, des Durchhaltevermögens und des Stoffwechsels von anderen Hunden ihres Rudels versorgt worden waren.

Wenn diese Tiere Angst in ihm auslösten, so wußte Roland doch, daß Raj Ahtens Krieger weitaus gefährlicher waren. Jedem Unbesiegbaren standen wenigstens zwanzig Gaben zu Buche. In der Schlacht waren sie allen anderen Soldaten der Welt überlegen.

Über diese Truppe hinaus beherbergte Carris über dreihunderttausend gewöhnliche Soldaten aus Mystarria, Indhopal und Fleeds. Die Männer drängten sich auf den Wehrgängen, in den Türmen und auf den Straßen wie Fleisch in der Wurstpelle. In den Burghöfen und Gassen war wegen der vielen Lanzenträger kaum ein Durchkommen.

Eine solche Streitmacht hätte eigentlich jedem Angriff widerstehen müssen. Nur gegen eine Attacke der Greifer würde sie wenig ausrichten.

Er beobachtete die kleine Flotte von zwanzig Booten, die nach Osten aufbrach, und hoffte inständig, sie würde bald zurückkehren, damit die Evakuierung beginnen könnte. Dann überlegte er sich, auf welche Weise er am besten ins Wasser gelangen würde, falls die Notwendigkeit dazu bestünde.

Den ganzen Morgen über verwüsteten die Greifer das

Land oder marschierten von Süden heran. Ihre Anzahl um Carris herum war unmöglich genau zu bestimmen, aber sicherlich handelte es sich um Zehntausende.

Seit Menschengedenken hatte niemand mehr Greifern bei der Arbeit zugeschaut – niemand kannte ihre Geschicklichkeit und ihre Geschwindigkeit.

Ein starker Wind wehte, und wieder fiel schwacher Regen. Wässeriger Glanz überzog die ledrige Haut der Greifer. Regen und Wolken ließen eine gewisse Hoffnung in den Menschen auf Burg Carris keimen, denn – das wußte jeder – vor einem Gewitter würden die Ungeheuer vermutlich fliehen.

Überall buddelten Heuler und zerstörten Verteidigungsanlagen, gruben Löcher, hoben im Süden und Westen Gräben aus, fluteten sie mit Wasser aus dem Donnestgreesee und schufen so vier sich durchs Land schlängelnde Kanäle.

Von den Feldern im Westen drangen seltsame, fremdartige Geräusche herüber, das Poltern und Rasseln der Greifer, das anscheinend grundlose und unerklärliche Bellen der Heuler, das Schmatzen der Schleimwürmer. Über allem lag ein Zwitschern wie das Knirschen von Knochen, welches die Gree ausstießen, während sie durch die Luft schwirrten. Dieser Lärm vermittelte Roland das Gefühl, er befinde sich in einer anderen Welt.

Im Norden arbeiteten die Greifermagierinnen und die Schleimwürmer am Knochenhügel und fügten Steine zu einem geheimnisvollen Muster zusammen, einem merkwürdigen, verschlungenen und irgendwie bösartig wirkenden Relief. Die Magierinnen sprühten bestimmte Felsen und Vorsprünge dieser Skulptur mit Flüssigkeiten aus ihren Spundlöchern ein, was einen übelkeitserregenden, faulen Gestank hervorrief.

Inzwischen bauten die Greifer eine Meile südlich der Stadt einen eigentümlichen Turm – schwarz und gewunden wie das Horn eines Narwals –, der sich jedoch in einem seltsamen Winkel erhob, als wollte er auf den Knochenhügel zeigen.

Zum See hin errichteten sie mehrere große Gewölbe aus Steinen, die mit dem Schleimwurmharz verbunden wurden. Mancher auf der Mauer vermutete, es seien Kammern, die zum Eierlegen oder Brüten dienten.

Nur eins taten die Greifer nicht: Carris angreifen.

Sie machten ganze Weiler, die über Jahrhunderte gewachsen waren, dem Erdboden gleich. Sie plünderten Festungen und führten die Steine ihren eigenen Zwecken zu. Sie rissen Straßen und Gärten auf.

Aber sie griffen nicht an. Solange die Klingenträger die einzige Straße nach Carris versperrten, durfte niemand auf Flucht oder einen Ausfall hoffen. Nun, wenn die Greifer allerdings auch weiterhin die Burgtore nicht stürmten, wäre Roland, was ihn betraf, mit dieser … Abmachung einverstanden.

Während der Tag seinen Lauf nahm, vergaß er sogar die Schrecken des Morgens, die Schreie von Raj Ahtens Fußsoldaten, die niedergemetzelt worden waren. Langsam verstrichen die Stunden, und die Männer auf den Mauern verhielten sich bemerkenswert still. Erst gegen Mittag lebten erneut Gespräche auf.

Die Kundschafter waren vor Stunden aufgebrochen

und würden gewiß bald zurückkehren. Wer jedoch wollte ihnen einen Vorwurf machen, wenn sie dies nicht taten?

Wieder und wieder schweiften die Blicke der Männer im Verlauf der Stunden hinaus auf den See, aber am Horizont im Osten tauchte kein einziges Boot auf.

KAPITEL 18
Der schwächliche König Lowicker

Bis vor einer Woche hatte sich Myrrima nie weiter als zehn Meilen von ihrer Heimat entfernt, und während sie nun durch Fleeds ritt, beschlich sie das Gefühl, alles, was sie bisher gekannt hatte, würde ihr entgleiten.

Sie ließ ihre Familie und ihr Land hinter sich. Auf dem Weg nach Süden veränderte sich die Landschaft beständig. Zuerst kamen sie durch die Ebene des südlichen Heredon, durch die Cañons des nördlichen Fleeds, und jetzt ging es noch weiter nach Süden. Diese Landschaft war fruchtbarer und auch feuchter als die zu Hause. Einige der Bäume, die entlang der Straße standen, hatte Myrrima nie zuvor gesehen, und selbst die Menschen erschienen ihr anders – die Schafhirten von Fleeds waren meist kleiner und dunkler, die Angehörigen der Pferdeclans hingegen größer und heller. Die Hütten wurden nicht aus Lehmflechtwerk gebaut, sondern aus Stein. Und sogar die Luft hatte einen unterschiedlichen Geruch, obwohl sie sich dessen nicht sicher war, da sie erst vor kurzem die Gabe des Geruchssinns von einem Hund übernommen hatte.

Sie hatte jedoch mehr als nur ihre Heimat zurückgelassen, jetzt, wo sie mit der Kraft von drei Männern, der Anmut von vier, dem Durchhaltevermögen ihrer Hunde und der Geschwindigkeit von fünf Menschen ausgestattet war.

Ihrer eigenen Kraft war sie sich nie bewußt gewesen.

Trotzdem fühlte sie sich auf beunruhigende Weise noch immer wie dieselbe. Sie liebte weiterhin dieselben Dinge, erkannte bei sich die alten Unzulänglichkeiten. Sie fühlte sich hilflos, sogar mit all den Gaben. Obwohl sie ein Wolflord war, blieb sie im Innersten eine Gewöhnliche.

Ob Borenson ihre Reise nach Süden gutheißen würde, wußte sie nicht, aber bei Anbruch der Nacht hoffte sie ihn in Carris zu treffen. Wenn er ihr nur das Recht, ihn nach Inkarra zu begleiten, zugestehen würde, auch wenn sie keinesfalls an seine Geschicklichkeit im Umgang mit Waffen heranreichte.

Die Begegnung mit Lord Pilwyn hatte sie erschüttert und verunsichert. Auf was für Feinde würde sie in Inkarra stoßen? Wie konnte sie hoffen, diese zu besiegen? Gaben allein reichten nicht aus, wenn man Zauberer wie den Sturmlord überwinden mußte.

Bei Tor Doohan trafen sie auf eine fast chaotische Situation. Gaborns Ritter hatten sich über Meilen verstreut. Manche erreichten den Palast der Roten Königin gerade erst. Ein Vorbeigehender teilte Myrrima und Iome mit, daß Gaborn vor einer Stunde nach Süden aufgebrochen war.

Aus dem Schatten der großen weißen Steine ritt ein Ritter zu ihnen und sagte zu Iome: »Euer Hoheit, Seine Majestät König Orden bat mir, Euch darüber in Kenntnis zu setzen, daß er in großer Eile nach Carris weiterziehen mußte. Er hat diesen Brief für Euch zurückgelassen.«

Iome las den Brief, schnupperte am Papier, um sich zu vergewissern, ob Gaborns Geruch ihm anhaftete. Nach der Lektüre zerknüllte sie ihn verärgert und stopfte ihn in die Tasche.

»Schlechte Nachrichten?« fragte Sir Hoswell. »Kann ich Euch irgendwie helfen?«

Iome blickte ihn abwesend an.

»Nein«, antwortete sie. »Mein Lord hat es sehr eilig, Carris zu erreichen. Er bittet uns, ebenfalls rasch dorthin zu reiten. Wir werden den Pferden nicht viel Ruhe gönnen können, wenn wir vor Anbruch der Nacht zu ihm stoßen wollen.«

»Ist es weise, überhaupt den Versuch zu unternehmen, meine Dame?« fragte Sir Hoswell. »Ihr seid bereits vierhundert Meilen geritten. Sogar ein so gutes Tier kann eine solche Anstrengung nicht leicht verkraften.«

Damit hatte er recht. Sir Borensons Kraftpferd hatte noch gut im Futter gestanden, als sie nach Süden aufgebrochen waren, aber in den vergangenen zwei Tagen hatte es wenigstens siebzig oder achtzig Pfund Fett verloren.

Die Lords von Rofehavan fütterten ihre Kraftpferde, wenn sie schnell reisten, mit einer speziellen Mischung namens Miln. Diese bestand aus Hafer und Gerste, die mit Sirup verrührt und oft zusätzlich mit Luzerne und Honigklee angereichert wurde. Für ein gewöhnliches Roß war Miln schwer verdaulich, ein Kraftpferd konnte damit stundenlang laufen, während ein Tier, das nur mit Gras gefüttert wurde, »Stroh in den Beinen« hatte, wie man sagte, da es nicht lange durchhielt.

Aber selbst mit Miln konnte ein Kraftpferd nicht ewig weiterlaufen. Myrrimas Tier besaß drei Gaben des Durchhaltevermögens. Daher würden ihm einige Stunden der Ruhe wie ein ganzer Tag erscheinen, und es würde sich entsprechend erholen.

»Gaborns Pferd hält auch durch«, widersprach Iome.

Hoswell schüttelte den Kopf. »Mir steht es nicht an, den Erdkönig zu maßregeln, aber Gaborn kennt die Gefahr, in die er sich begibt. Bei dieser Geschwindigkeit wird die Hälfte der Pferde seiner Ritter auf dem Weg nach Carris verenden.«

»Wir machen zwei Stunden Rast«, beschloß Iome. »Derweil können wir die Pferde füttern und zusätzlich Miln mitnehmen, das bis Beldinook reicht.«

Hoswell betrachtete sein Pferd. Es befand sich in einem wesentlich schlechteren Zustand als Iomes oder Myrrimas. Wenn er also Einwände dagegen erhob, den raschen Ritt fortzusetzen, dann hauptsächlich, weil er sich um sein Tier sorgte.

Falls es nicht schon lange vor Carris zusammenbrach, wäre es dort jedenfalls kaum mehr in der Lage, in die Schlacht zu reiten. Und auch bei einem überstürzten Rückzug würde es ihm keine Dienste mehr leisten können.

»So sei es«, seufzte er. Er sprang aus dem Sattel und führte das Pferd zu den Stallungen. Mit sich nahm er das Roß des Meuchelmörders aus Inkarra.

Myrrima blickte ihm hinterher.

»Warum starrt Ihr ihn so finster an?« fragte Iome. »Ist zwischen Euch etwas vorgefallen?«

»Nein«, erwiderte Myrrima. Hoswell gehörte der Königlichen Gesellschaft der Bogenschützen an, und er hatte Jahre im Süden verbracht, wo er die Fertigung von Hornbögen studierte. Sein Ruf war gut, und der König mochte ihn. Myrrima wollte den Grund für ihre Abscheu nicht preisgeben.

So saß sie auf Borensons großem Schlachtroß und unterdrückte den Drang, nach Süden weiterzuziehen. Iome hatte ihre Stimmung offenbar bemerkt.

»Gaborn hat mich in diesem Brief gebeten, hierzubleiben«, gestand die Königin. »Er glaubt, die Straße vor uns sei nicht sicher. Außerdem fürchtet er das ›Verhängnis, welches Carris droht‹, denn die Erde verlangt Angriff und Flucht zur gleichen Zeit, mit gleicher Leidenschaft. Er ist verwirrt. Ich dachte nur, ich sollte Euch besser warnen.«

»Vermutlich hat er recht«, stimmte Myrrima zu. Iome klang, als wüßte sie nicht, was sie tun sollte. »Meine Dame«, sagte Myrrima. »Falls Ihr hierbleiben möchtet, würde ich das verstehen … Aber ich reite nicht nach Carris, um in die Schlacht zu ziehen. Ich möchte lediglich meinen Gemahl nach Inkarra begleiten. Deshalb muß ich nach Süden weiter.«

»Ihr klingt so zielstrebig«, sagte Iome mißtrauisch. »Ich fürchte, Ihr werdet mir niemals verzeihen können.«

»Verzeihen? Was denn, meine Dame?« fragte Myrrima überrascht.

»Ich war es, die Euren Gemahl zu dieser Wiedergutmachung verpflichtet hat«, erklärte Iome. »Hätte ich gewußt, daß ich Euch damit nach Süden treibe, hätte ich es nicht getan. Vielleicht sollte ich das Urteil zurücknehmen ... es ist zu hart.«

»Nein«, entgegnete Myrrima. »Im Gegenteil, es ist großzügig. Ihr habt ihm die Möglichkeit geboten, sich die Vergebung zu verdienen. In Mystarria gibt es ein Sprichwort: ›Vergebung sollte man nie geschenkt bekommen – Vergebung muß man sich stets verdienen.‹ Mein Gemahl wird sich selbst seine Tat nicht verzeihen können, bis er es sich verdient hat.«

»Dann wünsche ich ihm, es möge gelingen, mit Euch an seiner Seite«, sagte Iome. »Ihr besitzt den Geist eines Kriegers. Mir ist schleierhaft, weshalb ich das zuvor nicht bemerkt habe.«

Myrrima schüttelte den Kopf und war glücklich über den Themenwechsel. Zwar hatte sie stets einen starken Willen gehabt, doch für einen Krieger hatte sie sich nicht gehalten – bis vor etwa einer Woche.

»Man sagt«, erzählte sie, »als der Erdkönig Erden Geboren gekrönt wurde, habe er seine Krieger Erwählt. Ich weiß sehr wohl, daß Gaborn mich bereits an dem Tag auf dem Markt in Bannisferre Erwählte, an dem wir uns zum ersten Mal begegnet sind, obwohl keiner von uns beiden seine Bestimmung zum Erdkönig kannte. Er hielt mich für ein wenig dreist, wollte mich nichtsdestotrotz an seinem Hof, eigentlich jedoch hat er mich Erwählt.

Und wißt Ihr, was ich dabei gedacht habe?«

»Nun?«

Myrrima zögerte, denn das hatte sie noch niemandem verraten, ja, hatte sich nicht einmal mehr daran erinnert. »Als wir da am Stand des Kesselflickers standen, er aufgemacht wie ein Geck, dachte ich: Für diesen Mann würde ich kämpfen. Ich würde sogar für ihn sterben.

Das hatte ich noch nie für einen Mann empfunden. Diese Erkenntnis verlieh mir den Mut, seine Hand zu nehmen, die Hand eines ganz und gar Fremden.«

Iome sagte verwirrt: »Gaborn hat mir erzählt, wie Ihr Euch kennengelernt habt, wie Ihr seine Hand auf dem Markt nahmt. Er empfand es jedoch eher als einen Akt der Verführung, mit dem eine arme Frau eine gute Partie machen will.«

Natürlich war es das gewesen, nur wurde Myrrima jetzt bewußt, daß sich noch etwas anderes dabei abgespielt hatte. Sie versuchte diese eigentümliche Erkenntnis in Worte zu fassen. »Vielleicht hat Gaborn mich gar nicht Erwählt, so wie wir einander Erwählen. Letzte Woche habt Ihr mir gesagt, man könne seine schöpferischen Kräfte in nichts so gut erreichen als in dem Wunsch nach einem Kind. Ich … es geht noch darüber hinaus. Seitdem wir uns begegnet sind, betrachte ich die Erde, und immer wieder bezaubert mich ihre Schönheit – das Gelb der Gänseblümchen, die bläulichen Schatten der Steine, der intensive Duft von Moos. Gaborn hatte mich erweckt, hatte mein Leben bereichert. Aber da gibt es noch etwas: Er ruft in mir den Wunsch wach, gegen etwas zu kämpfen.«

»Ihr seid eine unheimliche Frau, Myrrima.«

Myrrima versuchte, das Gesagte ein wenig abzuschwächen. »Ich habe Euch mitgeteilt, ich würde verstehen, wenn Ihr hierbleiben wolltet. In Carris wird es sehr gefährlich sein. Ich möchte trotzdem dorthin.«

»Weder seid Ihr noch bin ich ausreichend im Umgang mit Waffen geübt, um in die Schlacht zu ziehen«, warnte Iome. »Das wäre nicht weise.«

»Das weiß ich«, stimmte Myrrima zu. »Nur bleibt dennoch der Wunsch.«

Iome biß sich auf die Unterlippe. »Ich denke … Euch leiten gute Absichten. Und da Ihr ein Runenlord seid, müßt Ihr Euch anstrengen, sie in die Tat umzusetzen. Bei Eurem Durchhaltevermögen könnt Ihr ohne Unterlaß daran arbeiten; mit Eurer Muskelkraft könnt Ihr gewaltige Hiebe austeilen. Unser Volk verdient, daß wir das Beste geben.

Dennoch beunruhigt mich das alles, Myrrima. Euch wurde so vieles in so kurzer Zeit geschenkt. Ich möchte Euch nicht sterben sehen.«

Myrrimas Pferd beugte den Kopf vor. Zwar war der Boden hier festgestampft und kaum ein Stengel wuchs noch, aber das Tier fand nichtsdestotrotz ein paar Blätter Klee.

»Wir werden schnell reiten«, versprach Iome. »Vielleicht treffen wir dann vor Sonnenuntergang in Carris ein.«

»Ihr seid zu freundlich, meine Dame«, erwiderte Myrrima, stieg von ihrem Pferd und vertrat sich die Beine.

Zwei Stunden später aßen sie in einem Gasthaus. Ein Kurier brachte Neuigkeiten aus dem Süden: Lowicker von Beldinook hatte den Erdkönig in einen Hinterhalt locken wollen, war jedoch an der Grenze besiegt worden.

Iome wankte angesichts dieser schlechten Nachricht.

Lowicker hatte sein Wort gegeben, mit Gaborn zusammenzugehen, hatte versprochen, ihm Ritter zur Seite zu stellen. Lowicker wollte seine Truppen sogar persönlich gegen Raj Ahten führen und außerdem Gaborn und seine Soldaten mit Vorräten versorgen.

Was würde also nun geschehen, da Gaborn den König von Beldinook besiegt hatte? Ein Verbündeter nach dem anderen fiel aus. Es war fast zwei Uhr am Nachmittag. König Orwynne war gestern um diese Zeit im Kampf gegen den Glorreichen der Finsternis gefallen. Jetzt hatte sich Lowicker als Verräter erwiesen und war dafür mit dem Tode bestraft worden.

Anstelle des alten Königs müßte nun dessen Tochter entweder gegen Gaborn in den Krieg ziehen oder Bedingungen für die Kapitulation aushandeln. Gaborn hatte es jedoch eilig, und er würde sicherlich beides nicht wünschen.

Gleich, wie sich Lowickers Tochter entschied, Gaborn wollte nur ihr Land passieren.

Es konnte gefährlich werden, die Reise nach Beldinook fortzusetzen. Die Ritter des Erdkönigs waren zwischen hier und Carris verstreut, vermutlich in Gruppen von einem Dutzend Mann Stärke.

Dadurch war es für Gaborn unmöglich zu kämpfen. Ja, die kleinen Gruppen boten im Gegenteil wunderbare Ziele für Beldinooks Zorn.

Nein, Lowickers Tochter würde sich nicht ergeben, sondern angreifen. Sie würde jeden hetzen, den sie auf ihrem Land antraf.

Gaborn hatte gehofft, Lowicker würde ihm Hunderttausende von Soldaten zur Verfügung stellen. Nun mußte er sich durch dieses Heer hindurchkämpfen.

Iome seufzte, blickte von Myrrima zu Hoswell und sagte entschlossen: »Wir brauchen zusätzliche Vorräte für uns und unsere Tiere.«

Auf den Anblick, der sie bei der Kriskavenmauer erwartete, war Myrrima nicht vorbereitet. Der Kurier in Fleeds hatte lediglich berichtet, Gaborn habe Lowickers Hinterhalt vereitelt. Die Zerstörung der Mauer hatte er verschwiegen.

Zudem hatte Myrrima nicht gedacht, Lowicker noch lebend vorzufinden. Die drei Reiter erreichten die Mauer, hinter welcher der alte König auf dem Boden lag und von einem Dutzend Krieger Gaborns bewacht wurde.

Man hatte ihm einen Speer durch den Bauch gebohrt und ihn so auf der Erde festgenagelt. Das Banner, das an dem Speer hing, bezichtigte Lowicker des Königsmordes. Arme und Beine hatte man dem Mann abgeschlagen, und nun lag nur der Rumpf, der noch immer in die königlichen Gewänder gekleidet war, in der heißen Sonne.

Lowicker besaß viele Gaben des Durchhaltevermögens, und nur aus diesem Grunde lebte er noch. Allein ein König oder einer von Raj Ahtens Unbesiegbaren konnte eine solche Tortur so lange durchstehen. Um ihn herum bildete das Blut Lachen, die Schwärme von Fliegen anzogen. Mit so vielen Gaben des Durchhaltevermögens begannen die entsetzlichen Wunden nichtsdestotrotz rasch zu heilen.

Mit Erstaunen betrachtete Myrrima, wie der sterbende

Monarch sich ans Leben klammerte. Lange würde es nicht mehr dauern, und eigentlich sollte er sich nach dem Tod sehnen.

Diese Strafe war für Königsmörder vorgeschrieben. Während sie heranritten, seufzte Myrrima schmerzlich: Auch Sir Borenson war ein Königsmörder, und dem Gesetz nach hätte Iome dieses Urteil über ihn verhängen können.

Der Geruch des Todes überdeckte jeden anderen, stellte Myrrima mit den Gaben ihrer Hunde fest. Er duftete überraschend verlockend.

Beim König angekommen, wandte dieser ihnen den Kopf zu und starrte Iome an, während ihm der Schweiß von der Stirn rann. Lachend höhnte er: »Nun, Brut von Sylvarresta, seid Ihr gekommen, um Euch an meinem Anblick zu weiden?« Aus seinen Worten konnte man die Schmerzen heraushören.

Iome schüttelte den Kopf. Sie befahl einem der Ritter: »Gebt ihm wenigstens etwas zu trinken.«

Der Baron schüttelte den Kopf. »Das würde sein Leiden doch nur verlängern. Außerdem ließe er Euch, wäret Ihr an seiner Stelle, bestimmt kein Wasser zukommen.«

Sie sah König Lowicker freundlich an. »Möchtet Ihr etwas trinken?«

»Ach, schau an, sie verspürt Erbarmen für den Verdammten«, fauchte er. »Spart Euch Euer Mitleid. Ich will es noch weniger als Euer Wasser.«

Eine solche Kälte, selbst im Angesicht des Todes, konnte Myrrima nicht fassen. Aber diesen zufriedenen Blick hatte sie schon bei anderen gesehen, auf Burg

Sylvarresta, als die Wachen die Plünderer vor der Ankunft des Glorreichen der Finsternis bestraften. Diese Männer, ausgemachte Verbrecher, hatten sich vor dem Erdkönig verborgen, damit er ihnen nicht ins Herz blickte und ihren wahren Charakter entdeckte.

Nun erkannte sie Lowickers Dilemma. Während viele Könige sich mit Gaborn verbündeten und auf diese Weise sich und ihr Volk zu retten hofften, würden andere so enden wie Lowicker von Beldinook und Anders von Süd-Crowthen – verdorbene Männer, denen keine andere Wahl blieb, als sich gegen den Erdkönig zu stellen.

Lowicker wußte, er war so durch und durch bösartig, daß er nicht auf Gnade hoffen durfte.

»Ich bemitleide Euch trotzdem«, sagte Iome.

Der alte König kicherte wahnsinnig. Tränen zogen Linien durch sein staubbedecktes Gesicht. Der Schmerz und die heiße Sonne trübten offensichtlich seinen Verstand.

Was für ein widerlicher Mensch, dachte Myrrima. Er verdient kein Erbarmen, und dennoch bietet Iome es ihm an. Er verdient kein Wasser, und trotzdem würde die Königin es ihm geben.

»Euer Hoheit«, sagte Sir Hoswell nach einer Weile, »soll ich es tun?« Er wagte nicht, ein so hartes Wort wie »töten« zu benutzen.

Myrrima überlegte, ob Iome zustimmen und den Alten von seinem Leiden befreien würde.

»Nein«, antwortete die Königin, die plötzlich zornerfüllt wirkte. »Damit würde ich ihm zu weit entgegenkommen.« Sie trieb ihr Pferd an Lowicker vorbei, und Myrrima verspürte tiefe Erleichterung.

KAPITEL 19
Ein Held wider Willen

Im Westturm von Herzog Paldanes Bergfried starrte Raj Ahten aus dem Fenster und beobachtete die Arbeiten der Greifer.

Im Augenblick konnte er nichts anderes tun als warten. Seine Kundschafter waren noch nicht von der Ostseite des Sees zurückgekehrt, und daher wußte er nicht, ob eine Flucht über das Wasser möglich war. Da die Truppe inzwischen jedoch lange überfällig war, ging er davon aus, sie sei bis zum letzten Mann getötet worden.

Im Hinterkopf dachte er, Gaborn würde Carris mit seinem Heer zu Hilfe eilen. Vielleicht mußte sich der Erdkönig persönlich auf eine Schlacht mit den Greifern einlassen, und zufrieden stellte er sich vor, wie er diesem Kampf zuschauen würde.

Raj Ahten befand sich hier oben in der Gesellschaft von Paldane, dazu jenen Männern, die König Orden als Berater gedient hatten, und seinem eigenen Berater Feykaald. Seine drei Flammenweber standen hinter ihm vor einem brüllenden Feuer im Kamin. Sie sogen die Hitze in sich auf und schöpften auf diese Weise neue Kraft. Ob sie heute noch wieder zum Einsatz bereit sein würden, bezweifelte Raj Ahten. Dazu waren sie zu ausgelaugt. Gegen die Greifer wagte er ohne sie aber nicht vorzugehen.

Nach Anbruch der Dämmerung hatte Raj Ahten Anweisungen für den Verteidigungsfall ausgegeben, wenngleich die Greifer Carris im Augenblick ignorierten und sich allein ihren Bauvorhaben widmeten.

»Was haben sie bloß vor?« fragte sich der Wolflord laut. »Warum greifen sie uns nicht an?«

Herzog Paldane wagte eine Vermutung. »Möglicherweise wollen sie einen frontalen Angriff vermeiden. Dafür graben sie jedoch gut, und vielleicht untertunneln sie die Burg wie riesige Sappeure.«

Aus irgendeinem Grund mußten die Greifer hierhergekommen sein.

Nur interessierte es sie nicht, die Burg einzunehmen. War ihnen die Gefahr, die die Männer darstellten, nicht bewußt? Es erschien Raj Ahten sogar denkbar, daß sie die Burg einfach vergessen hatten – schließlich handelte es sich um fremdartige Wesen, die nach einer Pfeife tanzten, welche niemand hören konnte.

Er blickte hinüber zum Knochenhügel. Die Todesmagierin arbeitete dort, und die tätowierten Runen glitzerten auf ihrem Panzer. Ihr riesiger Kopf fuhr einmal kurz zur Burg herum. Dann wandte sie sich wieder ihrer Aufgabe zu.

Wahrscheinlich fühlte sie sich in Sicherheit, da ihre Untergebenen die Ebene bewachten. Das Land war inzwischen mit Wassergräben und Ausgängen unterirdischer Höhlen durchzogen, den Berg schmückte diese stinkende Rune. Abermals betrachtete der Wolflord den Knochenhügel, der von einer Barriere aus gehärtetem Schleim geschützt wurde und teilweise in einen Kokon gehüllt war.

Die Schleimwürmer türmten die Wände nicht noch höher auf. Die Verteidigungsanlagen der Todesmagierin waren offenbar fertig.

Handelte es sich wohl nur um einen Zufall, daß sie ausgerechnet an jenem Tag aufgetaucht waren, an dem er sich dem Erdkönig stellen wollte? fragte er sich. Wurde hier das Schlachtfeld für den Erdkönig bereitet?

Wahrscheinlich hatten die Pläne der Greifer und die der Menschen nichts miteinander zu tun. Die Greifer ignorierten Raj Ahten und seine Armee, als würden sie diese gar nicht bemerken.

Er schüttelte beunruhigt den Kopf und fragte sich nach dem Grund. In den vergangenen Stunden hatten ihn seltsame Gefühle heimgesucht, weshalb, vermochte er hingegen nicht recht zu begreifen.

Ich sollte nicht so beunruhigt sein, schalt er sich. Ich bin der mächtigste Runenlord, der die Erde seit Jahrtausenden beehrt hat. Meine Annektoren in Indhopal haben Tausenden meiner Untertanen Gaben abgenommen, Muskelkraft, Durchhaltevermögen, Anmut und Geisteskraft. Selbst wenn man mir ein Schwert durchs Herz bohrt, sterbe ich nicht. Daher sollte ich nicht solche Unruhe spüren.

Dennoch konnte er sie nicht verdrängen. In den vergangenen Monaten hatte sich in ihm der Glaube verhärtet, er sei unbesiegbar und stünde kurz davor, ein Wesen der Legende – die Summe aller Menschen – zu werden, ein Runenlord von solchem Charisma, daß er nicht länger Zwingeisen brauchte, um von seinen Übereignern Eigenschaften zu übernehmen. Er wollte eine *Macht* werden, eine Naturkraft, wie die Erde oder das Feuer oder das Wasser.

In den alten Zeiten war Daylan Hammer dies gelungen, wenn die Legenden nicht logen.

Es hatte nicht mehr viel gefehlt, und Raj Ahten hätte sein Ziel erreicht; aber vor zehn Tagen hatte der alte König Mendellas ihm vierzigtausend Zwingeisen gestohlen.

Wenn die Greifer wüßten, daß sich ihnen ein Mann wie ich entgegenstellt, würden sie gewiß Angst haben, dachte er.

Er betrachtete die stinkende Rune, welche die Greifer in den Knochenhügel zeichneten. Der Gestank war entsetzlich und hing in einem spiralförmigen braunen Dunst über dem Berg.

Von dem Ort strömte Tod aus. Raj Ahten fühlte es – Schmerz, Verwesung, Verfall. Allein beim Zusehen zuckten seine Augen schon, und so wandte er den Blick ab. Schwache Lichter funkelten in dem wabernden Rauch wie Irrlichter, die entstehen, wenn Gasblasen aus einem Sumpf aufsteigen. Den Wolflord beschlich der Eindruck, die gesamte Rune stünde kurz davor, in Flammen aufzugehen.

Ich bin so beunruhigt. Diese Rune ist der Schlüssel zum Rätsel.

Die Greifer widmen ihr zuviel Aufmerksamkeit. Ihre Magierinnen umschwärmen den Hügel, heben geduldig Gräben aus, gestalten diese Rune zu einem Relief und schmücken sie mit diesem Gestank.

Raj Ahten besaß die Gaben des Geruchssinns Tausender Männer. Er atmete schwer. Es handelte sich keineswegs um einen einzigen Geruch. Er konnte Myriaden anderer Noten und Düfte erkennen. Das Ganze war eine komplizierte Mischung: Verwesung, verrottendes Fleisch, Rauch, Tod, menschlicher Schweiß, eine reine Symphonie miteinander wettstreitender Gerüche. Er hatte das Gefühl, am Rand der Erkenntnis zu stehen, die Gesamtheit der Gerüche beinahe zu erfassen.

Bestimmt waren die Greifer allein wegen dieser Rune nach Carris gekommen.

Überall krabbelten sie auf den Hängen des Berges herum. Einer glitt aus und verursachte einen Erdrutsch. Zu Raj Ahtens Entzücken brach ein Teil der Rune zusammen. Greifermagierinnen eilten hinzu, um sie wieder aufzubauen und erneut einzusprühen.

Da war die Rune, erschreckend nahe. Ein Kind mit einem Hammer hätte sie zerstören können. Raj Ahten gab einem plötzlichen Impuls nach, zerschlug die Fensterscheibe und atmete das feine Gemisch der Gerüche ein, das von der Rune ausging. Eine stete Bö wehte es zu ihm herüber.

Nun schloß er eine Weile lang konzentriert die Augen. Tief sog er die Luft ein. Manche Düfte ließen sich nicht einfach nur als Gerüche übersetzen. Statt dessen drängten sie Gefühle auf. Ja, Entsetzen. Das war der Geruch, den er wahrnahm.

Die Möglichkeit, daß ein Geruch Gefühle freisetzt, hatte er niemals bedacht.

Der saure Schweiß von jemandem, der dem Tode nahe

ist. Raj Ahten roch ihn und spürte die Verzweiflung des Mannes.

Rauch und Todesqualen. Der salzige Geschmack menschlicher Tränen. Der ölige Geruch verkohlten Fleisches und noch eine weitere Note: Feldfrüchte, die einem Brand zum Opfer fallen.

Verfall. Eine Leiche, die sich wie eine Melone fast bis zum Platzen aufbläht.

Verzweiflung und Schrecken brandeten wie eine Woge durch seinen Körper. Der kupfrige Geruch von Blut, das Fruchtwasser einer Frau, Verfall – eine Mutter bringt eine Totgeburt zur Welt. Erschöpfung.

Der saure Geschmack alter Haut. Einsamkeit, die tief, schmerzhaft in den Knochen steckt.

Nach einer Weile lächelte Raj Ahten und hätte beinahe laut gelacht. Jetzt hatte er die Mischung entschlüsselt: Es handelte sich um eine Symphonie menschlichen Leidens, das Buch, in dem das Elend der Menschheit verzeichnet war.

»Es ist eine Beschwörung«, begriff er und erschrak, weil er die Worte laut ausgesprochen hatte.

»Wie bitte?« fragte Herzog Paldane.

»Die Rune«, erklärte der Wolflord. »Sie ist eine Beschwörung, die mit Gerüchen geschrieben wird. Sie soll die Menschheit mit einem Fluch belegen.«

Plötzlich sehnte er sich danach, die Rune zu zerstören, ihre Schöpfer zu töten, das ganze Schandmal mit Wasser reinzuwaschen.

Aber er bezweifelte, ob er dies zustande bringen würde. Die Greifer waren zu schlau, um ihn zu ihrem Altar vorzulassen, zu zahlreich und zu stark, um besiegt zu werden. Ein Kokon schützte die Rune – bis auf einen kleinen Pfad, durch den die Arbeiter gingen.

Er mußte es versuchen.

»Die Greifer mögen zwar bauen«, sagte er, »doch müssen wir ihnen dabei ja nicht friedlich zusehen. Vielleicht schaffe ich es nicht bis zum Knochenhügel, wenigstens aber kann ich sie ein wenig aufmischen.«

KAPITEL 20
Warten auf Saffira

Hoch im Hestgebirge kletterte Borensons Pferd einen schmalen Pfad herunter. Er führte Saffira und ihre Wachen über steile Pässe durch das Schneegestöber.

Borenson blickte hinunter in ein kleines Tal und entdeckte eine Herde Elefanten, die taumelnd herumliefen. Die meisten von ihnen waren bereits verendet und lagen da wie große Felsen, die von Eis überzogen waren. Zwei gewaltige alte Bullen sahen zu Saffiras Gefolge hoch, hoben die Rüssel und trompeteten.

Es waren gezüchtete Elefanten, denen man die Stoßzähne abgesägt und die Stümpfe mit Kupfer überzogen hatte. So ausgehungert, wie sie wirkten, würden sie vermutlich dieses Tal über die Berge nicht mehr verlassen können. Ihre Wärter hatten sie im Stich gelassen.

Der Wolflord hatte die Kriegselefanten über das Hestgebirge bringen wollen – was ihm jedoch nicht gelungen war. Dreimal in dieser Nacht hatten sie Armeen von Gewöhnlichen passiert, die ebenfalls das Gebirge überquerten, Bogenschützen und Infanteristen, Waschweiber und Fuhrleute zu Hunderttausenden. Nicht in seinen wildesten Träumen hätte sich Borenson vorgestellt, daß Raj Ahten so spät im Jahr noch solche Heerscharen über die Pässe ziehen ließe. So hoch im Hestgebirge, wo die schmalen Pfade kaum Futter boten, blieb den Tieren nichts anderes übrig, als zähes Gras und die Blätter niedriger Büsche zu fressen sowie den Durst mit Schnee zu stillen. Hier gab es kein Feuerholz, und so verwendeten die Menschen Ochsendung für ihre kleinen Lagerfeuer.

Für eine Strecke, die Borenson auf einem Kraftpferd in einer Stunde zurückgelegt hätte, brauchten diese Männer und Frauen einen ganzen Tag. Die Reise, die ihn nur eine einzige Nacht gekostet hatte, würde für sie mühsame Wochen bedeuten. Viele der Pferde, die Borenson zu Gesicht bekam, befanden sich in erbärmlichem Zustand – die Haut hing schlaff von den Knochen. Die Gewöhnlichen, die auf diesen Tieren ritten, würden vermutlich im Schnee stranden und noch sterben, bevor der Winter mit ganzer Härte eingesetzt hatte, genau wie diese Elefanten.

Raj Ahten hatte ein tödliches Spiel begonnen, und eingesetzt hatte er das Leben sowohl seines Volkes als auch seiner Tiere.

Und es macht ihm nichts aus, sagte Borenson sich. Denn schließlich geht es nicht um sein Leben.

Die Bergluft war dünn. Ein beißendkalter Wind pfiff durchs Gebirge. Borenson hüllte sich enger in seinen Mantel und wartete, bis Saffira aufgeschlossen hatte. Wenn sie diese wunderschönen Elefanten sähe, so hoffte er, würde sie die Torheit ihres Herrn und Gebieters erkennen. Zeugnis dessen fand sich überall. Gerüchten zufolge hatte Raj Ahten über tausend Gaben der Geisteskraft übernommen. Damit sollte er in der Lage sein, sich an jede Einzelheit eines jeden wachen Moments in seinem Leben zu erinnern. Gaben der Geisteskraft stärkten

309

jedoch allein das Erinnerungsvermögen, nicht den Verstand.

Da besitzt er also tausend Gaben der Geisteskraft, dachte Borenson, und trotzdem ist der dümmer als ein Esel.

Gestern abend hatte Saffira ihm erzählt, Raj Ahten sei der größte Mann der Welt, und gewiß würde er die Menschheit vor den Greifern retten. Ja, gestern abend hatte Borenson dies sogar für einen weisen, einen großartigen Plan gehalten. Jetzt sah er sie nicht an, und die verlockende Kraft ihrer Stimmgewalt klang aus der Erinnerung nicht im mindesten so überzeugend.

Nein, Raj Ahten war nicht der große Weise. Nur ein Narr schickte all diese Gewöhnlichen durch ein solches Gebirge.

Ein Narr oder ein rücksichtsloser, verzweifelter Mann, flüsterte eine Stimme in Borensons Hinterkopf.

Vielleicht war Raj Ahten seit zu langer Zeit ein Runenlord. Hatte er vergessen, wie zerbrechlich ein Gewöhnlicher sein konnte? Ein Mann mit zwei Gaben der Muskelkraft und des Stoffwechsels konnte durch eine Schlachtreihe aus Gewöhnlichen ziehen wie durch einen Schwarm Saatkrähen.

Sie starben so verdammt schnell. In der Nacht hatte leichter Schneefall eingesetzt, der den ganzen Morgen über anhielt. Wenn er nicht aufhörte, würden Raj Ahtens Soldaten bald festsitzen. Ihre Tiere würden innerhalb von zwei Wochen krepieren, und ohne Brennmaterial würden die Menschen in wenigen Tagen erfrieren.

Warum hatte der Wolflord geglaubt, das gute Wetter

310

würde fortdauern? Hatte er sich denn nicht über Rofe-havan erkundigt, über das Risiko, das er einging?

Er ist ein Narr, dachte Borenson, und Saffira bemerkt es nicht.

Indhopal war ein gewaltiges Reich, das sich aus vielen Königreichen zusammensetzte. Und obwohl Borenson Teile von Deyazz und Muttaya kannte, war er noch nicht weiter nach Süden vorgedrungen und hatte keine genau-en Vorstellungen über die riesigen Horden von Kartish oder des alten Indhopal. Es hieß, bevor Raj Ahten seine Nachbarn eroberte, habe das alte Königreich von Indho-pal mit seinen fruchtbaren Dschungeln und unermeßli-chen Feldern mehr als hundertachtzig Millionen Men-schen ernähren können. Heute herrschte der Wolflord vermutlich über die zwei- oder dreifache Anzahl von Untertanen. Trotzdem konnte er es sich wohl kaum leisten, eine halbe Million ausgebildeter Infanteristen und Bogenschützen zu verschwenden.

Nein, Raj Ahten war ein Narr. Vielleicht sogar ein Verrückter, den die Anmut seines eigenen Gesichts, die Gewalt seiner eigenen Stimme in den Wahnsinn getrie-ben hatte.

Saffira, das erschreckte ihn am meisten, bemerkte in ihrer Einfalt seine Exzesse und seine Untugenden nicht.

Sie war in Raj Ahtens Händen ein Werkzeug, und wenn es ihr nicht gelang, ihn sich zu Willen zu machen, würde er dies vermutlich mit ihr tun.

Mehrere Minuten lang wartete Borenson auf Saffira. Als sie eintraf, begab er sich auf ihre dem Wind zuge-

311

wandte Seite, um sie ein wenig vor der bitteren Kälte zu schützen.

»Ach, schaut Euch nur die Elefanten meines Herrn an«, sagte Saffira und blieb stehen, damit ihr Pferd verschnaufen konnte. Das arme Tier biß in den Schnee und kaute darauf herum, weil es nichts Besseres finden konnte. »Wir müssen sie retten.«

Hilflos betrachtete Borenson die verhungernden Elefanten. Jetzt im Morgenlicht sah er, daß Saffiras Schönheit einen Grad erreicht hatte, der es ihm auf atemberaubende Weise verbot, sich ihr zu entziehen. Die Annektoren in Obran mußten während der ganzen Nacht Anmut und Stimmgewalt der Konkubinen an Saffiras Vektoren übertragen haben. Ihr Anblick brannte ihm wie Feuer auf der Haut, und er hielt sich für unwürdig, sich überhaupt in ihrer Gegenwart aufzuhalten.

Zwei Geier flatterten von einem der Elefantenkadaver auf.

»Was würdet Ihr vorschlagen, o Stern von Indhopal?« fragte Borenson flehentlich. Da sie nicht antwortete, sah er zu Pashtuk und den Wachen hinüber. Die einzige Möglichkeit, sie zu retten, bestand darin, Heu und Früchte für sie aus Mystarria zu holen, was den ganzen Tag dauern würde.

Sollte Saffira ihn bitten, Futter herbeizuschaffen, würde er ihrem Wunsch nachkommen, das wußte er, andererseits fürchtete er die Folgen, die mit einer Verzögerung seines Auftrags einhergehen mochten. Er mußte Saffira zu Raj Ahten bringen, um diesem selbstzerstörerischen Krieg ein Ende zu bereiten.

»Ich ... weiß nicht, was wir für sie tun können«, antwortete Saffira.

»Sie haben dieses Tal kahlgefressen«, sagte Pashtuk. »Wenn wir sie in ein tiefer gelegenes Tal treiben, wo es mehr Futter gibt, gelangen die Elefanten vielleicht wieder zu Kräften.«

»Ein wunderbarer Plan!« rief Saffira entzückt.

Borenson blickte Pashtuk finster an und wollte ihm so zu verstehen geben, wie sehr ihm diese Idee mißfiel. Doch dann bemerkte er den Gesichtsausdruck des Kriegers und wußte, daß der Mann Saffira ebenso verfallen war wie er selbst. Pashtuk konnte keinen anderen Gedanken hegen, als ihr zu Gefallen zu sein.

»O Strahlende«, sagte Borenson, »Euer Herr hat zu spät im Jahr versucht, die Elefanten über die Berge zu treiben. Wir können sie nicht retten.«

»Es ist nicht der Fehler meines Herrn, wenn das Wetter nicht mitspielt«, erwiderte Saffira. »Eigentlich sollte es um diese Jahreszeit wärmer sein. Oft bleibt es länger warm, nicht wahr?«

»Das stimmt«, gab Borenson zu. Die verführerische Kraft ihrer Stimme verblüffte ihn. Natürlich hatte sie recht. Nicht selten blieb es bis in diese späte Jahreszeit hinein mild.

»Dennoch«, wandte Borenson ein, »hat er sie zu spät durch dieses Gebirge geschickt.«

»Sucht die Schuld nicht bei meinem Herrn«, sagte Saffira. »Es ist leicht, sie anderen zuzuschreiben, schwer dagegen, sie sich selbst einzugestehen. Mein Herr und Gebieter tut nur das, was erforderlich ist, um die Plün-

313

derungen der Unabhängigen Ritter zu unterbinden. Wenn überhaupt jemand Schuld an ihrem Schicksal trägt, dann Euresgleichen.«

Ihre Worte schmerzten wie eine glühende Peitsche, die auf seinen Rücken niederging. Borenson krümmte sich, unfähig zu widersprechen, unfähig überhaupt zu jeder Handlung. Er wollte sich ins Gedächtnis rufen, was er sich noch einen Augenblick zuvor zurechtgelegt hatte, doch Saffira hatte ihm untersagt, die Schuld bei Raj Ahten zu suchen, und ihr Befehl war so eindringlich, daß er an nichts anderes denken konnte.

So ließen Borenson und Pashtuk Saffira bei ihren Leibwächtern zurück und kletterten zu den verhungernden Elefanten hinunter. Von der Herde, die ursprünglich aus fünfzig Tieren bestanden hatte, lebten nur noch fünf. Da das enge Tal keinen Wasserlauf aufwies, waren die meisten Elefanten vermutlich nicht nur durch Hunger, sondern auch durch Durst verendet.

Borenson und Pashtuk verbrachten also den Vormittag und den größten Teil des Nachmittags damit, die Elefanten acht oder zehn Meilen weit den Berg hinunterzutreiben. Nach zwei weiteren Meilen hatten sie die Baumgrenze erreicht.

Anschließend führte Pashtuk die Elefanten über einen Seitenpfad in ein enges Tal. Hier ging der leichte Schneefall in kalten Nieselregen über. Im Tal gab es Wasser und ausreichend Gras, so daß die Elefanten ein paar Tage fressen konnten, bevor sie in das tiefer gelegene Hügelland hinunterstiegen. Große Hoffnung hegte Borenson allerdings nicht für sie.

Denn das Gras war vertrocknet und würde die Tiere nicht stärken. Ohne einen Menschen, der sie weitertrieb, wären die Elefanten höchstwahrscheinlich zu schwach, um diesen Ort zu verlassen.

Immerhin hatte er getan, was in seiner Macht stand.

Saffiras Troß zog talwärts und verließ die Berge. Jetzt übernahm Borenson die Führung. Die Straße wurde gewiß von Herzog Paldanes Soldaten überwacht. Eine große Gruppe könnte sie zwar vermutlich unbehelligt passieren, Saffira und ihre Begleiter dagegen boten für Wegelagerer eine leichte Beute.

Borenson konnte zwar nicht genau voraussagen, wann sie überfallen werden würden, zweifelte jedoch nicht daran, daß es geschähe.

Also übernahm er allein die Vorhut der Gruppe, einhundert Meter vor den anderen. Die ganze Zeit hielt er nach Stellen Ausschau, die sich für einen Hinterhalt eigneten. Wegen des Verlustes seiner Gaben waren seine Augen nicht mehr so scharf, sein Gehör erschien ihm fast taub, und er konnte keinen Mann mehr auf große Entfernung wittern. Ohne sein Durchhaltevermögen ermüdete er rascher als früher.

Dennoch bedeuteten Gaben nicht alles. Das Wissen, wo man aufpassen mußte, war ebenso wichtig wie gute Sehkraft. Also behielt er die dunklen Senken mit fichtenreichen Tälern im Auge, beobachtete große Felsen, hinter denen sich ein Pferd verbergen konnte, und wurde jedesmal unruhig, wenn er die nächste Anhöhe erklomm.

Hoffentlich warnte Gaborn ihn mit Hilfe seiner Erdkräfte, sobald irgendeine Gefahr drohte.

Am Nachmittag goß es in Strömen. Borenson wollte unbedingt schneller vorankommen, Saffiras Befehl jedoch lautete anders.

Während sie einen bewaldeten Hang hinabritten, stießen sie am Rande einer Lichtung auf eine alte Schutzhütte. Ihr Strohdach war eingesunken und voller Löcher, da Borenson mittlerweile jedoch gründlich durchnäßt war, wirkte jedes Dach über dem Kopf einladend. Zudem bot das überhängende Astwerk einiger Fichten zusätzlichen Schutz.

Saffira befahl: »Sir Borenson, Ihr helft Mahket, ein Feuer zu entzünden, während Pashtuk und Ha'Pim das Abendessen zubereiten. Reisen macht wirklich hungrig.«

»O Großer Stern«, sagte Borenson. »Wir sind ... wir müssen uns beeilen.«

Saffira bedachte ihn mit einem tadelnden Blick, und Borenson bedeckte die Augen mit der Hand.

Widerspruchslos begann er, sich um ein Feuer zu kümmern, denn eine kurze Rast würde den Tieren guttun. Die Kraftpferde zupften draußen bereits beflissen am Gras. Außerdem waren alle durchgefroren vom kalten Regen. Sie brauchten ein wenig Ruhe.

Im Augenblick war er zu erschöpft, um sich auf einen Streit einzulassen.

Er betrat die Hütte und sah eine trockene Ecke, über der das Dach dem Regen noch standhielt. Glücklicherweise befand sich die Feuerstelle in diesem Teil des Raums. Der Boden war mit trockenen Fichtennadeln und -zapfen übersät. Borenson und Mahket legten sie in die Feuerstelle, und kurze Zeit später loderte bereits ein kleines Feuer. Während sich Borenson damit beschäftigte, war er sich stets Saffiras Anwesenheit bewußt.

Da er draußen kein trockenes Holz auftreiben würde, riß er auf der anderen Seite des Raums Stroh als Brennmaterial aus dem Dach. Pashtuk und Ha'Pim holten Wasser für den Reis, dazu würden sie in Kokosmilch gedämpftes Lammfleisch aufwärmen, das sie aus dem Palast der Konkubinen mitgebracht hatten.

Nach dem Essen wollte Saffira einen Mittagsschlaf halten, denn, so erklärte sie, es gehöre sich nicht, »mit Ringen unter den Augen vor das Große Licht zu treten«.

Während sie es sich in der warmen Ecke bequem machte, hielt Borenson Wache.

Aber er kam innerlich nicht zur Ruhe. Der Tag verstrich ungenutzt, und jedesmal, wenn er den Blick von Saffira abwandte, wallte Zorn in ihm auf. Seine Niedergeschlagenheit ihr gegenüber auszusprechen wagte er nicht, da er ihren Tadel fürchtete. Andererseits brachten ihn die von ihr verursachten Verzögerungen schier zur Verzweiflung. Fast schien es, als wolle sie Raj Ahten überhaupt nicht sehen, dachte er.

Sie schlief und bot, wie sie tief und leise unter einer freundlich bestickten Steppdecke atmete, ein Bild vollkommener Ausgeglichenheit.

Borenson überlegte, ob er sie würde töten müssen. Mit so vielen Gaben der Anmut und Stimmgewalt war sie gefährlich – auf ihre Weise nicht weniger gefährlich als Raj Ahten.

Er starrte lange in ihr prachtvolles Gesicht, sah die Schönheit und die Unschuld dort und erkannte, daß es

317

ebenso unmöglich sein würde, sie zu töten, wie dem eigenen Kind das Herz herauszureißen.

Daher ließ er Saffira mit Ha'Pim und Mahket allein und ging hinaus zu Pashtuk, der im Schutz eines Fichtenastes auf einem Felsen nahe der Hütte stand.

Die hohen Gipfel hatten sie hinter sich. Dunkle, kerzengerade Fichten säumten die Straße ins Tal und versperrten die Sicht. In einer Stunde könnten sie das wärmere, tiefer gelegene Hügelland erreichen, wo Eichen und Ulmen gediehen.

Borenson sah den Weg hinunter.

»Wie geht es Euren Perlen?« fragte Borenson Pashtuk. Ihm war aufgefallen, daß der Krieger oft im Sattel hin und her rutschte und sich mit den Oberschenkeln hochdrückte.

»Ich vermag nicht zu begreifen«, antwortete Pashtuk, »wie Körperteile, die ich nicht mehr besitze, mir solche Schmerzen bereiten können.«

»So schlimm, ja?« fragte Borenson.

»Sobald wir uns Carris nähern«, sagte Pashtuk, »wird Raj Ahten auch von Euch seine Unze Fleisch verlangen.«

»*Unze* Fleisch?« scherzte Borenson. »Meine Männlichkeit wiegt mehr als das.«

Pashtuk lächelte nicht. »Ich gebe Euch einen gutgemeinten Rat: Wendet Euer Pferd und flieht. Weder Ha'Pims noch Mahkets Pferd können das Eure einholen. Ich würde Euch gewiß eine spannende Verfolgungsjagd bieten … aber ich werde Euch nicht gefangennehmen.«

»Aus welchem Grund nicht?« fragte Borenson.

Pashtuk schüttelte den Kopf. »Der Erlaß meines Herrschers dient vor allem dem Zweck, zu verhindern, daß Männer leichtfertig nach Obran suchen und daß einer der Palastdiener ein Auge auf die Konkubinen wirft. Ich glaube, für Männer wie Euch wurde er nicht erlassen, Männer von Ehre, die sich eines Vertrauensbruchs niemals schuldig machen würden.«

Borenson war ihm von Herzen dankbar. »Danke«, sagte er. »Aber was für ein Mann wäre ich, wenn ich davonrennen würde, bevor ich die mir zum Schutz Anbefohlene in Sicherheit gebracht habe?«

Plötzlich wußte er tief im Innern, daß er nicht fliehen konnte, daß er niemals von Saffiras Seite zu weichen vermögen würde. Er verspürte einen inneren Drang, bei ihr zu bleiben, und er fragte sich, ob er sie verlassen könnte, wenn er nach Inkarra aufbrechen mußte. Ja, teils sehnte er sich regelrecht danach, bei ihr zu verweilen, denn eine Trennung wäre nur unter großem Schmerz möglich. Zumindest sollte er in ihrer Nähe sein, um ihr ein Messer in den Rücken zu stoßen, falls sie beschloß, den Erdkönig zu verraten.

Pashtuk schüttelte den Kopf. »Ich habe Euch nur zu Eurem Besten warnen wollen. Ich hätte Verständnis, wenn Ihr flieht. Und sollte sich die Gelegenheit bieten, werde ich Euch bitten, es zu tun.«

Borenson blickte die Straße hinunter. Pashtuk sollte ruhig glauben, daß er die Möglichkeit in Erwägung zog – daß er keinen weiteren Grund hatte, bei Saffira zu bleiben. »Vielleicht habt Ihr recht. Sieht ganz so aus, als würdet Ihr mich nicht benötigen. Wir hätten längst auf eine Patrouille stoßen müssen – wenigstens auf den letzten zwanzig Meilen, aber offenbar befindet sich keine in der Nähe.«

Mehr brauchte er nicht zu sagen. Nach Zerstörung des Blauen Turmes konnten vermutlich nur noch wenige Männer die schwere Aufgabe eines Kundschafters übernehmen, und die meisten von ihnen hielten sich vermutlich in Carris auf.

»Das ergibt alles keinen Sinn«, fuhr er leise fort. »Ihr braucht mich nicht zum Schutz. Warum reist Saffira so langsam? Wovor hat sie Angst?«

Pashtuk biß sich auf die Lippe und flüsterte: »Sie ist gerissener, als Ihr denkt. Unseren Herrscher zu erzürnen ist gefährlich. In Indhopal heißt es: ›Ein zweites Mal erregt niemand das Mißfallen unseres Königs.‹

Sie hat nur einmal die Gelegenheit, die Nachricht zu überbringen und um Frieden zu ersuchen. Dabei muß sie ihr Bestes geben. Habt Geduld. Ihr habt ihr eintausend Zwingeisen zum Geschenk gemacht. Wie schnell, glaubt Ihr, können ihre Annektoren sie anwenden?«

»Ich weiß es nicht. Wie viele Annektoren hat sie denn?« Er nahm an, daß Saffira ein Dutzend Annektoren zur Verfügung standen. Raj Ahten jedenfalls hatte so viele in seinen Diensten.

»Zwei«, sagte Pashtuk. »Einen Meister und einen Lehrling.«

Borenson fuhr sich mit der Zunge über die Lippen. Nur zwei. Die hätten alle Hände voll zu tun. Wenn sie für ein Zwingeisen fünf Minuten brauchten, könnten die zwei vielleicht vierundzwanzig Gaben in der Stunde weiterleiten, zweihundertvierzig am Tag, wenn sie zehn Stunden arbeiteten, vielleicht auch vierhundert, wenn sie achtzehn Stunden lang durchhielten.

Saffiras Schönheit hatte während der Nacht und des Vormittags unablässig zugenommen. Mit jeder Minute wurde sie anmutiger und strahlender.

Ihre Annektoren arbeiteten ohne Unterlaß bis zur Erschöpfung. Trotzdem konnte sie eintausend Gaben unmöglich schneller als in zwei Tagen übernehmen.

Zur Zeit waren sie seit ungefähr zwanzig Stunden unterwegs. Borenson rechnete aus, daß sie, wenn sie scharf ritten, Carris in vier Stunden erreichen konnten – vielleicht auch weniger.

Aber Saffira mußte warten.

»Sie kann uns unmöglich noch einen weiteren Tag hier festhalten!« meinte Borenson. »Mittlerweile belagert Raj Ahten Carris sicher längst. Morgen wird der Erdkönig über ihn herfallen.«

»Und wenn Carris fällt, wäre das so schrecklich?« fragte Pashtuk. »Ihr wollt eine einzige Schlacht verhindern. Saffira dagegen hofft, allen Kriegen ein Ende zu setzen.«

»Aber ... noch einen ganzen Tag!«

Pashtuk schüttelte den Kopf. »Sie wird nicht noch einen Tag warten. Gestern, als Ihr schlieft, habe ich mit dem Haushofmeister des Palasts der Konkubinen gesprochen. Der Palast beherbergt weniger als fünfhundert Frauen und Wächter, dazu ein paar Diener. Saffiras Annektoren haben geschworen, bis zum Sonnenuntergang heute abend jeder Person, die den Einsatz eines Zwingeisens lohnt, Gaben abzunehmen. Wenn ihre Berechnungen stimmen, wird Saffira bis dahin über zwölfhundert Gaben der Stimmgewalt und zweitausendvierhundert Gaben der Anmut über ihre Vektoren erhalten haben.

Danach werden Kamele die einzigen Lebewesen im Palast der Konkubinen sein, denen die Annektoren noch Gaben gelassen haben.« Pashtuk lachte über seinen Scherz.

Borenson schmunzelte. Raj Ahten besaß gewiß nicht einmal halb so viele Gaben der Anmut. Borenson kannte in der gesamten Geschichte keine einzige Königin, die mehr als ein Zehntel dessen übernommen hatte, was Saffira zusammenzutragen hoffte.

Sie hatte nur ein einziges Mal die Gelegenheit, Raj Ahten zu überreden. Ein einziges Mal.

Schweigend ließ Borenson sich neben Pashtuk nieder und gönnte Saffira ihre Ruhe.

Am späten Nachmittag wachte Saffira auf, und nach einigen schweigsamen Minuten sagte sie mit einer Stimme, die jeden Gesang an Liebreiz übertraf: »Ich habe frohe Kunde. Die Annektoren führen mir keine weiteren Gaben zu. Wie dem auch sei, ihre Arbeit ist beendet.«

Nach dieser Neuigkeit sattelten Borenson und Pashtuk die fünf Pferde auf.

Wegen der schlammigen Straßen mußten sie langsamer reiten, als Borenson lieb war, aber wenigstens hatte sich Saffira ausgeruht.

Er hoffte, Carris vor Sonnenuntergang zu erreichen.

Daher ritten sie zwanzig Meilen lang, so schnell es

322

möglich war, bis sie schließlich auf eine Patrouille von Mystarria stießen, wie Borenson schon lange befürchtet hatte.

Ein Dutzend Ritter mit dem Wappen des grünen Mannes lagen regelrecht zerfetzt am Straßenrand. Der Kadaver eines Pferdes baumelte vierzig Fuß hoch oben in den Ästen eines Baumes. Die meisten Männer waren in mehrere Einzelteile zerhackt worden – hier ein Torso, aus dem Eingeweide quollen, dort ein halbes Bein. Etliche Körperteile fehlten ganz offensichtlich. Der Boden rings um die Leichen war von schweren Füßen zerfurcht und zertrampelt worden, trotzdem war es den Rittern nicht gelungen, einen einzigen ihrer Gegner zu erschlagen. Selten hatte Borenson ein solches Gemetzel zu Gesicht bekommen. Und es war kaum eine Stunde her. Die Gedärme der Toten dampften noch.

»Sieht ganz so aus, als sei eine von Euren Patrouillen auf die Soldaten meines Herrn getroffen«, sagte Saffira einfältig. Sie bedeckte die edle Nase wegen des Gestanks von Blut und Galle mit einem Seidentuch. Der Anblick der toten, zerfetzten Krieger schien sie nicht aus der Ruhe zu bringen, denn sie zitterte nicht, und ihre Stimme klang ruhig.

Borenson fragte sich, was sie in ihrem zarten Alter schon mit angesehen haben mußte, wenn sie das hier kalt ließ.

Vielleicht kümmert es sie nicht, überlegte er, weil diese Krieger ihre Feinde sind.

Pashtuk schüttelte bloß den Kopf, als sei er Saffiras Naivität leid. »Sie sind nicht auf unsere Truppen gestoßen, o Großer Stern. Kein Mensch würde einen anderen derart in Stücke reißen. Das hier haben Greifer angerichtet.«

»Oh«, machte Saffira ungerührt, und die Vorstellung, Greifer streiften durch die umliegenden Wälder, beunruhigte sie nicht im geringsten. Ihre Leibwächter drängten ihre Pferde näher an sie heran.

Pashtuk warf Borenson einen Blick zu, der Bände sprach. »Wenn sich hier Greifer herumtreiben, werden wir wohl bald auf Unannehmlichkeiten stoßen.«

KAPITEL 21
Eine Nachricht von den Greifern

Roland stand auf der Burgmauer und jubelte, als Raj Ahten aus dem Bergfried des Herzogs trat und seinen Männern den Befehl erteilte, alles für einen Angriff vorzubereiten.

Stolze Unbesiegbare rannten über die Wehrgänge zu ihren Pferden. Knappen holten Schilde und Lanzen aus der Waffenkammer. Es würde eine Stunde Zeit in Anspruch nehmen, den Ausfall vorzubereiten, und Roland blieb nichts anderes übrig, als zu warten.

Auf dem Knochenhügel arbeiteten die Greifermagierinnen emsig; die Bewegungen der Todesmagierin verschwammen fast zu einem Leuchten; brauner Dunst wirbelte über der Rune.

Der Gestank von Tod und Verfall erregte bei Roland Übelkeit. Der Magen drehte sich ihm um, die Muskeln schmerzten, und die Augen brannten. Er getraute sich kaum mehr, länger dorthin zu blicken.

Während Raj Ahtens Männer ihren Pferden die Rüstung anlegten, bemerkte er eine gewisse Veränderung draußen auf der Ebene. Die riesigen Schleimwürmer hatten bislang Gras und Bäume zerkaut und fortdauernd einen dicken, klebrigen Schleim abgesondert, mit dem die Heuler Steine zusammensetzten – zu Barrikaden und Mauern.

An der Südseite des Sees hatten sie mehrere große

Gewölbe errichtet. Jetzt drehten die Greifer diese um und schoben sie auf das Wasser zu. Das waren keine Gebäude, erkannte Roland, sondern Schiffe – Wasserfahrzeuge ohne Ruder und Segel, die wie Walnußschalen geformt waren.

Die Heuler mühten sich damit ab, die Seiten der Schiffe Stein um Stein aufzustocken.

Kaltes Entsetzen machte sich in Rolands Magengrube breit. Bis zu diesem Augenblick hatten die Greifer die Menschen in Carris anscheinend nicht beachtet.

Nun wurde jedoch deutlich, daß sie sich, wie Raj Ahten unten im Burghof, auf den Angriff vorbereiteten.

Im Westen gruben die Greifer weiterhin. Die nackte Erde war vernarbt und mit Kratern übersät, die seltsamerweise im Norden höher waren als im Süden.

Der Nachmittag ging in den frühen Abend über, und das Gefühl der Übelkeit wuchs beständig an. Die Luft war drückend wegen des Gestanks nach Fäulnis. Roland schmerzte der Kopf. Verzweiflung erfüllte ihn, und eine tiefe Erschöpfung setzte ihm dermaßen zu, daß er kaum mehr auf den Beinen stehen konnte. Manche Männer um ihn herum weinten, was sie jedoch zu verbergen suchten.

Einige Krieger schrien den Greifern Beleidigungen zu, weil sie auf diese Weise den Mut ihrer Gefährten stärken wollten, während andere lachten und die neuen Bauwerke der Greifer mit Namen bedachten.

Der riesige Steinturm im Süden erhob sich höher und höher und glich dem Horn eines Narwals oder einem gigantischen Dorn. Am späten Nachmittag war er bereits zweihundertfünfzig Meter hoch, doch die Greifer bauten noch immer weiter. Die Todesmagierin bestieg den Turm und begutachtete den Fortschritt. Die Männer auf den Mauern stellten eine gewisse Ähnlichkeit mit dem Geschlechtsorgan eines männlichen Greifers fest und tauften ihn »Liebesturm«.

Im Osten des Bauwerks entlang des Ufers beschäftigten sich Schleimwürmer und Heuler weiterhin mit ihren Schiffen in den steinernen Werften.

Der Haufen, auf dem Holz von Häusern und Bäumen gestapelt wurde, hieß einfach Holzberg. Besonders viel Spaß bereitete den Männern der Name für die Gegend, wo die vielen Gräben angelegt wurden: »Herzog Paldanes Elendsviertel«.

Am meisten entsetzte die Krieger jedoch die bösartige Rune auf dem Knochenhügel. Dort erledigten keinesfalls die Heuler die Bauarbeit, wie Roland halb durch den Kokon erkennen konnte. Diese schafften lediglich die Erde aus den Gräben fort und brachten den Schleimwürmern Holz, derweil die eigentliche Konstruktion von Magierinnen verrichtet wurde, deren Köpfe mit flammenden Tätowierungen gezeichnet waren.

So wuchs die Rune immer mehr – zu einem grauslichen Banner, das Rauch ausstieß und Macht abstrahlte. Ihre Linien verschlangen sich miteinander wie ein Vipernnest. Diese Greifermagie war abscheulich und abstoßend.

Wenn Roland den Blick dorthin wandte, zuckten seine Augen buchstäblich. Die verknoteten Linien ließen sich nicht fixieren. Wenn er sich dann zur Seite drehte, schien die Rune seine Haut zu versengen, und manchmal schnüffelte er an der Luft und fürchtete, sie würde riechen, als koche man sein eigenes Fleisch.

Das Entsetzen, welches die Rune der Todesmagierin hervorrief, lag nicht nur in der Darstellung der Macht. Denn während sie sich der Vollendung näherte, verursachte sie eine beängstigende Veränderung auf dem Knochenhügel: Der karge Bewuchs aus Büschen und Gras begann zu dampfen und verdorrte.

Das Gras wurde braun und ging ein. Und auch der Mandelbaum im Hof neben der Mauer verwelkte. Das Laub trocknete aus und fiel ab.

Nachdem Raj Ahtens Krieger ihren Pferden und sich selbst die Rüstung angelegt hatten, blickte Roland erneut über das Land: Im Norden, Süden und Westen der Burg dampften die Pflanzen ebenfalls und starben ab.

Die Männer von Carris benannten den Knochenhügel in »Thron der Ödnis« um. Was die Burg selbst betraf, so schlugen manche in verbittertem Flüsterton den Namen »Stall des Schlachters« vor. So viele Menschen, wie hier versammelt waren, mußten die Greifer für mindestens zwei Monate mit Nahrung versorgen, was hingegen schwer abzuschätzen war, da der Anmarsch von Greifern aus dem Süden kein Ende nahm. Mittlerweile fühlten sie sich wie Spanferkel, die für die Tafel der Greifer bestimmt waren.

Eine Zeitlang suchte Roland hoffnungsfroh den Osten ab, wo die schwache Sonne das Wasser beschien. Noch immer sah er kein Zeichen von Booten. Roland umklammerte seinen Dolch und hätte ihn fast gezogen.

Die Greifer bauten. Aber sie griffen nicht an.

328

»Vielleicht lassen sie uns in Ruhe«, wähnte Roland. »Womöglich haben sie einen anderen Plan ...«

»Der Knochenhügel, der zieht sie an«, sagte ein Mann hinter ihm. Es handelte sich um einen Bauern, dessen drahtiger Bart an eine Ziege erinnerte. Morgens hatte er sich als Meron Blythefellow vorgestellt, und er versah seinen Dienst auf der Mauer nur mit einer Spitzhacke bewaffnet.

»Warum sagt Ihr das?« fragte Roland.

»All die toten Männer dort oben«, erklärte der Bauer, »auf dem Berg sind mehr Ritter gefallen als irgendwo sonst in Rofehavan. Dort wurden sicherlich über hundert Schlachten ausgetragen, und das viele Blut, das vergossen wurde, hat vermutlich den Boden für dunkle Beschwörungen bereitet. Der Herzog wollte sogar schon nach Blutmetall suchen lassen. Deshalb sind die Greifer hier, glaube ich – um ihre Rune auf einer Erde zu erbauen, die blutgetränkt ist.«

Baron Poll runzelte nur die Stirn. »Das glaube ich allerdings ganz und gar nicht. Vielleicht wollen sie uns auf diese Weise nur eine Nachricht überbringen.«

»Eine Nachricht?« fragte Roland zweifelnd. Denn offensichtlich vergifteten die Greifer das Volk von Carris und setzten ihm mit ihrer gräßlichen Magie zu. »Greifer können nicht sprechen.«

»Für gewöhnlich nicht«, sagte der Baron, »zumindest verstehen wir sie nicht. Aber sprechen können sie trotzdem.«

»Und was wollen sie uns mitteilen?« hakte Roland nach.

Baron Poll umfaßte das Land mit einer weiten Geste. So weit das Auge reichte, war Carris verdorrt und verwelkt. Städte, Bauernhäuser, Zäune und Festung waren gleichermaßen abgetragen worden. Auf den Bergen fünf Meilen entfernt dampften die Bäume.

»Versteht Ihr es denn nicht?« empörte sich Poll. »Es ist doch kaum schwerer zu begreifen als unsere Schrift: ›Das Land, das einst euch gehört, ist jetzt unser. Eure Häuser sind unser. Euer Essen – nun, ihr seid unser Essen. Wir *vertreiben* euch.‹«

Unten im Burghof hatten Raj Ahtens Soldaten ihre Pferde bestiegen. Die Ritter saßen auf ihren Schlachtrössern und hielten die Lanzen aufrecht, die wie glänzende Nadeln in den Himmel ragten.

»Öffnet das Tor!« rief Raj Ahten, der an ihrer Spitze stand. Die Ketten quietschten, während sich die Zugbrücke langsam senkte.

KAPITEL 22
Zeter und Mordio

Averan merkte erst, daß sie geschlafen hatte, als Frühling aufschreckte und ihr die warme Decke aus den Händen riß. Die grüne Frau zitterte vor Erregung und sog witternd die Luft ein.

Die ganze Nacht hatten Averan seltsame Träume bedrängt, unwirkliche Visionen aus der Unterwelt.

Es war ein kalter Tag. Die Sonne versteckte sich hinter dichten Wolken. Ein feiner Nieselregen fiel. Averan hatte von einem Graak geträumt, der eine verwesende Ziege anschleppte, wie sie das manchmal taten, und Brand trug ihm auf, sie fortzuschaffen.

Sie rieb sich die Augen. Während sie geschlafen hatte, waren die Farne über ihr allesamt abgestorben. Feucht und traurig hingen sie herab, schlaffen, grauen Lumpen gleich. Tatsächlich war alles Moos in Reichweite, jede Kletterpflanze, jeder Baum verwelkt, als wäre das Grün im schlimmsten je dagewesenen Frost verdorrt.

Schlimmer noch, was immer den Erdboden heimgesucht hatte, schien auch ihr zuzusetzen. Averan war übel, und ihre Muskeln fühlten sich kraftlos an. In ihrem Mund hatte sich ein trockener Belag gebildet.

Wenn ich hierbleibe, sterbe ich, überlegte sie.

Mit wachsender Neugier und gleichzeitig voller Entsetzen blickte Averan hinauf in den Himmel. Der Sonnenaufgang lag bereits Stunden zurück. Bald würde die Sonne schon wieder untergehen.

Den größten Teil der Nacht war Averan gelaufen. In ihrer Erschöpfung hatte sie den ganzen Tag verschlafen. Währenddessen hatte eine fürchterliche Veränderung das Land heimgesucht.

Jetzt hob die grüne Frau die Nase, bis ihr das grüne Haar nach hinten über die Schultern fiel, und sagte leise: »Blut, ja. Sonne, nein.«

Im Nu war Averan im abendlichen Nieselregen auf den Beinen und blickte angestrengt den Hang hinab. Eine Meile entfernt eilten siebenundzwanzig Greifer, ihrer Witterung folgend, auf dieser Seite am Kanal entlang.

Die aus ihrem Brustkorb entweichende Luft erzeugte ein dumpfes Rasseln, und sie trippelten in einer Formation dahin, die ›Neuner‹ genannt wurde. Eine blutrote Zauberin mit einem Stecken aus lodernden Flammen führte sie an.

Eine blutrote Zauberin, erkannte Averan niedergeschlagen und kämpfte tapfer gegen die aufsteigende Panik an. Offenbar hatte der Kundschafter, den sie verspeist hatten, dieses Ungeheuer und die Klingenträger hinter sich gehabt. Das waren keine gewöhnlichen Greifer, es waren Elitetruppen der Todesmagierin.

Averans ›Gebt-acht‹-Warnungen hatten den Greifern sichtlich angst gemacht und sie veranlaßt, einige ihrer gefährlichsten Krieger zu schicken.

Verzweifelt sprintete Averan durch die verwelkten Farne um den Hügel herum, glitt auf ihrer schleimigen Oberfläche aus, traute sich kaum, eine Kehre zu laufen, denn sie wußte, diese Ungeheuer konnte sie unmöglich abhängen, und jeden Augenblick konnte sie in ihr Wahrnehmungsfeld gelangen.

Die grüne Frau sprang neben ihr her und schaute sich neugierig immer wieder um, wie ein Hund auf Eichhörnchenjagd, der nicht recht weiß, ob er angreifen oder fliehen soll.

Alle Bäume hatten ihre Blätter verloren. Es gab kein Laubdach, nichts, wohinter sie sich hätte verstecken können. Averan kannte keinen Ort, an dem sie sich hätte verkriechen können, sie hatte nichts mehr zu verlieren und tat daher, was ihr Instinkt gebot: Sie schrie Zeter und Mordio. »Hilfe! Hilfe! Mord! Ein Mord!«

Während sie schrie, ging ihr ein verquerer Gedanke durch den Kopf: Wenn sie »Greifer!« rief, wäre kein Mensch so töricht, ihr zu Hilfe zu eilen.

KAPITEL 23
Der Ritt der Mäuse

Öffnet das Tor«, rief Raj Ahten aus dem Burghof. Fünfhundert Kraftsoldaten hatten sich dort versammelt. Ritter und Pferde glitzerten in ihren Rüstungen, und ein Wald von bemalten Lanzen ragte in den Himmel.

Das einzig verbliebene Bauwerk der Menschheit, welches man noch sehen konnte, war Carris selbst, und obwohl der weiße Putz von den Mauern abgefallen war, stand die Feste noch immer stolz und mächtig im fahlen Licht des Nachmittags. Den ganzen Tag über hatte es geregnet, und alles war durchnäßt. Jetzt schien die Sonne durch eine Lücke in den Wolken.

Und so leuchteten die Mauern von Carris übernatürlich hell und bildeten einen scharfen Gegensatz zu dem Schlamm auf dem Land davor.

Die Zugbrücke senkte sich, und die Männer auf den Wehrgängen und in den Straßen stimmten lauten Jubel an. Raj Ahten persönlich führte den Ausfall an, er trug eine lange weiße Lanze aus Eschenholz und ritt sein großes graues Kraftpferd.

Mit verblüffender Geschwindigkeit jagte er über den Damm dahin und Sekunden später über die Ebene auf den Thron der Ödnis zu. Sofort rannten Klingenträger auf ihn zu.

Er wich den ersten von ihnen wie Inseln in einem Strom aus. Hinter ihm folgten seine Truppen. Jedes Pferd besaß Gaben der Muskelkraft, der Anmut und des Stoffwechsels, und selbst in voller Rüstung liefen sie wie der Sturm.

Raj Ahtens Gesicht glühte wie die Sonne. Sogar aus dieser Entfernung zog er das Auge auf sich, als verkörpere er die Schönheit an sich.

Die Ritter nahmen Formation ein, und fünf Kolonnen begannen mit dem Angriff auf den Thron der Ödnis im Norden. Greifer, deren Panzer naß und dunkel vom Nachmittagsregen glänzten, stellten sich ihnen in den Weg.

Von den Mauern aus sahen Raj Ahten und seine Männer aus wie Mäuse, die gegen eine überfütterte Katze in den Kampf ziehen.

Ihre Rösser waren prächtige und schnelle Tiere, ihre Lanzen glitzerten im Sonnenlicht wie Nadeln. Die Männer stießen Schlachtrufe aus, die der Wind mit sich fort wehte.

Und die Greifer überragten sie, kränklich grau und aufgedunsen.

Lanzen fanden ihr Ziel. Manche Ritter versuchten, die weiche Stelle am Schädel der Greifer zu treffen, um ihr Gehirn zu zerstören, oder ihnen die Lanze durch die Oberseite des Mundes zu treiben. Ein Greifer, der so getroffen wurde, starb nahezu augenblicklich.

Andere richteten ihre Waffen auf den Bauch der Ungeheuer, wo man ebenfalls fürchterliche Wunden anrichten konnte.

Allen Anstrengungen der Unbesiegbaren zum Trotz prallten ihre Lanzen häufig harmlos von den harten

Panzern ab. Diese Unglücklichen wurden dann häufig rücklings aus dem Sattel gestoßen, mußten ohne Waffe Zuflucht suchen, während sie nur hoffen konnten, daß ihre Kameraden dem Feind ärger zuzusetzen vermochten.

Roland beobachtete, wie ein Pferd im Schlamm ausrutschte und gegen einen Greifer wie gegen eine Mauer krachte, wobei Pferd und Reiter gleichermaßen zerschmettert wurden. An anderen Stellen schwangen Klingenträger ihre riesigen Waffen und säbelten den angreifenden Schlachtrössern die Beine unter dem Leib weg.

Binnen kürzestem war ein Dutzend Greifer gefallen, aber auch ebenso viele Männer. Wenn eine der Kolonnen der Ritter auf Widerstand stieß, wichen die Männer aus, und so verwandelten sich die geraden Reihen rasch in verschlungene Linien.

Hatte einer der Unbesiegbaren sein Ziel getroffen, war seine Lanze unbrauchbar. Entweder steckte sie in dem Greifer fest, oder sie war zerbrochen. In beiden Fällen mußte der Reiter sein Pferd wenden und den Rückzug antreten.

Raj Ahten und einige seiner Ritter hielten wacker auf den Thron der Ödnis zu. Der Wolflord trieb sein Pferd durch die braunen Dunstwolken, die von dort aufstiegen, auf den Kokon aus gehärteten Speichelfäden zu.

Er gleicht einer Fliege, die auf ein Spinnennetz zustrebt, dachte Roland.

Einige Dutzend Klingenträger rannten zu ihm – riesige Untiere. Auf dem Thron drehten sich die Schleimwürmer wie häßliche Raupen um und betrachteten die Bedrohung, während Magierinnen hinter den Mauern der Rune in Verteidigungsstellung gingen. Heuler flohen und suchten Schutz. Die Todesmagierin fuhr herum und schien Raj Ahten mit ihrem augenlosen Kopf anzustarren, woraufhin sie den Angriff als harmlos abtat und sich wieder ihrer Arbeit zuwandte.

Die Unbesiegbaren drangen weiter vor, und am Kokon stellten sich die Greifer auf die Hinterbeine. Ihre großen Krallen glänzten, während sie ihre riesigen Klingen oder die Ruhmhammer umfaßten.

Dann trafen die beiden Armeen aufeinander. Ein Dutzend Greifer wurde durch die Wucht des Angriffs getötet. Lanzen zerbrachen. Klingen wurden so schnell geschwungen, daß das gewöhnliche Auge ihnen nicht mehr folgen konnte; Unbesiegbare und ihre Pferde wurden niedergemäht.

In diesem einen Vorstoß auf den Eingang zum Kokon verlor Raj Ahten ein Dutzend Männer. Jene, die Greifer getroffen hatten, büßten ihre Lanzen ein. Der Wolflord selbst stieß einem Greifer die Lanze durch das Maul und brachte ihn so zur Strecke.

Aber indem das Ungeheuer fiel, blockierte es den Zugang zum Knochenhügel. Raj Ahten riß sein Roß herum und eilte, von wenigen seiner Ritter gefolgt, zur Burg zurück.

Aus den Höhlen in Lord Paldanes Elendsviertel auf der Westseite des Sees eilten weitere Greifer herbei. Und über die Straße aus dem Süden marschierten die Bestien weiterhin in einer unendlichen Reihe heran.

Raj Ahten entging diese Bedrohung nicht, und so hielt er auf die Burg zu. Seine Männer flohen um ihr Leben.

Greifer aus dem Westen versuchten, den Damm zu blockieren – und auf diese Weise dem Wolflord den Weg abzuschneiden.

Auf den Mauern feuerten die Männer Raj Ahtens Soldaten an, schneller zu reiten, und jubelten dabei jenen Kriegern zu, die noch Stunden zuvor ihre ärgsten Feinde dargestellt hatten.

Roland hingegen stand nur mit offenem Mund da.

Ist das alles, was wir gegen sie ausrichten können? fragte er sich. Sollen wir ihre Arbeit für drei Sekunden stören und dann davonlaufen, wie ein Kind, das einen Ritter mit verrotteten Feigen bewirft?

Das war die reinste Torheit.

Kaum sechzig oder siebzig tote Greifer lagen auf der Ebene; Raj Ahten war zum Rückzug gezwungen; und jetzt würde er von der Todesmagierin und ihren Untergebenen bestraft werden.

Als habe sie auf diesen Moment gewartet, schlug sie plötzlich zu.

Sie hockte auf dem Knochenhügel und reckte den großen Stab in die Luft, dem dabei ein eigentümliches Zischen entwich. Noch immer trug sie ihre glühenden Runen wie einen Mantel aus Licht.

Ein Donnerschlag krachte, und ein Windstoß ging von der Todesmagierin aus und fuhr den Hügel hinunter wie Wellen eines unsichtbaren Steins, der in einen Tümpel fällt. Roland hätte die Bö gar nicht bemerkt, wenn nicht die Gree so wild durch die Luft gewirbelt worden wären.

Schließlich erreichte der Wind die Schlachtrösser auf der Ebene. Es sah aus, als wären sie nur von einem

Luftstoß getroffen worden, doch verloren sie den Boden unter den Füßen und krachten auf die steinige Erde. Ihre Rüstungen schepperten. Krieger schrien auf, viele stürzten zu Tode. Andere kamen wieder hoch und krochen mühselig herum, bis die Greifer herbeirannten und ihnen den Garaus machten.

Raj Ahten und seine Männer, eine zerlumpte Kompanie von dreihundert, näherten sich dem Damm. Ihre Reittiere taumelten blindlings auf die Mauer aus Klingenträgern zu.

Dann traf der Wind Roland mit ganzer Wucht. Er spürte den eisigen Kuß, der ihn mit Furcht erfüllte, einer unmännlichen Furcht, die sein Herz rasen ließ und in ihm den Wunsch erweckte, sich zu verstecken. Die Luft roch nach verbranntem Haar, nur hundertmal intensiver. Ein Brüllen gellte ihm schmerzhaft in den Ohren, und im nächsten Moment wurde die Welt von einer vollständigen Schwärze verschlungen.

Plötzlich mit Blindheit geschlagen, von einem Tosen umgeben, schrie Roland laut auf und umklammerte die Zinne vor sich. Eine verwirrende Betäubtheit ergriff ihn, und er hätte nicht mehr sagen können, wo oben oder unten war.

Um ihn herum jammerten Männer entsetzt: »Hilfe! Ich bin blind! Hilfe!«

Aber es gab keine Hilfe. Angesichts der Macht, mit dem der Fluch der Todesmagierin sie überkam, lag Roland nur entsetzt da, keuchte und kämpfte um sein Leben.

Kein Wunder, daß die Greifer uns nicht fürchten, dachte er.

Seine Augen brannten, seine Rippen schmerzten. Er schnappte nach Luft und wischte sich die Tränen aus dem Gesicht. Er fühlte sich wie entmannt.

Eine Weile lang lag er da, bis das Hämmern in seinen Ohren nachließ, und durch den Tränenschleier konnte er die Sonne fahl wie den Mond am grauen Himmel sehen. Es gelang ihm, sich hinzuknien, und er blinzelte heftig, um seine Blindheit zu überwinden. Schwarze Wolken nahmen ihm die Sicht. Überall auf dem Wehrgang kauerten Männer, wischten sich die Augen und starrten mit zusammengekniffenen Augen in die Düsternis.

Momente später wurde ihm bewußt, daß die Greifer den Damm erreicht haben mußten und sich somit in Reichweite der Geschütze befanden. Der Kommandant gab den Befehl, die Ballisten abzufeuern. Wie laute Peitschenknalle klang es, wenn ihre Seile gegen die Stahlflügel der Geschütze schlugen, woraufhin riesige Metallgeschosse durch die Luft zischten und mit Krachen auf die Panzer der Greifer schlugen.

Roland blinzelte in die Dunkelheit, bis er die Greifer sehen konnte – graue Schemen in der Finsternis. Raj Ahtens Kavallerie würde von ihnen überwältigt werden.

Aber der Wolflord war kein gewöhnlicher Mann, und das gleiche galt für seine Krieger. Sie hatten sich von dem Schlag der Todesmagierin erholt und traten jetzt erneut zum Kampf an.

Todesmutig warfen sie sich in die Schlacht. Lanzen spießten Greifer auf. Pferde wieherten vor Schmerz, wenn Klingenträger sie abschlachteten. Ruhmhämmer prallten auf Rüstungen.

In diesem Gefecht starben weitere Dutzende Greifer. Männer mit vielen Gaben der Muskelkraft und des Stoffwechsels sprangen von ihren tödlich getroffenen Pferden, warfen sich mit ihren langstieligen Kriegshämmern ins Gefecht und ließen sie wieder und wieder auf die Greifer niedergehen, bis sie deren dicke Haut gesprengt hatten.

Bei den Ballisten feuerten sich die Artilleristen gegenseitig an und kämpften mit den Winden, die die Seile ihrer riesigen Bögen zurückzogen, während andere die schweren Bolzen in die Rinne einlegten.

Raj Ahten, der mächtigste Lord der Menschen, stieß einen Schlachtruf aus, der die Burg in ihren Grundfesten erschütterte und abermals Putz von der Mauer riß. Der Schmerz in Rolands Augen ließ nach, und nun konnte er erkennen, daß die Greifer zurückwichen, weil dieser Laut sie verblüfft hatte, doch im nächsten Moment griffen sie bereits mit verstärkter Vehemenz an, als hätte der Schrei ihre Wut erst richtig entfesselt.

Roland hörte auf der Mauer schockierte Rufe; bei den steinernen Werften wurden Schiffe ins Wasser gelassen.

Sie besaßen weder Segel noch Ruder. Statt dessen stakten die Greifer mit ihren langen Kriegsklingen ins Wasser und bewegten ihre Boote so fort.

Roland blinzelte und unterdrückte die Tränen. Die seltsamen Fahrzeuge mit ihren hohen Bugen erinnerten ihn um alles in der Welt an schwarze Walnußhälften, die in einem Teich schwimmen.

Nur rasten diese Schiffe mit Hunderten Greifern an Bord auf sie zu.

Panik erfaßte ihn. Er hatte gehofft, er müsse sich dem Feind nicht stellen. Wenigstens stand er auf der Südmauer, und wie man wußte, konnten Greifer nicht schwimmen, sondern versanken wie ein Stein.

Außerdem, redete er sich nüchtern ein, war die Außenfläche der Mauern viel zu glatt, als daß ein Mann oder ein Greifer dort Halt fände, und wenngleich der Putz Schaden erlitten hatte, konnte niemand dort hinaufklettern.

Er umklammerte seinen langen Dolch, der ihm zur Verteidigung gegen Straßenräuber noch vor zwei Tagen als die bestmögliche Waffe erschienen war, und fragte sich, was er ihm in dem bevorstehenden Kampf nutzen mochte.

Es war eine Torheit, hier zu sein, eine Torheit für jeden Gewöhnlichen, gegen Greifer antreten zu wollen.

Auf dem Damm stieß Raj Ahten erneut einen Schrei aus und hoffte, die Greifer erneut zu betäuben. Roland warf einen Blick hinüber. Die Ungeheuer ignorierten den Schrei nicht nur, sondern sie krabbelten nur um so blutgieriger auf ihren Feind zu.

»Macht Euch bereit!« rief Baron Poll. »Macht Euch bereit!« Heuler setzten in einem unirdischen Chor zu ihrem fremdartigen Brüllen an.

Die Männer auf den Wehrgängen liefen hin und her, ergriffen Schilde und Schlachtäxte. Manche riefen Roland zu, er möge sich bewegen, und sie hievten einen schweren Stein auf die Zinnen neben ihm, bevor sie losgingen und den nächsten holten.

342

»Verdammt!« hörte Roland sich aufgeregt sagen, denn etwas anderes fiel ihm nicht ein. »Verdammt!«

»Seht nur!« rief jemand hinter ihm. »Sie haben das Tor erreicht.«

Roland blickte nach Westen. Raj Ahten und seine Männer zogen sich zurück, gefolgt von Klingenträgern. Die Ritter rannten in die Burg, und sofort zogen die Torwächter die Brücke wieder hoch. Ob es auch Greifer in die Burg geschafft hatten, konnte er nicht erkennen, da der Torturm ihm die Sicht versperrte.

Aufs neue reckte die Todesmagierin auf dem Knochenhügel ihren großen Stab in den Himmel, und wieder wurde das Zischen laut. Durch die ganze Burg ging ein Aufschrei, denn niemand wollte noch mal in den Bann des Fluchs geraten.

»Schließt die Augen! Haltet Euch die Ohren zu! Atmet den Rauch nicht ein!«

Roland sah zum Tor und beobachtete die Männer, die fielen, als der Fluch der Todesmagierin sie traf.

Er duckte sich hinter der Mauer, preßte die Hände auf die Ohren, kniff die Augen fest zu und hielt den Atem an.

Der zweite Stoß donnerte über ihn hinweg. Roland ließ sich zu Boden fallen, ließ die Augen geschlossen und wagte es nicht, die Hände von den Ohren zu nehmen.

Zu seiner Erleichterung half dies. Die verwirrende Betäubtheit blieb aus.

Roland öffnete die Augen, und obwohl sie schmerzhaft brannten und er nur schlecht sehen konnte, war er wenigstens nicht wieder erblindet. Er starrte in das

343

Gesicht eines jungen Burschen, der vor Angst kreidebleich war und mit den Zähnen klapperte. Roland erkannte sofort, daß ihm zum Kämpfen der Mumm fehlte, und der Bemitleidenswerte würde an dieser Stelle und keiner anderen sterben.

Und während er dort kauerte, wußte es auch Roland, ja, jetzt verstand er es: Der Fluch der Todesmagierin diente allein dem Zweck, die Verteidigung zu verhindern.

Stets hatte Roland das Leben einfach auf sich zukommen lassen. Er hatte den Kurs weiterverfolgt, den seine Eltern für ihn bestimmt hatten, hatte alle Sticheleien seiner Frau mit einem Knurren abgetan. Nach Norden war er aufgebrochen, um einen Sohn zu suchen – den er nicht kannte –, und zwar nicht, weil er etwas für den Jungen empfand, sondern weil es das einzige schien, das er tun konnte.

Er biß die Zähne aufeinander und überlegte sich: Entweder bleibe ich hier liegen und gehe drauf wie dieser stumme Junge hier, oder ich schaffe es, aufzustehen und zu kämpfen!

Es gab einen dumpfen Schlag, als eines der seltsamen Steinschiffe gegen die Burgmauer prallte. Er durfte keinen Augenblick länger warten.

Daher knurrte er den verängstigten Burschen an: »Komm schon. Stehen wir auf und sterben wir wie Männer!« Daraufhin erhob er sich und zog den Jungen auf die Beine. Er beugte sich zwischen zwei Zinnen vor und versuchte, durch den beißenden Dunst etwas zu erkennen.

Dreißig Meter unter ihm kratzte ein Greiferschiff mit

dem Bug an den Mauern von Carris. Ein Ungeheuer bohrte seine riesigen Krallen in die Mauer und durchstieß die dicke, weiße Putzschicht.

Eine Krähe flog unmittelbar über Rolands Kopf hinweg, als der erste Greifer aus dem Schiff sprang. Zu Rolands Erstaunen nahm der Greifer seine gewaltige Klinge wie ein stöckchenholender Hund zwischen die Zähne, tastete den Stein mit den riesigen Vorderklauen ab und stieg nach oben.

Wir sind nur Gewöhnliche auf dieser Mauer, dachte Roland. Kein Mann vermag einem Greifer Widerstand zu leisten, nicht einmal, wenn dieser unbewaffnet wäre.

Hinter ihm rief jemand: »Schafft Spieße und Stangen hier herauf!« Die Ungeheuer von den Mauern hinunterzustoßen klang nach einer guten Idee, doch blieb keine Zeit, solche Waffen zu besorgen. Die meisten Hellebarden waren bereits weiter unten an den Burgtoren im Einsatz.

Roland rammte seinen Dolch in die Scheide und packte den gewaltigen Stein neben sich. Er war durchaus von kräftiger Statur, der Stein jedoch, den er umfaßte, wog wenigstens vierhundert Pfund.

Mit aller Kraft streckte er sich, wuchtete den verdammten Brocken hoch und ließ ihn über die Brustwehr fallen.

Unten landete der Stein mit dumpfem Krachen auf dem augenlosen Kopf des Greifers. Eine Sekunde lang hielt das Untier wie betäubt inne und krallte sich ins Mauerwerk, als fürchtete es einen weiteren Felsbrocken.

Zu Rolands Entsetzen jedoch genügte der riesige Gesteinsbrocken nicht, um die Bestie von der Burgmauer zu

345

lösen. Statt dessen hakte sie die Knochendornen an den Ellenbogengelenken ins Mauerwerk und setzte ihren Aufstieg vorsichtiger fort. Die Knochendorne gruben sich in den Verputz und entdeckten Löcher, die kein Mensch hätte finden können.

Drei Sekunden später hatte das Ungeheuer den oberen Mauerrand erreicht, richtete sich auf und wollte hinübersteigen.

Der Greifer hockte sich auf die Zinnen und reckte die gewaltigen Klauen in die Höhe. Nun nahm er die Klinge aus dem Maul und schlug auf den vor Angst starren Burschen ein.

Blut spritzte, und der aschfahle Junge wurde gegen die Mauer gestoßen. Roland zog seine winzige Waffe und stieß einen Schlachtruf aus.

All seinen Mut nahm er zusammen und warf sich auf die Bestie. Diese balancierte unsicher auf dem Mauerrand, klammerte sich mit den Klauen an die Zinnen. Roland konnte die Zehengelenke erkennen, und plötzlich wußte er, was er zu tun hatte.

Mit aller Kraft stieß er seine Klinge tief in das Zehengelenk des Greifers und hörte, wie er vor Schmerz zischte.

Der Dolch verschwand fast bis zum Heft darin, und Roland hatte Mühe, ihn wieder herauszuziehen. Neben ihm sprang Meron Blythefellow mit seiner Spitzhacke vor und erwischte ein weiteres Gelenk.

»Paßt auf!« brüllte Baron Poll. Roland hob den Blick und sah eine riesige Klaue auf sich zukommen.

Die Klaue traf Roland an der Schulter, bohrte sich in sein Fleisch und hob ihn in die Höhe. Eine halbe Sekunde lang schwebte er zehn Meter hoch in der Luft über dem Turm und blickte in den Schlund des Greifers, in die Reihen kristalliner Zähne.

Er war sich darüber im klaren, daß die Männer diesen Augenblick der Ablenkung benutzen würden, die Bestie zurückzustoßen. Ein hünenhafter Kerl rannte vor und warf sich mit dem Schild gegen den Greifer.

Dann stürzte die Bestie ab und Roland mit ihr. Er landete glücklich auf einigen Verteidigern und starrte entsetzt auf das Blut, das aus seiner rechten Schulter strömte. Der brennende Schmerz brachte ihn fast um den Verstand.

Währenddessen brachen die Männer in Jubel aus, da der Greifer an der Mauer den Halt verlor und klatschend unten auf das Steinschiff stürzte. Roland rief: »Heiler! Ich brauche einen Heiler!«

Doch keiner kam. Er umklammerte seinen Arm und versuchte, die klaffende Wunde zusammenzupressen, damit er nicht verblutete. Ein Zittern, das er nicht kontrollieren konnte, schüttelte ihn.

Benommen kroch er rücklings an das Mauerwerk des Wehrgangs, da er sonst den Verteidigern im Weg gestanden hätte.

Unverwandt starrte er auf die Zinne, auf der Baron Poll den ganzen Tag über gesessen hatte, doch der war nun verschwunden. Weitere Soldaten eilten herbei. Roland sah sich nach allen Seiten um, wobei er wegen des schwarzen Nebels noch immer die Tränen unterdrücken mußte.

Plötzlich sah er vor seinem inneren Auge den Mann,

der mit dem Schild vorgestürmt war und den Greifer in den See gestoßen hatte. Ein solches Kunststück konnte kein Gewöhnlicher vollbringen – sondern nur ein Mann mit Gaben der Muskelkraft.

Auf einmal wußte er, wohin Baron Poll verschwunden war.

Roland klopfte das Herz bis hoch in den Hals. Er zog sich auf die Beine. Im Osten und Westen erreichten gerade Greifer den oberen Mauerrand. Gewöhnliche versuchten mit aller Macht, die Bestien zurückzudrängen.

Hier jedoch war der Ansturm für einen Augenblick abgeebbt. Roland schaute über die Mauer hinunter in den See. Das Wasser war aufgewühlt, denn noch immer versuchten die Greifer anzulegen. Das Schiff unter seinem Posten allerdings sank soeben. Das Gewicht des abstürzenden Greifers, der mehr als ein Dutzend Tonnen wog, war zuviel gewesen. Der Bug war zertrümmert, und die Ungetüme gingen mit ihrem Fahrzeug unter.

Sie versanken wie Baron Poll in seiner Rüstung.

Roland rief zu Meron Blythefellow hinüber: »Baron Poll! Wo steckt er?«

»Tot!« schrie Blythefellow. »Der ist tot!«

Roland erlitt einen Schwächeanfall und sank auf die Knie. Über ihm flatterten Gree durch die Luft.

Der Himmel verdunkelte sich, obwohl die Todesmagierin, die wie in Licht gekleidet dahockte, noch keinen weiteren Zauber beschworen hatte.

KAPITEL 24
Fremde auf der Straße

Flieht!« hallte Gaborns Stimme Borenson durch den Kopf, und eine halbe Sekunde lang hielt er sein Pferd an und blickte mit zusammengekniffenen Augen in die Dunkelheit vor sich, in der die Straße nach Carris verschwand. Zur Warnung für Pashtuk, Saffira und ihre Leibwächter hob er die Hand.

Borenson war vornweg geritten. Pashtuk schloß jetzt zu ihm auf.

»Was gibt's? Einen Hinterhalt?« Pashtuk blinzelte angestrengt in den Schatten, den die Eichen und Fichten längs des Hanges zu ihrer Linken auf die Straße warfen. In den letzten paar Minuten war Borenson äußerst unbehaglich zumute gewesen. Ihm war, als hätten sie vor fünf Meilen eine unsichtbare Grenze überquert.

Die Pflanzen dort hatten gedampft und verwelkten wie durch Zauberei plötzlich. Das Gras zischte, als wäre es voller Schlangen. Äste fielen aus den Bäumen. Schlingpflanzen über dem Boden wanden sich gequält, und das alles wurde von einem gräßlichen, faulen Gestank begleitet.

Je weiter sie ritten, desto mehr verdorrte das Land. Jegliches Leben verschwand. Brauner Rauch stieg vom Boden auf.

Die Vegetation war durch einen Fluch versengt wor-

349

den, wie Borenson ihn noch nie erlebt hatte. Mißtrauisch wappnete er sich gegen Schwierigkeiten.

»Ich … ich bin mir nicht sicher, ob es sich um einen Hinterhalt handelt«, erwiderte Borenson. »Der Erdkönig warnt uns vor einer drohenden Gefahr. Vielleicht sollten wir die Straße verlassen und quer übers Land reiten.«

Weiter vorn bei einer Biegung rannte plötzlich ein Mädchen unter die kahlen Äste einer altehrwürdigen Eiche. Leise drang ihr Zeter-und-Mordio-Geschrei zu ihnen vor: »Hilfe! Hilfe! Mord!«

Nun entdeckte sie Borenson, und auf ihrem Gesicht breitete sich Erleichterung aus. Das kleine Mädchen hatte die gleichen langen roten Haare wie Borenson und trug den blauen Rock einer Himmelsgleiterin.

In der Hoffnung, Carris vor Sonnenuntergang zu erreichen, war Borenson während der letzten Stunde scharf geritten. Er hatte befürchtet, unterwegs auf Greifer zu stoßen, und hoffte, wenn er schnell genug ritte, würden diese ihn nicht verfolgen können.

Nach einstündiger Hetze hatten sie die Pferde für ein paar Augenblicke langsamer gehen lassen, damit die Tiere verschnaufen konnten.

»Hilfe!« rief das Kind nochmals, als eine Frau neben ihm auftauchte. Beide rannten unter verdorrten Bäumen über trockenes Gras und erweckten den Eindruck, als flöhen sie vor einem lebendig gewordenen Alptraum. Die letzten Strahlen der Sonne schienen ihnen ins Gesicht.

Die Frau war offensichtlich in ein Faß mit grüner Farbe gefallen. Sie trug einen schwarzen Bärenfellumhang, der im Laufen aufklappte und dadurch verriet, daß sie unter diesem einen Kleidungsstück nichts anhatte. Selbst die kleinen Brüste und der schlanke Körper waren mit Farbe bedeckt. Irgend etwas an ihr beunruhigte Borenson auf unerklärliche Weise. Es lag jedenfalls nicht an ihrer Schönheit oder Nacktheit. Nein, vielmehr kam sie ihm bekannt vor.

Sein Herz klopfte. Binnesmans Wylde! Obwohl er das Wesen nie zuvor gesehen hatte, war jedem Lord in Heredon aufgetragen worden, danach Ausschau zu halten. Borenson fragte sich, wie der Wylde wohl hierhergelangt sein mochte.

Pashtuk richtete sich zu voller Größe auf, und Borenson griff hinter seinem Sattel nach seinem Reiterhammer.

»Flieht!« erscholl abermals die Warnung des Erdkönigs.

»Verdammt, ich höre Euch ja!« brüllte Borenson zurück zu Gaborn, sich völlig darüber im klaren, daß der ihn nicht hören konnte.

»Ist das ein Hinterhalt?« wollte Pashtuk wissen. In Indhopal wurden gelegentlich Frauen oder Kinder als Lockvögel benutzt, um Krieger in den Tod zu locken, anständige Lords aus Rofehavan bedienten sich jedoch nicht solcher Mittel.

»Los!« befahl Ha'Pim, einer von Saffiras Leibwächtern. Er ergriff die Zügel des Pferdes seiner Herrin, wendete ihr Tier und wollte in südlicher Richtung querfeldein galoppieren.

In diesem Augenblick tauchte ein riesenhafter Greifer hinter der Biegung auf, der einen gewaltigen Ruhmhammer schwang.

351

»Ich rette das Mädchen, Ihr schnappt Euch die Frau!«
rief Borenson Pashtuk zu.

Er bohrte seinem Pferd die Fersen in die Flanken und
hob seine Waffe hoch über den Kopf. Illusionen gab er
sich nicht hin. Er besaß keinerlei Gaben mehr, weder der
Muskelkraft noch der Anmut oder des Stoffwechsels, und
es war unwahrscheinlich, daß er dem Greifer nahe genug
kommen würde, um ihn überhaupt zu treffen. Immerhin
konnte die Bestie das nicht wissen. Hoffentlich würde sie,
wenn sie zwei Krieger auf sich zustürzen sah, wenigstens
so lange innehalten, daß Borenson das Kind packen und
ungeschoren fliehen konnte.

Er stieß einen Schlachtruf aus, und Pashtuk sprengte
neben ihm voran.

»Wartet! Laßt das!« rief Ha'Pim. »Wir müssen unsere
Herrin beschützen.«

Pashtuk widersprach dem nicht. Der Unbesiegbare
hielt sein Pferd an, und Borenson drehte sich um
und mußte mit ansehen, wie er zu Saffira zurückgalop-
pierte.

Er war sich nicht sicher, ob Pashtuk damit das Richtige
tat oder nicht. In Ha'Pims Stimme hatte er jedenfalls den
Schock und das Entsetzen mitschwingen hören.

Tief geduckt hob Borenson den Kriegshammer. Sein
Pferd verfügte über zwei Gaben der Muskelkraft und
hätte keine Mühe, ihn, den Wylde und das Kind zu
tragen. Es würde jedoch ein unbequemer Ritt werden,
und er bezweifelte, ob ihm genug Zeit blieb, sie beide zu
retten. Der Wylde lief ein Stück weiter hinten, trödelte
fast und blickte sich andauernd um, als wolle er am

liebsten kehrtmachen und sich auf das Ungeheuer stürzen.

Borenson jagte auf das Kind zu und bremste sein Pferd nur so weit ab, daß er das Mädchen zu sich hinaufziehen konnte.

Allerdings unterschätzte er die dazu erforderliche Kraft. Das Kind sprang hoch, als wollte es ihm helfen.

Er hatte es packen und in einem Schwung vor sich auf den Sattel setzen wollen. Statt dessen erwischte er den Arm der Kleinen im falschen Moment. Da es auf ihn zurannte, wurde es ein eher unbeholfener Fangversuch. Er zerrte sich einen Schultermuskel, und eine halbe Sekunde lang brannte der Schmerz so heftig, daß er fürchtete, seinem Arm dauerhaften Schaden zugefügt zu haben.

Trotzdem gelang es ihm, das Kind hinter sich aufs Pferd zu setzen.

Gerade wollte er zu der grünen Frau reiten, da tauchten hinter der Biegung drei weitere Greifer auf. Borenson würde den Wylde nicht mehr rechtzeitig erreichen. Der erste Klingenträger riß den Ruhmhammer hoch und sprang vor. Seine kristallinen Zähne glitzerten wie Quarz in der Sonne.

Borenson wollte sein Pferd herumreißen. Er mußte den Wylde seinem Schicksal überlassen.

Das Mädchen im Sattel hinter Borenson rief: »Verderbter Erlöser, Gerechter Zerstörer, Blut, ja!«

Die grüne Frau blieb auf der Stelle stehen, fuhr herum, blickte dem Greifer ins Gesicht, sprang das Ungeheuer an und zielte mit der Faust genau auf sein Maul.

Ihr Verhalten schien den Greifer zu überraschen. Er war in vollem Tempo auf sie zugerannt. Jetzt holte er mit dem Ruhmhammer aus.

Der Hieb verfehlte sein Ziel und krachte mit lautem Knall auf die Straße.

Und dann wollte Borenson seinen Augen nicht mehr trauen.

Der Kopf des Greifers war so groß wie die Ladefläche eines Wagens. Mit seinem Schlund hätte er Borenson mitsamt Pferd in einem Stück verschlingen können. Sollte das Ungeheuer auf ihn fallen, würde es ihn mit seinem massigen, fünfzehn Tonnen schweren Körper zu Staub zermalmen wie ein Mühlrad, das Gerste mahlt.

Die grüne Frau jedoch bewegte während des Schlags seltsam tänzerisch die Hand, als wäre sie eine Magierin, die eine Rune in die Luft zeichnet.

Und ihr Hieb traf den Greifer wie ein Ruhmhammer.

Kristalline Zähne zersplitterten und flogen in hohem Bogen davon. Dem riesigen, grauen Greifer wurde das Fleisch vom Gesicht gerissen, das Skelett unmittelbar darunter freigelegt, und nach allen Seiten spritzte stinkendes, dunkelblaues Blut.

Der Greifer prallte gegen die grüne Frau wie gegen eine Steinmauer. Sein gesamter Körper wurde zwei, fast drei Meter in die Höhe gehoben, und seine Beine zogen sich zusammen wie die einer Spinne, die ihre Unterseite zu schützen sucht.

Dann landete das Ungeheuer mit dumpfem Aufprall wieder auf dem Boden und war tot.

Borenson riß das Pferd abermals, jetzt wieder in Richtung der grünen Frau, herum, doch das hätte er sich sparen können. Pashtuk übernahm die Rolle des heldenhaften Ritters, obwohl Saffira ihn seiner Perlen beraubt hatte, und hielt im Galopp auf den Wylde zu.

Was dann geschah, erstaunte Borenson über alle Maßen, denn die grüne Frau gab sich nicht damit zufrieden, daß sie das Ungeheuer getötet hatte. Obwohl noch immer drei seiner Artgenossen auf sie zuhielten, sprang sie auf den Kopf des toten Greifers, stieß die Faust durch seine Schädeldecke, zog ein Stück seines schwarzen, blutverschmierten Hirns hervor und stopfte es sich in den Mund.

Borenson sperrte überrascht den Mund auf und hielt sein Pferd an. Pashtuk erreichte die grüne Frau und packte sie von hinten.

Der Ritter riß sein Pferd herum und preschte in nördlicher Richtung auf Saffira und ihre Leibwächter zu. Mit einem Blick über die Schulter vergewisserte er sich, ob Pashtuk rechtzeitig vor dem Eintreffen der anderen Greifer davongekommen war.

Der nahm sich keine Zeit für Höflichkeiten. Er zog die grüne Frau gar nicht erst in den Sattel. Statt dessen packte er sie um die Hüfte wie einen Sack Getreide. Sie wehrte sich nicht, ließ sich einfach von ihm tragen, während sie sich am Hirn des Greifers gütlich tat.

»Hier entlang«, rief Pashtuk und schwenkte nach Süden ab, als er Borenson überholte. Weitere Greifer, Dutzende, liefen um den Hügel. In ihrer Mitte befand sich eine Greifermagierin. Um Kraftpferde einzuholen, waren die Bestien allerdings zu langsam. Ein Greifer erreichte

355

höchstens eine Geschwindigkeit von vierzig Meilen in der Stunde, und das auch nur für eine kurze Strecke.

»Ihr habt mich tatsächlich gerettet!« rief das Mädchen hinter Borenson voll Freude. »Ihr seid zurückgekommen und habt mich geholt!« Sie umschlang seine Hüfte von hinten und drängte sich dicht an ihn heran.

Borenson hatte das Kind nie zuvor gesehen, und ihr vertraulicher Ton überraschte ihn.

»Tja, dann scheinst du mehr zu wissen als ich«, meinte Borenson voller Sarkasmus. Er brachte keinerlei Nachsicht für Gaukler auf, die behaupteten, in die Zukunft sehen zu können, selbst wenn es sich nur um ein Kind handelte.

Schweigend galoppierten sie einige Minuten dahin, während deren es Pashtuk gelang, die grüne Frau vor sich in den Sattel zu setzen. Das Mädchen hinter Borenson beugte sich immer wieder nach vorn und versuchte, einen Blick auf Saffira zu ergattern, als könnte sie ihre Augen nicht von ihr lösen.

Schließlich fragte das Kind: »Wo ist Baron Dickwanst? Hat er Euch nicht begleitet?«

»Wer?« fragte Borenson.

»Baron Poll«, erklärte das Mädchen.

»Ha! Das will ich nicht hoffen«, erwiderte Borenson. »Sollte ich dem noch einmal begegnen, wird er was erleben!«

»Seid Ihr böse auf ihn?«

»Aber nein, ich hasse den Mann nur wie die Pest«, antwortete Borenson.

Das Mädchen sagte nichts mehr.

Die Luft über ihnen war plötzlich von einem Fauchen erfüllt, das wie der Widerhall eines fernen Zischens klang. Es hörte sich an, als habe der Himmel tief durchgeatmet. Am Horizont glühten Rauchsäulen rot im Feuerschein.

»Schnell!« schrie Pashtuk und flog über die tote Landschaft hinweg, so schnell sein Pferd ihn tragen konnte. »Mein Herr ist bei Carris in die Schlacht gezogen.«

KAPITEL 25
Im Schlachtgetümmel

Kaum eine Stunde, nachdem Raj Ahten den Ausfall gewagt hatte, stand Carris kurz vor dem Niedergang.

Zu Beginn der Schlacht trieben die Greifer Raj Ahtens Ritter über den Damm und stürmten gegen die Westmauer der Burg an, ehe die Brücke wieder hochgezogen werden konnte.

Sie schlugen mit Ruhmhämmern auf die Steinbögen des Tors ein und zerschmetterten die Rune des Erdbrechens, die dort eingemeißelt war.

Da die Mauern nun geschwächt waren, konnten die Greifer sie so leicht wie trockene Äste brechen.

Nach nur fünf Minuten waren die Tortürme zerstört. Der Burghof war durch eine breite Schneise von außen zu erreichen.

Der Wolflord warf Männer in die Bresche, weil er hoffte, die Greifer auf diese Weise zurückdrängen zu können. Ein Wall aus Leichen – gleichermaßen derer von Menschen und Greifern – häufte sich in der Bresche fünfundzwanzig Meter hoch auf, bis die Greifer in der Lage waren, von den Toten auf die Mauern der Burg zu springen.

Viele Greifer krabbelten über die Leichenberge, rutschten über den Hang von Toten herab, wobei ihre riesigen Bauchpanzer laut rumpelten. Sie warfen sich in die

358

Schlacht und zermalmten jeden Mann unter sich, der es wagte, sich ihnen in den Weg zu stellen.

Allein mit Gewalt konnte man die Greifer nicht aufhalten.

Innerhalb von Minuten hatten sie tausend Unbesiegbare vor der Bresche niedergemetzelt.

Unterdessen kletterten sie auch von ihren Schiffen aus an der Südmauer der Burg hoch. Rasch war die weiße Mauer mit Blut verschmiert. Wenigstens zwanzigtausend Gewöhnliche starben, bevor Raj Ahtens Unbesiegbare die Eindringlinge zurückwarfen.

Voller Verzweiflung brachte der Wolflord seine erschöpften Flammenweber wieder zum Einsatz. Mehrere Gasthäuser und Türme wurden in Brand gesetzt, damit die Zauberer aus dem Feuer neue Kraft schöpfen konnten.

Zehn Minuten lang standen die Flammenweber auf den Türmen nördlich und südlich des Tors und warfen Feuerbälle auf die Greifer, die über den Damm heranströmten. So drängten sie die Horden zwar zurück, allerdings nur für einige Augenblicke.

Bald stürmten die Greifer wieder voran, doch diesmal trugen sie große schwarze Schiefertafeln, die sie wie Schilde benutzten und mit denen sie einen regelrechten Wall bauten, der sie vor den Flammen schützte.

Unter dieser Deckung huschten manche weiter vor, während andere große Felsen gegen die Mauer warfen. Einer der Türme stürzte ein und riß einen Flammenweber in den See, in den Tod.

Fünfzehn Minuten dauerte die Schlacht erst, und

schon war Raj Ahten gewiß, daß er Carris verlieren würde, denn die größte Gefahr drohte gar nicht von den Klingenträgern, sondern von der Todesmagierin, die sie antrieb.

Sechsmal beschwor sie ihre Magie gegen die Verteidiger von Carris. Ihre Zaubersprüche waren Befehle, die zwar einfach waren, aber dennoch erstaunliche Wirkung zeigten.

»Seid taub und blind«, hatte der erste Spruch gelautet. Dreimal war er als schwarzer Wind von ihr herübergeweht. Danach befahl sie: »Verliert den Mut!«

Sechs Sprüche insgesamt, in unregelmäßigen Abständen. Raj Ahten beunruhigte ihre Wirkung. Noch immer kauerten einige seiner tapfersten Soldaten verschreckt, entsetzt, verängstigt da, zehn Minuten nachdem die Todesmagierin zum letzten Mal zugeschlagen hatte.

Diese Magie verwirrte den Wolflord, denn davon hatte keine Chronik je berichtet.

Während er sich nun mitten im Schlachtgetümmel befand, hob drüben auf dem Knochenhügel die Todesmagierin ihren gelben Stab gen Himmel und zischte. Sie beschwor den siebten Spruch. Ihr Zischen schien sich in alle Richtungen auszubreiten und hallte von der Wolkendecke am Himmel zur Erde zurück.

Raj Ahten lauschte darauf, auch wenn er die Magie erst verstehen würde, sobald der dunkle Wind, den sie erzeugte, bei ihm eintraf.

Er führte einen Vorstoß gegen die vorderste Reihe der Greifer, hielt in jeder Hand eine Streitaxt und bewegte sich so schnell, daß er vom gewöhnlichen Auge nur verschwommen wahrgenommen werden konnte. Mit sechs Gaben des Stoffwechsels konnte er sein tödliches Werk geschwind und präzise verrichten.

Ein Greifer rutschte vom Leichenberg herab auf Raj Ahten zu und riß den Ruhmhammer in die Höhe. Der Panzer, der über die Toten glitt, erzeugte ein lautes Rumpeln.

Noch bevor er zum Stehen kam, brüllte ein Frowth-Riese hinter Raj Ahten auf, stieß dem Untier seinen großen Stab ins Maul und bremste es so.

Dem Greifer blieb wenig Zeit, sich eine Angriffsstrategie zu überlegen. Daher hob er nur erneut den Hammer. Raj Ahten zögerte eine Achtelsekunde lang, während der Frowth das Ungeheuer hielt, dann schlug er zu. Den ersten Hieb führte er mit aller Kraft von unten nach oben und traf den Greifer unter dem erhobenen linken Vorderarm. Die Axt versank tief im Fleisch, zerschmetterte ein Gelenk und schwächte das Glied, ohne es abzutrennen.

Darüber hinaus hatte er die Nerven im Ellbogen getroffen, die den Greifer nun kurz in einen betäubten Schockzustand versetzten.

In diesem winzigen Bruchteil einer Sekunde begann Raj Ahten mit der Arbeit. Er mußte ein zweites Ziel finden. Wenn das Ungeheuer brüllte, würde es sein Maul weit genug öffnen, damit er zwischen die todbringenden Zähne springen und seine Axt durch den Gaumen ins Gehirn treiben könnte.

Sollte sein Gegner jedoch vor Panik zurückweichen,

361

könnte er einen Hieb gegen den Thoraxpanzer richten und den Bauch aufbrechen.

Die Bestie tat weder das eine noch das andere. Sie neigte einfach den Kopf und schlug vor Schmerz blind auf den Wolflord ein. Der Ruhmhammer senkte sich mit Wucht.

Raj Ahten sprang zur Seite. Trotz seiner Tausende Gaben der Muskelkraft vermochte er einen Hieb des Greifers nicht zu parieren, da seine Knochen durch die Übereignung nicht verstärkt wurden. Aus diesem Grund würde ihn schon ein versehentlicher Treffer des Ungeheuers wie einen trockenen Ast zerbrechen.

Der Greifer legte all die Kraft seines unversehrten Vorderarms in den Schlag. Der Frowth-Riese drückte mit seinem Stab noch kräftiger zu und wollte die Bestie zurückschieben, wobei er den Kopf Raj Ahten zuwandte und blinzelte.

Gerade in diesem Augenblick blickte der Wolflord zu dem Riesen hoch. Der Gigant war über und über mit dem roten Blut von Menschen und dem dunklen, blauschwarzen Blut der Greifer besprizt. Bereits zuvor hatte er einen Hieb von der Klinge eines Gegners einstecken müssen, weswegen sein Kettenhemd verbeult war, sich sein eigenes Blut mit dem fremden vermischte und zusätzlich das goldene Fell verfilzte.

Vielleicht hatte dieser Blutverlust den Riesen geschwächt, denn obwohl sie eigentlich unermüdlich waren, sah dieser den Hieb kommen und reagierte nicht darauf, sondern legte nur ein wenig mehr Gewicht in den Stab und drehte den Kopf zur Seite.

Der Ruhmhammer traf die Schnauze des Frowths und zerschmetterte Knochen und Zähne. Blut regnete auf Raj Ahten herab.

Voller Wut schlug der Wolflord nun mit der Streitaxt zu und trennte dem Greifer die zwei Zehen vom vorderen linken Bein. Das Ungeheuer riß den Kopf herum und wollte sich Raj Ahten schnappen, doch der sprang geradewegs in das offene Maul hinein, rollte sich auf der rauhen Zunge ab und setzte zu einem wilden Schlag auf den Gaumen an.

Die Axt versank im Fleisch, spaltete zwei Knochenplatten und rief einen armlangen Riß hervor. Nachdem Raj Ahten die Waffen zurückgezogen hatte, schlug er abermals zu und drang in das Hirn der Bestie vor.

Noch ehe Blut und Gehirnmasse aus der Wunde hervorbrechen konnten, machte der Wolflord einen Satz aus dem Maul heraus. Das Ungeheuer würde sterben, der Riese aber ebenso.

Der Frowth zog sich aus der Schlacht zurück, stolperte dabei über einige Krieger hinter sich, kippte auf ein halbes Dutzend Männer und zermalmte sie unter sich.

Raj Ahten blickte sich um und erkundete, welche seiner Männer am dringendsten Hilfe brauchten. Die meisten kämpften in Gruppen – vier oder fünf gegen einen Greifer. In ihren gelben Überröcken sahen sie aus wie Wespen, die eine größere Beute mit einer Vielzahl von Stichen zur Strecke bringen wollen.

Auf dem Knochenhügel hatte die Todesmagierin ihren zischenden Zauberspruch beendet, und ihr finsterer Befehl wälzte sich auf die Stadt zu. Kurz fragte sich Raj

Ahten, ob sie vielleicht lediglich ein vermaledeites Spiel mit ihm trieb.

Wenn sie uns mit Feigheit und Furcht schlagen oder blenden kann, warum tötet sie uns dann nicht gleich? War es denn so viel schwieriger, die Menschen zu vergiften, als ihnen über diesen unseligen Wind Befehle zu erteilen?

Doch darauf wußte er keine Antwort. Seit dem letzten Angriff ihrer Art waren sechzehn Jahrhunderte vergangen. Vermutlich war die Todesmagierin von ihrer Macht selbst fasziniert und wollte lernen, wie sie diese mit größter Wirkung entfaltete.

Wieder einmal wehte der dunkle Wind über die Stadt hinweg. Auf den Mauern schrien Männer auf und hielten sich die Nase zu. Ansonsten bemerkte Raj Ahten keine weitere Reaktion.

Erst als ihm der Geruch in die Nase stieg, begriff er. Sein Mund wurde trocken, und zur gleichen Zeit trat aus jeder Pore seiner Haut Schweiß hervor. Tränen strömten aus seinen Augen. Er kämpfte gegen den überwältigenden Drang zu urinieren an, und um ihn herum verloren schwächere Männer die Kontrolle über ihre Blase.

Jetzt verstand er den Befehl: »Trocknet aus wie Staub!«

Hundert Meter hinter Raj Ahten stand Feykaald auf der Treppe eines Gasthauses und krächzte: »O Erhabener, eine Nachricht!«

Der Wolflord rief seinen Unbesiegbaren zu, sie sollten die Reihen schließen, verließ das Schlachtfeld und rannte über das Gras zu dem Gasthaus.

Er blickte zurück. Greifer waren auf ihren eigenen

364

Leichenberg geklettert, und einer bereitete sich gerade darauf vor, den Hang hinunter in das Gemetzel zu rutschen. Raj Ahten schätzte, daß drei Viertel seiner Unbesiegbaren bereits gefallen waren. Weniger als vierhundert blieben ihm noch.

Auch auf den Mauern kämpften die Greifer gegen die Menschen. Der Wolflord holte eine Feile heraus und schärfte seine Axt. Öl brauchte er dazu nicht. Das Greiferblut tat es genausogut.

»Sprecht«, forderte Raj Ahten Feykaald auf.

Der alte Berater bewegte den Mund, als könne er nur mit Mühe vermeiden, Staub abzuhusten. Schweiß tropfte ihm von der Stirn, während er seinem Herrn ins Ohr flüsterte: »Boot ist angekommen. Ostküste ... sicher. Unsere Männer ... auf Greifer gestoßen, haben sie jedoch getötet.«

Raj Ahten wischte sich den Schweiß aus dem Gesicht. Schon war sein Gewand durchnäßt, und noch immer rann er ihm in Strömen in den Bart. Ein halbes dutzendmal zog er die Feile über die Klinge der Axt. Währenddessen betrachtete er den bröckelnden Widerstand auf den Mauern.

Seine Untertanen fochten vergeblich.

Die Breschen in der Verteidigung wurden rasch größer und größer. Die Hälfte seiner Artillerie war vernichtet. Ein Flammenweber war tot, den anderen beiden schwanden die Kräfte, obwohl die halbe Stadt in Flammen stand.

Seine Riesen kämpften tapfer, doch hatten nur dreißig die Schlacht bei Longmot überlebt. Jetzt fielen sie in rascher Folge. Während er dastand, spaltete ein Greifer einem Frowth den Schädel, derweil ein anderer einen Hieb in den Rücken erhielt.

Der Feind erschütterte die Mauern von Carris, verbreiterte die Bresche, und Raj Ahtens Truppen waren nun zu weit auseinandergezogen und vermochten keinen wirksamen Widerstand mehr zu leisten. Die wenigsten von Paldanes Lords besaßen ausreichende Gaben, um gegen die Greifer anzutreten. Sie kämpften Seite an Seite mit den Männern des Wolflords, richteten hingegen kaum etwas aus.

Carris würde fallen, daran war nicht mehr zu rütteln. Und es handelte sich nicht mehr um eine Frage von Stunden, sondern nur noch von Minuten.

Gewöhnliche schrien auf, während der schwarze Wind ihrem Körper Tränen und Schweiß entzog. Manche verloren das Bewußtsein.

Zehn Minuten diesem Zauber ausgesetzt zu sein würde jeden Menschen töten, dachte Raj Ahten. Nur in einer Hinsicht blieb ihm das Glück treu. Eine leichte Bö wehte von Osten her über den See und schwächte den Zauber der Todesmagierin ein wenig ab.

Die Axt war geschärft. Ein Greifer rutschte den Hang aus Leichen herab. Ein Frowth brüllte, als ihm der Greifer das Schwert durch den Hals stach. Der Riese taumelte seitwärts und fiel auf zwei Unbesiegbare, und dann warf sich der Greifer erneut in die Schlacht und erledigte mit dem nächsten Hieb seiner Klinge vier Männer.

Verbittert rang sich Raj Ahten eine schwere Entscheidung ab. Seine Männer starben wie Fliegen. Aller Kampf war fruchtlos.

Diese Schlacht war verloren, nur sollten wenigstens die Reste seiner Armee nicht mit Carris untergehen.

Es wird andere Schlachten geben, an anderen Tagen.

Diese Entscheidung hatte mit Feigheit nichts zu tun, vielmehr entsprang sie der kalten Gewißheit, daß er das auf lange Sicht Beste tat. Er würde seine Männer nicht opfern, um das Leben seiner Feinde zu retten.

So trug er Feykaald auf: »Gebt folgenden Befehl aus: Die Boote sollen vorbereitet werden. Meine Flammenweber und die Unbesiegbaren werden die ersten nehmen, als nächste sind die Bogenschützen an der Reihe.«

Mit diesen Worten warf er sich wieder ins Schlachtgetümmel.

KAPITEL 26
Die Qualen der Erde

Wie kann ich sie alle retten? fragte sich Gaborn an jenem Nachmittag unterwegs nach Carris – zum hundertsten Mal, wie es ihm schien. Er galoppierte in raschem Tempo dahin. Kalter Nieselregen fiel aus einem bleiernen Himmel. Nur die wenigsten seiner Ritter waren in der Lage mitzuhalten – Zauberer Binnesman, die Hohe Königin Herin die Rote, ihre Tochter, Sir Langley und zwei Dutzend andere.

Er spürte, daß den Boten, die er nach Carris entsandt hatte, ein schreckliches Schicksal drohte. Die Erde warnte ihn nicht nur vor Gefahr für sich selbst, sondern für jeden, der sich auf dem Weg nach Carris befand.

Die Kraftpferde waren über die grünen Felder Beldinooks gedonnert. Sie hatten eine weite Entfernung in kürzester Zeit hinter sich gebracht – mehr als dreihundert Meilen in sechs Stunden. Doch nicht alle konnten Gaborn in diesem Tempo folgen. Er war mit Hunderten seiner Ritter nach Beldinook eingeritten, viele von ihnen hatten jedoch aufgeben müssen. Seine Truppen verteilten sich hinter ihm über vierhundert Meilen. Und die Pferde der wenigen, die in seiner Nähe geblieben waren, hatten sich längst verausgabt.

Das Leichentuch, das er über so vielen seiner Untertanen liegen sah, erdrückte ihn fast. Vor einer Woche war Gaborn über das Schlachtfeld bei Longmot geritten und

hatte die Leichen Hunderttausender guter Männer gesehen, die Raj Ahten getötet hatte. Er hatte die verkohlten
Leiber gerochen, das Blut und die Galle. Er hatte seinen
eigenen Vater tot aufgefunden, kalt wie der Schnee, den
er krampfhaft mit seinen leeren Händen umklammerte.

Aber er hatte nicht gespürt, daß der Tod weiteren
seiner Männer unmittelbar drohte. Das Ende jener Soldaten hatte er nicht so intensiv empfunden wie das
Verhängnis, welches jetzt seinen Begleitern auflauerte.

Wie kann ich sie alle retten? fragte er sich aufs neue.

Auch Borenson drohte nun Gefahr, und Gaborn übermittelte ihm eine Warnung: »Flieht!«

Fünfzehn Meilen nördlich von Carris hetzte Zauberer
Binnesman sein Pferd neben ihn und bat eindringlich:
»Eine kurze Ruhepause, mein Herr. Es nützt nichts, Carris
auf Pferden zu erreichen, die für den Kampf nicht mehr
zu gebrauchen sind.«

Gaborn konnte den Mann im Donnern der Hufe kaum
verstehen.

»Mein Lord!« brüllte Langley und schloß sich Binnesmans Ersuchen an. »Fünf Minuten, ich bitte Euch!«

Vor ihnen lockte rechts neben der Straße ein Teich.
Fische schwammen an der Oberfläche und schnappten
nach Mücken. Hier kam oft Vieh zur Tränke und hatte
die Uferböschung zertrampelt.

Gaborn zügelte das Pferd und ließ es trinken.

Ein Paar Wildenten flog quakend aus einem Schilfge-
büsch auf. Im Nu war Gaborn von Mücken umgeben. Er
verscheuchte sie von seinem Gesicht.

Keine zwanzig Schritte entfernt, auf der anderen Seite

von Binnesman, ließ Sir Langley sein Pferd trinken. Er grinste Gaborn an. »Bei den Mächten«, sagte er, »hätte ich gewußt, daß mich hier die Mücken so sehr plagen, hätte ich Rüstung angelegt.«

Gaborn war nach Scherzen nicht zumute. Er sah sich um, als versprengte Ritter anhielten, und zählte seine Männer rasch durch.

Er hatte nicht gerade eine Armee hinter sich – nur einige Ritter, die töricht genug gewesen waren, ihm in den bevorstehenden Tod zu folgen.

Burg Carris und ihre Bewohner, das wußte er, würden keine weitere Stunde mehr überstehen.

Er würde mit zuwenig Truppen eintreffen und viel zu spät.

Ihm fehlten die Soldaten, die er sich von König Lowicker erhofft hatte. Die Männer, die ihn begleiteten, waren kaum von Nutzen. Er hatte zudem darauf spekuliert, auf eine seiner eigenen Armeen zu treffen oder vielleicht auf die Unabhängigen Ritter, wie Marschall Skalbairn es ihm versprochen hatte.

Spielt keine Rolle, redete er sich ein. Zwar weiß ich nicht, was Raj Ahten vorhat, aber dennoch werde ich zu ihm gehen und ihn auffordern, sich mir zu ergeben. Tut er dies nicht, werde ich ihn töten.

Binnesmans Tier stand da und sog das Wasser in tiefen Zügen in sich hinein. Gaborn kramte den Futtersack hervor und gab seinem Pferd eine letzte, doppelte Handvoll Miln zu fressen. Das Streitroß wieherte dankbar. Rasch verschlang es den süßen Hafer, die Malzflocken und die Melasse. Seine Augen wirkten trüb und müde.

Anschließend wischte Gaborn seine klebrigen Hände an seiner Jacke ab. Binnesman mußte seine besorgte Miene bemerkt haben, denn er erkundigte sich leise: »Was bedrückt Euch, mein Lord?«

Der Abend senkte sich über das Land, und die letzten Sonnenstrahlen fielen durch einen Spalt in den zerklüfteten Wolken. Der Wind wehte Gaborn ins Gesicht.

Er flüsterte fast, wollte nicht von den Lords gehört werden, die nach und nach am Wasserloch eintrafen. »Wir reiten auf eine große Gefahr zu. Ich frage mich: Wie kann ich den Wert des Lebens anderer bemessen? Wie kann ich den einen Erwählen, den anderen dagegen nicht?«

»Das Erwählen ist nicht schwer«, erwiderte Binnesman. »Jemanden *nicht* zu Erwählen macht Euch zu schaffen.«

»Aber wie kann ich das Leben von anderen bemessen?«

»Ihr habt mir immer wieder bewiesen, für wie wertvoll Ihr das Leben erachtet«, antwortete Binnesman. »Ihr schätzt die meisten Menschen mehr als sie sich selbst.«

»Nein«, widersprach Gaborn. »*Mein* Volk liebt das Leben.«

»Schon möglich«, meinte Binnesman. »Doch ebenso, wie Ihr versucht, Eure schwächeren Untertanen mit Eurem eigenen Leben zu beschützen, so würde auch jeder Mann in dieser Truppe« – er deutete mit einem Nicken auf die Ritter, die hinter ihnen aufschlossen – »sein Leben für den anderen geben.«

Er hatte recht. Gaborn wäre gern bereit, sich im Dienst

für andere zu opfern. Im Kampf würde er für sie eines edlen Todes sterben, in Friedenszeiten hart und ehrlich für sie arbeiten.

»Was bekümmert Euch wirklich?« fragte Binnesman.

Gaborn senkte den Kopf und flüsterte: »Die Erde hat mich im Traum aufgesucht und gedroht, mich zu bestrafen. Sie hat mir dringend geraten, die *Samen* der Menschheit zu Erwählen und sonst nichts.«

Jetzt richtete Binnesman sein ganzes Augenmerk auf Gaborn und legte in offenkundigem Entsetzen die Stirn in Falten. Der Erdwächter rückte näher an ihn heran. »Seid achtsam, mein Lord. Wenn die Erde im Traum zu Euch spricht, dann nur, weil Ihr zu beschäftigt seid, im Wachzustand auf sie zu hören. Und nun erklärt mir genau: Wovor hat die Erde Euch gewarnt?«

»Davor ... zu viele zu Erwählen«, antwortete Gaborn, und ihm war, als würde ihn seine eigene Schande ersticken. »Die Erde erschien in Gestalt meines toten Vaters und warnte mich, ich müsse lernen, den Tod zu akzeptieren.«

Gaborn getraute sich nicht einzugestehen, daß er den Tod seines Vaters noch nicht verwunden hatte. Die Erde verlangte etwas Unmögliches von ihm.

Die Erde hatte ihn gedrängt, seine Wahl zu beschränken, nur die besten Samen der Menschheit zu Erwählen und durch die dunkle Zeit zu bringen.

Aber welche waren die besten?

Jene, die er am meisten liebte? Nicht immer.

Jene, die in der Welt am meisten bewegten? War ein Schmied von höherem Wert als ein Bäcker? Galt die Liebe einer Bauersfrau zu ihrem Kind weniger als die Liebe der Königin zu ihren Untertanen?

Sollte er jene Erwählen, die am besten kämpfen konnten, da sie sein Volk am wirksamsten verteidigten?

Wie konnte Gaborn das Leben eines Menschen bewerten? Er hatte in die Herzen vieler geschaut, und nun erschien ihm die Gabe des Erdblicks eher wie eine Bürde denn wie eine Gnade.

Er hatte in die Herzen der Menschen geschaut, und er wußte, alte Männer hingen viel mehr an ihrem Leben als Jünglinge, die besser auf sich aufpassen sollten.

Er hatte selten den Mut entdeckt, den er sich wünschte. Die besten Soldaten, diejenigen, die er sich am meisten als Krieger erhoffte, schätzten das Leben oft zuwenig. Manche waren brutale Naturen, die Blut und Gewalt liebten. Zu selten nahmen Tugendhafte das Schwert in die Hand.

Und viel, viel zu oft hatte Gaborn das, was er in den Herzen sah, kaum ertragen können, zuletzt bei König Lowicker.

Konnte er sich also von den Einfachen abwenden, die das Leben verdienten, aber wenig zu bieten hatten – Kinder und klumpfüßige Jungen und Großmütter, die dem Tode nahe waren?

Feierlich flüsterte Binnesman ihm zu: »Ihr schwebt in großer Gefahr, mein Lord. Die der Erde dienen, müssen sich ihr vollständig hingeben. Falls Ihr der Erde nicht dient, wird sie Euch Eure Macht entziehen.«

Der Zauberer betrachtete Gaborn eine Weile lang stirnrunzelnd. »Vielleicht liegt die Schuld auch bei mir«, räumte er ein. »Als Ihr die Kraft des Erwählens erlangt habt, riet ich Euch, großzügig zu sein. Die Erde jedoch verlangt von Euch Genauigkeit. Möglicherweise müßt Ihr einige der Erwählten aufgeben … Ist es das, was Ihr spürt?«

Gaborn schloß die Augen und biß die Zähne zusammen. In diesem Augenblick konnte er den Tod nicht akzeptieren.

»Mein Lord!« rief Sir Langley und deutete hinauf zur Kuppe eines runden Hügels ein paar hundert Meter weiter südlich.

Dort stieg brauner Dampf über den Feldern auf und kroch im Schrittempo wie ein Buschfeuer über die Hänge. Doch loderten keine Flammen, die diesen eigentümlichen Rauch hätten hervorrufen können.

Statt dessen verwelkten die Gräser und niedrigen Sträucher zischend zu grauen Gerippen. Der Dampf erreichte eine große Eiche, deren Rinde aufriß und abplatzte. Das Laub nahm eine kränkliche Farbe an und rieselte herab. Sogar die Misteln zwischen den Ästen welkten zischend dahin. Die Kornblumen um den Stamm verfärbten sich in Sekundenschnelle von leuchtendem Blau zu trübstem Grau.

Und der Dunst der Vernichtung zog weiter den Hügel hinunter.

Binnesman legte die Stirn in Falten und strich sich durch den kurzen Bart.

Mit wachsendem Entsetzen starrte Gaborn den kriechenden Dampf an. »Was ist das?« stieß er schließlich hervor.

374

»Ich … ich weiß es nicht«, erwiderte Binnesman. »Sieht aus wie irgendein Dürrezauber, wenngleich ich von einem derart mächtigen noch nie gehört habe.«

»Ist er gefährlich für Menschen?« fragte Gaborn. »Oder für die Pferde?«

Binnesman stieg auf sein Roß und ritt zum Hügel hinüber. Gaborn eilte ihm hinterher. Er verabscheute diesen schändlichen Nebel.

Bei Erreichen des braunen Dunstes roch er Tod und Verwesung. Überall spürte er Fäulnis. Selbst angesichts seiner vielen Gaben schwächte er ihn, er konnte hier kaum atmen. Ihm schwindelte, und er saß im Sattel und litt unter einer Übelkeit, wie er sie noch nie gefühlt hatte. Wie mußte sich dieser Nebel erst auf einen Gewöhnlichen auswirken?

»Ah!« stöhnte er.

Er wandte sich zum Zauberer um. Binnesman kam ihm plötzlich älter vor – sein Gesicht wirkte ausgezehrter, seine Haut grauer. Auch er hielt sich an seinem Sattel fest wie ein gebrechlicher und innerlich zerstörter Mann.

Am Teich stiegen die Männer wieder auf und ritten herüber. Gaborn beobachtete, wie sie auf den Nebel reagierten. Zu seiner Verblüffung schien er ihnen nicht so arg zuzusetzen.

»Verzeiht, daß ich an Euch gezweifelt habe«, sagte Binnesman heiser, bevor die anderen sie erreichten. »Ihr hattet recht, hierher nach Carris zu ziehen. Eure Sinneskräfte wachsen, und inzwischen haben sie bereits die meinen übertroffen. Was immer diese Schändung hervorgerufen hat, wir müssen es besiegen.«

Gaborn erreichte den Gipfel des Hügels und starrte erwartungsvoll nach Süden. In der Ferne waren ganze Wälder entlaubt. Kahle Äste ragten in den Himmel. Über grauen, grasbewachsenen Hügeln stieg kräuselnd Dampf in dünnen Schleiern auf.

Die Erde erlitt Qualen. Gaborn spürte sie bis in jede Faser seines Körpers.

Eine halbe Meile vor ihm saßen drei Ritter auf ihren Pferden und blickten zu Gaborn herüber. Einer trug den gehörnten Helm von Toom, ein anderer führte den länglichen, rechteckigen Schild von Beldinook. Der dritte trug eine verzierte Rüstung im Stil der Krieger Ashovens.

Derart unterschiedliche Rüstungen fand man nur bei den Unabhängigen Rittern. Die drei spähten nur für einen kurzen Augenblick zu Gaborn herüber, dann hob der Krieger aus Toom zum Zeichen des Friedens die rechte Hand und trieb sein Pferd den Hang hinauf.

Der hünenhafte Kerl galoppierte auf Gaborn zu. Auf den Rücken hatte er eine gewaltige Axt geschnallt, seine Augen funkelten so tödlich wie die Waffe. Das blanke Entsetzen stand ihm ins Gesicht geschrieben. Er musterte die zwanzig Mann hinter Gaborn. »Ist das alles, Euer Hoheit? Ist das die Armee, die Ihr mitbringt?«

»Es folgen noch mehr, sie werden jedoch nicht rechtzeitig eintreffen, um Carris zu retten«, erklärte Gaborn.

»Das sehe ich«, antwortete der Krieger.

»König Lowicker hat mich verraten«, erklärte Gaborn. »Aus Beldinook wird daher niemand zu uns stoßen, doch die Hohe Königin Herin und andere aus Fleeds, Orwynne und Heredon stehen uns zur Seite. Jedoch sind wir zu spät aufgebrochen. Verzeiht.«

»Könnt Ihr dem ein Ende bereiten?« stöhnte der Mann und deutete auf den Tod, der unter den Pflanzen wütete.

»Wir können es versuchen«, antwortete Binnesman.

Der große Krieger grunzte. »Ich sollte hier warten, weil wir auf Eure Verstärkung hofften. Hauptmarschall Skalbairn harrt Eurer Befehle. Unsere Truppen marschieren kaum acht Meilen von hier in südlicher Richtung, aber so vielen Greifern ist selbst die Aufrechte Horde nicht gewachsen.«

»Greifer?« fragte Sir Langley erstaunt, und die zwanzig Lords, die Gaborn gefolgt waren, legten plötzlich alle Zurückhaltung ab und verlangten lautstark nach Antworten. »Wie viele? Wo? Wo haben sie angegriffen?«

Gaborn schüttelte nur den Kopf. Bei all seiner Macht – er konnte erkennen, wenn seine Erwählten in Gefahr schwebten, und wußte oft sehr genau, wie sie zu retten waren – konnte er immer noch nicht unterscheiden, ob seine Erwählten es mit Banditen, anderen Lords oder eben Greifern zu tun hatten – oder ob sie gar bloß vom Stuhl zu fallen drohten.

Er hatte erwartet, daß Raj Ahten Carris erstürmte.

Der Sprecher der drei Unabhängigen Ritter antwortete: »Unsere Weitseher berichteten, Raj Ahten habe die Stadt noch vor der Morgendämmerung eingenommen, doch die Greifer waren ihm dicht auf den Fersen. Unserer Schätzung nach stehen dort über zwanzigtausend Klingenträger, dazu zahlreiche Greifer anderer Arten. Vor knapp einer Stunde hat Raj Ahten einen Ausfall angeführt, bei dem er etliche seiner Unbesiegbaren verlor. Die Greifer bedrängen die Mauern, aber der Wolflord läßt sie dafür bluten.«

Sir Langley blickte Gaborn an. Der junge Lord strotzte nur so vor Kraft. Langley trug einen schweren Harnisch und Helm, was man seiner Körperhaltung kaum anmerkte. Seit zwei Tagen erhielt er laufend Gaben, da die Annektoren von Orwynne ihn zu einem ebenbürtigen Gegner für Raj Ahten aufbauen wollten. Der Mann trug seine Rüstung wie ein Bauer seine leichte Jacke, und seine Kraft schien die enge metallene Haut geradezu sprengen zu wollen.

»Wir könnten die Greifer überraschen und in ihre Flanken einbrechen«, drängte Sir Langley. Er war auf den Kampf erpicht – zu erpicht.

»Eine Armee von Greifern sollte man nicht leichthin attackieren«, hielt Binnesman dagegen. »Für ein solches Vorhaben stehen uns nicht annähernd genug Truppen zur Verfügung.«

»Immerhin die Aufrechte Horde«, erklärte der große Ritter aus Toom, »und dazu viertausend tüchtige Speerträger aus Beldinook.«

Gaborn ließ sich die Nachrichten durch den Kopf gehen.

»Überlegt wohl«, mahnte Binnesman ihn zur Vorsicht.

Der Erdkönig sah den Zauberer an. Binnesmans Gesicht und Augen schimmerten eigentümlich metallisch grün. In seinem Dienst für die Erde hatte er schon vor

Jahrzehnten sein bloßes Menschsein überwunden. Als Erdwächter war er in gewisser Weise Gaborns Vorgesetzter. Er hatte sich über Hunderte von Jahren aufgeopfert. Gaborn dagegen hatte erst vor einer Woche geschworen, der Erde zu dienen. Er respektierte Binnesmans Rat, wollte ihm in dieser Situation jedoch nicht gern folgen.

»Der Zauberer hat womöglich recht, Euer Hoheit«, äußerte sich Königin Herin. »Gegen so viele Greifer ist unsere Zahl zu klein.«

»Ich habe Euch nie für feige gehalten«, knurrte Langley sie an. »Hat die Erde ihm nicht befohlen anzugreifen?«

»Bedenkt auch folgendes«, warf ein Lord aus Orwynne ein. »Sicherlich sind Paldane und sein Volk in Carris bedroht … aber Raj Ahten ebenfalls. Womöglich tun uns die Greifer den Gefallen und bringen diesen Bastard um. Die Opfer unter der Bevölkerung wären zwar sehr bedauerlich, aber letztendlich zu verschmerzen.«

»Ihr vergeßt Euch«, warnte Gaborn den Ritter. »Ich kann nicht Hunderttausende ehrlicher Menschen dem Tode weihen, nur um mir einen einzigen Mann vom Hals zu schaffen.«

Obwohl Gaborn davon sprach, Raj Ahten zu Hilfe zu eilen, fühlte er sich zu erschöpft, um die Bedeutung seines Traumes der letzten Nacht wirklich zu enträtseln.

»Ich muß Euch warnen«, fuhr er fort, »jeder von Euch, der mit mir weiterzieht, wird noch heute dem Tod ins Auge schauen. Wer begleitet mich?«

Um ihn herum brachen die Lords in lauten Jubel aus. Lediglich Binnesman betrachtete Gaborn skeptisch und schwieg.

»So sei es denn«, rief der Erdkönig. Er bohrte seinem Pferd die Fersen in die Flanken und sprengte in Richtung Carris davon. Die Qualen der Erde spürte er in jedem einzelnen Knochen.

Zwanzig Lords folgten ihm.

Für den Augenblick schien das genug.

KAPITEL 27
Faule Geschäfte

Drei Meilen nördlich von Carris gelangte Gaborn in ein flaches Tal und stieß auf die Nachhut von Hauptmarschall Skalbairns Truppen, die durch Trümmer und verwüstetes Land einen niedrigen Hügel hinaufmarschierten.

Skalbairn führte zweitausend Ritter an, gefolgt von achttausend in geschlossener Formation marschierenden Speerträgern. Hinter ihnen marschierten Tausende von Bogenschützen.

Zuallerletzt folgte der Troß – Fuhrleute lenkten riesige Wagen, die mit Rüstungen, Pfeilen und Lebensmitteln beladen waren, Artilleriesoldaten, die in dem Wissen hinterherschlichen, daß sie in der bevorstehenden Schlacht nur von geringem Nutzen sein würden, Knappen, Köche, Wäscherinnen, Huren und junge Burschen auf Abenteuersuche, die eigentlich nichts im Krieg verloren hatten.

Wie kann ich sie alle retten? stellte sich Gaborn erneut die alles entscheidende Frage.

Späher in der Nachhut stießen in ihre Hörner, und die Menschen drehten sich um und schauten nach hinten zum Erdkönig und seinem ›Heer‹.

Wenn der Anblick der winzigen Schar sie mit Entsetzen erfüllte, so ließen sie sich nichts anmerken. Die Männer hinten reckten plötzlich die Fäuste und die

381

Waffen in die Höhe und stimmten ein Triumphgeschrei an.

Zweitausend Jahre lang hatte die Menschheit auf den Erdkönig gewartet. Jetzt endlich war er erschienen.

Am Horizont leuchteten feuerrot die Wolken, die sich über Carris auftürmten.

Ein fernes, zischendes Tosen hallte über die malträtierte Erde. Die Unabhängigen Ritter ließen sich in ihrem Jubel nicht beirren, doch jetzt begannen die Marketender zu rufen: »Erwählt mich, mein Lord! Erwählt mich!«

Sie liefen auf ihn zu, bettelten, er möge sie Erwählen, und Gaborn wußte, wenn er nicht rasch handelte, konnte er in dem Gedränge zerdrückt werden.

Er jagte auf seinem Pferd zu einem Bauernhaus am Straßenrand. In der Nähe stand eine niedrige, gedrungene Kate zum Lagern von Rüben, deren mit Grassoden gedecktes Dach sich wie ein kleiner Hügel aus dem Boden erhob. Gaborn ritt an sie heran, sprang vom Pferd und stieg auf das Dach. Dort richtete er sich auf und hielt sich an einer einem laufenden Hund nachempfundenen Wetterfahne fest.

Er ließ den Blick über Skalbairns Aufrechte Horde schweifen. Ihm war klar, daß sie den Greifern niemals gewachsen sein würde. Dennoch brauchte Gaborn eine Armee, die gegen diese Ungeheuer vorging.

Er hob den linken Arm und flehte die Erdkräfte an, denen er dienen wollte: »Verzeiht mir, was ich jetzt zu tun gezwungen bin.«

So ging sein Blick über die Armee, und mit einer Stimme, die laut genug war, daß alle sie hören konnten,

382

rief er: »Ich Erwähle Euch alle im Namen der Erde. Möge die Erde Euch verbergen. Möge die Erde Euch heilen. Möge die Erde Euch zu den Ihren machen.«

Gaborn wußte nicht, ob es funktionieren würde. In der Vergangenheit hatte er stets in das Herz eines Menschen blicken wollen – um ihn zu beurteilen, um zu sehen, ob er würdig war, bevor er ihm sein Geschenk anbot.

Nie hatte er versucht, so viele im gleichen Moment um sich zu scharen.

Er konnte nur hoffen, daß es gelang. Der Erdgeist persönlich hatte ihm in Binnesmans Garten erklärt, es stehe ihm frei zu Erwählen, wen immer er wollte. Gaborn wußte aber nicht, ob es ihm auch freistand, Männer zu Erwählen, die er für nicht geeignet hielt.

Weit entfernt, in der vordersten Reihe der Kavallerie oben nahe der Hügelkuppe, ritt Hauptmarschall Skalbairn.

Er saß in seiner schwarzen Rüstung hoch zu Roß und drehte sich zu Gaborn um, schob das Visier hoch und tippte sich unterhalb seines rechten Ohrs an den Helm, als wollte er Gaborn bitten, seine Worte zu wiederholen.

Gaborn hatte sich nicht des Erdblicks bedient. Von allen Menschen um ihn herum hatte er nur einem einzigen ins Herz geschaut, und das schon vor einiger Zeit – Marschall Skalbairn –, und sich geschworen, ihn niemals zu Erwählen.

Jetzt hatte er dieses Gelübde gebrochen.

Als sich die Kraftlinien zwischen Gaborn und den Tausenden neuer Untertanen bildeten, sprach er im stillen ein paar Worte, die nur der Hauptmarschall hören konnte.

»Ganz recht«, sagte Gaborn, dem die Scham das heiße Blut ins Gesicht trieb. »Ich habe Euch Erwählt, obwohl Ihr mit Eurer eigenen Mutter Eure eigene verkrüppelte, schwachsinnige Schwester gezeugt habt. Obwohl ihr eine Greueltat begangen und auch noch Spaß daran gehabt habt. Obwohl ich zutiefst verabscheue, was Ihr getan habt, Erwähle ich sogar Euch.«

Das steht mir frei, sagte sich Gaborn. Es steht mir frei zu Erwählen. Er hätte gern gewußt, wie die Erde in dieser Angelegenheit entschieden hätte.

Falls die Erde Einwände hatte, so spürte er davon nichts. Er spürte nur die gewichtige Hand des Todes, die darauf wartete, jeden Mann, jede Frau und jedes Kind im Tal vor ihm niederzustrecken. Gleichzeitig fühlte er den Befehl der Erde, noch immer undeutlich und unbestimmt: »Greif an! Sofort!«

Er richtete seine Worte in das Herz eines jeden Mannes und einer jeden Frau seiner Armee und übermittelte ihnen seine Botschaft.

Hauptmarschall Skalbairn nickte und gab damit zu verstehen, daß er Gaborns Worte gehört hatte. Dann machte er kehrt, stieß in sein großes Horn und schickte seine Krieger in die Schlacht.

Gaborn wirkt so gehetzt, dachte Erin Connal auf dem Weg nach Carris. Sie hatte diese Miene, diese schwere Bürde, oft auf dem Gesicht ihrer Mutter beobachtet.

Jeder glaubt, Gaborn sei unbesiegbar, weil er der

Erdkönig ist. Die Menschen wissen nicht, wie viele Nächte er durchwacht und sich um sie sorgt.

Aus der Bestürzung in seinem Gesicht schloß Erin, daß diese Schlacht nichts Gutes erwarten ließ. Sie beschloß, nicht von seiner Seite zu weichen, ihn bis zum Letzten zu beschützen. Wenn es sein muß, kann ich ihn mit meinem Leib decken, überlegte sie. Vielleicht kann ich mein Leben für seines geben.

Ihr Blick schweifte von Gaborn nach links, zu Zauberer Binnesman. Der ritt ein großes, graues königliches Streitroß, das er Raj Ahten vor mehr als einer Woche gestohlen hatte. Das Tier besaß so viele Gaben der Geistes- und Muskelkraft, daß es kaum noch an ein Geschöpf aus Fleisch und Blut erinnerte. In seinen Augen leuchtete eine wilde Intelligenz, die an die eines Menschen heranreichte, wenngleich sie von ganz anderer Art war. Nein, sein Pferd wirkte überhaupt nicht wie ein Tier. Es sah aus wie eine Naturgewalt oder wie ein in Granit gemeißeltes Geschöpf.

Obwohl der braune Dunst, der so sehr nach Fäulnis roch, Erin schwächte, verlangte es sie dennoch danach, etwas zu töten. Nicht etwas, sagte sie sich, sondern viele Etwas. Raj Ahten zum Beispiel, den Mörder ihres Vaters. Sie wollte Greifer niedermachen, viele Greifer, bis sie ihre kalte Wut ausgelassen hätte.

Der Himmel war bleiern, die Sonne erstarb hinter den Bergen wie erlöschender Zunder. Ihr Pferd holte tief Luft, seine Nüstern blähten sich auf, sein Atem war kalt. Es wollte laufen, wußte, daß es nun in die Schlacht ging.

Doch mußte sie es wegen der Fußsoldaten der Aufrechten Horde bremsen. Noch hatte sie keinen Greifer zu Gesicht bekommen.

Kräftiger Pferdegeruch hüllte sie ein, die Ritter trotteten wortlos dahin, leise klirrten die Kettenharnische in der milden Herbstluft, ab und an schlug eine Lanze oder ein Schild scheppernd gegen eine Rüstung. Hufe stampften, Pferde schnaubten und wieherten.

Erin führte keine Lanze mit, denn sie hatte eine solch schwere Waffe nicht den ganzen weiten Weg von Fleeds nach Mystarria mitschleppen wollen, nur um zu erleben, wie sie beim ersten Sturmritt splitterte.

Wenn sie jetzt an all die Greifer vor ihnen dachte, wäre sie gern besser bewaffnet gewesen. Die kristallinen Knochen eines Greifers waren hart wie Stein, und viele Klingen zerbrachen, wenn sie auf den Panzer eines dieser Ungeheuer trafen. Es war schwierig, einen Greifer mit etwas Kleinerem als einer schweren Lanze umzubringen.

Sie wendete ihr Pferd, suchte den Troß nach einem der Wagen mit langer Ladefläche ab und ritt dorthin. »Lanze!« rief sie dem Fuhrmann zu.

Ein junger Bursche erhob sich vom Kutschbock und sprang auf die Pritsche, um eine Lanze zu holen, während der Fahrer unbeirrt die Pferde weiterlenkte.

Erin ergriff die schwere Waffe.

Prinz Celinor gesellte sich zu ihr. Sein Pferd hatte er sich aus dem Stall ihrer Mutter geborgt.

Der junge Mann war aschfahl im Gesicht. »Lanze!« rief er dem Burschen zu und bekam ebenfalls eine der langen Waffen gereicht.

Er sah zu Erin hinüber und tätschelte eine Streitaxt,

die in ihrer Scheide steckte, ein gewaltiges Ding aus Crowthen mit sechs Fuß langem Griff und einem riesigen, dornartigen Kopf. Im Kampf gegen andere Krieger galt die Waffe als schwerfällig, doch dafür war sie auch nie entworfen worden. Der enorme Stachel war ideal, um den Panzer eines Greifers zu sprengen.

»Seid unbesorgt«, meinte Celinor. »Ich werde Euch beschützen.«

Seine Gefühlsanwandlung überraschte sie.

Ihr wollt mich beschützen? wollte sie ihn aufziehen. Schließlich war er nicht Erwählt. Von der gesamten nach Carris eilenden Horde, stellte sie fest, war er allein nicht Erwählt worden. Gaborn hatte seine Hand erhoben und jeden Schmiedegehilfen und jede Hure im Troß Erwählt. Doch da hatte Gaborn mit dem Rücken zu Celinor gestanden.

Nein, wenn jemand Schutz brauchte, dann der junge Prinz.

Es wird an mir sein, ihn unter meine Fittiche zu nehmen, dachte Erin. Nur eigentlich wollte sie dem Erdkönig zur Seite stehen. Sie biß die Zähne zusammen und deutete mit dem Kopf auf Gaborn. »Bleibt in seiner Nähe!« bat sie.

Celinor lächelte schief und schlug den Ton eines Käufers an, der mit einem Straßenhändler feilscht. »Nun, Pferdeschwester Connal, ich habe mich gefragt, was könnte Euch davon überzeugen, daß ich es wert bin, eine Nacht in Eurem Bett zu verbringen?«

Erin lachte nur.

»Ich meine es ernst«, setzte er hinzu.

»Darüber würde ich mir an Eurer Stelle nicht den Kopf zerbrechen. Welcher Affe hat Euch denn gebissen, daß Ihr in einem Augenblick wie diesem solche Gedanken hegt?«

»Krieg und Frauen: beides finde ich höchst aufregend. Ist es Beherztheit, die Ihr verlangt? Ich werde furchtlos sein. Sind es Kraft und List, die Ihr in einem Mann zu finden hofft? Ich werde mein Bestes geben. Was, wenn ich Euch heute das Leben rette? Würde mir das eine Nacht in Eurem Bett einbringen?«

»Ich bin nicht irgendeine hergelaufene Leibeigene aus Kartish. Ich werde nicht Eure Sklavin sein, nur weil Ihr mir das Leben rettet.«

»Nicht einmal für eine Nacht?«

Erin musterte ihn. Celinor lächelte sie an, als hätte er einen Scherz gemacht, doch hinter diesem Lächeln entdeckte sie eine Besorgnis, als blickte sie in die Augen eines Kindes.

Er scherzte nicht. Er wollte sie unbedingt und hatte Angst, zurückgewiesen zu werden. Er war kein schlechter Kerl, das wußte sie. Er sah gut aus, und kräftig war er auch. Er hatte eine nette Art. Wäre sie auf der Suche nach einem Mann, mit dem sie einen Sohn hätte zeugen wollen, hätte sie ihn womöglich in Betracht gezogen.

Sie wagte nicht, ihn rundheraus zurückzuweisen. Mehr als sein Aussehen oder sein Körperbau beeindruckte sie der Umstand, daß er die politischen Folgen dessen, was er von ihr verlangte, kannte – und trotzdem darauf beharrte. Er hatte es nicht einfach nur auf eine Liebesnacht abgesehen. Er machte ihr den Hof, so gut er eben konnte. Schließlich war sie keine zarte Blüte, sondern eine Pferdefrau aus Fleeds.

»Also schön«, sagte Erin. »Beweist Euch heute in der Schlacht – vielleicht nehme ich Euch dann für eine Nacht.«

»Einverstanden«, sagte Celinor. »Das führt mich zu einer anderen Frage. Was müßte ich tun, um mich als Euer Gatte würdig zu erweisen? Angenommen ... sagen wir, ich rette Euch dreimal das Leben?«

Erin mußte schallend lachen, denn *das* hielt sie für unwahrscheinlich. »Rettet mich dreimal, und Ihr bekommt drei Nächte in meinem Bett«, neckte sie ihn. Doch dann setzte sie leise hinzu: »Wenn Ihr aber mein Gemahl werden wollt, müßt Ihr Euch nicht auf dem Schlachtfeld beweisen ... sondern in meinem Bett.«

Sie wendete ihren Wallach und preschte in die Dämmerung davon. Ihr Gesicht glühte vor Verlegenheit. Sie beobachtete, wie der bleierne Himmel sich mehr und mehr verdunkelte, während im Westen die Sonne unterging. Es war kein schöner Sonnenuntergang – kein prachtvolles, flammendes, goldenes Abendrot, lediglich ein Verblassen des Tages, der am Ende in Finsternis übergehen würde.

Sie sah sich kurz nach Celinor um, der ihr hinterhereilte.

Die Pferde erreichten die Kuppe eines kleinen Hügels. Jenseits des Tales stand eine hohe Mauer mit einem gewölbten Tor. »Barrens Mauer«, erklärte jemand.

Durch das Tor erhaschte sie einen Blick auf Carris. Die weißen Türme der Stadt ragten stolz in die Höhe, aber in der Westfassade klaffte eine riesige Bresche. Zwei Meilen war es noch bis dorthin. Durch ein Fluttor in der Südmauer verließen Boote die Stadt und tanzten auf den Wellen, während die Menschen ihr Heil in der Flucht suchten.

Auf den Mauern der Burg jubelten Männer beim Anblick von Gaborns Armee. Kriegshörner erschollen und riefen um Hilfe.

Südlich der Stadt arbeiteten Greifer auf einem dunklen, geneigten Turm, der sich wie eine schwarze Flamme in die Luft drehte.

Überall waren Greifer. Zu Zehntausenden schwärmten sie auf der Ebene und vor den Toren herum. Weitere marschierten in einer langen Reihe von den Bergen im Süden nach Norden. Jeder Greifer war größer als ein Elefant, besaß ansonsten jedoch keinerlei Ähnlichkeit mit irgendwelchen Wesen, die auf der Erdoberfläche leben.

Sie waren abscheulich.

Auf einem Hügel nördlich von Carris entdeckte sie etwas Seltsames: Ein Kokon aus Fasern, die aus der Ferne wie Seide wirkten, hüllte die Erhebung ein. Auf der Spitze leuchtete eine Todesmagierin, von der ein brauner Nebel aufwallte.

Plötzlich erhoben eintausend Unabhängige Ritter ihre Stimmen zum Gesang. Viele Krieger gaben ihren Pferden die Sporen, trieben sie voran auf das Tor in Barrens Mauer zu.

Ihr Wallach rannte ebenfalls los. Erin hatte ihn nicht dazu ermuntert, hatte ihm die Fersen nicht in die Flanken gedrückt, aber unvermittelt drängte das Tier unter ihr nach vorn und wollte sich mit den anderen Rössern einen Wettlauf liefern.

Die Ritter stimmten ein Lied an, und Prinz Celinor neben ihr sang laut mit.

»Uns'ren Vorväter gleich geboren für Kampf und Krieg,
Uns'ren Vorvätern gleich streiten wir um den Sieg.
Stoßt ins Horn. Rüstet die Heere!
Auf! In den Untergang! Oder zur Ehre!«

Erin verfiel in Galopp, und der Blutrausch wurde so übermächtig, daß Tod oder Leben ihre Bedeutung verloren. Sie richtete die Lanze nach vorn, gab ihrem Pferd die Sporen und stieß einen trotzigen Schrei aus.

KAPITEL 28
Der Jäger schlägt zu

Raj Ahten standen die Gaben Tausender Männer zur Verfügung, und so konnte er sich fast an jeden Augenblick seines Lebens in allen Einzelheiten erinnern. Vor sechs Monaten hatte er einen Plan von Carris gesehen. Daher wußte er genau, wo er Paldanes Boote zu suchen hatte.

Im Burghof drängten sich Greifer und Unbesiegbare und lieferten sich ein grimmiges Gefecht. Die Stadt stand in Flammen, und seine Männer waren schweißgebadet. Die Todesmagierin beschwor gerade ihren nächsten magischen Fluch. Unter Raj Ahtens Soldaten hatte sich die Nachricht verbreitet, daß sie mit Booten fliehen sollten. Hier und dort sah der Wolflord Gruppen, die sich aus der Schlacht entfernten und vor den Greifern das Feld räumten, während die Männer von Mystarria die Lücken füllen mußten, so gut sie es vermochten.

Viele seiner Männer würden das Bootshaus jedoch nicht finden, befürchtete er, denn es lag versteckt im Händlerviertel der Stadt.

Er erledigte einen letzten Klingenträger und zog sich daraufhin aus dem Getümmel zurück.

Seinen Kriegern rief er zu: »Folgt mir!« und führte sie zu den Booten.

Während sie nach Süden flohen, durch die engen Straßen, in denen Gewöhnliche mit Ochsenkarren und

Fässern erbärmliche Barrikaden errichtet hatten, wurde unter dem Volk von Carris entsetztes Geschrei laut.

Raj Ahten blickte sich um und forschte nach der Ursache. Gewöhnliche, Männer aus Rofehavan, die er ihrem Schicksal überlassen wollte, beobachteten seinen Rückzug mit aschfahlen, angstverzerrten Gesichtern. Die Todesmagierin hatte sie mit ihrem letzten Zauber förmlich ausgewrungen, und viele waren auf den Mauern zusammengebrochen.

Sein eigenes Leben und das seiner wenigen verbliebenen Unbesiegbaren zu opfern würde sie auch nicht retten.

Eilig setzte er seinen Weg fort.

Grundstücke waren in Carris stets sehr teuer gewesen, was sich an den Straßen zeigte, die so eng waren wie die Gassen in den Burgen weit im hohen Norden. Am Giebel berührten einander viele Häuser fast.

Der schwarze Wind der Todesmagierin wehte erneut über sie hinweg, und Raj Ahten blieb stehen, kniete sich hin, hielt die Luft an, kniff die Augen zu und versuchte, den Dunst möglichst nicht einzuatmen.

Als er wieder Luft holte, sog der Befehl der Magierin den Schweiß um so heftiger aus ihm heraus. Rasch floh er von diesem Ort.

Noch nicht ganz die halbe Strecke bis zu den Booten hatte er hinter sich, da bog er um eine Ecke und lief einen steilen Hügel hinunter zum Händlerviertel. Vor ihm tauchte Herzog Paldane, der Jäger, auf und schlenderte in Begleitung eines halben Dutzends Berater von König Orden die schmale Gasse hinauf.

Paldane hob die Hand und forderte Raj Ahten so auf stehenzubleiben, dann wischte er sich mit dem Ärmel den Schweiß von der Stirn.

Das triumphierende Grinsen im Gesicht des Herzogs ließ den Wolflord zögern. Vorsichtig hielt er an.

»Ich habe gute Nachrichten!« begrüßte Paldane ihn. »Ihr werdet sicherlich mit Freuden hören, daß die erste Flotte abgelegt hat! Die Frauen und Kinder werden in Sicherheit gebracht.«

»Wie bitte?« fragte Raj Ahten. Das mußte eine List sein. Paldane hätte die Boote niemals so schnell beladen können.

»Ja, tatsächlich«, sagte der Herzog. »Ich habe mir heute morgen die Freiheit genommen, die Flüchtlinge zu versammeln. Seit Mittag haben wir die Boote klargemacht. Als meine Weitseher mir die Nachricht überbrachten, sie hätten am Horizont ein zurückkehrendes Boot gesichtet, ließen wir die Frauen und Kinder in See stechen.«

Um seinen Triumph noch zu betonen, fügte er hinzu: »Alle Boote sind aufgebrochen. Bis zum letzten.«

Im ersten Moment wollte Raj Ahten auf die Nordmauer steigen und sich davon überzeugen, ob Paldane die Wahrheit sagte, aber der Triumph des Herzogs wirkte zu ehrlich. Der Mann hatte die Boote ohne Zweifel losgeschickt. Von der Mauer aus würde Raj Ahten lediglich Tausende von ihnen auf den Wellen des Donnestgreesees tanzen sehen.

Paldane wußte sehr wohl, was er getan hatte. Auf diese Weise saßen der Wolflord und seine Männer in der Burg fest. Raj Ahten beschloß, dem Herzog das feiste Grinsen auszutreiben.

Mit der Faust, die in einem eisernen Handschuh steckte, schlug er Paldane auf die Nase. Der Hieb landete mit einem Knirschen, und der Schädel des Herzogs zerplatzte mit befriedigendem Krachen. Blut bespritzte Raj Ahtens Gesicht, während der Jäger von Mystarria tot zusammenbrach.

Wie konnte er es wagen, dachte Raj Ahten und wischte sich das Blut ab.

Die Berater des Königs wichen erschrocken zurück. Sie erwarteten, ebenfalls bestraft zu werden, aber das sparte er sich auf, denn ein Festschmaus schmeckte um so besser, je leerer der Magen war.

Er überlegte, welche Möglichkeiten ihm nun blieben. Seine Unbesiegbaren brauchten Boote. In höchster Not könnten sie jedoch auch Waffen und Rüstung zurücklassen und sich schwimmend retten.

In diesem Augenblick hörte er ein eigentümliches, vor allem unerwartetes Geräusch. Das schmerzerfüllte, verzweifelte Jammern und Klagen auf den Mauern wich Jubel und dem Schall von Kriegshörnern.

Raj Ahten blickte hoch und suchte die Quelle der Aufregung. Die Menschen zeigten nach Norden und winkten. »Der Erdkönig kommt! Der Erdkönig!«

Grimmig lächelte Raj Ahten Paldanes Leiche an. Plötzlich erfaßte ihn die Gewißheit, daß er doch noch einen strategischen Sieg erringen könnte.

»So«, wandte er sich an die Berater von König Orden, zitternde alte Männer. »Endlich kommt Euer König – um

395

gegen die Greifer in die Schlacht zu ziehen und zu fallen. Das sollte doch ein ziemliches Schauspiel werden. Ich würde es mir nicht entgehen lassen.«

KAPITEL 29
Die Rune

Schweiß glänzte auf Gaborns Stirn und durchtränkte das Lederwams unter seinem Kettenhemd. Während er sich Carris näherte, verschlimmerte sich die Übelkeit, die ihn befallen hatte, als er dieses verwüstete Land betreten hatte. Er umklammerte die Zügel, und ohne seine Gaben des Durchhaltevermögens wäre er vermutlich aus dem Sattel gefallen.

Er starrte nach vorn, wobei ihn der Schweiß fast blendete, derweil sein Pferd an den Kriegern neben ihm vorbeigaloppierte. Nur wie von ferne hörte er, wie die Unabhängigen Ritter ihre Schlachtgesänge anstimmten.

Solcherart benommen ritt Gaborn in den Kampf und passierte das Steintor in Barrens Mauer. Verschwommen wurde er sich seiner Lage bewußt, als er anderthalb Meilen vor Carris anhielt und die brennenden Türme betrachtete. Gree umschwirrten seine Armee in einem dunklen Schwarm.

Zehntausende Fäden verbanden ihn mit den Männern und Frauen unter seinem Befehl. Er fühlte, wie der Tod sich an sie alle heranpirschte. Ein unsichtbares Leichentuch schien über allen zu liegen.

Nun sah er zur Burg hinüber. Das Land zwischen ihm und der Stadt bot einen trostlosen Anblick, tot und verwüstet. Horden von Greifern huschten umher.

»Wohin?« rief Sir Langley ihm zu. »Wo sollen wir angreifen?«

Verwirrt und von Übelkeit geplagt, blickte Gaborn sich um und versuchte, seine Gedanken zu sammeln. Sein Vater war ein meisterhafter Stratege gewesen, und in seiner Jugend hatte Gaborn viel von ihm gelernt. Er mußte sich schnellstens einen Plan zurechtlegen.

Einige Greifer, die vielleicht eine Viertelmeile entfernt waren, spürten die Gegenwart der Ritter und bewegten sich vorsichtig auf sie zu. Sie liefen stets rasch ein paar Schritte voran und blieb dann kurz wieder stehen, und in diesem Vormarsch erinnerten sie an Krabben, die über einen nicht existierenden Strand rennen.

Gaborn studierte die Verteidigungsanlagen der Greifer – den riesigen, bedrohlichen Turm, der wie eine schwarze Flamme auf die Burg zu ragte.

An den Toren im Westen hatten die Greifer eine große Bresche in die Mauer geschlagen und kletterten über Leichenberge von Menschen und Greifern in die Stadt. Im Licht der brennenden Türme konnte er sehen, wie tapfer Paldanes Männer die Mauern verteidigten, aber der Feind war bereits in der Stadt und ließ sich nicht mehr vertreiben.

Nördlich von Carris lag ein seltsamer kleiner Hügel, der von einem weißen Kokon eingehüllt war. Er kannte den Ort aus seinem Studium alter Schlachten: Knochenhügel.

Auf seiner Spitze arbeitete eine Todesmagierin, während die niederen Magierinnen unten schufteten. Um sie herum wallten spiralförmige Wolken von dem Hügel auf.

Geisterhafte Lichter flackerten in dem rostfarbenen Dunst.

Gaborn keuchte. Der Knochenhügel stieß ihn gleichermaßen ab und zog ihn an.

Die abstoßende Wirkung rührte von der Rune her, die in den Berg eingearbeitet worden war und die Quelle all des Übels und Schmerzes bildete. Ihre verschlungenen Linien brannten in seinen Augen und ließen sie zucken. Am liebsten hätte er sich abgewandt. Die Rune war wie ein riesiges Herz, das vergiftetes Blut bis in die letzten Winkel eines Körpers pumpt.

Und doch zog ihn der Berg an, weil er erkannte, daß dort sein Ziel lag. »Schlag zu!« flehte ihn die Erde still an. »Schlag zu, ehe es zu spät ist!«

Gaborn betrachtete die Rune mit seinem Erdblick, so wie er das Herz eines Menschen begutachtete. Was er sah, erfüllte ihn mit blankem Entsetzen.

Überliefertem Wissen zufolge waren alle Runen lediglich Bruchstücke einer großen Meisterrune, die das Universum regierte. Von dieser Meisterrune hatte Gaborn nun ein großes Stück vor sich.

Die Erde besaß die Herrschaft über das Wachstum und das Leben, über Heilkräfte und Schutz. Doch in jener grauenhaften Rune, die hier Gestalt annahm, las Gaborn etwas anderes, das Ende aller Erdkräfte:

Wo Wachstum herrscht, dort lasse Stillstand walten.
Wo Leben herrscht, dort lasse Zerstörung walten.
Wo Heilkraft herrscht, dort lasse Verderbnis walten.
Wo Menschen sich verstecken, dort zerre sie ans Licht.

Gaborn erkannte den Namen der Rune im selben Augenblick, plötzlich wußte er ihn im tiefsten Inneren seiner Seele: das Siegel der Zerstörung.

Die Rune war noch nicht beendet, doch bereits jetzt plagte sie das Land auf Meilen in jede Richtung. Dabei war sie nur die erste von vielen.

Voller Verwunderung starrte er sein Angriffsziel an. Ihm sträubten sich die Haare. Er war in der Hoffnung, gegen Raj Ahten kämpfen zu können, Hunderte von Meilen geritten. Hatte seinen Kriegern versprochen, sie in die Schlacht zu führen.

Jetzt wußte er, er war nicht gerufen worden, um gegen Greifer oder Soldaten oder irgendein anderes lebendes Wesen zu kämpfen. Nein, er sollte die Rune vernichten. Denn diese Aufgabe konnte keine Armee vollbringen.

Nur ein an ungeheuren Erdkräften reicher Zauberer konnte diesen Hügel zerstören. Nur Gaborn selbst, der jüngst ernannte Erdkönig, war dazu imstande, diese Tat zu vollbringen.

Er mußte eine Rune des Erdbrechens zeichnen.

Eine Vorahnung des Verhängnisses beschlich ihn. Seine Kräfte waren begrenzt. Er mußte nah herangehen, damit sein Zauber Wirkung entfalten konnte. Doch der Gestank des Knochenhügels wurde beißender, je weiter er vordrang.

Er wandte sich an Hauptmarschall Skalbairn. »Ich werde den Knochenhügel angreifen, aber ich brauche ein Ablenkungsmanöver. Nehmt tausend Mann, reitet durchs Tal auf den schwarzen Turm zu und nähert Euch der Greiferarmee bis auf hundert Meter. Geht sicher, daß sie Euch auch bemerken. Falls sie nicht sofort die Jagd aufnehmen, tötet einige von ihnen. Aber legt Euch nicht mit ihrer Haupttruppe an! Verschwendet keine Männer. Ihr sollt sie nur fortlocken! Und sollte ich fallen, so braucht Ihr Männer, um die Todesmagierin zu töten. Verstanden? Sie darf das Schlachtfeld auf gar keinen Fall lebend verlassen!«

»Wie Ihr befehlt, mein Lord«, antwortete Skalbairn, den es ein wenig beleidigte, nur ein Ablenkungsmanöver anführen zu dürfen. Sofort riß er sein Pferd herum, brüllte Befehle und rief die Männer seiner Kavallerie zu sich.

»Und ich?« fragte Sir Langley. Für ihn hatte Gaborn eine weitaus gefährlichere Aufgabe. Langleys große Kraft würde im Verlauf dieser Schlacht gewiß noch gebraucht werden.

»Nehmt fünfhundert Ritter und reitet entlang des Ufers auf Carris zu. Attackiert die Greifer am Damm von der Flanke her. Und wie bei Skalbairn ist es auch bei Euch wichtiger, ihre Reihen aufzubrechen, als viele zu töten.«

»Verstanden, mein Lord«, gab Sir Langley zurück, und auch er war mit diesem Befehl nicht glücklicher als der Hauptmarschall. Nichtsdestotrotz war die Aufgabe nicht leicht. Die Greifer hatten ihre Truppen am Damm massiert, und dort gab es wenig Platz für einen Rückzug.

Langley hob die Hand und rief seine Männer.

»Was ist mit uns?« fragte Königin Herin.

»Ihr kommt mit mir«, sagte Gaborn, »und greift die

Todesmagierin an.« Das grimmig beifällige Lächeln der Königin erfreute ihn weniger.

»Wenn Ihr erlaubt, werde ich dem Ungeheuer persönlich den Todesstoß versetzen«, erwiderte sie.

Gaborn schüttelte nur den Kopf. »Wir müssen uns bis nahe an den Hügel herankämpfen, damit ich ihn zerstören kann. Mehr nicht. Vor allem muß diese Rune vernichtet werden. Danach können wir uns neu formieren und uns überlegen, wie wir mit der Magierin verfahren.«

Die Königin nickte. »So geschehe es.« Sie wandte sich an die Ritter hinter ihr und erteilte ruhig die entsprechenden Befehle.

»Was ist mit den Speerträgern und Infanteristen?« erkundigte sich Erin. »Können wir die nicht einsetzen?«

Gaborn schüttelte abermals den Kopf. Die Fußsoldaten gegen die Greifer zu schicken würde niemandem etwas einbringen. »Sie sollen hinter Barrens Mauer warten. Die Stellung müssen sie verteidigen, falls die Greifer dort durchbrechen wollen.«

Bei diesen Worten ritt Skalbairn los und griff die rechte Flanke an. Tausend Krieger sprengten den Berg hinunter auf die Ebene zu, in Richtung der Westseite des Knochenhügels.

Während des Sturmritts stimmten sie ihren Schlachtgesang an. Der Donner der Hufe und das Klirren des Metalls fielen in den Rhythmus ihres Liedes ein.

Entgegen Gaborns Befehl trieb Skalbairn seine Truppen direkt auf ein halbes Dutzend Greifer zu. Mit lautem Krachen trafen die Lanzen auf die Panzer. Die Ungeheuer

402

wurden aufgespießt. Dann ritten die Ritter langsam davon.

Die Wirkung dieses Ablenkungsmanövers war erstaunlich. Die Ebene war mit seltsamen Bauten übersät – schiefe Krater mit düsteren Höhleneingängen. Gaborn hatte gedacht, das Land sei schon regelrecht schwarz vor Greifern, doch jetzt strömten weitere Hunderte aus der Erde. Augenblicke später jagten tausend Greifer Skalbairns Männer nach Süden.

Hinter Gaborn jubelten die Soldaten laut auf und reckten die Waffen in die Höhe. »Gut gemacht«, flüsterten Königin Herin und andere, denen das Schauspiel offensichtlich zusagte.

Gaborn spürte wenig Gefahr für den Hauptmarschall und seine Truppe. Obwohl sie soviel erreicht hatten, war sie sogar eigentlich eher gering.

Er nickte Sir Langley zu und schickte damit dessen Lanzenreiter auf der linken Seite in die Schlacht.

Auch Langley näherte sich behutsam dem Knochenhügel, jedoch von Norden her. Aber Gaborn spürte den Tod in der Nähe des Mannes. Er schwebte in wesentlich größerer Gefahr als Skalbairn.

Während der Ritter auf den Knochenhügel zuritt, hob die Magierin ihren Stab gen Himmel und zischte. Ihre Stimme hallte von den tiefhängenden Wolken wie Donner zurück.

Ein dunkler Wind ging vom Knochenhügel aus, und Langleys Männer brüllten vor Angst, wendeten ihre Pferde und galoppierten ostwärts zum See. Sie flohen vor dem magischen Wind, und in dem Metall ihrer Helme und Rüstungen spiegelten sich rot die Brände auf der Zitadelle. Hunderte und Aberhunderte von Greifern setzten ihnen nach.

Der schwarze Wind erreichte die Männer am Ufer, und plötzlich war die Luft von Schreien erfüllt. Die Ritter fielen einfach von den Pferden. Warum, wußte Gaborn nicht zu sagen.

Welche Wirkung der Zauber der Todesmagierin auch ausgelöst haben mochte, der Erdkönig war zu weit entfernt, um es am eigenen Leibe nachempfinden zu können. Langleys Männer versuchten, sich wacker im Sattel zu halten, während die Greifer heranstürmten.

»Erhebt Euch«, sprach Gaborn still zu ihnen, »kämpft oder sterbt!«

Nach einem Augenblick, in dem alles in der Schwebe hing, richtete sich Langley im Sattel auf, brüllte und sprengte nach Süden los. Dutzende seiner Männer folgten ihm, wenngleich der Hauptteil seiner Truppe ihn dabei nicht unterstützte. Pferde scheuten und flohen.

Dreißig seiner Männer stellten sich den attackierenden Greifern, und bei dem Zusammenstoß fiel nicht einmal ein Dutzend Männer. Die Überlebenden rissen ihre Pferde herum und flohen entlang des Sees in nördliche Richtung. Sieben- oder achthundert Klingenträger verfolgten sie.

Gaborns Finten scheuchten die Greifer durcheinander. Nahe dem Damm wichen sie zurück, da sie einen Angriff auf ihre Flanke befürchteten, wodurch die Verteidiger von Carris ein wenig Zeit zum Durchatmen bekamen. Andere Ungeheuer setzten Skalbairn nach.

Zu Gaborns Erleichterung hielten sich am Nordhang des Knochenhügels gegenwärtig nur wenige Verteidiger auf. Er zählte nur wenig mehr als hundert Greifer dort – aber selbst diese hundert sollte er ernst nehmen, insbesondere, da hinter ihnen eine Todesmagierin stand.

Ihm blieb nur eine Sekunde bis zum Angriff.

KAPITEL 30
Im überschatteten Tal

B ereit zum Angriff!« rief Gaborn. »Gestaffelte Wind-
radformation! In einer Reihe! Los!« Er hob die Hand
in die Luft, wirbelte sie im Kreis und ließ die Männer
damit wissen, daß sich das Windrad von links nach rechts
drehen sollte.

Das Windrad oder der »Zirkus der Ritter«, wie man es
gelegentlich nannte, hatte sich in alten Zeiten als wirk-
same Aufstellung gegen die Greifer erwiesen.

Anstatt geradewegs in einer Reihe anzugreifen, wie es
gegen menschliche Gegner üblich war, ritt man im Kreis
und vollzog dabei eine leichte Vorwärtsbewegung. Über
den Rand des Windrads ragten dabei todbringende Lanzen hinaus, so daß ständig frische Männer und Rösser in
einem schrägen Winkel gegen die feindliche Linie vor-
stießen.

Hatte man es mit Greifern zu tun, so spielten dieser Winkel und die Geschwindigkeit eine wesentliche
Rolle. Wollte man einen Greifer mit einer Lanze töten –
so hatte Gaborn von jenen erfahren, die es versucht
hatten –, mußte man hart zustechen und das verdammte
Ungeheuer aufspießen, ohne sich selbst dabei umzubringen.

Zunächst brauchte man dazu Geschwindigkeit. Ein
Kraftpferd mit vielen Gaben erreichte vierzig bis achtzig
Meilen in der Stunde. Bei dem Tempo mußte der Ritter

gut achtgeben, daß er nicht versehentlich vor den Gegner galoppierte, denn dann hätte er sich alle Knochen im Leib gebrochen.

Daher konnte man gegen ein solches Untier nicht genauso antreten wie gegen einen anderen Ritter. Der Greifer war zu massiv.

Außerdem würde der Krieger bei einem frontalen Angriff seine Lanze verlieren und sich hinter den feindlichen Linien wiederfinden.

Aus diesem Grund mußte er von der Seite, fast parallel zur Reihe der Greifer, vorstoßen und nur kurz mit der Lanze zustechen. Schon Heredon Sylvarresta hatte es vor vielen Jahrhunderten bewiesen: Die Kunst, einen Greifer aufzuspießen, erforderte einen sogenannten Vorbeiritt. Die besten Aussichten, den Greifer zu erlegen, bestanden darin, an seinem Kopf das »süße Dreieck« zu treffen, eine Stelle von der Größe einer Handfläche, wo drei Knochenplatten aneinandergrenzten. Eine zweite solche Stelle fand sich im Gaumen dieser Bestien, bot sich jedoch nur, wenn sie das Maul öffneten.

Traf eine Lanze im richtigen Winkel auf eine dieser beiden Stellen, konnte der Ritter sie mit einem gezielten, kraftvollen Stoß ins Gehirn treiben.

Somit ritt man im gestaffelten Windrad sehr schnell, da die Greifer mit dem halsbrecherischen Tempo nicht mithalten konnten. Des weiteren erhöhte es die Überlebenschancen: Ein Ritter konnte den Klauen des Ungeheuers entkommen, wenn er sein Ziel verfehlt oder sein Tier verloren hatte, während der hinter ihm im Windrad den Angriff fortsetzte.

Gaborn gab seinem Pferd die Sporen. Er jagte den Berg hinab und donnerte voran.

Während er sich dem verabscheuungswürdigen Hügel näherte, blickte er sich um. Er war allein. Sein Pferd war wesentlich schneller als die der anderen.

»Hüte dich«, raunte ihm die Erde zu, und ihre Stimme überraschte ihn. Er war daran gewöhnt, andere zu warnen, aber nicht darauf vorbereitet, selbst zur Vorsicht ermahnt zu werden.

Er sah nach hinten. Der Berg wimmelte von Lords und Rittern. Singend galoppierten sie heran; der Feuerschein von Carris spiegelte sich in ihren Schilden.

Erin Connal stieß einen Schlachtruf aus. Celinor Anders ritt mit finsterer Miene an ihrer Seite, Königin Connal folgte den beiden nicht weit zurück. Das Gesicht des Zauberers Binnesman war vor Entsetzen bleich.

Vor Gaborn erhob sich der Knochenhügel in seinem Kokon. Daraus hingen weiße Tentakel wie Fäden eines Spinngewebes hervor. Durch die Arbeiten staubig und steinig wirkte er wie eine schauerliche Ruine – vernarbt und verstümmelt.

Die Klingenträger waren von den vordersten Reihen gewarnt worden, eilten aus ihren unterirdischen Gängen und kletterten auf den Kokon wie auf eine Festungsmauer. Dahinter setzten die Magierinnen ihr schauerliches Werk fort.

Der rostfarbene Nebel im Tal unterhalb des Knochenhügels wurde dichter und hing in dicken Schwaden in der Luft. Gaborn brannten die Augen. Er blinzelte. Geisterhafte Lichter flackerten jenseits des Kokons.

Als er versuchte, Luft zu holen, verzog er das Gesicht. Erschöpfung und Übelkeit trafen ihn wie eine Faust. Der Magen wollte sich ihm umdrehen. Galle stieg ihm in die Speiseröhre. Jeder Muskel fühlte sich gezerrt an, und der Schweiß strömte ihm über die Stirn.

Er galoppierte an einem Klingenträger vorbei, der seinen Ruhmhammer zu spät schwang. Daher konnte er sich unter dem Hieb hinwegducken. Hätte er in Burg Groverman nicht Gaben übernommen, wäre in diesem Augenblick sein Leben beendet worden. Ein Krachen verriet ihm, daß eine Lanze das Ungeheuer an der ungeschützten Seite getroffen hatte und es nun durchbohrte.

Königin Herin hatte ihren ersten Gegner erlegt.

Obwohl sein Roß ihn weiter in Richtung der bösen Rune trug, brauchte er all seine Kraft, um sich im Sattel zu halten. Erst eine Drittelmeile vor dem Knochenhügel zügelte er sein Pferd, kurz vor den Reihen der Greifer, und packte den Knauf seines Sattels.

Greifer verließen den Kokon und warfen sich in den Kampf.

Gaborn wagte sich nicht näher heran. Hier im Tal lag der säuerlich schmeckende Dunst wie eine erstickende Decke über dem Boden, und ein Gewöhnlicher hätte ihn bestimmt nicht ertragen. Die Muskeln schmerzten, als würden alle Fasern auseinandergerissen. Schweiß floß über seine Haut wie ein Regenschauer. Gaborn schwankte, vermochte sich nicht mehr zu halten und fiel auf den Boden.

Die Erde unter ihm brannte heiß wie eine Herdplatte. Er wand sich, konnte nicht atmen.

409

Im stillen wünschte er sich, er hätte mehr Gaben des Durchhaltevermögens empfangen.

Durch den rostfarbenen Nebel blickte er auf. Seine Ritter formierten sich zum Windrad und schnitten so den Greifern, die herbeieilten, den Weg ab.

Mehrere Ritter bildeten ein kleineres Windrad zu seinem Schutz und umkreisten ihn. Er erkannte Erin Connal und Prinz Celinor, auf deren Gesichtern sich Bestürzung zeigte, weil der Erdkönig gefallen war.

Schwitzend lag Gaborn am Boden, keuchte in dem grausamen Nebel, fürchtete, er würde ersticken, denn er konnte kaum Luft holen.

Um ihn herum herrschte Verwüstung, und ein Nebel, der die Seele erstickte, lag über dem Schlachtfeld.

Auf dem Knochenhügel hob die Todesmagierin ihren gelben Stab gen Himmel und zischte. Mit lautem Knall wallte schwarzer Rauch um sie auf.

Gaborn mühte sich damit ab, auf die Knie zu kommen, während sich der Zauberfluch der Magierin bergab wälzte.

Erin ritt hinter Gaborn, da sie sich vorgenommen hatte, ihn lieber zu beschützen, als am Windrad teilzunehmen. Über diese Entscheidung war sie jetzt ausgesprochen glücklich.

Ein Greifer konnte die Reihe durchbrechen, da ein Ritter ihn mit seiner Lanze verfehlt hatte, und krabbelte durch den rostfarbenen Nebel auf den Erdkönig zu.

Erin schüttelte sich den Schweiß von der Stirn, stieß einen Schlachtruf aus und griff das Untier an. Sie hielt

410

die Lanze seitlich über dem Kopf und richtete sich auf den Zusammenprall ein. Wegen des Dunstes, der in den Augen brannte, kniff sie diese halb zusammen, dann lehnte sie sich weit aus dem Sattel.

Die Lanze traf ihr Ziel in dem Moment, als sich der Greifer Gaborn zuwandte. Die Spitze durchbohrte schräg das süße Dreieck.

Sie spürte, wie die Lanze ein Stück in den kristallinen Schädel eindrang. Vermutlich hatte sie im falschen Winkel getroffen, und dann würde sie sich im Knochen verhaken und zerbrechen, doch dessenungeachtet stieß Erin zu und hoffte, mit brutaler Gewalt etwas ausrichten zu können.

Die Lanze blieb am Knochen hängen und brach. Plötzlich spürte Erin keinen Widerstand mehr. Sie verlor das Gleichgewicht und fiel dem Greifer aus dem Sattel geradewegs vor die Füße.

Der ragte hoch über ihr auf und hob gerade das große Schwert, um den Angriff eines anderen Ritters abzuwehren.

»Fliehe«, hörte sie Gaborns Stimme im Kopf, während sie sich auf die Beine kämpfte.

Als wüßte ich das nicht selbst, dachte sie, aber es war zu spät. Der Greifer beugte sich zu ihr herunter, und seine Zähne glänzten wie Quarz.

Ein dunkler Schatten jagte an ihr vorbei. Celinors Lanze durchbohrte das süße Dreieck und schob sich in das Gehirn wie das Geschoß einer Balliste.

Erstaunt bemerkte Erin, daß er das verdammte Ding wie einen Speer geworfen hatte.

Der Greifer brach vor ihren Füßen zusammen.

Celinor galoppierte heran, und es schien fast, er wolle das sterbende Ungeheuer mit seinem Körper daran hindern, auf sie zu fallen. Daraufhin wendete er und zog die Streitaxt.

Erin lief zu ihrem Pferd.

»Nummer eins«, rief Celinor. Dann zeigte er auf den Erdkönig. Gaborn war aus dem Sattel gefallen.

Gaborn lag im Staub. Mehrere Ritter stiegen ab, um ihn zu verteidigen, wenn nötig mit dem eigenen Leben. Celinor Anders ritt herbei und stellte sich zum Schutz über ihn, wobei er brüllte und die Streitaxt schwenkte, als wollte er die Greifer auf diese Weise vertreiben.

Während Gaborn sich mühselig erhob, ging ihm der Gedanke durch den Sinn: Ich sollte ihn Erwählen.

Greifer rannten den Knochenhügel herunter. In ihrem Lauf erinnerten sie an lebende Monolithen, und Gaborn vergaß den Prinzen, da er Hunderte seiner Krieger warnen mußte. Kurz darauf gesellten sich Erin Connal und einige andere an Celinors Seite.

Der schwarze Wind wehte heran, und er trug einen namenlosen Gestank mit sich – ein Geruch, der dem von angebranntem Kohl ähnelte. Plötzlich fühlte sich Gaborn, als hätten sich seine Muskeln in Pudding verwandelt, und er verspürte eine nie zuvor erlebte Erschöpfung.

Er ließ sich geschwächt zu Boden fallen. Überall um ihn herum taten Dutzende andere das gleiche, sogar Königin Herin die Rote.

Hundert Meter hinter ihnen hatte Binnesman sein

412

Pferd angehalten. Er kämpfte damit, sich im Sattel zu halten, sank wie von Schmerz gequält in sich zusammen. »Jureem«, rief er. »Holt Gaborn hier raus! Bringt den Erdkönig fort! Wir sind zu nahe dran.«

Jureem stürmte im Galopp zwischen die Ritter und sprang vom Pferd. Der fette Mann hielt sich ein Seidentuch über die Nase, damit er den Gestank nicht einatmen mußte. Er packte Gaborns Ellbogen und rief: »Steht auf, mein Lord! Wir müssen fliehen!«

Während sein Verstand von Qualen gepeinigt wurde, wehrte er sich mit schlaffen Muskeln gegen Jureem und stieß ihn von sich. »Noch nicht! Ich darf nicht gehen! Helft mir!« rief er. »Helft!«

Gaborn mußte die Rune zerstören. Fast eine halbe Meile war sie noch entfernt. Die Kriskavenmauer hatte er ebenfalls aus dieser Distanz zum Einsturz gebracht. Bald hatte er die Grenze erreicht, von der aus seine Kräfte wirken würden – aber der Dunst hier im Tal war so niederschmetternd, daß er nicht näher heranzureiten wagte.

Er begann, mit dem Finger eine Rune des Erdbrechens in die heiße Erde zu zeichnen.

Jureem packte erneut seinen Ellbogen und wollte ihn zu seinem Pferd ziehen. Celinor schrie er zu: »Haltet das Pferd Eures Herrn. Helft mir, ihn in den Sattel zu setzen.«

»Nein!« flehte Gaborn. »Laßt mich. Binnesman, helft mir!«

Er blickte zurück. In diesem Moment brach Binnesman unter dem Zauber der Todesmagierin zusammen und fiel nach vorn. Das Pferd spürte offensichtlich, daß sein

Reiter bewußtlos war, denn es lief nach Norden und trug seinen Herrn aus der Schlacht.

Zu Gaborns Erstaunen wirkte die Greifermagie auf manche seiner Ritter nicht so stark. Einige Lanzenreiter setzten ihre Angriffe fort. Etliche widerstanden der Schwäche. Vielleicht brauche ich mehr Durchhaltevermögen, dachte er. Nichtsdestotrotz war auch Königin Herin gefallen, und sie besaß so viel Durchhaltevermögen wie jeder andere.

»Jureem«, keuchte Gaborn, während er sich Mühe gab, das Symbol exakt zu zeichnen. Es fühlte sich an, als schreibe er auf Feuer. Sein Finger war so schwach, konnte kaum den Staub bewegen.

Jureem gab es auf, ihn fortzuzerren. Er starrte Gaborn nur mit aufgerissenen Augen gehetzt an, so als würde es ihm körperliches Leiden bereiten, daß er nicht helfen konnte.

Gaborn beendete die Zeichnung der Rune, betrachtete sie kurz, um sicherzugehen, ob er alles richtig gemacht hatte, dann blickte er grimmig hinüber zum Hügel, wo das Siegel der Zerstörung die Erde verunzierte. Die Todesmagierin arbeitete ununterbrochen weiter daran. Fremdartige türkisfarbene Lichter flackerten hinter dem Kokon. Greifer strömten aus der Südseite des Berges.

Er blickte hinüber auf den Hügel und drang mit dem Erdblick in ihn ein. Tief unter der Erde spürte er eine Schwachstelle – und darauf lasteten Tonnen und Tonnen Gestein.

Man brauchte diesen Punkt nur anzuhauchen, und der Boden würde sich unter der Rune auftun.

Gaborn fixierte ihn und rief: »Zerreiße!«

Er schlug mit der Faust auf den Boden und stellte sich vor, daß sich die Erde unter ihm erheben, die böse Rune zerstören und ihre Mauern erschüttern würde.

Die Erde rührte sich.

Der Boden wölbte sich unter ihm auf, und die Ritter um Gaborn herum versuchten, während der Erschütterung das Gleichgewicht zu halten.

Pferde wieherten und strauchelten. Greifer stolperten. Die Erde brüllte wie ein Tier.

Der Boden wogte in alle Richtungen. Ritter schrien, und die Greifer auf dem Kokon krabbelten entsetzt zurück und hängten sich in ihre Netze.

Gaborn hatte sich nicht vorstellen können, welch ungeheure Kräfte er freisetzen würde. Reiter fielen von den Pferden und brachen voller Schrecken in lautes Gebrüll aus.

Doch dann sah er die Rune der Zerstörung, und all seine Hoffnungen waren dahin. Die Erde darunter erzitterte, und der Boden der Umgebung wellte sich. Aber das Siegel hielt und schwamm wie Treibgut auf den Wogen des Meeres.

Nur die mächtigsten Runen der Bindung konnten dies vollbracht haben. Gaborn betrachtete das Konstrukt erneut mit seinem Erdblick und suchte nach Schwachstellen.

Tatsächlich war es in Runen der Bindung gefaßt – wobei diese weniger die Mächte beschworen als sie vielmehr gegeneinander drehten. Gaborn staunte. Die

Greifer waren so mächtig, sie konnten selbst die Erdkräfte gegen ihn wenden.

Während er die Rune noch betrachtete, schrien die Männer um ihn herum plötzlich: »Seht nur! Dort!«

Gaborn wandte den Blick in Richtung Carris.

Greifer krabbelten über die Ebene vor der Burg. Sie hatten überall Gruben angelegt, und das Erdbeben hatte Steine und Greifer in die Luft geschleudert oder sie einfach begraben. Verwirrt liefen manche der Ungeheuer mit gebrochenen Gliedmaßen umher.

Über ihnen sah Gaborn einen Turm zusammenbrechen und hörte Tausende von Menschen aufschreien.

Das blanke Entsetzen packte ihn – sein Beben hatte eine furchtbare Wirkung entfaltet. Die Mauern von Carris, das eine knappe halbe Meile weiter südöstlich lag, schwankten. Die Reste des Putzes lösten sich in großen Stücken, und ganze Zinnen fielen in den See.

Das Beben konnte die gebundene Rune zwar nicht zerstören, aber es brachte gewöhnliche Bauten zum Einsturz. Türme kippten um. Mauern bröckelten. Staub stieg über der Stadt auf, da Bergfriede und Häuser in sich zusammenbrachen.

Und dann geschah etwas Unerwartetes: Der Boden unter ihm wogte erneut, und dieses mächtigere Beben ließ die gesamte Burg hin und her schwanken. In Panik erhoben sich die Stimmen der Menschen zu entsetztem Geschrei.

Gaborns Pferd taumelte. In Carris wallten weiter Staubwolken auf, während weitere Gebäude zu Schutt zerfielen.

Ein Nachbeben.

Gaborn sah unter seine Füße. Aber eigentlich brauchte er seinen Erdblick gar nicht, um zu wissen, daß er ein Ungeheuer entfesselt hatte. Er spürte die Macht, die sich aufbaute. Dieser Fehler war schwerwiegender, als er im ersten Moment gedacht hatte. So wie ein einziger Ruf in schneebedeckten Bergen eine Lawine auslösen kann, hatte dieses kleine Beben eine gewaltige Katastrophe hervorgerufen.

Er starrte auf die unglückseligen Einwohner von Carris, die sich an die Mauern klammerten. Vor zwei Minuten habe ich mir noch gratuliert, dachte Gaborn. Aber statt diese Menschen zu retten, habe ich ihnen Verderben gebracht.

Schuldgefühle stiegen in ihm auf. Schuldgefühle wegen dem, was er getan hatte, Schuldgefühle wegen dem, was er jetzt würde tun müssen.

Obgleich die wenigsten Menschen in der Stadt Gaben des Gehörs besaßen, um ihn über die Entfernung hinweg zu verstehen, rief er ihnen zu: »Ich Erwähle Euch. Ich Erwähle Euch für die Erde.«

Gewiß wird die Erde es erlauben, überlegte er sich. Mir wurde die Gabe des Erwählens zugestanden, damit ich die Menschheit retten kann, und jene in Carris bedürfen der Hilfe.

Er ging bis an die äußersten Grenzen seiner Macht, starrte die Burgmauern an und hoffte, daß er mit diesem einen Erwählen alle darin zu erretten vermochte.

Wenn er durch das Erwählen von Skalbairn Tausende

417

in Sicherheit bringen könnte, so hoffte er, durch das Erwählen Raj Ahtens Hunderttausende zu retten.

Er flüsterte: »Auch Euch, Raj Ahten. Auch Euch Erwähle ich.«

Nun fühlte er, wie sich die Fäden seines Bewußtseins ausbreiteten und Männer erreichten, die in der Burg kämpften, und Frauen und Kinder und Alte, die sich in dunklen Ecken versteckt hielten und um ihr Leben fürchteten.

Er versuchte sogar, Raj Ahten zu erreichen.

Dem Wolflord flüsterte er zu: »Ich Erwähle Euch«, so sanft, als wäre Raj Ahten sein Bruder. »Helft mir, unser Volk zu retten.«

Die Verbindung entstand, und die Gefahr, in der Raj Ahten sich befand, überwältigte Gaborn. Der Tod schwebte mit einer häßlichen Fratze über ihm. Nie zuvor hatte Gaborn das Verhängnis eines Mannes so deutlich gespürt. Und er fragte sich, ob seine Macht genügen würde, ihn zu retten.

»Flieht!« flüsterte Gaborn der Stadt zu.

Sir Langley und Skalbairn beobachteten das Erdbeben. Greifer verloren die Orientierung und erlitten schwere Verletzungen.

Der Hauptmarschall drehte das Windrad mitten in sie hinein, weil er sie von Gaborn ablenken wollte. Tausend Ritter galoppierten mit angelegten Lanzen über die Ebene.

KAPITEL 31
Der Unwürdige

Raj Ahten überraschte es nicht, daß dieser Junge Carris vor den Greifern retten wollte. Diesen Zug hatte sich Gaborn nicht richtig überlegt, er war nicht nur töricht, sondern auch gewagt und tollkühn – ein Akt der Selbstaufopferung eines schwächlichen Idealisten. Nein, Raj Ahten war nicht überrascht.

Er rannte die Treppe eines Turms hinauf, um nach Norden zu schauen.

Auf der Ebene hatten sich die Unabhängigen Ritter am Fuße des Knochenhügels zum Windrad formiert. An einer anderen Stelle griffen tausend Krieger im Süden an und banden die Truppen der Greifer.

Raj Ahten wollte Gaborn gratulieren. Er hatte seine Aufgabe mit Bravour erfüllt und die gegnerische Front auseinandergezogen.

Er beobachtete den Kampf am Knochenhügel und das Zittern der Welt um den Berg herum – Erde und Steine wurden aufgeworfen und begruben Greifer unter sich, trieben sie aus ihren Bauen, und ein Grollen erhob sich, das hundertmal lauter war als Donner.

Aus irgendeinem Grund, den er nicht verstehen konnte, war Raj Ahten nie in der Lage gewesen, Gaborn zu sehen. Auf dem Burschen lag ein Zauber, der ihn vor dem Blick des Wolflords verbarg. Dennoch wußte er, der Erdkönig war dort draußen.

Er spürte, wie das Beben Carris erreichte und die Mauern wie betrunken schwanken ließ, während sich aus Tausenden und Abertausenden Kehlen ein Verzweiflungsschrei löste.

Nur der Erdkönig konnte etwas Derartiges hervorrufen. Im Bruchteil einer Sekunde erkannte Raj Ahten die Gefahr. Das Beben würde die Stadt einebnen.

Und plötzlich hörte er Gaborns Stimme in seinem Kopf widerhallen, während er Erwählt wurde.

Aha, Erdkönig, dachte Raj Ahten, du segnest und verfluchst mich in einem Atemzug?

Gaborns Truppen stießen in Richtung Knochenhügel und Todesmagierin vor. Zweitausend Ritter begleiteten den Erdkönig, als hofften sie, mit ihrer unglaublich winzigen Macht allein durch Glück einen siegreichen Schlag zu landen.

Ein schwarzer Wind zog über Carris hinweg und trug den neuesten Fluch der Todesmagierin heran.

Der Wolflord schnüffelte daran und spürte eine Erschöpfung, die er noch nie erlebt hatte. Er übersetzte: »Seid müde bis zum Tod.«

Oh, das war ein mächtiger Zauber. Aus kurzer Distanz gegen Gewöhnliche beschworen, hätte er ohne Zweifel diesen Männern das Herz so geschwächt, daß es zu schlagen aufhörte, und die Lungen hätten keinen weiteren Atemzug mehr holen können.

Auf den Mauern konnten sich viele nicht mehr auf den Beinen halten und brachen zusammen.

Aber Raj Ahten war kein Gewöhnlicher.

Während Gaborns Ritter das Windrad langsam nach

Süden verschoben, versammelten sich mehr und mehr Klingenträger gegen den Erdkönig. Durch das Erdbeben schockiert, schwärmten sie jetzt massiv zu beiden Seiten des Hügels aus. Ja, sogar die Greifer in der Nähe der Burg wendeten sich dieser neuen Bedrohung zu.

Gaborn würde diese Attacke nicht überstehen, erkannte Raj Ahten. Die Linien der Greifer waren zu stark. In der gesamten Schlacht um Carris waren bislang kaum mehr als fünfhundert Greifer gefallen, schätzte er. Zwanzigtausend standen noch immer im Norden. Binnen weniger Augenblicke würde Gaborns Front zusammenbrechen.

»Flieht! Flieht aus Carris«, hallte Gaborns Aufruf Raj Ahten durch den Kopf. »Flieht um Euer Leben.«

Noch während der Erdkönig sprach, bemerkte der Wolflord die Torheit in diesen Worten. Die Mauern der Stadt würden einstürzen, gewiß, und viele Menschen würden sterben. Doch waren sie ebenfalls dem Tod geweiht, wenn sie den Greifern in die Arme liefen.

»Dieser gerissene Bastard«, zischte Raj Ahten. Nun durchschaute er den Plan: Gaborn wollte ihn und seine Unbesiegbaren lediglich zum Bauernopfer machen und die Greifer von sich selbst ablenken.

Um auf eine solche List hereinzufallen, war der Wolflord allerdings zu schlau.

Seine Unbesiegbaren hatte er bereits aus dem Kampfgeschehen abgezogen. »Haltet die Stellung!« rief er seinen Männern trotzig zu. Und Paldanes Soldaten befahl er: »Verteidigt die Bresche!«

Dies ist der Ort, an dem Paldanes Erdkönig den Tod finden wird, dachte Raj Ahten, und ich … ich werde untätig dabei zuschauen.

Als er jedoch einen Blick auf die Bresche warf, stellte er fest, daß Paldanes Truppen tapferer und verbissener als zuvor fochten. Zuerst glaubte er, die schiere Verzweiflung verleihe ihnen zusätzliche Kraft.

Aber diese Gewöhnlichen dort unten wurden offensichtlich von einer unsichtbaren Macht geführt und angespornt.

Er beobachtete, wie einer von ihnen einen Greifer köderte, bis dieser zuschlug. In diesem Augenblick sprang der Mann zur Seite. Zwei Männer mit Äxten nutzten die Blöße des Ungeheuers aus, eilten vor und trennten der Bestie den Arm ab. Der nächste machte einen Satz ins Maul und stieß das lange Schwert durch die Gaumenplatte ins Gehirn. Noch ehe der Klingenträger verendet war, hatten sich Paldanes Soldaten bereits dem nächsten Kandidaten zugewandt.

Die Krieger stürzten vor, um den Vorteil zu nutzen, der sich ihnen jetzt bot, und wichen den Hieben der Greifer aus. Sie stimmten ihr Vorgehen miteinander ab, und plötzlich schien der Ausgang des Kampfes wieder offen zu sein.

Es war ein makabrer, tödlicher Tanz.

Zu Raj Ahtens Verblüffung fochten die Soldaten des Herzogs nun so erfolgreich, daß die Greifer an den Toren zögerten und sich verwirrt zurückzogen, da sie sich dem Gemetzel nicht stellen wollten.

Die Männer schlossen die Reihen. Von den Mau-

422

ern sprangen weitere auf die Leichenberge hinunter und drängten die Ungeheuer weiter zurück auf den Damm.

Überall in der Burg taumelten die Gewöhnlichen von den Wehrgängen in die Höfe und wollten Gaborns Befehl, die Burg zu verlassen, gehorchen. Andere warfen sich einfach in den See.

Carris war riesig. Auf den Mauern hatten sich vierhunderttausend Mann aufgehalten, und in der eigentlichen Stadt noch einmal soviel. All diese Menschen trieb es jetzt auf der Flucht vor dem Beben in die engen Gassen.

»Haltet die Stellung!« schrie Raj Ahten ihnen zu. »Haltet die Stellung, sage ich!« Seine Stimmgewalt war so mächtig und verführerisch, daß sich seine Worte wie Dolche in das Unterbewußtsein der Soldaten bohrten, und bald verteidigten die meisten von ihnen tatsächlich ihre Stellungen.

Ich lasse mich nicht ausnutzen, redete sich Raj Ahten ein.

Grimmig lächelte er. Mit seiner gewaltigen Stimme rief er Gaborn über die Entfernung zu: »Noch sind wir Feinde, Sohn von Orden!«

Roland glaubte, er höre Hunde bellen und fauchen. Er befand sich in einem Baum, der aus Stein gemeißelt war, und saß hoch über dem Boden.

Benommen hob er den Kopf und sah riesige Greifer, die mit blitzenden Zähnen durch die Äste über ihm krabbelten. Eine überwältigende Erschöpfung breitete sich in ihm aus. Er ließ sich zurückfallen. Der Baum erzitterte, und er hörte ein lautes Krachen, als der Stamm unter dem Gewicht brach.

»Die Mauern werden fallen! Die Mauern stürzen ein!« rief jemand aus weiter Ferne. Raj Ahtens Stimme hallte durch den Wald: »Zu mir! Zu mir!«

Männer schrien und starben, und ganz in der Nähe hörte Roland eine Frau um Hilfe rufen.

Er blickte von seinem steinernen Baum nach unten und erblickte Baron Polls vertrautes Gesicht, das gehässig zu ihm nach oben guckte.

»Hilfe!« stieß Roland schwach hervor.

Doch der Baron lachte bloß. »Helfen soll ich? Ihr verlangt, daß Euch ein Toter helfen soll? Was gebt Ihr denn dafür?«

»Bitte …«, sagte Roland.

»Erst wenn Ihr mich ›Sir‹ nennt«, erwiderte Baron Poll selbstzufrieden.

»Bitte, *Sir.*«

»Wenn doch nur Euer Sohn das sagen würde«, lachte Baron Poll. Er wendete sein Pferd und ritt über ein nebelverhangenes Feld davon.

Roland blieb lange liegen, hörte Männer schreien, hörte den rasselnden Atem von Greifern. Er litt so große Schmerzen, daß es ihn kaum mehr interessierte.

Über ihm blitzte ein Licht auf und explodierte an einer nahen Mauer.

Er schlug die Augen auf, lag lange da und betrachtete seinen Arm. Der war mit einem blutigen Verband umwickelt. Überall lagen Tote, deren Blut die Zinnen vor ihm befleckte. Die weißverputzten Mauern von Carris hatten eine dunkelrote Farbe angenommen.

Der Himmel war düster und verhangen. Federleichte Schneeflocken fielen. Nein, bemerkte er, das ist Asche. Er schloß die Augen, denn das Sehen tat ihm weh. Es herrschte fast völlige Dunkelheit. Er schätzte, daß er eine Stunde oder länger bewußtlos gewesen war.

Er hörte ein Kleinkind schreien und drehte den Kopf zur Seite. Im Hof unten trat eine junge Frau in graublauer Robe aus dem Herrenhaus und versuchte ihr Kind zu trösten.

Unter großen Schmerzen wälzte er sich auf den Bauch. Die Wunde an seinem Arm begann unter dem Verband wieder zu bluten. Roland erhob sich auf die Knie, stillte die Blutung und versuchte sich einen Reim auf das zu machen, was er vor sich sah.

Außer ihm hatte auf der Südmauer niemand überlebt. Zu Tausenden lagen überall Leichen verstreut, fast ausschließlich Menschen, unter ihnen nur wenige Greifer. Asche und Ruß rieselten zusammen mit Schneeflocken aus der kalten Luft herab.

Die Burgmauern schwankten, Steine knirschten. »Ich Erwähle Euch. Ich Erwähle Euch für die Erde«, sagte eine Stimme in Rolands Kopf. »Flieht!«

Roland hörte den Ruf wie aus der Ferne, da er noch ganz in seinem Alptraum gefangen war. Er gab sich alle Mühe zu begreifen. Er blickte sich um. Sie sind alle tot, dachte er. Doch nein, entschied er, man hat die Stadt aufgegeben. Die Mauern wölbten sich auf, und Putz und Steine fielen in die Tiefe.

425

Er sah hinunter in die Burg. Die Haupttore lagen darnieder, wie auch beide Tortürme. Greifer waren in die Burganlage vorgedrungen. Die Männer von Carris kämpften im Burghof um ihr Leben, drängten den Gegner zurück, wollten den Damm erobern. Ein paar Frowth-Riesen standen ihnen zur Seite.

Die Ebene vor Carris war von Leichen übersät – graue Greifer zu Tausenden. Am Fuß des Knochenhügels kämpfte ein Menschenheer. Hunderte von Rittern drehten sich mit gezückten Lanzen in einem Windrad.

Lanzen splitterten, wenn Männer und Greifer aufeinanderprallten. Pferde stürzten mit ihren Rittern. Klingen und Ruhmhämmer senkten sich in tödlichem Schwung.

Mitten im Windrad flatterte in der steifen Brise eine Fahne – der Grüne Mann Mystarrias, das Banner König Ordens.

In einer winzigen Menschenansammlung erblickte Roland zum allerersten Mal den Erdkönig selbst, Gaborn Val Orden, der sich der Todesmagierin auf dem Knochenhügel zuwandte. Wachen umkreisten ihn, und Roland stellte sich vor, sein Sohn würde sich unter ihnen befinden. Ach, wenn Averan das nur miterleben könnte.

Es stimmt, erkannte er. Die Stimme, die ich im Traum vernommen habe … der Erdkönig hat mich tatsächlich Erwählt.

Aber warum? wunderte er sich. Warum gerade ich? Ich bin dessen gewiß nicht würdig. Schließlich bin ich ein Mörder. Ich bin ein wertloser Gewöhnlicher. Ich bin kein Krieger.

Roland war kein Mann, der Phantastereien nachhing.

Und selbst dann hätte er sich niemals träumen lassen, vom Erdkönig Erwählt zu werden.

Auf einmal aber strömten Tränen über seine Wangen, und er fragte sich, wie er das Geschenk am besten erwidern konnte. »Danke«, sprach er leise, unsicher, ob der Erdkönig ihn verstehen würde.

In diesem Augenblick wehte ein grauer Wind über die Burgmauern und wirbelte die Gree wie Ascheflocken durcheinander. Die Bö trug den Geruch eines Greiferfluches mit sich.

Von seiner Wunde geschwächt, war Roland kaum auf die Knie hochgekommen. Jetzt erfüllte ihn der Wind mit Lethargie und raubte ihm den letzten Willen.

Er sank auf dem Wehrgang zu Boden. Er spürte, wie die Mauer schwankte. Er konnte kaum mehr die Kraft aufbringen, zu blinzeln, Luft zu holen oder gar um Hilfe zu rufen.

KAPITEL 32
Unerwartete Verwandtschaft

Vier Meilen vor Burg Carris saß Averan hinter Roland im Sattel und hielt sich verzweifelt an ihm fest, weil sie Angst hatte, vom Pferd zu fallen. Einer dieser Männer aus Indhopal hatte die grüne Frau hinter sich hochgezerrt, obwohl sie sich heftig dagegen gewehrt hatte.

Die Greifer, die sie verfolgten, hatten sie bald abgehängt.

Aber irgend etwas stimmte nicht. Warum befand sich Roland in Begleitung dieser wunderschönen Frau aus Indhopal und ihrer Leibwächter? Zudem verstand sie nicht, weshalb er heute andere Kleidung trug als gestern und so ein prächtiges Roß ritt.

Es war ihr ziemlich peinlich, als sie erkannte, daß dies überhaupt nicht Roland war. Es lag weniger an den Kleidern oder dem Pferd – dieser Mann *roch* anders. Seine Kleidung duftete nach Wüstensalbei und Sand, nicht nach den grünen Wiesen Mystarrias.

»Wer seid Ihr?« fragte sie ihn. »Ich habe Euch für jemand anderes gehalten – für meinen Freund Roland.«

Der große Mann sah sich zu ihr um. Jetzt war sie sicher, daß es tatsächlich nicht Roland war. Der Kerl hatte zwar dasselbe rote Haar und dieselben lachenden blauen Augen. Aber sein Haar war stellenweise bereits ergraut.

»Du kennst also jemanden mit Namen Roland?« fragte sie der Kerl. »Aus dem Blauen Turm?«

»Ja«, antwortete sie leise. »Er hat mich auf seinem Pferd mitgenommen. Zusammen mit Baron Poll war er unterwegs nach Carris. Er wollte nach Norden ziehen und den Erdkönig sehen – und seinen Sohn suchen, Euch. Ja, Euch wollte er suchen. Nicht?«

Der große Kerl nickte. »Mein Vater heißt Roland. Ich bin übrigens Borenson.« Die Aussicht, daß sein Vater nach ihm suchte, stimmte ihn augenscheinlich nicht gerade glücklich.

»Mögt Ihr Euren Vater nicht?« wollte Averan wissen.

»Meine Mutter konnte ihn nicht ausstehen«, antwortete Borenson, »und da ich ihm sehr ähnlich sehe, hat sie für mich auch nicht soviel übrig.«

»Ich mag Roland«, meinte Averan. »Er will Paldane bitten, daß er mich als Tochter annehmen darf.«

»Der Mann ist verantwortungslos«, meinte Borenson. »Für dich wird er auch kein besserer Vater sein als für mich.«

Borensons kalte Art, von Roland zu sprechen, störte Averan, außerdem ärgerte es sie, daß er alles abwertete, was sie sagte. Sicher, sie war erst neun und hatte ihre Gaben verloren, trotzdem war sie kein dummes kleines Kind. Sie sagte Borenson, bald würde sie seine Schwester sein und erwarte, daß er ihr einen gewissen Respekt entgegenbringe. Aber auch das schien er nicht ernst zu nehmen.

Sie ritten über vertrocknete Roggenhalme einen langgezogenen Hang hinauf. Das Getreide hatte sich gekringelt und war grau wie Asche.

429

Oben auf dem Hügel lag eine uralte Sonnenkuppel in Trümmern. Das kreisrunde Krematorium war von seinem Sockel gerutscht und zersprungen. Jetzt sah es aus wie eine aufgebrochene Eierschale.

Von hier oben konnte Averan weit nach Norden und Süden ins Land schauen. Vor einem Hinterhalt der Greifer brauchten sie sich nicht zu fürchten, da hier in der Umgebung nichts Deckung bot.

Doch nachdem sie die zerstörte Kuppel umrundet hatten und nach Carris hinunterblickten, stockte ihr der Atem.

Unten in der Ferne brannten die weißen Türme der Stadt und spiegelten sich lodernd im Wasser des Donnestgreesees.

Die Vorwerke waren nur mehr Ruinen, die Westmauer der Burg Schutt. Der glatte Putz war überall abgesprungen.

Überall wimmelte es von Greifern, und ein schmutziger Dunst hing über dem Tal. Eine der Wachen aus Indhopal starrte auf die brennende Festung. »Unser Lord Raj Ahten verteidigt die Burg«, sagte er grimmig, »Seite an Seite mit vielen Männern aus Mystarria. Der Erdkönig kämpft auf dem Schlachtfeld vor der Stadt.«

Mit weiblicher Stimme sagte ein Eunuch: »Vielleicht braucht man uns gar nicht. Scheinbar ist unser Herr bereits einen Waffenstillstand eingegangen.« Averan hielt ihn für einen Feigling, denn seine Stimme zitterte vor Angst.

Das Land vor ihnen war die reinste Ödnis. Es erweckte kaum den Eindruck, als würden dort je wieder Menschen leben können – nicht einmal, wenn diese ihre Häuser neu aufbauten und neue Felder urbar machten.

Averan beobachtete den Erdkönig, der durch den dichten Dunst auf den Knochenhügel zuritt. Er zog einfach ihren Blick auf sich. Überraschenderweise hatte sie ihn sofort erkannt. Gaborn wirkte ganz gewöhnlich und ähnelte nicht im mindesten der smaragdgrünen Flamme, die sie vor ihrem inneren Auge gesehen hatte.

Averan blickte zur grünen Frau hinüber. Sie saß vor Pashtuk im Sattel und betrachtete den Erdkönig, allerdings mit geschlossenen Augen. Versonnen lächelte sie.

Die grüne Frau bemerkt es ebenfalls, dämmerte es Averan. Sie erkennt seine Kraft. Averan schloß die Augen und beobachtete Gaborn, als wäre er eine näher kommende smaragdgrüne Flamme, die immer näher schwebte und bei jedem Stoß seines Pferdes flackerte.

Eine der Wachen aus Indhopal sagte: »Wenn wir den Hügel hinunterreiten, können wir nördlich das Aquädukt umgehen und erreichen so den Erdkönig.«

»Das gefällt mir nicht«, widersprach Borenson. »Dort oben am Ende des Kanals gibt es Erdlöcher, und ich glaube kaum, daß wir in ihnen auf Maulwürfe stoßen.« Er zeigte in Richtung Norden. »Besser folgen wir der Straße hoch zu Barrens Mauer und nähern uns der Sache von hinten.«

»Das ist zu weit!« wandte der Mann aus Indhopal ein.

Averan beobachtete unterdessen den Erdkönig, der zum Knochenhügel unterwegs war. Er besaß so viele Gaben des Stoffwechsels, daß er zu rennen schien. Dann hockte er sich hin und beschwor einen Zauber, der die ganze Erde erzittern ließ. Die Mauern von Carris bebten, und Gaborn starrte mit offenem Mund zur Burg hinüber. Er hob die Hand und beschwor einen zweiten Zauber.

»Da«, rief Borenson. »Er Erwählt.«

Falls Gaborn etwas sagte, so konnte Averan seine Worte nicht verstehen. Sie gingen im Zischen der Abertausende von Greifern im Nachbeben unter. Voller Staunen stellte sie fest: Er Erwählt die ganze Stadt, selbst seine Feinde.

Die Männer an den Toren von Carris brachen in Jubel aus und flohen aus der einstürzenden Stadt, während die Greifer den Erdkönig attackierten. Der jedoch trieb seine Kavallerie voran und wollte sich offensichtlich nach Carris durchschlagen.

»Was bezweckt er bloß damit?« fragte Pashtuk.

»Er versucht, Carris zu retten«, erwiderte Borenson. »Er hofft, die Angreifer fortzulocken.«

Doch selbst von hier aus konnte Averan erkennen, daß Gaborn nicht viel würde ausrichten können. Es waren zu viele Greifer, und sie drangen zu rasch vor. Bald würde Gaborn eingekreist sein.

Auf der anderen Seite des Tales ertönte donnernd Raj Ahtens Stimme, verstärkt durch seine vielen Gaben: »Noch sind wir Feinde, Sohn von Orden!«

Raj Ahten stand auf dem Wehrgang und schwenkte trotzig die Streitaxt, und zwar selbst noch, als sich der Putz wasserfallartig von den Mauern löste.

Auf dem Knochenhügel hob die Todesmagierin einen bläßlich gelben Stab in die Höhe und zischte. Donner wälzte sich den Hang hinunter auf Carris zu.

Leise sagte die wunderschöne Frau aus Indhopal: »Dann ist es also wahr. Mein Lord weist den Erdkönig, seinen angeheirateten Vetter, zurück und will ihn den Greifern überlassen.«

Der tiefen Abscheu nach, die in ihrer Stimme mitschwang, hatte sie es offensichtlich nicht für möglich gehalten, daß Raj Ahten so herzlos sein konnte.

»Ich fürchte ja, o Erhabener Stern, o meine Saffira«, sagte Borenson sanft, um sie zu beschwichtigen.

Das Nachbeben erschütterte den Boden. Die Pferde tänzelten, damit sie nicht umfielen.

Saffira stieß einen lauten Ruf aus, gab ihrem Roß die Sporen und galoppierte den Hang hinunter. Das Tier rannte schnell, voller Anmut und Entschlossenheit, wie dies nur ein Kraftpferd vermochte, hielt in westlicher Richtung auf Carris zu, obwohl eine Armee von Greifern Saffira den Weg versperrte.

Borenson rief ihr hinterher, und Averan klammerte sich an ihm fest, als sein Pferd einen Satz nach vorn machte.

Saffira ritt nach Osten, und anfangs glaubte Averan, sie galoppiere blindlings vor sich hin. Doch dann schwenkte sie nach Süden ab, und Averan erkannte ihr Ziel.

Die Greifer teilten sich plötzlich in mehrere Fronten auf. Eine Front wandte sich gegen Carris, während eine zweite den Erdkönig bestürmte. Eine dritte jagte der Kavallerie hinterher, die nach Süden unterwegs war.

Durch die Aufsplitterung war inmitten des Greiferheeres eine Lücke entstanden. Auf die hielt Saffira nun zu.

433

»Wartet!« rief Pashtuk. »Bleibt stehen!«

Doch alles Rufen war vergeblich. Saffira galoppierte auf Carris zu, bis sie sich den Mauern auf eine halbe Meile genähert hatte und die Greifermassen vor ihr so dicht wurden, daß sie nicht weiter konnte.

Die Klingenträger erspürten sie hinter sich und drehten sich nach und nach um. Das Rasseln aus ihren Brustkörben wurde lauter.

Im letzten Licht des Tages stürmte Saffira auf einen kleinen Hügel zu. Sie trug ein Gewand aus feiner, roter Baumwolle, in das mit Goldfaden verschlungene Muster gestickt waren, die sich wie Weinranken um Arme und Busen wanden. Unter ihrer silbernen Krone fiel ein dünner roter Schleier herab.

Jetzt löste sie den goldenen Gürtel, warf ihn zu Boden und streifte ihren Umhang ab. Sie zog den Schleier vom Gesicht und saß stolz auf ihrem grauen königlichen Streitroß. Das hauchdünne Kleid aus lavendelfarbener Seide betonte ihre bezaubernde dunkle Hautfarbe.

Die Sonne verschwand gerade hinterm Horizont, und die letzten Strahlen stahlen sich durch die aufgebrochene Wolkendecke.

In dieser Ödnis gab es zahlreiche kleine Erhebungen, nun erkannte Averan jedoch, daß Saffira sich diese ausgesucht hatte, weil sie das Licht dort gesehen hatte und wußte, hier konnte sie ihre Schönheit zu voller Geltung bringen.

Saffira erschien ihr wie das vollkommenste Wesen. Der elegante Schwung von Hals und Schultern hätte einem Barden ein Leben lang Inspirationen für seine

Lieder geliefert, aber selbst Behoran Goldzunge hätte ihre Anmut, den Glanz ihrer Augen, die kühne Haltung weder in eine Melodie noch in Worte fassen können.

Averan beschlich das Gefühl, Saffira wisse, daß ihr der Tod bevorstand. Sie war zu dicht an die Greifer herangeritten. Der nächststehende drehte sich keine hundert Meter entfernt zu ihr um und nahm Verteidigungshaltung ein. Greifer sind leicht zu überraschen und zögern oft, wenn es darum geht, das Wesen einer Bedrohung zu erfassen, trotzdem würde dieses Ungeheuer nur einen Augenblick benötigen, bis es erkannt hätte, daß Saffira ganz allein war.

Aber der schönen Frau genügte dieser eine Augenblick. Denn jetzt begann Saffira zu singen.

KAPITEL 33
Knochenhügel

Wie kann ich sie alle erretten? fragte sich Gaborn. Er war mit Hunderttausenden Menschen in Burg Carris verbunden, und das Gefühl der Gefahr, die ihnen drohte, wollte ihn übermannen. Ein drittes Nachbeben erschütterte die Erde.

An den Toren kämpften Tausende Männer um ihr Leben. Gaborn konzentrierte sich auf sie, denn ihre Lage war am dramatischsten. In der Burg verweigerte sich Raj Ahten beharrlich dem Erdkönig, obwohl die Welle des Bebens unaufhaltsam auf die Stadt zurollte. Dabei könnten seine Unbesiegbaren vermutlich den Weg über den Damm frei machen.

Während er sich dem Knochenhügel näherte, setzte ihm die Erschöpfung zu. Eine tiefe Lethargie ergriff ihn.

Ich habe zu unüberlegt Erwählt, wurde ihm bewußt. Jetzt führte er einen zerlumpten Haufen von Kriegern an. Verzweifelt drängten seine Männer in Carris weiter vor. Ohne Pferde und Lanzen waren sie keine so wirkungsvolle Truppe wie die Ritter, aber sie hielten sich tapfer, als würden sie allein durch seinen Willen angetrieben.

Gaborn stieg vom Pferd und wollte noch ein paar Schritte näher an den Hügel herangehen, doch der Zauber der Todesmagierin traf ihn mit solcher Wucht, daß er stehenbleiben mußte.

Im Süden setzte Hauptmarschall Skalbairn zu einer

verhängnisvollen Attacke an. Gaborn sandte ihm die Nachricht: »Kehrt um! Rettet Euch!«

Daraufhin wandte er sich wieder der vor ihm liegenden Aufgabe zu und hoffte nur, seine Ritter würden die Greifer in Schach halten können.

Zweihundert Meter vor ihm befand sich der große Kokon, über dem die Todesmagierin auf dem Berg thronte. Auf beiden Seiten des Knochenhügels wimmelte es von Greifern. Innerhalb von Sekunden würden sie hier eintreffen.

Wie betäubt ließ sich Gaborn zu Boden fallen, als ihn die Erschöpfung nicht mehr weitergehen ließ, und zeichnete eine zweite Rune des Erdbrechens.

Verzweifelt suchte er die Rune auf dem Knochenhügel nach Schwachstellen und Makeln in ihrer Bindung ab.

Die Greifer stürmten von allen Seiten auf seine Ritter ein und waren nur noch fünfzig Meter entfernt. An seinem Fuß lag ein Strang des Kokons, ein Faden, der zweihundert Meter weit bis zum Knochenhügel führte.

Gaborn blickte zu dem Berg auf und faßte das Objekt seines Zauberspruchs ins Auge. Greifer versperrten ihm die Sicht und kletterten in Scharen über den Kokon. Die Ungeheuer nahten, richteten sich auf, und er konnte nicht über sie hinwegsehen.

Aber seine Männer wichen keinen Zoll zurück und wappneten sich mit dem Mut der Verzweiflung für den Kampf.

Gaborn kniete sich in den stinkenden Dunst und zeichnete eine Rune auf den Boden.

437

Ein Greifer strebte auf den Erdkönig zu und verlangsamte auch nicht den Schritt, als er über zwei Männer trampelte und sie unter sich zermalmte. Erin Connal schrie entsetzt auf und eilte dem Untier entgegen.

»Nehmt Euch das Unterteil vor, ich versuche es oben«, rief ihr Celinor zu.

Sie rannte auf die Bestie zu. Die hob ihren Ruhmhammer über den Kopf. Erin brüllte und schlug den eigenen Kriegshammer gegen den Ellbogen des Ungetüms. Die Waffe drang tief in das Gelenk ein.

Der Schock hätte den Greifer für einen Moment erstarren lassen sollen.

Statt dessen senkte er den Ruhmhammer – achthundert Pfund Stahl am Ende eines sieben Meter langen Griffs. Erin hörte keine Warnung vom Erdkönig.

Der Griff traf sie an der Schulter und warf sie zu Boden. Der Greifer ballte die riesige Klaue zur Faust und wollte die Pferdekriegerin in Grund und Boden stampfen.

Celinor sprang über die am Boden liegende Frau, stach zu und traf den Greifer zwischen die Brustplatten. Doch mangelte es seinem Stoß an Kraft, und so blieben die Innereien dort, wo sie waren.

Das Ungeheuer zischte verängstigt, trat einen Schritt zurück und wollte fliehen.

Celinor ließ sofort einen zweiten Stoß folgen. Jetzt ergossen sich die Eingeweide des Untiers in einem schaurigen Regen auf den Boden. Es sprang zur Seite und prallte gegen einen seiner Artgenossen.

Der Prinz von Süd-Crowthen fuhr herum, packte Erins

Hand und half ihr auf. »Nummer zwei«, sagte er mit mahnendem Unterton in der Stimme.

Erin spürte mit Verdruß, wie ihr die Röte ins Gesicht stieg.

Gaborn hatte die Rune des Erdbrechens zu Ende gezeichnet, reckte die Faust in die Höhe und sah auf.

Um ihn herum bildeten Greifer eine Mauer des Grauens, fielen über seine Männer her und machten sie nieder.

Zu seiner Linken erschlug ein Klingenträger einen Ritter mit dem Ruhmhammer. Die Leiche wirbelte durch die Luft und flog auf ihn zu.

Celinor hob den Schild und warf sich vor Gaborn, doch das Gewicht beider Körper traf den Erdkönig und schleuderte ihn zu Boden.

Dunkelheit umfaßte ihn.

KAPITEL 34
Im schwindenden Lichte

Saffira sang in der Sprache ihrer Heimat, auf tuulistani, und da sie über Tausende von Gaben der Stimmgewalt verfügte, erscholl ihr Gesang lauter als ein Chor
Gewöhnlicher.

So herzerweichend war ihr Gesang, daß Raj Ahten auf
der Mauer von Burg Carris, von der aus er das Debakel
von Gaborns Angriff verfolgte, den Blick hob.

Die Zeit schien einen Augenblick lang stillzustehen.

So laut war ihr Gesang, daß selbst auf dem Damm viele
Greifer zurückwichen, als würden sie darüber rätseln, ob
diese Stimme eine neue Bedrohung darstellte, der sie
entgegentreten mußten.

Für einen Moment hielt der Tumult der Schlacht inne,
und die Menschen lauschten auf Saffiras Stimme.

Die meisten Männer aus Rofehavan konnten Saffiras
Worte nicht verstehen. Tuulistan war ein kleines Land in
Indhopal und hatte keine große Bedeutung. Zu Fuß
gelangte man in zwei Wochen von einer Grenze zur
anderen. Doch der flehentliche Ton der jungen Frau traf
Raj Ahten tief im Herzen und erweckte in ihm das
Verlangen ... alles zu tun, alles, womit er seine Gemahlin
versöhnlich stimmen konnte.

Sie saß auf ihrem Pferd, auf einer verwüsteten Erhebung, inmitten eines Heeres von Greifern. Im letzten
Tageslicht erschien ihr lavendelfarbenes Kleid wie ein

dünner Schleier, der ihre vollkommene Schönheit kaum verhüllte.

Sie strahlte wie der erste und hellste Stern am abendlichen Himmel, und von allen Seiten hörte Raj Ahten, wie Abertausende Männer staunend und voller Bewunderung den Atem anhielten.

Sofort begriff Raj Ahten, was Gaborn getan hatte. Er sah die Anmut aller seiner Konkubinen, der liebreizendsten Frauen aller Länder, die er erobert hatte, vereint in einer einzigen.

Er hörte die Süße aller wohlklingenden Stimmen seines Harems.

Saffira sang ein Schlaflied.

Sie hatte es stets ihrem erstgeborenen Sohn, Shandi, vorgesungen – bis vor fünf Jahren ein Unabhängiger Ritter den Knaben ermordet hatte, um die Welt von Raj Ahtens Brut zu befreien.

Es war nur ein einfaches Lied, vier schlichte Zeilen, und doch rührte es Raj Ahten in seiner tiefsten Seele an.

»Es gibt kein Du.
Es gibt kein Ich.
Uns eint die Liebe
Und ich liebe dich.«

Von allen, die diesem Lied lauschten, begriff nur Raj Ahten seine Bedeutung. »Ich verstehe deinen Haß und deinen Zorn«, wollte Saffira ihm mitteilen. »Ich verstehe dich und empfinde genauso. Ich habe unseren Sohn nicht vergessen. Doch jetzt mußt du deinen Zorn zurückstellen.«

Dann rief Saffira in ihrem gebrochenen Rofehavanisch: »Mein Lord Raj Ahten, ich flehe Euch an, diesen Krieg zu beenden. Der Erdkönig bittet mich, Euch folgendes mitzuteilen: ›Der Feind meines Vetters ist auch *mein* Feind.‹ Männer von Mystarria, Männer aus Indhopal – vereint Euch!«

Sie winkte Raj Ahten zu, und in der darauf folgenden Stille stürmten die Greifer in ihrer Nähe plötzlich den Hügel hinauf, als hätte Saffira sie zu sich gerufen.

Ihre Leibwache der Eunuchen – die besten unter Raj Ahtens Unbesiegbaren – hatte sie inzwischen erreicht und folgte ihr den Hang hinunter, als sie in nördlicher Richtung davongaloppierte, hinüber zu Gaborn, der eine halbe Meile von ihr entfernt war.

Viel zu viele Greifer verstellten ihr den Weg. Die riesigen Ungeheuer standen Seite an Seite um die bedauernswerte Armee des Erdkönigs und bildeten eine undurchdringliche Mauer. Ihr Pferd mochte so schnell sein, wie es wollte, dennoch wußte Raj Ahten, ihr würde es nicht gelingen, diese Reihen zu durchbrechen.

Ganz sicher hatte sie das ebenfalls begriffen. Und doch ritt sie mitten in die Gefahr hinein, mitten in das Herz der Schlacht.

Sie zwang ihn zum Handeln. Wenn du nicht kommst, um ihn zu retten, dann eile wenigstens herbei und rette mich, schien ihr Tun zu sagen.

Mit lauten Schreckensrufen reagierten die Männer von Carris auf ihre Bitte.

Seit einiger Zeit hatten Paldanes Männer und die Frowth-Riesen die Greifer über die Leichenberge bis hundert Meter aufs Ufer zurückgetrieben. Auf dem Damm durch den Donnestgreesee häuften sich Berge von Greiferkadavern.

Und nun drängten die Menschen aus Carris wie ein Mann vorwärts. Mit lautem Gebrüll stürmten sie über den Damm zum Ufer. Einen Augenblick lang war alle Erschöpfung, die der Zauber der Todesmagierin hervorgerufen hatte, vergessen.

Auf den Mauern und in den Straßen der Stadt ergriffen Männer alles, was sich als Waffe verwenden ließ, und rannten los, um Saffira und dem Erdkönig beizustehen.

Raj Ahten verfolgte die Geschehnisse voller Verwunderung.

Es war ein Fehler, das wußte er. Hunderttausende von Männern, Frauen und Kindern aus Carris würden sich in die Schlacht stürzen. Die meisten von ihnen waren Gewöhnliche.

Für die Greifer würde das ein Festschmaus.

Trotzdem stürmten sie voran.

Er vermochte nicht zu sagen, was sie dazu antrieb, ob es der Glaube an ihren Erdkönig war oder das Verlangen, Saffiras Ruf zu folgen. Vielleicht keines von beiden. Vielleicht stürzten sie sich lediglich in den Kampf, weil ihnen nichts anderes mehr übrigblieb.

Er rannte die Treppe des Turms hinunter, stieß langsamere Männer zur Seite und eilte auf das Getümmel zu. Sein Herz klopfte heftig. Unbesiegbare schlossen sich ihm an.

443

KAPITEL 35
Abgründe

Auf dem Weg nach Carris hatten sich Borensons Gedanken ständig um Saffira gedreht. Hätte sie den Mut, Raj Ahten die Stirn zu bieten? Wollte sie tatsächlich Frieden? Oder würde sie Gaborn und sein Volk betrügen?

Jetzt jedoch, inmitten all der Gefahr, kam diese Frau – die eigentlich fast noch ein halbes Kind war – Gaborn zu Hilfe.

Sie beendete ihren Gesang. Einen atemlosen Augenblick lang saß Borenson wie verzaubert da, unfähig, einen klaren Gedanken zu fassen, unfähig, etwas anderes zu tun, als die Tatsache zu beklagen, daß ihr Lied vorbei war.

In der Stadt erhob sich donnernder Jubel wie die Stimme eines fernen Meeres, und bestimmt würden die Menschen von Rofehavan Saffiras Ruf folgen.

Sie hatte mehr als genug Mut gezeigt. In diesem Moment liebte Borenson sie so hingebungsvoll und unschuldig, wie ein Mann eine Frau nur lieben kann. Sein Herz klopfte, und er wollte nichts lieber, als in ihrem Schatten zu stehen, ihr süßes Parfüm zu riechen, ihr ebenholzfarbenes Haar zu betrachten.

Sie saß aufrecht im Sattel und holte tief Luft. Ihre Augen leuchteten wundersam, und während sie dem Jubel aus Carris lauschte, neigte sie den Kopf.

»Kommt, meine Freunde«, rief sie, »bevor es zu spät

ist.« Sie lenkte ihr Pferd nach Norden und galoppierte den Hang hinunter auf Gaborn zu.

Schlaues Mädchen, dachte Borenson. Sie täuscht einen Angriff vor und hofft, die Greifer von Gaborn abzulenken, deshalb reitet sie westlich auf den Knochenhügel zu. Von dort aus wird sie sich nach Norden wenden und Gaborn von hinten erreichen.

Ha'Pim und Mahket mußten sich anstrengen, um mit ihr Schritt zu halten. Vor ihnen lag der Knochenhügel. Der faserige Kokon glänzte im abendlichen Licht wie Eiszapfen, und auf dem Panzer der Todesmagierin leuchteten die tätowierten Runen opalisierend.

Die große Greiferin stand da und reckte den gelben Stab in den Himmel; die Philien an ihrem breiten Kopf richteten sich auf und schwenkten hin und her, während sie versuchte, den Geruch der Menschen zu wittern.

Sie glaubt, wir würden angreifen, begriff Borenson fast zu spät. Er wußte nicht, ob jemand anders ebenfalls ihre Reaktion bemerkt hatte. »Nach links!« rief er.

Die Todesmagierin zischte, und in ihrem kristallinen Stab pulsierte Licht. Von der Spitze wallte explosionsartig eine grüne Wolke auf.

Saffira riß ihr Pferd scharf nach links, als der grüne Dunst hervortrat. Die Wolke trug einen dermaßen widerwärtigen Gestank von Fäulnis und Verwesung, daß Borenson ihn nicht nur roch, sondern das Gefühl hatte, seine Haut würde sich vom verrottenden Fleisch schälen.

Saffira bedeckte ihr Gesicht mit einem goldenen Seidenschal und wählte einen Weg, der sie gefährlich dicht an den Greifern vorbeiführte. Der Boden erzitterte.

Pashtuk und die grüne Frau waren vorher vom Pferd gesprungen.

Der Krieger packte den Wylde jetzt und wollte rasch aufsteigen. Der Wylde wehrte sich schwach dagegen und schien mit den Greifern kämpfen zu wollen.

Saffira blickte zurück, bemerkte seine Zwangslage, hielt ihr Pferd an und wartete auf ihn.

»Paßt auf!« rief das Kind hinter Borenson der Schönen zu. Ein Klingenträger rannte von hinten auf Saffira zu. Ihre Wachen schrien Warnungen.

Saffira senkte den Kopf, riß das Pferd herum und gab ihm die Sporen. Auf diese Weise wollte sie die Bestie von Pashtuk fortlocken.

Fast beiläufig schwang der Greifer die großen Krallen, die zu einem Vorderbein gehörten, welches so lang wie ein Pferd war.

Der Greifer traf Saffiras Stute, brach dem Tier den Hals und stieß es von sich. Saffira fiel über das Pferd, stolperte gegen eine große Klaue und landete in einem Erdloch hinter dem Klingenträger.

Drei weitere Ungeheuer stürmten herbei.

Ha'Pim schrie entsetzt auf, zügelte sein Tier und sprang aus dem Sattel. Ein Klingenträger zerschmetterte ihn mit seinem Ruhmhammer. Das Blut spritzte Borenson ins Gesicht.

Mahket schwang die große Streitaxt und ritt in vollem Galopp auf die Greifer zu. Er sprang aus dem Sattel in das Maul der Bestie, die Saffira getroffen hatte, durchstach mit einem gewaltigen Hieb die Gaumenplatte, tänzelte heraus und schlug auf das Bein eines Ungeheuers ein. Dabei bewegte er sich so schnell, daß man ihn nur mehr verschwommen sehen konnte.

Pashtuk gab es auf, wieder aufzusteigen – er warf sich einfach auf den nächsten Greifer. Er sprang aus dem Stand mehrere Meter in die Luft und traf das Untier mit der Streitaxt am Hals.

Borenson zügelte sein Pferd. Vielleicht lebte Saffira noch. Der Hieb hatte ihr möglicherweise nur ein paar Knochen gebrochen.

Wenn sie jedoch noch lebte, befand sie sich jetzt hinter drei Greifern – oder vielmehr fast unter ihnen. Die mußte er sofort töten, sonst würde sie zermalmt werden.

»Bringt uns hier raus!« rief das Kind hinter ihm und umklammerte seine Hüfte. Der Gestank von Verwesung, den die Todesmagierin ausgestoßen hatte, ließ ihn würgen.

Niedergeschlagen biß er die Zähne zusammen. Er war Saffiras Wache. Ihre Besitzrechte auf ihn waren größer als die jedes anderen Menschen.

Dennoch war er ebenfalls Gaborn verbunden. Er wußte, wo seine Pflichten lagen. Borenson hatte den Wylde von Zauberer Binnesman bei sich. Die grüne Frau war eine mächtige Waffe. Er mußte sie dem Zauberer überbringen.

Leise hörte er Saffira auf tuulistani rufen: »Ahretva! Ahret!«

Obwohl er ihr Flehen nicht verstehen konnte, wußte er nun, daß sie noch lebte. Ihre Stimmgewalt war zwingender als kalte Logik. Die Frau, die so beherzt mitten in die Greifer gesprengt war, um ihre Botschaft zu überbringen, hielt sein Herz zu fest in ihren Händen. Er vermochte ihr keinen Widerstand zu leisten.

So, so, dachte Borenson, *hier soll ich also den Kampf meines Lebens austragen. Hier muß ich mich also behaupten. Nun, ausgesucht habe ich es mir nicht.*

Ohne die Hilfe von Gaben und ohne sich bei dem Kind hinter sich zu entschuldigen, stieg Borenson vom Pferd und stellte sich dem Kampf.

Eine halbe Sekunde lang verharrte Averan entsetzt auf ihrem Pferd. Borenson und die Leibwächter waren abgestiegen – um Saffira zu beschützen.

Die grüne Frau dagegen blieb im Sattel. Zwei der Ungeheuer rannten auf sie zu, und eine Greiferklinge zischte über ihren Kopf hinweg.

Averan schrie: »Verderbter Erlöser, Gerechter Zerstörer: Blut, ja! Töte!«

Zu Averans Erstaunen sprang die grüne Frau vom Rücken des Pferdes so behende auf den nächsten Greifer, daß sie die Bewegung mit den Augen kaum verfolgen konnte. Sie rammte ihm schlicht die Faust ins Hirn, als hätte sie endlich begriffen, daß dies der einfachste Weg war, an diese Kost zu gelangen, die den Hunger so gut stillte.

Vor Averan trennten Pashtuk und Mahket einem Greifer die Vorderarme ab. Das Wesen bäumte sich auf, versuchte zurückzuweichen, und mit beängstigender Langsamkeit und Unbeholfenheit – zumindest im Vergleich zu jenen Kriegern, die Gaben besaßen – eilte Sir Borenson unter den Bauch des Untiers und versuchte, einen Hieb zwischen seinen Brustplatten anzubringen. Mahket und Pashtuk wandten sich währenddessen einem Greifer hinter ihnen zu, um sich einen Weg zu Saffira frei zu schlagen.

Hinter Averan stürmten weitere Greifer heran. »Hilfe!« kreischte sie. »Hilfe!«

Doch niemand hörte auf ihr Rufen. Sie war nicht so wichtig wie Saffira. Sie war nur ein kleines Mädchen.

Averan ließ sich vom Pferd fallen. Hinter ihr ließ ein Greifer seinen Ruhmhammer auf Borensons prächtiges Tier niedergehen. Blut und Eingeweide spritzten.

Sie nahm Reißaus, duckte sich und machte sich klein. Verzweifelt suchte sie nach einem Versteck.

Die grüne Frau hatte soeben einen Greifer erlegt. Mechanisch keuchend lag er da, den Schlund aufgerissen, aus dem die rauhe Zunge fast zwei Fuß weit heraushing. Averan wollte sich unter ihn wälzen, um sich in der Beuge seiner Beine zu verstecken, doch die Bestie war flach zu Boden gesunken.

Sein Schlund, kam ihr in den Sinn. Dort könnte ich mich verstecken.

Also kletterte sie in das höhlenartige Maul. Der Gaumen bildete eine Wölbung, in die fast ein Mann gepaßt hätte, allerdings war er über und über mit Schleim bedeckt. Das warzige Fleisch im Innern war schwarz, und die Zähne, die sich Reihe um Reihe in den Kiefer fügten, waren so durchsichtig wie Messer aus Kristall. Sie bekam zwei der längsten zu fassen und hielt sich an ihnen fest, um nicht hinunterzufallen.

Der Atem des Greifers stank faulig und vermischte sich mit der übelriechenden Wolke der Todesmagierin. Averan stellte sich vor, der Kadaver würde unter ihr verrotten. Ihre Hände juckten, und dunkle Flecken bildeten sich auf der Haut.

Das Maul zog sich plötzlich zusammen, und die Zunge, auf der sie stand, schwankte hin und her. Dann schlossen sich die Kiefer langsam.

Averan wurde mulmig zumute. Sie drückte mit aller Kraft gegen den Gaumen, damit sich das Maul nicht schloß. Obwohl der Greifer tot war, fürchtete sie, er könne sie verschlucken. Sterbende Tiere hatten manchmal noch Reflexe, so etwas hatte sie schon einmal gesehen. »Hilfe!« kreischte sie. »Hilfe!«

»Bin schon unterwegs!« brüllte Borenson. Er hatte die Brustplatten eines Greifers sauber voneinander getrennt und sprang nun zurück.

Er wird mich holen, dachte Averan.

Doch während die Eunuchen nun einen Klingenträger zu Borensons Linker angriffen, lief er an ihnen vorbei in einen Hohlweg, den zwei Greiferleichen bildeten. Er wollte zu Saffira.

Und ich dachte, Ihr würdet mir zur Hilfe kommen! hätte Averan am liebsten laut geschrien, als Borenson auf die Schönheit zueilte.

Der Abendhimmel verdunkelte sich zunehmend. Über dem Land lag ein süßlicher, ekelhafter Dunst, und in der Dämmerung ragten Greifer schwarz und riesenhaft auf. Zu Averan drang bald kein Licht mehr vor.

Sie mühte sich weiterhin ab, die Kiefer des Greifers

450

offenzuhalten. Währenddessen kniff sie die Augen zu und sah die smaragdgrüne Flamme, die hell brannte.

Die war jetzt so nah. Ich könnte sie fast berühren, dachte sie. Seit Tagen hatte die Flamme sie angezogen. Jetzt glaubte sie den Grund dafür zu verstehen.

Sicherheit. Beim Erdkönig würde ich sicher sein, redete sie sich ein – als seine Erwählte. Plötzlich faßte sie neue Hoffnung.

»Verderbter Erlöser, Gerechter Zerstörer«, rief sie, indem sie einem Impuls nachgab, »geh zum Erdkönig! Er wird uns helfen.«

Dann schloß sich das Maul des Greifers, und es gab nichts, was sie dagegen hätte tun können.

Averan schrie.

KAPITEL 36
Der strahlendste Stern von Indhopal

Raj Ahten stürmte von der Mauer nach unten und wollte um jeden Preis als erster bei Saffira ankommen. Er stieß langsamere Männer auf der Treppe zur Seite, dann machte er einen Satz auf den Rücken eines toten Frowth-Riesen, wobei sich sein Fuß in dessen Kettenhemd verfing. Mit aller Kraft riß er sich los.

Von dort aus sprang er von einem toten Greifer zum nächsten, wobei er die grauenhaften Leichen wie Trittsteine benutzte. Auf diese Weise erreichte er das eingestürzte Tor vor den meisten anderen Menschen. Nur wenige von Paldanes Männern befanden sich vor ihm auf dem Damm.

Kurz stand er dort auf dem Kadaver eines Klingenträgers und spürte das Beben der Erde. Es erschütterte die Mauern von Carris bis ins Grundgestein und toste lauter als die Brandung eines Ozeans. Auf dem See löste es eine mächtige Welle aus.

Des Herzogs beste Männer waren in der Mitte des Damms in ein blutiges Gefecht verwickelt.

Er konnte sich recht gut vorstellen, wie es ihnen ergehen würde.

Jetzt eilte er weiter, sprang wieder von einem toten Greifer zum nächsten und verfolgte einen Weg, der ihn mitten in die Schlacht führte.

Die Erdwelle traf bei Paldanes Männern ein, und der

größte Teil der Krieger besaß genug Verstand, an ihrer Seite hochzulaufen und dann einen Satz in die Luft zu machen; ein Greifer wurde jedoch umgeworfen und zerquetschte zwei Runenlords unter sich.

Das Beben erschütterte auch das leblose Ungeheuer unter Raj Ahten, und der Wolflord sprang hoch und landete mitten im Schlachtgetümmel auf dem Kopf eines Greifers. Er versenkte seinen Kriegshammer tief im süßen Dreieck und tötete den Gegner mit diesem einen Hieb.

Hunderttausend Stimmen setzten zu einem Aufschrei an, als das Beben die Burg erreichte. Raj Ahten blickte zurück. Die Westmauer verschob sich unter entsetzlichem Donnern und brach nach außen.

Er durfte keine Sekunde zögern und setzte seinen Weg zu Saffira fort.

Den Fall von Carris beobachtete er nicht, aber er hörte ihn, roch den beißenden Steinstaub. Menschen schrien und jammerten. Türme kippten um. Häuser stürzten ein.

Mit sechs Gaben des Stoffwechsels kämpfte Raj Ahten schnell und wild, erlaubte sich Attacken und Finten, die er nie zuvor gewagt hatte, und jetzt auch nur für die Geliebte. Er sprang auf Greifer und zerschmetterte ihre Köpfe. Er zerschlug ihnen im Vorbeilaufen die Beine, damit die Männer hinter ihm leichteres Spiel mit ihnen hatten. Für eine Weile wurde sein Leben zu einem Alptraum aus Töten und Verstümmeln, und Paldanes Krieger sowie seine eigenen Unbesiegbaren hasteten ihm nach.

Hinter sich hörte er Hunderte und Tausende, die auf Saffira und den Erdkönig zurannten, mitten hinein in die Schlacht mit den Greifern.

Es ist der reinste Massenselbstmord, dachte Raj Ahten. Aber im Herzen wußte er, sich nicht zu wehren würde zu keinem anderen Ergebnis führen.

In der Stadt gingen mehrere Türme in Flammen auf. Wenn sie zusammenfielen, stoben Funken und brennende Holzstücke hoch in den Abendhimmel.

Einen Augenblick lang hielt er inne, um wieder zu Sinnen zu kommen. Hinter ihm flohen die Menschen aus der Burg – Krieger und Händler, Frauen mit Kindern auf den Armen, Lords und Bettler.

Er staunte, wie viele das Erdbeben überlebt hatten, denn er hatte gedacht, diese Katastrophe hätten nicht mehr als hundert überstehen können.

Ihm kam es wie eine Stunde vor, in der er kämpfte, obwohl für einen Gewöhnlichen wohl kaum zehn Minuten verstrichen. Die Ritter von Carris und die Unbesiegbaren fochten Seite an Seite hinter ihm, und die Gewöhnlichen aus der Stadt strömten ebenfalls in die Schlacht.

Der Erfolg verblüffte den Wolflord. Viele Greifer zogen sich langsam zurück und wichen Angriffen aus. Standen sie einem Dutzend Männer gegenüber, gingen sie ihnen lieber aus dem Weg.

Bis jetzt hatte keine seiner Taktiken die Greifer beeindruckt. Aber eine wütende Menschenmenge ließ sie einhalten. Und der Grund war nicht schwer zu erraten: Sie konnten einen Gewöhnlichen nicht von einem Runenlord unterscheiden. Alle rochen gleich für sie. Jeder, der sie anzugreifen wagte, stellte eine tödliche Bedrohung dar.

Für sie sind wir wie Wespen, begriff Raj Ahten, aber sie wissen nicht, welche einen Stachel besitzt.

Um die Unbesiegbaren und Paldanes mächtigste Lords herum stabilisierte sich der Widerstand. Jedoch, wenngleich die Greifer ein Stück zurückwichen, in die Flucht ließen sie sich so leicht nicht schlagen.

Klingenträger wateten durch die Gewöhnlichen, veranstalteten fürchterliche Massaker und machten Männer und Frauen zu Tausenden und Zehntausenden nieder.

Die Menschen von Carris stürmten nichtsdestotrotz auf die Greifer zu und schwenkten Hämmer und Spitzhacken. Sie gaben ihr Leben für den Erdkönig hin, wie sie es für Raj Ahten niemals getan hätten.

Und dennoch war ihr Opfer vergeblich, wenn man von der Entlastung absah, die sie den Kraftsoldaten verschafften.

Aus diesem Grunde war ihr Kampf nicht gänzlich umsonst. Nie würde der Wolflord das Schauspiel vergessen, welches sich seinen Augen vor den Toren von Carris bot – menschliches Blut wurde faßweise vergossen, Knochen und Fleisch wurden bergeweise zermalmt, und in den Gesichtern der Toten stand das blanke Entsetzen festgemeißelt.

Er setzte seinen Kampf fort, schlug sich durch ein endloses Heer auf ein Ziel zu, das sich außerhalb seiner Sicht befand. Zweimal mußte er Verwundungen hinnehmen, die jeden anderen Mann getötet hätten, und wertvolle Sekunden verrannen, bis sein Durchhaltevermögen ihn auf wundersame Weise wieder geheilt hatte.

Ironischerweise war es die Stimme eines Kindes, die ihn zu Saffira führte.

Hinter ihm fochten die Lords an dreißig oder vierzig Stellen. Zu diesem Chaos gesellte sich der Schlachtlärm, den Gaborns Ritter nördlich des Knochenhügels hervorriefen – klirrende Waffen, Männer, die Todesschreie ausstießen.

Selbst mit seinen Gaben des Gehörs hätte Raj Ahten das Jammern des Mädchens in all dem Zischen und Rasseln der Greifer beinahe nicht mitbekommen: »Hilfe! Hilfe!«

Er hörte das Kind und lief durch die Schlachtreihen darauf zu. Mit sechs Gaben des Stoffwechsels war er an mehreren Greifern vorbei, bevor die überhaupt reagieren konnten.

Überall lagen tote und verwundete Greifer und formten ein grausiges Labyrinth. Der Gestank der Verwesung, der letzte Zauber der Todesmagierin, war überwältigend.

Im nächsten Moment erreichte er eine freie Stelle. Ein Dutzend tote Greifer bildete einen unregelmäßigen Kreis, in dessen Mitte sich zwischen den Leichen ein kleiner Abgrund auftat.

Er sprang in dieses Loch. Ein Ritter und sein Pferd lagen tot auf dem Boden. Das Mädchen war im Maul eines toten Greifers eingeschlossen. Raj Ahten achtete nicht auf ihr Geschrei und überließ sie ihrem eigenen Schicksal.

Dagegen weckte die Wunde des Greifers, in dem sie sich versteckte, seine Neugier. Jemand hatte dem Greifer den Schädel eingeschlagen. Von der gewaltigen Keule eines Frowth-Riesen abgesehen kannte Raj Ahten keine Waffe, die Greiferknochen auf diese Weise zu zerschmettern vermochte.

Er lief um eine Ecke und traf auf Pashtuk, der aus einer üblen Beinwunde blutete, nichtsdestotrotz Seite an Seite mit Mahtek wie ein Berserker kämpfte.

Ein Greifer versuchte, sich zwischen zwei seiner toten Artgenossen zu drängen, da er die Männer angreifen wollte. Raj Ahten konnte Saffira zwar nicht sehen, mit seinen vielen Gaben des Geruchssinns war es für ihn aber ein leichtes, sie zu finden. Der feine Duft ihres Jasminparfüms zog ihn zu der Stelle, einer kleinen Senke rechts von ihm.

Sie lag zerquetscht unter der Pfote eines toten Greifers. Bei ihr lag König Ordens Leibwächter, der schützend die Arme um sie geschlungen hatte. Wegen des Gewichts der schweren Greiferklaue hatte Borenson Mühe zu atmen.

Quer über Saffiras Stirn klaffte eine große Wunde, aus der Blut strömte.

Raj Ahten packte die Greiferklaue an einer langen Kralle. Das Gliedmaß wog sieben- oder achthundert Pfund. Er zerrte es von Saffira herunter und schob den rothaarigen Ritter zur Seite.

Hinter Raj Ahten trugen Tausende von Menschen ihre Schlacht aus. Aber die toten Greifer bildeten eine feste Mauer um sie und sperrten das Schlachtgetümmel aus. Wer nach Saffira suchte, würde vermutlich an dieser Stelle vorbeilaufen.

Ihr Blick war starr in den Himmel gerichtet. Sie atmete

schwer und unregelmäßig. Er wußte, schon bald würde der Tod eintreten.

»Ich bin bei dir, meine Liebe«, flüsterte er. »Ich bin hier.«

Saffira ergriff seine Hand. Sie besaß nur drei Gaben der Muskelkraft, daher erschien ihm ihre Berührung leicht wie eine Feder.

Sie lächelte. »Ich war sicher, du würdest kommen.«

»Hat der Erdkönig dich dazu gezwungen?« fragte Raj Ahten. In seiner Stimme schwang Zorn mit.

»Niemand hat mich gezwungen«, erwiderte Saffira. »Ich wollte dich sehen.«

»Aber er hat dich gebeten herzukommen?«

Saffira lächelte verschwörerisch. »Ich … ich habe von einem Erdkönig im Norden gehört. Da habe ich einen Boten ausgesandt …«

Das war natürlich eine Lüge. Keine der Palastwachen hatte die Erlaubnis, offen über Kriege und Konflikte zu sprechen. Und keine hätte es gewagt.

Sie sagte: »Versprich mir, daß du nicht länger Krieg gegen ihn führst! Versprich mir, daß du ihn nicht tötest!«

Ein Hustenanfall erschütterte sie. Winzige Blutstropfen befleckten ihre Lippen. Raj Ahten schwieg.

Er wischte ihr das Blut vom Gesicht. Lange, lange hielt er sie in seinen Armen. Der Schlachtlärm schien weit entfernt, wie das Gebrüll von Raubtieren in einer abgeschiedenen Wildnis.

Wann genau Saffira starb, nahm er nicht wahr. Doch als die Dunkelheit hereinbrach, stellte er fest, daß sie sich

458

nicht mehr regte. Mit ihrem Tod fielen die Gaben der Anmut, die sie besessen hatte, an ihre Übereigner zurück.

Saffira welkte dahin wie ein Rosenblatt, das in der Esse eines Schmieds verkümmert, und kurze Zeit später war die junge Frau in seinen Armen nur noch ein Schatten ihrer selbst.

Die größte Schönheit aller Zeiten existierte nicht mehr.

Gaborns Bewußtsein schwebte zu einem Ort, an dem es keine Gegenwart, keinen Schmerz und kein Begreifen gab.

An diesem Ort, wo der violette Himmel an einen Sonnenuntergang erinnerte, wuchsen auf einer Wiese, wie er sie vielleicht in der Kindheit durchstreift hatte, wilde Blumen.

Es roch nach Sommer – nach Wurzeln und Erde und Blättern, die in der Sonne trocknen. Margeriten öffneten ihre goldenen Blüten, und im Vergleich mit dem süßen Heu dufteten sie bitter. Dennoch verstärkten sie die erdige Atmosphäre.

Gaborn lag da und döste. Aus der Ferne, glaubte er, rief Iome nach ihm, aber seine Muskeln waren erschlafft und wollten ihm nicht gehorchen.

Iome. Er sehnte sich so sehr nach ihr, nach ihrer Berührung, ihrem Kuß. Sie sollte bei mir sein, dachte er. Hier, an meiner Seite.

Diesen wunderschönen Himmel sollte sie sehen, diesen vollkommenen Boden berühren. Seit Gaborn Binnesmans Garten besucht hatte, war ihm nichts so Liebliches mehr begegnet.

»Mein Lord?« rief jemand. »Mein Lord, geht es Euch gut?«

Gaborn wollte antworten, ihm fiel jedoch nicht ein, was.

»Setzt ihn auf sein Pferd, er ist verwundet! Bringt ihn hier fort!« befahl jemand. Nun erkannte Gaborn die Stimme. Celinor. Celinor Anders sorgte sich um ihn.

»Gut«, versuchte er den Prinzen zu trösten. Mir geht es gut. Er hob den Kopf, der wieder zurückfiel – und nun stellte er etwas Erstaunliches fest. Seine Erschöpfung, die Übelkeit und der Schmerz, die ihn seit Stunden gepeinigt hatten, waren fast vollständig verschwunden.

Statt dessen fühlte er sich, als stehe er in einem frischen Frühlingswind, fühlte sich wie neugeboren. Während er still dalag, verstärkte sich dieser Eindruck noch.

Erdkräfte. Er spürte Erdkräfte, wie in Binnesmans Garten oder bei den Sieben Aufrechten Steinen im Dunnwald. Und sie wurden stärker. Immer stärker. Er hätte ihnen fast sein Gesicht zuwenden können, so wie eine Blume die Blätter nach der Sonne ausrichtet.

Iome kommt, überlegte er. Daran liegt es.

Plötzlich nahm die Intensität der Erdkräfte nochmals zu, er fühlte sie warm auf seiner Wange wie einen zarten Sonnenstrahl.

Er schlug die Augen auf.

In der Dämmerung ragte eine Frau über ihm auf, die lediglich mit einem Bärenfellmantel bekleidet war. Nicht Iome.

Trotzdem erkannte er sie sofort. Ihr Gesicht war schön,

unschuldig, makellos. Ihre kleinen Brüste wippten unter dem Mantel. Ihre Haut glich dem Grün des Grases im Frühling. Gaborn spürte die Kraft, die ihr innewohnte. Sie beugte sich vor und berührte ihn sanft am Hals. Augenblicklich waren Erschöpfung und Schmerz verflogen.

Binnesmans Wylde.

Der Zauberer hatte ihn vor kaum mehr als einer Woche aus dem Staub der Erde gerufen, ihn in der Nacht erschaffen und ihm eine Gestalt gegeben. Binnesman hatte gesagt, er wollte einen großen Krieger schaffen, wie den Grünen Ritter, der Gaborns Vorvätern zur Seite gestanden hatte. Doch bei seiner Erschaffung war der Wylde hoch in die Luft gesprungen und einfach verschwunden.

Gaborn riß die Augen auf, da der Wylde ihn nun mit einer Hand auf die Beine zog. »Geh zum Erdkönig! Er wird uns helfen!« plärrte sie.

Verschwommen wurde ihm bewußt, daß die grüne Frau etwas von ihm wollte, daß er ihr irgendwohin folgen sollte. Oder vielleicht hatte die Erde selbst sie gesandt.

Noch immer befand er sich auf dem Schlachtfeld, knapp hundert Meter von seiner vorherigen Position entfernt. Prinz Celinor, Erin Connal und andere Ritter waren vor der grünen Frau zurückgewichen und starrten sie erschrocken an.

Um ihn herum waren die Ritter von ihren Pferden gestiegen. Das Windrad hatte sich aufgelöst, jetzt ging es Mann gegen Greifer. Und die drängten seine Soldaten zurück. Eine Flut von Klingenträgern stürmte vor, wollte die Frontlinie durchbrechen und jagte seine Männer wie Hunde Hasen. Seine Krieger fochten tapfer, aber vergeblich. Gerade wurde wieder ein Dutzend Männer von Klingenträgern mit riesigen Schwertern niedergemacht.

Auf dem Knochenhügel, inmitten des schützenden Kokons und ihrer Untergebenen, hob die Todesmagierin den gelben Stab und bereitete sich darauf vor, einen weiteren Zauber heraufzubeschwören. Die Luft war bereits von einem unaussprechlichen Gestank durchdrungen. Geisterhafte Lichter flackerten am Fuß der Rune und leuchteten plötzlich grell auf.

»Geh zum Erdkönig«, wiederholte der Wylde und zog Gaborn auf die Front zu.

Endlich begriff er. Jemand hatte das Wesen zu ihm geschickt. Da er bei seiner Schöpfung dabeigewesen war, kannte er seinen wahren Namen.

So packte er das Handgelenk der grünen Frau und rief den Wylde in seinen Dienst: »Verderbter Erlöser, Gerechter Zerstörer: Stehe an meiner Seite!«

Augenblicklich blieb die grüne Frau stehen, als habe sie ihren vorherigen Auftrag vergessen.

»Greife jetzt an«, mahnte die Erde.

Gaborn kniete sich hin. Er nahm den Finger des Wylde und zeichnete konzentriert eine Rune des Erdbrechens in den Staub.

Doch als er den Hügel des Bösen vor sich betrachtete, konnte er keinen Makel, keine Möglichkeit, ihn zu zerstören, erkennen.

Ein eigentümliches Bild kam ihm in den Sinn. Keine Rune des Erdbrechens, wenngleich dennoch eine Rune.

Ein seltsam verwickeltes Zeichen in einem Kreis mit einem Punkt darauf.

Er zeichnete diese Rune und drückte daraufhin die Hand des Wylde zu einer Faust zusammen.

Nun sah er auf. Er starrte die Todesmagierin auf ihrem monströsen Konstrukt an und stellte sich ihre Vernichtung vor. Er malte sich aus, wie die Erde aufspritzte, wie der Hügel und die Rune zu Staub zersprengt und in alle Windrichtungen davongetragen wurden – auf daß sie niemals mehr wieder zusammengesetzt werden könnten.

Vermochte er das tatsächlich zu bewirken? Konnte die Erde Erde zerstören? fragte er sich.

Er schrie: »Zerfalle zu Staub!«

Zwei lange Sekunden ballte Gaborn die Hand zur Faust und wartete auf die Reaktion der Erde.

Tief unter ihm erhob sich ein Zittern, langsam zuerst, ein fernes Rumpeln, das zunehmend stärker wurde, als baue sich ein Erdstoß auf. Er konnte die Macht spüren, die befreit werden wollte. Bald bebte der Boden wie von einer gigantischen Faust erschüttert.

Die Todesmagierin reckte den Stab in die Luft, und die Runen auf ihrem Panzer leuchteten wie ein Gewand aus Sonnenlicht. In ihrem gelben Stab blitzte ein inneres Feuer auf.

Sie stieß ein zischendes Brüllen aus, das aus dem Himmel, von den Mauern der Stadt und von den nahen Hügeln zurückgeworfen wurde. Eine undurchdringliche schwarze Wolke bildete sich zu ihren Füßen und vereinte sich mit dem rostfarbenen Dunst, der aus dem Siegel der

Zerstörung aufstieg – ein Zauberfluch, den, so glaubte Gaborn, seine Männer nicht überleben würden.

Trotzdem ließ er die Erdkräfte weiter anwachsen zu einer maßlosen Gewalt, die auf ihn zustrebte. Er hielt das Bild der Zerstörung vor seinem inneren Auge fest. Es dehnte sich weiter und weiter aus, bis er es nicht mehr bewältigen konnte.

Da öffnete er die Faust und setzte all seine Kraft frei.

KAPITEL 37
Zerstörte Erde

Noch war Iome Sylvarresta zweiundvierzig Meilen von Carris entfernt. Sie, Myrrima und Sir Hoswell hatten angehalten, aßen ein wenig Brot und tranken Wein, während die Pferde verschnauften. Der Wind strich über ihr leise durch das Laub einer Lebenseiche und flüsterte im Gras des Hangs.

Sie spürte das Beben der Erde, lange bevor sie es hörte. Der Boden wellte sich unter ihren Füßen. Verwundert und voller Schrecken wandte sie den Blick nach Süden.

Von dieser Stelle aus konnte sie nur eine riesige Staubwolke sehen, die in den Abendhimmel aufstieg und grollte, während sie Meile um Meile in die Höhe wallte.

»Bei den Mächten«, entfuhr es Myrrima, die auf die Beine sprang und ihren Wein vergoß.

Iome hielt sich am Arm ihrer Begleiterin fest, denn obwohl sie Gaben der Muskelkraft besaß, verspürte sie plötzlich eine beängstigende Schwäche. Furcht bemächtigte sich ihrer. Ihr Gemahl befand sich in Carris, und eine solche Eruption konnte niemand überleben.

Viele Sekunden später erreichte sie der Knall der Explosion. Noch auf diese Distanz erschütterte er die Erde, ließ sie erzittern und kehrte schließlich als Echo von den fernen Bergen zurück. Sie war nicht ganz sicher, ob es tatsächlich nur eine einzige Explosion oder mehrere waren.

In späteren Tagen würde sie stets glauben, es habe zwei gegeben: die eine, als Gaborn seinen Zauber beschwor, und die zweite wenig später, als der Weltwurm nach oben stürmte und ein riesiges Loch an der Stelle grub, wo das Siegel der Zerstörung gestanden hatte.

Zeugen, die näher bei dem Ereignis gewesen waren, sagten hingegen: »Nein, es gab nur die eine Explosion, als der Weltwurm auf Ruf des Erdkönigs aus dem Boden schoß.«

Der Weltwurm erhob sich aus dem Grund, und die Erde fauchte. Mit diesen Worten beschrieb es jedenfalls Erin Connal, die zu diesem Zeitpunkt nahe bei Gaborn kämpfte: »Die Erde fauchte.«

Staub stieg vom Siegel der Zerstörung in die Luft auf, und der Weltwurm schoß so weit nach oben, daß für einen Moment die Hälfte seines Körpers Hunderte von Metern in den Himmel ragte. In seinem Gefolge spritzten Dreck und Staub in die Luft.

Der Boden grollte, und einige der Mauern von Carris, die bis jetzt gehalten hatten, stürzten in den Donnestgreesee.

Erin konnte sich an das, was danach geschah, nicht erinnern. Sie stand nur da, gaffte den gigantischen Wurm an, der hundertachtzig Meter Durchmesser besaß, und das Herz wollte ihr stehenbleiben, solche Ehrfurcht erweckte dieser Anblick: das Magma, das aus den Spalten seiner Haut lief, die säbelartigen Zähne. Mit einem Mal hing der Gestank von Schwefel und flüssigem Metall in der Luft.

Zwar konnte sie ihn lediglich einen kurzen Augenblick gesehen haben, doch schien die Zeit stillzustehen.

Als sie wieder zu Sinnen kam, wurde sie sich des Jubels bewußt, den Männer und Frauen angestimmt hatten. Der Weltwurm zog sich in seinen riesigen Krater zurück, der vom Knochenhügel geblieben war. Überall senkte sich Staub auf die Erde.

Blitze zuckten durch den Himmel, während der Staub durch die Wolkendecke aufstieg.

Die Greifer suchten ihr Heil in der Flucht.

Nicht gerade Hals über Kopf, falls sich jemand das erhofft hatte. Aber nach der Zerstörung des Knochenhügels und der Vernichtung ihrer Todesmagierin, die sie angeführt hatte, sahen die Greifer keinen Sinn mehr darin, sich länger hier aufzuhalten.

Sie verschwanden in der Nacht, liefen zu ihren dunklen Gängen und tauchten unter, bis die Zeit gekommen wäre, mit größerer Macht einen neuen Überfall zu wagen.

»Flieht!« rief eine Stimme von ferne her. Sir Borenson wollte gehorchen. »Sofort, solange Ihr es noch vermögt.«

Die Erde bäumte sich unter ihm auf und schleuderte ihn zwei Fuß hoch in die Luft. Eine gewaltige Explosion ertönte, weit lauter als der mächtigste Donnerschlag. Blitze zuckten krachend durch den Himmel, während ein Regen aus Staub und Gesteinsbrocken niederging.

Die Erde zerbricht! dachte Borenson benommen.

Seine Beine setzten sich fast aus eigenem Antrieb in Bewegung, und er streckte suchend die Hand nach Saffira aus. Blutend und halb tot hatte er sie auf dem

467

Schlachtfeld gefunden. Pashtuk und Mahket verteidigten sie erbittert; da die Greifer jedoch mit aller Macht vorrückten, wußte Borenson kein anderes Mittel, als sich über sie zu werfen und seinen eigenen Körper als Schild zu benutzen. Dann brach ein Greifer tot über ihnen zusammen und preßte ihm den Atem aus den Lungen.

Er würde sie jetzt nicht im Stich lassen.

Er hustete und rang um Atem, obwohl der Staub ihm die Nase verklebte.

»Flieht!« warnte ihn Gaborns Stimme abermals.

Borenson gab sich alle Mühe zu gehorchen.

Blind tastete er nach ihr. Er versuchte etwas zu erkennen, doch ringsum war alles schwarz geworden. Die Nacht brach rasch herein, und ein Staubnebel erfüllte die Luft. Im Schatten der Greiferleichen konnte er fast nichts erkennen. Er schaffte es bis auf die Knie. Ein Blitz zuckte. »O Leuchtender Stern, wir müssen fort!« murmelte er.

»Wohin wollt Ihr mit ihr, kleiner Mann aus dem Norden?« fragte Raj Ahten, in dessen leiser, melodischer Stimme unterdrückter Zorn mitschwang.

Borenson blinzelte, um Raj Ahten im flackernden Licht der Blitze zu erkennen.

Jetzt sah er sie beide im Widerschein der Blitze auf den Wolken aus Staub und Rauch, die rings um Carris in die Höhe stiegen. Raj Ahtens safrangelber Wappenrock schimmerte in der Dunkelheit. Saffira lag sanft in Raj Ahtens Armen, so reglos wie die Wasser eines Teiches an einem windstillen Morgen. Sie rührte sich nicht. Ihre Anmut war entschwunden.

Einen ewig währenden Augenblick lang verharrte Borenson auf den Knien. Sämtliche Luft wich aus seinen Lungen. Seine Willenskraft verließ ihn, und er staunte, daß er sich überhaupt auf Händen und Knien halten konnte.

Sie war für immer dahin, und er fürchtete, es würde ihm das Herz zerreißen.

Nicht ihre ganze Schönheit ist dahin, tröstete er sich, nur der größte Teil. Das Leben ist nicht hohl und leer. Es erscheint nur so.

Und doch fühlte er sich, als täte sich in seinem Innern ein gähnender Schlund auf. Er konnte die staubige Luft nicht einatmen, aber das war ihm gleichgültig.

Er hatte Saffira nur einen einzigen Tag lang gekannt, und auch wenn das nur eine kurze Zeit war, so war es … Ihm fehlten die Worte.

Jeder seiner Atemzüge hatte ihr gegolten. Jeder Gedanke war um sie gekreist. Während dieses einen Tages war er ihr vollkommen ergeben gewesen. Mochte seine Hingabe auch nur von kurzer Dauer gewesen sein, so war sie von tiefstem Herzen gekommen.

Jetzt weiterzuleben wäre … sinnlos.

»Lauft«, rief Gaborn Borenson zu.

Hier, zwischen all den toten Greifern, befand er sich in Sicherheit. Jenseits davon auf dem finsteren Schlachtfeld hörte er den Lärm der Schlacht, hörte die Männer schreien und jubeln. Manche Greifer setzten den Kampf fort, allerdings nicht in der unmittelbaren Umgebung. Das Blatt hatte sich gewendet.

Erschöpft betrachtete er Raj Ahten. Der Erdkönig hatte

Borenson zur Flucht gedrängt, und jetzt begriff er, daß er nicht vor Klingenträgern hatte fortlaufen sollen.

»Antwortet mir, Mann aus dem Norden«, sagte Raj Ahten ruhig. »Wohin wolltet Ihr mein Weib bringen?«

»In Sicherheit«, stieß Borenson krächzend hervor. Er versuchte, Speichel aus seinem trockenen Gaumen zu ziehen. Der Staub hatte sich in einer dicken Schicht auf seine Zunge gelegt.

»Ihr habt sie hierhergebracht, nicht wahr? Ihr habt sie in den Tod geführt, weil Euer Herr darauf beharrte. Die schönste, die anmutigste Frau der Welt. Ihr wart es.«

Diese Anschuldigung vermochte er nicht zurückzuweisen. Ihm schoß das Blut heiß in die Wangen. Selbst wenn Raj Ahten ihm nicht durch seine Stimmgewalt ein Schuldgeständnis hätte entlocken wollen, hätte Borenson die Scham für seine Tat und die Verdammung über alle Hoffnung hinaus ebenso empfunden.

»Ich habe nicht geahnt, daß Greifer Carris belagern«, entschuldigte Borenson sich mehr vor sich selbst. »Sie hat sich nicht vor ihnen gefürchtet. Eigentlich sollte sie das Schlachtfeld nicht betreten, aber sie wollte nicht auf uns hören …«

Aus Raj Ahtens Kehle löste sich ein tiefes Knurren; Worte allein konnten seinem Zorn keinen genügenden Ausdruck verleihen.

Er haßt mich, soviel stand für Borenson fest. Aufgrund meiner Lügen hat er Burg Sylvarresta verlassen, und außerdem habe ich, als er dort fortging, seine Übereigner umgebracht. Wegen meiner Täuschungsmanöver hat er

470

sich nach Gaborns List aus Heredon zurückgezogen. Und am Ende habe ich seine Gemahlin in den Tod geführt.

»Ihr wart ein würdiger Kontrahent«, flüsterte Raj Ahten.

Borenson stand mit einem Ruck auf und wollte davonlaufen, aber Raj Ahten mit seinen Gaben des Stoffwechsels war er nicht gewachsen.

Raj Ahten hatte die Muskelkraft von mehr als zweitausend Männern übernommen. Borenson konnte sich gegen ihn ebensowenig zu Wehr setzen wie ein Neugeborenes gegen den Vater.

Der Wolflord von Indhopal packte Borenson am Knöchel, zerrte ihn heran und warf ihn hart auf den Rücken.

»Ich habe Euch gesehen, als Ihr sie wie eine Geliebte in den Armen hieltet«, stieß er haßerfüllt hervor, »wart Ihr ihr Liebhaber?«

»Nein!« schrie Borenson.

»Leugnet Ihr, daß Ihr sie liebt?«

»Nein!«

»Ihr habt von einer verbotenen Frucht gekostet, indem Ihr den Blick auf meine geliebte Gemahlin gerichtet habt. Für diese Tat gibt es einen Preis zu entrichten!« sagte Raj Ahten. »Habt Ihr schon gezahlt?«

Borenson brauchte darauf nicht zu antworten. Der Wolflord riß ihn zu sich heran, fuhr ihm mit der Hand die Beine hinauf unter das Kettenhemd und die Uniformjacke und untersuchte seinen Schritt.

Empört heulte Sir Borenson vor Schmach auf und langte nach seinem Dolch, doch Raj Ahten war schneller, viel schneller.

Er packte kräftig zu, fest wie die Zange eines Schmiedes, und zog.

Ein unerträglicher Schmerz, ein Brennen, heiß wie Lava, schoß durch Borensons Körper. Er ließ den Dolch fallen und verlor für einen Augenblick das Bewußtsein.

Als Raj Ahten seine Hand zurücknahm, war Borenson nicht mehr der gleiche Mann wie vorher.

Der Wolflord stieß seinen Kontrahenten brutal auf den Boden. Sir Borenson wand sich vor Schmerz und Schock. Die Sinne schwanden ihm. Raj Ahten erhob sich. »Hiermit«, sagte er und schleuderte ein Stück Fleisch neben Borensons Ohr, »seid Ihr entlassen.«

Averan schrie um Hilfe und strengte sich an, den Schlund des toten Greifers aufzustemmen. Über ihr zuckten Blitze, dann segelte ein Gree zappelnd an ihrem Kopf vorbei, der offenbar ebenfalls zu der Überzeugung gekommen war, des toten Greifers Schlund sei ein hervorragendes Versteck.

»Helft mir, bitte«, jammerte sie und versuchte, sich trotz all des Donners und der Blitze Gehör zu verschaffen. Durch die Staubwolken drang nur ein äußerst schwaches Licht zu ihr vor.

Dann blieb ihr fast das Herz stehen. Im flackernden Schein der Blitze sah sie Raj Ahten plötzlich aus einer Lücke zwischen den toten Greifern treten – keine zwanzig Fuß entfernt. Eine Minute zuvor war er dort, wo Saffira und Borenson sich aufhielten, verschwunden und hatte ein paar derbe Worte mit dem Ritter gewechselt.

Dessen Schreie hatten ihr angst gemacht.

Jetzt rief Raj Ahten etwas in einer Sprache Indhopals. Averan verstand seine Worte zwar nicht, doch offenbar handelte es sich um Befehle für seine Männer. Er hatte den Kopf in den Nacken gelegt, so daß der schmutzige Regen ihm über Helm und Wangen rann. Seine unzähligen Gaben der Anmut machten ihn zum schönsten Mann, den Averan je erblickt hatte. Er verkörperte solchen Stolz, solche Grazie, daß ihr das Herz laut klopfte.

»Bitte!« jammerte sie erneut und drückte vergeblich gegen den Oberkiefer des Greifers.

Raj Ahten sah zerstreut zu ihr herüber, als wolle er mit einem Kind nichts zu schaffen haben.

Zu ihrer Erleichterung jedoch schlenderte er gemächlich zu ihr her.

Averan hatte geglaubt, man brauche mindestens mehrere Gewöhnliche mit Stemmeisen, um die Kiefer des Greifers aufzubrechen. Raj Ahten jedoch schob den Kriegshammer in das Futteral auf seinem Rücken und zog den Schlund des Greifers mit bloßen Händen auseinander. Er reichte Averan die Hand und half ihr elegant wie einer Hofdame heraus.

Seine Panzerhandschuhe waren über und über mit Blut verschmiert.

Im nächsten Augenblick sprang ein halbes Dutzend Unbesiegbarer zwischen die toten Greifer. Raj Ahten redete auf sie ein, sie konnte jedoch nichts verstehen.

Außer einem einzigen Wort: Orden.

Dann entfernten sich Raj Ahten und seine Männer in

nördlicher Richtung. Sie verschwanden so schnell, daß man den Eindruck haben konnte, sie lösten sich einfach in Luft auf. Eben noch standen sie neben ihr, dann hörte sie das leise Klirren ihrer Kettenpanzer, und die Unbesiegbaren waren kaum noch zu erkennen.

Unvermittelt kehrte Stille ein, und Averan stand auf. Staub und Schlamm regneten vom Himmel herab. Donner grollte. Blitze zuckten.

Greifer haben Angst vor Gewittern, erinnerte sich Averan. Sie blenden ihre Sinne und machen ihnen angst. Jetzt werden sie alle Reißaus nehmen. Zumindest würde ich das tun, wenn ich ein Greifer wäre.

Ganz in der Nähe hörte sie ein Stöhnen – da litt jemand große Schmerzen.

Es kam von der Stelle, zu der Sir Borenson gelaufen war, um Saffira zu retten.

Dicht am Kadaver eines Greifers entlang kroch Averan auf das Stöhnen zu, bis sie an dem Kopf des Ungeheuers vorbeischauen konnte. Dort im Schatten lagen Saffira und Borenson.

Anscheinend lebte nur noch Borenson. Zusammengerollt lag er auf der Seite wie ein kleines Kind. Er hatte sich erbrochen, und Tränen rannen ihm aus den Augen. Saffiras Anmut war dahin, jetzt war sie nur noch ein einfaches, hübsches junges Mädchen.

Averan befürchtete, Borenson könne seinen Verletzungen erliegen, ohne daß sie ihm helfen konnte. »Was ist passiert?« erkundigte sich Averan zögernd. »Seid Ihr verletzt?«

Borenson biß die Zähne aufeinander und wischte sich

die Tränen aus dem Gesicht. Eine Weile lang blieb er stumm, dann sagte er mit einer seltsamen Stimme, in der sich Angst und Verbitterung mischten: »Du wirst bestimmt zu einer wunderschönen Frau heranwachsen – nur werde ich das niemals richtig würdigen können.«

KAPITEL 38
Die verratene Erde

Flieh!« warnte die Erde Gaborn.
Er saß auf dem Boden und blickte erstaunt in den
Himmel. Daß er Tiere zu Hilfe herbeirufen könnte, hätte
er sich niemals träumen lassen.

Der Weltwurm hatte sich gerade aus dem Erdboden
erhoben. Staub, Felsen und Steine schossen über ihm gen
Himmel. Das gewaltige Wesen schlängelte und wand sich
jetzt eine halbe Meile in die Höhe.

Die Wucht der Explosion warf Gaborn zurück.

Die grüne Frau fiel neben ihm zu Boden.

Inmitten des Staubes zuckten Blitze und erzeugten
einen Kranz, der wie eine Krone auf der Wolke saß, eine
Krone, die Gaborn einen Moment lang wie die seine
erschien. Um ihn herum machten die Greifer kehrt und
flohen vom Schlachtfeld.

»Gehe!« drängte ihn die Erde.

Der Tod nahte – Gaborns Tod. Noch nie hatte er ihn
so nah gespürt.

Finsternis hing über ihm, eine riesige schwarze Wolke
aus Staub und herabfallendem Schutt, die die letzten
kargen Reste des Tageslichts erstickte.

In dieser unnatürlichen, immer wieder von Blitzen
zerrissenen Dunkelheit rannte Gaborn zu seinem Pferd
und befahl seinen Soldaten den Rückzug.

»Komm!« rief er der grünen Frau zu und hielt ihr die

476

offene Hand entgegen. Sie machte einen Satz über mehrere Meter und landete neben ihm. Gaborn streckte die Hand nach unten und hievte sie aufs Pferd.

»Hier entlang!« rief er den anderen zu. Und dann ritt er um sein Leben.

Innerhalb von Sekunden hatte sich das Blatt der Schlacht gewendet. Zehntausende von Menschen waren bereits aus Carris geflohen, und Hunderttausende hatten nicht einmal die Stadttore erreicht. Der Menschenstrom aus der Stadt ebbte nicht ab.

Vieles hatte sich zum Besseren verändert.

Die Greifer hatten die Flucht ergriffen. Blitze zuckten über den Himmel, und die Ungeheuer aus der Erde räumten das Schlachtfeld. Überall ließ die Gefahr für sein Volk schlagartig nach.

Gaborn jagte nach Norden, galoppierte an zwei Greifern vorbei, und Verwunderung und Entsetzen erfüllten ihn – Verwunderung über den Sieg, Entsetzen über das wachsende Gefühl der Gefahr, die ihm persönlich drohte.

Die Erde befahl ihm nicht mehr anzugreifen. Jetzt befahl sie ihm, schnellstmöglich zu fliehen. In Carris wurde er nicht mehr gebraucht.

Also ritt er halb geblendet durch die Staubwolke, die der Weltwurm aufgewirbelt hatte, bis er den Weg nach Norden zum Tor in Barrens Mauer fand.

Die Mauer war ein einziger Trümmerhaufen. Obwohl Gaborn während der Schlacht seine Kräfte nur nach Süden gerichtet hatte, war die Erdwelle auch bis hierher vorgedrungen. Die Mauer war zu großen Teilen eingestürzt. Was noch stand, neigte sich in bedrohlichem Winkel.

Auf wundersame Weise hatte der Torbogen standgehalten, und indem Gaborn nun darauf zuritt, sah er sich nach Carris um.

Jene Türme der Burg, die nicht eingestürzt waren, brannten noch immer. Staubwolken wallten durch das Tal. Die Ebene war mit toten Soldaten und Greifern übersät. Jeder Flecken Erde war zerfurcht und aufgewühlt. Jegliche Pflanze war verdorrt und abgestorben. In der Ferne war der riesige Turm der Zauberinnen in sich zusammengefallen, dort wütete ein Feuer. Der Weltwurm glitt, dort, wo die Rune der Zerstörung gestanden hatte, in sein Loch zurück. Vereinzelte Blitze hellten für Sekundenbruchteile den Himmel auf. Ein widerlicher gelber Dunst hing noch immer über der Ebene und stank nach Verwesung und Krankheit.

Kurz, ein solches Bild der Zerstörung hätte sich Gaborn selbst in seinen schrecklichsten Phantasien niemals vorzustellen vermocht.

Ein paar hundert Meter entfernt auf dem Schlachtfeld erspähte ihn Zauberer Binnesman. Der alte Mann hatte sich offenbar aus den vordersten Linien zurückgezogen. Jetzt galoppierte er auf Gaborn zu und rief etwas.

Der verzweifelte Drang zu fliehen war so groß, daß Gaborn nicht wagte, auf Binnesman zu warten.

Gefolgt nur von Jureem, Erin und Celinor gab er seinem Pferd die Sporen und sprengte durch das Tor in Barrens Mauer.

»Mein Lord«, rief Pashtuk. »Dort ist er!« Raj Ahten hatte rasch ein Dutzend Unbesiegbare um sich versammelt und ihnen befohlen, ihm bei der Suche nach dem Erdkönig zu helfen.

Raj Ahten spähte durch den Dunst, während es über ihm krachend donnerte. Der aufsteigende Staub hatte sich mit den Wolken vermischt, und mittlerweile ging ein schmutziger Graupelschauer nieder. Raj Ahten stand auf zwei toten Greifern und schaute hinüber zu der Stelle, auf die Pashtuk deutete.

Noch nie hatte er Gaborns Gesicht gesehen. Ein Schutzbann, welcher Art auch immer, umgab den Erdkönig und bewirkte, daß Raj Ahten statt des jungen Mannes stets nur einen Stein vor sich wahrnahm, einen Baum oder auch überhaupt nichts.

Jetzt betrachtete er das Pferd, auf das Pashtuk deutete. Was den Erdkönig anbetraf, so erkannte er zwar dessen Pferd – einen bescheidenen Rotschimmel –, von Gaborn selbst jedoch war für ihn nichts zu sehen, nur eine dunkelhäutige Frau saß in seltsamer Haltung auf dem Tier, und ein Stück Eichengestrüpp hatte sich offenbar am Sattel verfangen. Gefolgt von mehreren Rittern galoppierte er nach Norden. Zauberer Binnesman eilte ihm hinterher.

»Was meint Ihr, welches Ziel hat er?« fragte Mahket.

Es war doch eigenartig, daß der Erdkönig sich so rasch zurückziehen wollte, jetzt, da der Sieg hier sicher schien. Am Himmel blitzte es, und überall rannten Greifer davon – führerlos und ohne Ziel.

»Ganz gleich, welches Ziel er hat«, antwortete Raj Ahten schlicht. »Ich werde ihn töten.«

»Aber … o Erhabenes Licht«, wandte Pashtuk ein. »Er ist Euer Blutsverwandter … Er wünscht einen Waffenstillstand.«

Raj Ahten blickte Pashtuk an und erkannte das Gesicht eines Feindes.

Ihm fehlten die Worte, um seinen Zorn angemessen auszudrücken. Gaborn war seinen Meuchelmördern seit seiner Jugend entkommen, hatte ihn mit einer demütigenden List aus Longmot vertrieben, hatte ihm seine Zwingeisen gestohlen. Er hatte Saffira mit in die Schlacht bringen lassen und sie gegen ihren Geliebten aufgebracht. Und jetzt wandten sich sogar seine Getreuesten gegen ihn.

»Die Greifer fliehen«, sagte er, als spreche er zu einem zurückgebliebenen Kind. »Die Gefahr ist vorüber, und den Waffenstillstand kann man sich jetzt getrost ersparen.«

»Vielleicht ist eine Schlacht gewonnen, aber nicht der ganze Krieg«, erwiderte Pashtuk.

»Wie kommt Ihr darauf, die Greifer könnten zurückkehren?« fragte Raj Ahten in vernünftigem Ton. »Woher sollen wir wissen, ob sie zurückkehren?«

»O Großmächtiger«, antwortete Pashtuk, »ich bitte um Verzeihung. Ich wollte Euch nicht kränken: aber er ist zweifellos der Erdkönig. Er hat Euch Erwählt.«

»Ich bin nach Norden gezogen, um die Menschheit zu retten«, erinnerte Raj Ahten Pashtuk. »Auch ich kann Greifer vernichten.«

Raj Ahten hörte Gaborns Warnung in seinem Kopf: »Hütet Euch!«

Pashtuk hob seinen Kriegshammer, sprengte vor und holte aus, doch der Mann konnte nicht mehr als drei oder vier Gaben des Stoffwechsels besitzen.

Raj Ahten duckte sich und schlug Pashtuk die gepanzerte Faust an die Schläfe. Der Hieb zerschmetterte dem Leibwächter den Schädel und trieb Knochensplitter in sein Hirn.

»Hütet Euch!« erklang abermals Gaborns warnende Stimme.

Raj Ahten fuhr herum. Zwei Unbesiegbare hinter ihm hatten in mörderischer Absicht ihre Waffen gezogen. Er lieferte sich ein kurzes Gefecht mit ihnen und zwei anderen, die sich ebenfalls in das Handgemenge stürzten.

Doch Raj Ahten war kein Narr. Auf einen Gewöhnlichen mochten seine Unbesiegbaren furchterregend wirken, er jedoch hatte stets geahnt, daß sich eines Tages einige von ihnen gegen ihn wenden würden.

Er entledigte sich der vier Männer rasch und trug nur eine einzige Dolchwunde im Rücken davon. Dank seiner Tausende von Gaben des Durchhaltevermögens war die Verletzung verheilt, bevor der letzte Mann zu Boden sank.

Einen Augenblick lang stand er keuchend da und musterte die acht weiteren Unbesiegbaren, die ihn eingekreist hatten. Ein Blitz zuckte vom Himmel, es donnerte krachend. Keiner der acht wagte, sich ihm zu widersetzen, und doch fragte er sich dumpf, ob er sie nicht trotzdem töten sollte.

In Raj Ahtens Verstand erscholl Gaborns Stimme. »Zu Euren Füßen liegen Tote, Männer, die ich Erwählt habe. Euer eigener Tod wartet schon ganz nah. Ich biete Euch ein letztes Mal Schutz und Zuversicht …«

»Ich habe aber Euch nicht Erwählt!« brüllte Raj Ahten. Seine Stimmgewalt war so ungeheuer groß, daß seine Worte sogar den Donner übertönten.

Während Gaborn Carris im Galopp verließ, lief ihm der Schweiß in Strömen übers Gesicht. Noch immer spürte er, daß tausend kleine Scharmützel andauerten. Sir Langley und Skalbairn metzelten die Greifer ohne Gnade nieder. Zwar waren viele aus Carris geflohen, doch nicht alle waren geneigt, es ihnen nachzutun.

Mehr noch, er wußte, daß ganz in der Nähe ein äußerst erbitterter Kampf tobte. Raj Ahten stand inmitten seiner Unbesiegbaren. Gaborn hatte geglaubt, ihnen allen drohe Gefahr – womöglich durch eine Greifermagierin.

Doch durch seine Warnung hatte er Raj Ahten, ohne es zu wissen, beim Töten der Männer geholfen.

Bestürzt und gekränkt unternahm Gaborn einen letzten verzweifelten Versuch, mit dem Mann Frieden zu schließen. Doch Raj Ahtens Abfuhr übertönte sogar den Schlachtlärm und den Donner: » Ich habe aber Euch nicht Erwählt!«

Gaborn konnte seine Schuld nicht ertragen. Er durfte nicht zulassen, daß Raj Ahten, einer seiner Erwählten, mordete. Gaborn sah keine andere Möglichkeit, als selbst gegen ihn zu kämpfen.

Aber würde er damit nicht ein Sakrileg begehen? Die

Erde hatte ihm die Kraft zu Erwählen geschenkt, damit er die Menschheit beschützen konnte. Seine Kräfte für einen anderen Zweck zu mißbrauchen konnte durchaus eine Bestrafung durch die Erde nach sich ziehen.

Doch wenn ich Raj Ahten vernichte, dachte er, rette ich das Leben Tausender anderer.

Gaborn konnte sich die Szene nur zu gut ausmalen: Raj Ahten, umringt von seinen Unbesiegbaren. Sie hatten zugeschaut, wie er ihre Brüder ermordet hatte, und nun wappneten sie sich für den Kampf.

Ohne Zweifel handelte es sich bei ihnen um mächtige Männer. Sonst hätte er nicht eine so große Gefahr für den Wolflord gespürt.

Jetzt warnte Gaborn Raj Ahten nicht mehr vor der wachsenden Gefahr, die ihn bedrohte. Ganz im Gegenteil forderte er die Krieger um den Wolflord auf: »Greift an, sofort!«

Raj Ahten hörte keine Warnung. Die Unbesiegbaren rings um ihn stürzten sich gleichzeitig wie von einem unhörbaren Befehl getrieben auf ihn.

Sein alter Freund Chesuit, einer der besten und vertrauenswürdigsten Diener, versuchte, Raj Ahtens Helm mit dem Dorn eines Kriegshammers zu durchbohren.

Raj Ahten duckte sich und entging nur knapp dem Tod. Er vergrub seinen eigenen Kriegshammer in Chesuits Schulter, dann zog er einen langen Dolch für den Nahkampf.

Gaborn spürte die Gefahr für die Unbesiegbaren, denen er befohlen hatte, Raj Ahten anzugreifen.

Aber er fühlte sie so schwach, als wäre die Flamme seiner Erdkraft soeben erloschen, und nur ein einziger Funke würde noch in ihm glimmen.

Man gewährte ihm wohl noch ein schwaches Licht – gerade genug, damit er wußte, daß es noch brannte, mehr jedoch nicht.

Zutiefst entsetzt galoppierte Gaborn eine Hügelkuppe hinauf und sah sich um. Er wußte, wo Raj Ahten sich aufhielt. Selbst jetzt noch widerstand Gaborn dem Drang, ihn zu warnen.

Der Kampf, der dort stattfand, spielte sich zu schnell ab, als daß Gaborn über diese Entfernung durch den schmutzigen Regen etwas hätte erkennen können. Am Himmel flammten Blitze auf, in deren gleißend hellem Licht er Zeuge eines furiosen Handgemenges wurde.

Er spürte die Gefahr für die Unbesiegbaren und nahm jeden Hieb wahr. Knochen brachen, Muskelfleisch wurde zerfetzt. Blut floß, und Männer schrien gepeinigt auf, wenn der Tod sie ereilte.

In aller Deutlichkeit durchlebte er, wie jeder einzelne der Unbesiegbaren starb.

Mit ihrem Hinscheiden zerriß etwas in seinem Innern. Molly Drinkham hatte er es ganz offen erklärt: Wenn seine Erwählten starben, fühlte er sich wie entwurzelt, so als sei ein Teil von ihm mit ihnen gestorben.

Diesmal empfand er dieses Gefühl heftiger als je zuvor. Denn mit jeder Niederlage eines Unbesiegbaren ging ganz deutlich eine Verminderung seiner Erdkräfte einher.

So rasch hintereinander war es mit ihnen vorbei. Und nicht nur damit. Hier vollzog sich nicht nur der Tod einiger Unbesiegbarer. Nein, mit ihnen starb die Hoffnung der ganzen Menschheit.

»Einst gab es Toth in diesem Land«, hatte der Erdgeist Gaborn in Binnesmans Garten gemahnt. »Einst gab es Duskiner …. Am Ende dieser finsteren Zeiten wird vielleicht auch von der Menschheit nur eine Erinnerung geblieben sein.«

Soll mein Volk so sterben, fragte sich Gaborn. Verraten durch einen Narren wie mich?

Töricht hatte er seine Kräfte auf die Probe gestellt, wie ein reich mit Gaben der Muskelkraft versehener Bogenschütze, der die Sehne eines Bogens spannt, um festzustellen, was zuerst reißt, Bogen oder Sehne.

Der Erdgeist hatte ihm Macht verliehen, ihm seine Herrschaft gewährt. Rette, wen immer du willst, hatte er ihm zugestanden, und jetzt ertappte Gaborn sich bei dem Versuch, einen seiner Erwählten umzubringen.

Er hatte gegen den Willen der Erde verstoßen.

Daher wurden ihm die Kräfte wieder genommen, und nun erwartete Gaborn niedergeschlagen den Augenblick, in dem sie gänzlich verschwunden sein würden.

Ein Blitz zuckte über Carris durch den Himmel, und in seinem Licht sah Gaborn, wie seine Hoffnungen endgültig zerstört wurden: Der letzte Unbesiegbare ging geschlagen zu Boden.

Gaborn gab seinem Pferd die Sporen und galoppierte nach Norden. Den Menschen, die er passierte, rief er zu: »Raj Ahten ist auf dem Weg hierher! Lauft!«

KAPITEL 39
Fällige Entschuldigungen

Aus acht verschiedenen Richtungen stürzten sich die Unbesiegbaren auf Raj Ahten. Manche zielten tief, andere hoch. Einige schlugen auf sein Gesicht, derweil andere versuchten, von hinten an ihn heranzukommen. Sie griffen mit Kriegshämmern, Dolchen, Fäusten und Füßen an.

Selbst seine überlegene Geschwindigkeit und seine jahrzehntelange Übung waren keine Gewähr dafür, daß er eine solche Auseinandersetzung unbeschadet überstand.

Ein Kriegshammer erwischte Raj Ahten sauber am rechten Knie, zerfetzte Bänder, zertrümmerte Knochen. Ein Dolch glitt durch seinen Harnisch und durchbohrte einen Lungenflügel, während ein Kurzschwert ihm den Hals aufschlitzte und die Halsschlagader durchtrennte. Eine gepanzerte Faust beulte seinen Helm ein und brach ihm vermutlich den Schädelknochen. Andere Wunden waren nicht ganz so schauderhaft.

Raj Ahten überlebte. Tausende von Übereignern in Kartish leiteten Durchhaltevermögen an ihn weiter. Raj Ahten klammerte sich zäh ans Leben und kämpfte.

Innerhalb weniger Augenblicke hatte er die acht niedergestreckt. Er ließ sich vom Rücken des toten Greifers gleiten und verwandte seine gesamte Kraft auf die Heilung seiner Wunden.

Die Halsverletzung schloß sich rasch, das Fleisch verwuchs, obwohl er einiges an Blut verloren hatte. Sein Kopf schmerzte, und als er seinen Helm abnahm, blieb an dem Metall ein Stück Fleisch hängen.

Am meisten quälte ihn die Verletzung des Knies. Der Hammer war tief bis in den Knochen eingedrungen, hatte die Kniescheibe durchbrochen und sie seitlich verdreht, so daß die Wunde zwar rasch, aber unsauber verheilte.

Während er probeweise mit dem Bein auftrat, verspürte er dermaßen starke Schmerzen, daß er sich fragte, ob vielleicht die Spitze des Kriegshammers abgebrochen war und noch im Fleisch steckte.

Daher litt Raj Ahten überraschenderweise ungewohnte Qualen, als er in nördlicher Richtung losrannte.

Bei so vielen Gaben des Stoffwechsels, der Anmut und der Muskelkraft hätte er eigentlich eine Geschwindigkeit von fünfzig oder sechzig Meilen in der Stunde erreichen sollen. Unter normalen Umständen konnte er dieses Tempo einen ganzen Tag durchhalten. Auf einer kurzen Strecke konnte ihn Gaborns Pferd vielleicht abhängen. Raj Ahten aber brauchte keine Pause.

So lief er in der Dunkelheit durch das verdorrte Land. In schnellem Sprint passierte er Barrens Mauer, und weiter ging es über die Hauptstraße durch die Dörfer Casteer, Wegnt und Bruchherz, bis er den Lärm der Schlacht weit hinter sich gelassen hatte.

Der Schweiß lief in Strömen an ihm herunter. Er hatte lange gekämpft. Obwohl die Schlacht nach gewöhnlicher Zeit nur zweieinhalb Stunden gedauert hatte, kam es ihm mit seinen sechs Gaben des Stoffwechsels so vor, als hätte er fünfzehn Stunden lang gefochten. Seit Mittag hatte er wenig getrunken und nichts gegessen. Die Zauberflüche der Todesmagierin hatten ihn geschwächt, und jetzt war er zudem auch noch verletzt.

Es war töricht, Gaborn unter diesen Voraussetzungen hinterherzujagen. Er war kein Kraftpferd, das mit deftigem Miln gefüttert wurde und das man eine Woche lang gemästet hatte.

Seit Wochen hatte er mit dürftigen Rationen auskommen müssen – erst auf dem Marsch nach Heredon, dann während des dortigen Feldzuges, nur um anschließend gleich nach Süden zu fliehen.

Im Laufe des vergangenen Monats hatte er an Gewicht verloren. Heute hatte er den ganzen Tag kämpfen müssen. Seine Wunden verheilten zwar schnell, aber auch das kostete Energie.

Beim Laufen plagte ihn ein gewaltiger Durst. Den ganzen Tag über hatte es mit Unterbrechungen immer wieder geregnet.

Zehn Meilen nördlich von Carris ließ er sich neben der Straße auf die Knie nieder und trank Wasser aus einer Pfütze.

Das Gras ringsum lag verwelkt am Boden, als wäre es in der heißen Sonne verdorrt. Er staunte, wie die Greifer dieses Land mit ihrem Fluch überzogen hatten, und fragte sich, ob es sicher war, aus einer solchen Lache zu trinken. Das Wasser schmeckte seltsam … nach Kupfer, entschied er. Oder vielleicht nach Blut.

Er ruhte sich ein paar Minuten aus. Stand auf und rannte weiter. Nach weiteren fünf Meilen war Gaborn noch immer nicht in Sicht. Aber er witterte Pferde und die Personen in seiner Begleitung.

Weiter ging es. Es war ein Fehler gewesen, die Rüstung anzubehalten, bemerkte er jetzt. Sie war zu schwer und zermürbte ihn. Vielleicht hing das aber auch mit der schmerzhaften Knieverletzung zusammen.

Er überlegte, ob er vielleicht an Durchhaltevermögen verloren hatte, ob einige seiner Übereigner gestorben waren.

Oder vielleicht hat mich der Erdkönig oder sein Zauberer mit einem Bann belegt, grübelte Raj Ahten. Das Laufen fiel ihm merkwürdig schwer.

Vielleicht lag es auch an diesem Land. Dieses Land selbst war mit einem Fluch belastet, wieso dann nicht auch die Menschen auf ihm?

Er rannte, bis er vor sich eine Veränderung roch. Bisher waren Gras und Bäume abgestorben, hatten nach Tod und Verwesung gerochen.

Doch jetzt nahm er den kühlen Duft von üppigem, auf Sommerwiesen gewachsenem Gras und von Minze wahr, den Geruch von Herbstlaub, von Pilzen in den Wäldern, das süße Aroma von Wicken und anderen Wildblumen.

Achtundzwanzig Meilen nördlich von Carris stieß er auf eine Grenze, auf eine scharfe Scheidelinie, die man mit einem einzigen Schritt übertreten konnte. Nach Süden hin war jeder Grashalm verdorrt und abgestorben.

Auf der anderen Seite aber waren die Hügel üppig und schwelgten im Leben. Bäume trugen goldenes Laub. Fledermäuse flatterten durch die Nacht. Eine Eule schrie.

Hier saß Gaborn auf seinem Pferd, wenn Raj Ahten

ihn auch nach wie vor nicht sehen konnte. An seiner Stelle schien ein Kürbis schwankend auf dem Sattel zu balancieren. Zwei Lords standen an seiner Seite – ein junger Prinz in der Tracht Süd-Crowthens und eine junge Pferdekriegerin aus Fleeds. Dahinter warteten vielleicht sechzig weitere Ritter aus Heredon und Orwynne. Es sah aus, als wäre Gaborn zufällig einem Trupp seiner eigenen Ritter begegnet, einem Trupp, der die Verwüstung bemerkt und Angst hatte, die Grenze zum verdorrten Land zu überschreiten. Männer wie Frauen der Gruppe hielten Bögen und Äxte in den Händen. Er erkannte seine Nichte Iome unter ihnen.

Binnesman, der Zauberer, hockte auf Raj Ahtens grauem königlichen Streitroß. In der rechten Hand hielt er seinen Stab. Eine Wolke von Glühwürmchen umschwärmte ihn und erhellte sein Gesicht. In der Linken hielt er ein paar Blätter.

Neben ihm stand der Wylde, eine Frau in einem Bärenfellmantel, die so grün wie eine Avocado war.

Raj Ahten blieb stehen. Er hatte die grüne Frau schon zuvor gesehen, als Gaborn mit ihr geflohen war. Da hatte er sie nicht erkannt. Hätte er gewußt, daß der Wylde hier war, hätte er nicht gewagt, ihnen zu folgen.

Er gab Unbekümmertheit vor, während er sich ihnen näherte.

Eine seltsame und verwirrende Taubheit ergriff Besitz von ihm – sie kroch über Hände, Füße und Gesicht, überall dort, wo seine Haut offenlag. Das Atmen fiel ihm zunehmend schwerer. Alles fühlte sich auf einmal kalt an.

Er wußte nicht, welcher Zauber ihm so zusetzte, welches Kraut der Zauberer benutzte, bis der ihn warnte: »Bleibt zurück. Ihr könnt Eisenhut nicht vertragen. Euer Herz wird stocken, wenn ihr näher kommt.«

Jetzt erkannte Raj Ahten das Kraut. Er hatte es als Kind einmal gestreift, und auch damals war seine Haut taub geworden, doch da hatte es nicht ein Erdwächter in der Hand gehabt, der seine Wirkung noch verstärkte.

»Das ist weit genug, Raj Ahten«, sagte der Zauberer. »Nun, wieso folgt Ihr dem Erdkönig? Seid Ihr endlich gekommen, ihm zu huldigen?«

Raj Ahten rang um Atem. Sein ganzer Körper war taub und kribbelte. Trotz all seiner Gaben war es ihm unmöglich, gegen einen Erdwächter zu kämpfen – schon gar nicht gegen einen, der von einem Wylde und sechzig Lords beschützt wurde. Jetzt reckte der Wylde die Nase in die Luft und schnupperte. »Blut – ja!« rief die grüne Frau entzückt und grinste, wobei ihre Schneidezähne aufblitzten.

Raj Ahten hatte noch nie in das Gesicht von jemandem geblickt, der sich mit der Absicht trug, ihn zu verspeisen, und doch ließ dieses selige Lächeln nicht den geringsten Zweifel zu.

»Noch nicht«, raunte Binnesman der grünen Frau zu, »aber sollte er noch einen Schritt weiter gehen, kannst du nach Belieben mit ihm spielen.«

Raj Ahten schluckte.

»Ihr habt meine Zwingeisen«, sagte er zu Gaborn, als sei der Zauberer damit entlassen. »Die will ich zurück – sonst nichts.«

»Ich will mein Volk zurück«, entgegnete Gaborn. »Ich will die Übereigner zurück, die Ihr im Blauen Turm getötet habt. Ich will meinen Vater und meine Mutter zurück, meine kleinen Schwestern und meinen Bruder.« Raj Ahten erschien es äußerst seltsam, diesen Kürbis sprechen zu hören.

»Für sie ist es zu spät«, sagte Raj Ahten. »Genau wie für mein Weib Saffira.«

»Falls es Rache ist, auf die Ihr aus seid«, sagte Gaborn, »so nehmt sie an den Greifern. Wenn es darum geht, wer einen Anspruch auf Rache hat, so bin ich das, denn viele, viele Männer wurden hier getötet. Und falls ich auf Rache aus wäre, würde ich sie auch jetzt noch nehmen.«

Raj Ahten lächelte. »Habt Ihr deswegen hier haltgemacht, Gaborn Val Orden – um leere Drohungen gegen mich auszustoßen? Seid Ihr auf die Unterstützung eines Zauberers und der Ritter hinter Euch angewiesen, um mir etwas vorzujammern?« Raj Ahten keuchte, war aber entschlossen, sich nicht anmerken zu lassen, wie sehr ihm der Eisenhut zusetzte. Er hätte gern Gaborns Gesicht gesehen, um zu erfahren, was der Bursche dachte.

»Nein, ich bin nicht gekommen, um Drohungen auszusprechen. Ich hatte gehofft, Euch warnen zu können, denn Ihr befindet Euch in großer Gefahr. Ich habe gestern ebenfalls eine solche Gefahr gespürt, kurz vor der Zerstörung des Blauen Turms durch Euch. Es war ein Gefühl widerwärtiger, undefinierbarer Verwesung. Ich sage Euch, Mystarria ist nicht das einzige Land, wo sich die Greifer zusammenscharen. Ich fürchte, *Eure* Übereigner könnten als nächste unter ihnen leiden.«

Das klang durchaus ernstgemeint, obwohl er nun überhaupt keinen Grund hatte, Raj Ahten etwas Gutes zu wünschen. »Ich soll also in meine Heimat fliehen?« fragte Raj Ahten. »Um Hirngespinsten nachzujagen, während Ihr Eure Grenzen befestigt?«

»Nein«, antwortete Gaborn. »Ich möchte, daß Ihr nach Hause geht und Euch in Sicherheit bringt. Wenn Ihr das tut, werde ich alle mir zu Gebote stehenden Kräfte einsetzen, Euch zu unterstützen.«

»Vor nicht einmal einer halben Stunde habt Ihr noch versucht, mich umzubringen«, gab Raj Ahten zu bedenken. »Und was hat diesen Sinneswandel bewirkt?«

»Ich habe Euch Erwählt«, antwortete Gaborn. »Ich wollte meine Kräfte nicht gegen Euch einsetzen, aber Ihr habt mich dazu gezwungen. Ich bitte Euch abermals: Verbündet Euch mit mir.«

Der Junge sucht also einen Verbündeten, begriff Raj Ahten nun. Er fürchtet demnach, er könne die Greifer allein nicht aufhalten.

Er fragte sich, ob er Gaborn dazu überreden konnte, ihm die Zwingeisen auszuhändigen.

»Seht Euch doch um, Raj Ahten«, mischte sich Zauberer Binnesman ein. »Betrachtet das Land hinter Euch, den Tod und die Zerstörung! Ist das die Welt, die Ihr wollt, ein verdorrtes Reich, über das Ihr herrschen könnt? Oder wollt Ihr lieber uns begleiten, in dieses Land, in ein Land, das schön ist und grün, gesund und voller Leben?«

»Ihr bietet mir also Land?« fragte Raj Ahten, ehrlich enttäuscht. »Wie gnädig von Euch: mir Land anzubieten, das ich mir mit Leichtigkeit nehmen könnte – Land, das zu halten Ihr nicht fähig seid.«

»Die Erde befiehlt mir, Euch zu warnen«, sagte Gaborn. »Ich sehe ein Leichentuch über Euch liegen. Einen Mann, der das nicht will, kann ich nicht beschützen. Wenn Ihr in einem der Königreiche Rofehavans bleibt, kann ich Euch nicht retten.«

»Damit zieht Ihr mich nicht über den Tisch«, erwiderte Raj Ahten. Er blickte zurück nach Carris, zu seiner Armee.

In diesem Augenblick fand in Gaborn eine Veränderung statt. Er fing an zu lachen. Er kicherte nicht nur, sondern er lachte laut und erleichtert aus tiefstem Inneren heraus, und Raj Ahten fragte sich, was diesen Gefühlsausbruch ausgelöst haben mochte. Zu gern hätte er den jungen Mann jetzt gesehen.

»Wißt Ihr«, sagte Gaborn in herzlichem Tonfall, »einst habe ich Euch und Eure Unbesiegbaren gefürchtet. Doch eben ist mir eingeleuchtet, wie ich Euch besiegen kann: Ich brauche nichts weiter zu tun, als Euer Volk zu *Erwählen* – einen nach dem anderen, Mann für Mann, Frau für Frau, Kind für Kind – und sie zu den Meinen zu machen!«

Nun mußte auch Zauberer Binnesman grinsen und brach in Lachen aus, als er Raj Ahtens mißliche Lage erkannte.

Raj Ahten zuckte innerlich zusammen, als ihm die Wahrheit bewußt wurde: Er hatte in Carris gar keine Armee mehr. Er bezweifelte, ob er überhaupt noch Männer gegen Gaborn würde aufbieten können.

Kaltschnäuzig schlug Gaborn vor: »Geht zurück nach

Carris, wenn Ihr Euch traut. Ihr habt zwölf Unbesiegbare besiegt, ich aber habe sechshunderttausend Gefolgsleute. Wollt Ihr gegen sie alle kämpfen?«

»Gebt mir meine Zwingeisen«, erwiderte Raj Ahten ruhig, in der Hoffnung, kraft seiner Stimmgewalt doch seinen Willen erzwingen zu können.

Aber Gaborn Val Orden fuhr ihn an: »Ich feilsche nicht mit Euch, Ihr übler Hund. Ich biete Euch die Luft zum Atmen an, mehr nicht! Verschwindet, bevor ich Euch auch die nehme!«

Raj Ahtens Gesicht rötete sich vor Zorn, und sein Herz pochte laut in seiner Brust.

Er brüllte und tobte.

Ein Dutzend Ritter schoß Pfeile ab. Er schlug mit den Händen um sich und schlug sie zur Seite, einer jedoch bohrte sich in sein verletztes Knie. Er kämpfte gegen die markgefrierende Taubheit an, die ihm alle Kraft rauben wollte.

Und dann stürzte sich die grüne Frau auf ihn. Sie packte ihn bei seinem Harnisch und hob ihn in die Höhe.

Er zielte einen Schlag seines Panzerhandschuhs auf ihren Hals.

Die Wucht seines Hiebs zertrümmerte ihr den rechten Arm und ließ die Frau einen Schritt zurückgehen. Sie erschien überrascht, daß der Schlag überhaupt Wirkung zeigte, überrascht – aber nicht verletzt.

Nun kreischte sie schrill und zeichnete eine kleine Rune in die Luft, dabei vollführte ihre rechte Hand einen komplizierten, kleinen Tanz, der das Auge verwirrte.

Dann schlug sie ihm vor die Brust. Seine Rippen

splitterten, bohrten sich in Lunge und Herz. Raj Ahten überschlug sich, wurde mehr als ein Dutzend Meter nach hinten geworfen, wo er einen Augenblick keuchend liegenblieb und in den Abendhimmel starrte.

Erst jetzt bemerkte er, daß der Himmel aufriß und helle Sterne am Himmelszelt prangten. Dank seiner tausend Gaben der Sehkraft konnte er mehr Sterne sehen als jeder Gewöhnliche, unendlich viel mehr Sterne – ein brodelndes Meer aus Licht, funkelnde Gestirne von unendlicher Schönheit.

Er lag da und drohte an seinem eigenen Blut zu ersticken. Jede Faser in seiner Brust schien zu brennen, jeder einzelne Muskel gerissen. Schweiß trat ihm auf die Stirn.

Sie töten mich, war sein Gedanke. Sie töten mich.

»Genug!« rief Zauberer Binnesman.

Die grüne Frau hielt ihn einfach fest. Ihre dunkelgrüne Zunge schoß hervor und spielte gemächlich über die Oberlippe. In ihren Augen stand grenzenlose Gier. »Blut?« bettelte sie.

Binnesman lenkte sein Pferd ganz nah an Raj Ahten heran, und mehrere Ritter mit schußbereiten Bögen bildeten einen Ring um ihn. Zum Glück hatte er den Eisenhut fortgeworfen. In gespieltem Ernst fragte der Zauberer Gaborn: »Was meint Ihr, mein Lord? Sollen wir jetzt ein Ende mit ihm machen?«

Raj Ahtens Wunden verheilten. Die zertrümmerten Knochen in seiner Brust richteten sich, sein rechter Arm kribbelte von den Fingerspitzen bis zur Schulter. In wenigen Minuten, dessen war er sicher, würde er wieder

496

kämpfen können. Er brauchte sie nur solange hinzuhalten.

Doch ging die Heilung langsam vonstatten. Langsamer, als er sich vorgestellt hatte. Selbst mit Tausenden Gaben des Durchhaltevermögens wollten seine Wunden nicht verheilen.

Er war ihnen ausgeliefert, während sie ihn, wie Hunde den Dachsbau, eingekreist hatten.

Myrrima blickte hinüber zu Gaborn und musterte den Erdkönig. Sie sah den Zorn in seinen Augen lodern, sah, wie leichenblaß er war. Seine Muskeln waren angespannt. Es hatte sie erstaunt, daß er den Wolflord um Verzeihung gebeten hatte, und selbst jetzt strebte er noch ein Bündnis an.

Aber das gehörte der Vergangenheit an. Gaborn war wütend, und sie dachte, er würde Raj Ahten selbst töten, dabei gierte sie nach dieser Ehre.

Vor ein paar Stunden, als sie meinte, der Erdkönig erwecke in ihr den Wunsch, etwas zu töten, hatte sie nicht gelogen.

Und kein Mann auf Erden verdiente den Tod mehr als Raj Ahten. Sie schätzte sich glücklich, Gaborn hier, in diesem Augenblick, getroffen zu haben, dabeisein und das Ende des Wolflords miterleben zu dürfen.

Doch voller Schmerz und Bedauern und mit Entschlossenheit in der Stimme antwortete Gaborn Binnesman: »Nein, bitte. Laßt ihn leben.«

»Mein Lord!« rief Prinz Celinor aufgebracht, genau wie Erin Connal und ein Dutzend weiterer Lords, obwohl

Celinors Stimme alle anderen übertönte. »Wenn Ihr ihn nicht töten wollt, dann überlaßt die Ehre mir!«

»Oder mir!« riefen andere.

Selbst Iome zischte ihm durch die zusammengebissenen Zähne zu: »Mein Liebster, du begehst hier einen Fehler. Überlaß ihn den Männern.«

Der Zorn brachte Myrrimas Blut in Wallung. Sie hatte Gaborns Vater auf Longmot gesehen, fünf Stunden vor dem Fall der Burg, und er hatte ihr damals das Betreten der Burg verweigert, weil er wußte, daß er ihr damit wahrscheinlich das Leben rettete. Später am selben Abend hatte sie ihn tot daliegen sehen, zusammen mit Tausenden von anderen Kriegern.

Sie mußte an Hobie Hollowell und Wyeth Able und ein Dutzend anderer junger Burschen aus Bannisferre denken, die in jener Schlacht den Tod gefunden hatten, während in ihrer Heimat sämtliche Bauern in der Nähe ihres Hauses von Raj Ahtens Spähern enthauptet worden waren, als seine Armee unbemerkt durch den Dunnwald ziehen wollte. Selbst ihre Nachbarin, die dreiundneunzigjährige Annie Coyle, die nicht einmal hätte in die Stadt humpeln können, um ihr Leben zu retten, war erschlagen worden.

Gaborns Gemahlin war ihrer Anmut beraubt worden, hatte mit ansehen müssen, wie ihre Mutter durch die Hand Raj Ahtens starb. Ihr Vater war wegen Raj Ahtens Untaten heimtückisch ermordet, seine Armeen vernichtend geschlagen worden.

Und immer noch besaß Gaborn die Dreistigkeit, Nachsicht walten zu lassen.

Als Myrrima den Blick über die Gesichter der Ritter des Begleittrupps wandern ließ, wurde ihr bewußt, daß keiner unter ihnen von Raj Ahtens Bosheit verschont geblieben war. Sie alle hatten ihren König und ihre Königin an seine Meuchelmörder verloren, hatten mit ansehen müssen, wie Freunde oder Brüder oder Eltern durch seine Hand umgekommen waren.

Die Vorstellung, Raj Ahten könnte auch nur eine einzige Minute weiterleben, war ihr schier unerträglich. Das Blut rauschte ihr in den Ohren und schrie nach Rache.

»Wenn Ihr mich liebt«, wandte sich Gaborn an die Versammelten, »wenn Ihr Euer Leben liebt, dann bitte ich Euch, verschont diesen Mann. Die Erde befiehlt mir, ihn am Leben zu lassen.«

Außer sich vor Zorn starrte Myrrima ihn an. Jeder Muskel ihres Körpers spannte sich an. Sie griff in ihren Köcher, zog einen Pfeil heraus und legte ihn auf. Der erste, den sie abgeschossen hatte, steckte immer noch im Knie des Bastards, wenn sie auch gehofft hatte, ihn in die Brust zu treffen.

»Das ist gewissenlos!« schrie Sir Hoswell. »Ihn leben zu lassen wäre …«

Andere pflichteten ihm murrend bei.

Doch Gaborn hob nur die Hand und gebot ihnen zu schweigen.

Seine Stimme klang gequält. »Ich habe Raj Ahten aus Verzweiflung Erwählt und wollte ihn anschließend mit Hilfe der mir verliehenen Macht töten. Als Strafe für meine Verfehlungen hat die Erde mir meine Kräfte genommen. Ich bin kein Erdkönig mehr. Ich habe meine Erdkräfte verloren, und möglicherweise kann ich meinen Fehler nie wiedergutmachen.

Ich weiß nur eins, um der Welt willen muß ich meinen Zorn unterdrücken. Niemand hier wünscht sich seinen Tod mehr als ich …«

Gaborn zitterte vor hilflosem Zorn. Ein verzweifeltes Stöhnen löste sich aus seiner Brust. Dann trieb er sein Pferd zum Galopp an, ritt in Richtung Carris davon und ließ Raj Ahten das Leben.

Er galoppierte ein Stück weit, dann machte er vor dem steilen Abhang eines Hügels auf der verdorrten Erde halt und sah sich um. »Kommt!« rief Gaborn. »Verschwindet von dort!«

Leise rauschte das Espenlaub hinter Myrrima im Abendwind. Das Gras raschelte. Sie biß die Zähne zusammen.

Binnesman stieg vom Pferd und zog die grüne Frau vom Wolflord fort. »Komm«, flüsterte er ihr ins Ohr, »laß ihn.«

Der Wylde trat zurück, sonst jedoch niemand. Die Ritter verharrten in der Dämmerung unbeweglich und waffenstrotzend auf ihren Pferden. Myrrima konnte hören, wie sie im Zorn scharf Luft holten, konnte ihren Schweiß riechen.

Raj Ahten setzte sich auf und zog den Pfeil aus seinem Knie. Die grüne Frau hatte seinen Wappenrock zerrissen und seinen königlichen Harnisch zerfetzt.

Der Wolflord aus Indhopal blickte die Lords unverwandt an, selbst jetzt noch wirkte er herrisch wie ein

König. Sein Atem rasselte, als wäre in seinem Innern etwas zerrissen. »Wäre ich der Erdkönig«, sagte er leise, »ich wäre nicht so ein jämmerlicher, kleiner Mann.«

»Natürlich nicht, mein Vetter«, erwiderte Iome, »denn da Ihr Euch unbedingt selbst beweisen müßt, daß Ihr allen überlegen seid, wärt Ihr zwangsläufig viel größer und weit jämmerlicher noch als er.«

An die Lords gewandt sagte sie: »Kommt, reiten wir.« Sie folgte Gaborn. Andere Lords schlossen sich ihr einer nach dem anderen an, zögerlich zuerst, dann aber schneller, denn sie hatten Angst, mit Raj Ahten alleinzubleiben.

Myrrima dagegen blieb. Sie hatte sich entschieden, die letzte zu sein, die aufbrach, und keine Furcht zu zeigen. Sir Hoswell hielt sich hinter ihr, während Binnesman den Wylde zwang, an seiner Seite zu bleiben.

Die anderen hatten alle längst das Weite gesucht, als Myrrima Raj Ahten noch immer anstarrte. Er erwiderte, während er da auf der Erde hockte, ihren kalten Blick, der ihn zu amüsieren schien.

»Danke, daß Ihr mir meinen Pfeil zurückgegeben habt.« Sie deutete mit der Hand auf den Schaft in seiner Hand. Er sollte wissen, daß es ihr Pfeil gewesen war, der ihn getroffen hatte, wenn es auch wenig genützt hatte.

Raj Ahten rappelte sich mühsam auf, reichte ihr den Pfeil und antwortete in verführerischem Ton: »Für eine schöne Frau tue ich alles.«

Sie nahm den Pfeil, schnupperte verstohlen daran, um den Geruch des Wolflords in die Nase zu bekommen, damit sie ihn aufspüren konnte, sollte sie je dazu gezwungen sein.

Raj Ahten sagte: »Für eine junge Frau wie Euch habe ich nur drei Worte: Wolf ... Lord ... Hündin.«

Er wandte sich nach Westen und rannte los, hinein in das verdorrte Land.

Myrrima wischte das Blut an dem Pfeil nicht ab, sondern steckte ihn so, wie er war, zurück in den Köcher, wendete ihr Pferd und folgte ihrem König. Nie in ihrem Leben war ihr etwas so schwergefallen, wie Raj Ahten laufenzulassen.

Sie ahnte nicht, daß sie dies später noch sehr viel mehr bereuen würde.

KAPITEL 40
Verdorrtes Land

Averan blieb nach der Schlacht bei Borenson. Heiler aus Carris kamen und sahen nach ihm, erfuhren die Art seiner Verletzung und ließen ihn schließlich liegen, um sich um andere zu kümmern, deren Verletzungen größere Gefahren für ihr Leben darstellten.

Sie hegte nur vage Vermutungen, was dem großen Ritter passiert war. Die Heiler hatten zwar gesagt, er werde an seinen Verletzungen nicht sterben, trotzdem hatte ihm eine Frau Schwarzen Nachtschatten angeboten.

Borenson knurrte nur verärgert und blieb zusammengerollt wie ein Kleinkind auf der Erde liegen.

Also suchte Averan sich den Umhang eines Toten, um sich warm zu halten. Sie hielt auch nach der grünen Frau Ausschau, doch entweder hatte sich Frühling während der Schlacht aus dem Staub gemacht – oder sie war darin umgekommen. Averan wußte es nicht und ertappte sich dabei, daß sie sich sorgte und lauschte, ob sie nicht irgendwo die Schritte nackter Füße hörte.

Eine Stunde nach Einbruch der Dunkelheit fiel ihr auf, wie hungrig sie war, also nahm sie Borensons Messer zum Schutz mit und lief durch das Gewirr aus toten Greifern in Richtung Carris, während sie nach einem guten Stück Fleisch suchte.

Im Licht der Brände, die in Carris loderten, war es

503

verhältnismäßig hell. Der Damm wurde von Tausenden bewacht – Kriegern aus Carris, Unbesiegbaren und Fußsoldaten aus Indhopal. Die meisten Greiferleichen hatten sie einfach in den See geschoben. Offensichtlich hatten sie entsetzliche Angst, die Ungeheuer könnten im Schutz der Dunkelheit zurückkehren. Sie hockten an Lagerfeuern und erzählten einander Geschichten, manchmal wurde auch nervöses Gelächter laut. Der Frieden zwischen den einst verfeindeten Soldaten war noch immer ungewohnt, was für ein gewisses Unbehagen sorgte; Averan hätte allerdings nicht gedacht, daß sie überhaupt so einträchtig zusammensitzen würden.

Im Lager selbst dagegen hörte sie kaum Gelächter. Statt dessen machten überall Gerüchte die Runde, der Erdkönig sei in der Schlacht gefallen oder habe sie alle im Stich gelassen. Nervös berichteten Männer, daß sie plötzlich festgestellt hätten, ihr Anführer sei verstummt.

Averan versuchte sich bildhaft vorzustellen, wo der Erdkönig sein konnte, aber wenn sie die Augen schloß, konnte sie ihn nicht sehen.

Er mußte tot sein, entschied sie.

Am Ende des Damms hatten die Krieger soeben einen riesigen, vollkommen nassen und vom Feuer geschwärzten Greifer aus dem Wasser gezogen. Auf seiner Oberlippe leuchteten noch immer lodernde Runen, und man hatte ihm den Schlund mit einem Zaunpfahl aufgestemmt, damit man sehen konnte, wie gewaltig seine Kiefer waren.

Averan erkundigte sich bei einigen Männern, die in der Nähe lagerten: »Was ist das?«

»Die Todesmagierin«, antwortete einer. »Wir haben sie aus dem See gefischt. Sei vorsichtig, sie bewegt sich noch und könnte nach dir schnappen.« Die Männer lachten über den einfältigen Scherz. Das konnte selbst ein junges Mädchen von neun Jahren sehen: Dieser Greifer würde sich nicht mehr rühren.

Es war der bei weitem größte an diesem Tag getötete Greifer – sehr alt und ehrwürdig, auf seine Weise.

Averan starrte die Magierin staunend an. Dann kletterte sie in ihren Schlund, und die Männer draußen johlten und riefen: »Ganz schön tapfer, die Kleine.«

Averan ging ganz tief in den Greifer hinein, bis sie die weiche Stelle in seiner oberen Gaumenplatte fand. Sie stieß ihr Messer hinein und durchtrennte sie rasch, aus Angst, jemand könnte sie daran hindern.

Sie war hungrig, und dies war die einzige Kost, die ihren Hunger stillen würde.

Als das Blut hervorsprudelte, reckte sie den Arm so weit wie möglich nach oben und packte sich ein Stück des Greiferhirns. Die Todesmagierin war so riesig, daß das Hirn im Schädel noch immer warm war.

Sie schlang es herunter, und schließlich legte sie sich satt auf die Zunge der Magierin. Fremdartige Träume suchten sie heim und entführten sie zu unvorstellbaren Reichen.

Von der Todesmagierin erfuhr Averan viel über die Magie der Einen Wahren Meisterin. Und dieses neue Wissen rief unglaubliches Entsetzen in ihr hervor.

Sie wollte jemandem davon erzählen, am liebsten würde sie es dem Erdkönig berichten. Doch als sie die

Augen schloß und versuchte, ihn sich vorzustellen, konnte sie ihn immer noch nicht sehen.

»He, Mädchen, was treibst du da drinnen?« fragte ein Kerl mit Fackel, der vor dem Schlund stand. Averan blickte auf. Sie hielt Greiferhirn in der Hand und wischte es jetzt an der Zunge der Magierin ab.

Der Mann sagte: »He, das kannst du doch nicht essen! Ich werde dir was Anständiges zu essen holen!«

Der Blick des Mannes verriet ihr, daß sie ihm besser nicht zu nahe käme. Er hielt sie für verrückt, und möglicherweise würde er versuchen, sie in einen Käfig zu sperren.

Averan packte das Messer mit beiden Händen und hielt es hoch, so daß er es sehen konnte. »Zurück!« schrie sie.

»Ist ja gut!« erwiderte der Kerl vorsichtig zurückweichend. »Ich tu dir nichts. Ich wollte dir bloß helfen.«

Averan sprang aus dem Maul, rannte an ihm vorbei und lief zwischen den Lagerfeuern über den Damm.

An dessen Ende angelangt, drehte sie sich kurz um und rief den verängstigten Kriegern, die dort lagerten, zu: »Die Greifer werden nicht wiederkommen – nicht hier und nicht heute nacht! Begreift Ihr nicht – sie haben diese Schlacht gewonnen! Sie haben alles Blutmetall im Boden vernichtet. Sie haben keinen Grund zurückzukehren.«

Alles sah sie an, als hätte sie den Verstand verloren. »Ich meine das ernst«, sagte sie. »Die Wahre Meisterin zeichnet Runen des Ewigen Feuers. Wenn ihr sie nicht daran hindert, wird kein Ort auf dieser Welt mehr sicher sein!«

Doch natürlich starrten alle sie nur an, als wäre sie verrückt. Kein Mensch war gewillt, auf ein Kind zu hören. Sie drehte sich um und rannte davon.

»Meine Dame«, bat Myrrima Iome, »ich würde gern nach Carris gehen. Dort bedürfen sicherlich noch andere Verwundete der Zuwendung.«

»Natürlich.« Iome entließ sie.

Gaborn blickte hinauf zu den Sternen. »Euer Gemahl liegt eine Drittelmeile nordwestlich der Burg«, erklärte er. Iome war dankbar, weil seine Erdkräfte ihn wenigstens dies noch wissen ließen, wenn es auch nicht sehr viel war. »Er lebt, aber seit langer Zeit hat er sich nicht mehr bewegt. Leider kann ich Euch nicht begleiten. Ich muß … ich muß mit der Erde sprechen, aber der Boden hier ist tot und kraftlos.« Er schaute nach Norden, als würde er am liebsten dorthin reiten.

Mehr sagte er nicht. Seinem Ton zufolge konnte Borenson verwundet sein, und so wappnete sie sich gegen das, was sie möglicherweise vorfinden würde. Daß ihr Gemahl, einer der mächtigsten Krieger von Mystarria, jedoch tödlich getroffen war, vermochte sie sich nicht vorzustellen. Sie fürchtete, seine Knochen seien zerschmettert oder sein Genick sei gebrochen.

Iome bat die anwesenden Lords: »Bitte, geht mit ihr. Es wird viele Verletzte geben. Wir müssen helfen, wo wir können.«

»Ich werde nach Norden aufbrechen«, erklärte Erin Connal. »Die Geschäfte meines Landes bedürfen meiner Anwesenheit.«

Myrrima und die anderen ritten in Richtung Süden davon. Gaborn, Iome, Binnesman, der Wylde, Jureem, Erin und Celinor blieben zurück.

Die Lords ritten eine Weile lang schweigend dahin, bis sie weit außer Hörweite waren, und dann fragte einer der Ritter aus Orwynne: »Was tun wir nun?«

Um das beklemmende Schweigen zu brechen, das sich an diese Frage anschloß, antwortete Myrrima: »Das, was unsere Pflicht ist. Wir kämpfen weiter.«

»Aber was ist mit diesen ›dunklen Zeiten, die uns bevorstehen‹ gemeint, von denen er gesprochen hat? Er hat gesagt, daß er uns Erwähle, weil er uns durch diese dunklen Zeiten führen wolle.«

»Die Zeiten werden noch dunkler werden«, sagte Sir Hoswell.

»Wenn wir beim Erdkönig bleiben, wird er uns weiterhin warnen können«, meinte ein Mann. Aus seiner Stimme ließ sich Angst heraushören.

Myrrima malte sich ein düsteres Bild der Zukunft. Sie sah sich an Gaborns Seite, als ein Wolflord unter mehreren hundert Männern und Frauen, die sich in den Wäldern vor den Überfällen der Greifer versteckten.

Während sie jedoch über dieses verwüstete Land ritt, vermittelte ihr der Gestank von Verwesung um sie herum die Erkenntnis, daß es keine Wälder mehr geben würde.

Felsen also. Wir werden uns hinter Felsen verstecken.

Wir werden tun, was unsere Pflicht ist, sagte sie sich im stillen.

Sie biß die Zähne zusammen, zügelte ihr Pferd, und

da sie an der Spitze ritt, folgten die anderen ihrem Beispiel und blickten sie erwartungsvoll an.

»Ich bin ein Wolflord«, sagte sie und sah den Männern ins Gesicht. Ihre Mienen verrieten große Sorge. »Niemand wird uns retten. Aber Raj Ahtens Zwingeisen befinden sich in der Königsgruft in Heredon, und vielleicht können wir uns mit denen selbst retten.«

Die Männer wirkten unentschlossen. Ein stolzer Ritter aus Fleeds erwiderte: »Was sagt Ihr? Wollt Ihr Euch zu unserem Herrn aufspielen? Ist das nicht ein wenig anmaßend?«

Myrrima hielt für alle sichtbar ihren Bogen in die Höhe. »Ich will nicht Euer Anführer sein. Das sollte niemand sein. Denn ich schwöre *allen* Königen ab, bis der Erdkönig zurückkehrt.

Aber eins sage ich Euch: Ich schwöre Euch Treue. Der Menschheit schwöre ich Treue – mit Herz, Kraft, Verstand und Seele! Wo immer jemand in Not gerät, werde ich für ihn eintreten und jegliche Waffe benutzen, deren ich habhaft werden kann – wenn es sein muß, mit Krallen und Zähnen kämpfen. Ich schwöre Euch, der Menschheit und der Erde Treue.«

Die Lords starrten auf ihren Bogen, während Myrrima das Blut durch die Adern rauschte. Sie erklärte sich zum Unabhängigen Ritter, der sich dem Schutz der Menschheit verdingt. Die Männer vor ihr waren mächtige Runenlords, Adlige, deren Familien seit alten Zeiten im Dienste von Heredon, Fleeds und Orwynne standen. Sie erwartete nicht, daß sie sich ihr anschlossen, und so verblüffte es sie, als einer nach dem anderen die Waffe

509

zog und in den Himmel reckte: »Für die Menschheit und für die Erde!«

Und so wurde an diesem Tage der Verzweiflung die Bruderschaft der Wölfe geschmiedet.